KB249318

타오르는 강

완결판

타오르는 강 7

—
초판 1쇄 발행_ 2012년 2월 25일
초판 2쇄 발행_ 2014년 9월 15일
초판 3쇄 발행_ 2024년 1월 1일
—
지은이_ 문순태
펴낸이_ 박성모
펴낸곳_ 소명출판
출판등록_ 제1998-000017호
주소_ 서울시 서초구 사임당로14길 15 서광빌딩 2층
전화_ 02-585-7840
팩스_ 02-585-7848
전자우편_ somyungbooks@daum.net
홈페이지_ www.somyong.co.kr
—
값 22,000원

ISBN 978-89-5626-671-8 04810
ISBN 978-89-5626-664-0 (전9권)
—

문·순·태·장·편·소·설

완결판

타오르는 강

7

작가의 말

30년 만에 완간된 恨의 민중사

강은 저절로 길을 찾아 흐른다. 높은 곳에서 세상의 가장 낮은 곳으로, 인간의 삶과 역사와 함께 흐른다. 사람의 간섭을 거부하며 저절로 흐르는 강은 건강하게 살아있다. 생명과 역사와 문화가 공존하는 강의 세상. 강은 물속과 물 밖의 존재들과 조화롭게 어울리며 흐른다. 강과 사람, 강과 땅, 강과 생명 있는 존재들과 끊임없이 교섭하고 어울리면서 건강한 공생관계를 유지한다. 강은 본디 모습 그대로 인간이 살아가는 터전이 되고 또 다른 생명과 교섭하면서 힘의 원천이 된다.

전라도 사람들 마음속에는 영산강이 흐른다. 전라도 사람들의 핏줄과도 같은 영산강은 한과 희망을 안고 흐른다. 슬픔과 기쁨, 절망과 희망, 빛과 그림자를 안고 흘렀고 지금도 그렇게 흐른다. 그래서 영산강은 꺾일 줄 모르는 전라도의 힘이 되었다. 영산강과 함께 흘러온 전라도 사람들의 한은 좌절과 체념의 한숨이나 패자의 넋두리가 아닌, 삶의 의지력이고 생명력이며 빛나는 희망인 것이다.

영산강은 이 강을 끼고 살아온 사람들에게 소중한 삶의 터전이 되었다. 그러나 영산강을 삶의 터전으로 가꾸고 지켜온 사람들은 오랫동안 지배세력의 핍탈에 시달려왔다. 특히 일제 강점기에 영산강은 개화의 통로이자 수탈의 통로가 되었다. 1897년 목포 개항 이후 모든 개화문물이 영산강을 통해 들어왔다. 그런가 하면 일제는 호남평야에서 생산된 쌀, 면화 등 농산물을 영산강을 통해 대량으로 본토로 실어갔다. 이 과정에서 목포항에서는 부두근로자들의 쟁의가 그치지 않았다. 뿐만 아니라 일제는 영산강 유역의 기름진 농토를 무제한으로 차지하였고 농민들은 일본인들의 소작인으로 전락하였다. 일제 강점기에 일어난 궁삼면(宮三面) 농민운동 사건은 소작인으로 전락한 농민들이 자기 땅을 찾기 위해 투쟁한 대표적인 농민운동이다.

1886년부터 3년 동안에 걸친 큰 가뭄에 폐농을 한 3개면 농민들은 굶어죽지 않으려고 대처로 흘러 다니며 유랑걸식을 했다. 고향에 돌아와 보니 3년치 세금을 내지 않았다는 이유로 그들의 농토가 모두 엄상궁의 궁토가 되어버린 사실을 알게 되었다.

1886년 노비세습제가 폐지되자 종문서를 받아들고 형식상 자유의 몸이 된 수많은 노비들은 살 길이 막막했다. 이들은 홍수 때문에 버려진 땅을 찾아 영산강으로 몰려들었다. 그들은 영산강변에 집단으로 모여 살면서 물과 싸우며 삶의 터전을 일구려고 했다. 그러나 그들은 생활의 바탕이 마련되지 않은 데다가, 지방 관속들과 힘 있는 양반들의 핍탈이 그치지 않아, 실질적으로 노비의 상태는 계속된 것이나 마찬가지였다. 이들이 수마와 싸우며 일군 강변의 토지는 과거 상전들한테 다시 빼앗기거나 일제에 의해 수탈당하고 말았다.

굶주리면서도 제방을 쌓고 홍수로 버려진 땅을 일구어 비로소 삶의 터전을 만들었으나 이 땅이 궁토에서 다시 동양척식회사 소유가 되자, 이들은 일제에 항거하여 투쟁을 계속했다.

피와 땀과 눈물로 일구어, 난생 처음 가져 본 생명과도 같은 땅을 지키기 위해 죽음을 두려워하지 않고 싸웠다. 이들은 하나하나 떼어놓으면 무지렁이 종들에 지나지 않지만 , 여럿이 모여 한덩어리가 되었을 때 큰 힘을 발휘했다. 민중의 한은 역사를 바꾸었다. 영산강 유역의 농민들이 식민지 수탈에 항거해온 민족정신은 의병전쟁과 광주학생독립운동의 씨앗이 되었다.

나는 이 소설에서 강의 흐름을 통해 한의 민중사를 추적해보고 싶었다. 노비출신인 이들은 하나하나 떼어놓으면 무력한 무지렁이에 지나지 않지만 하나로 뭉뚱그려질 때 큰 힘을 발휘했다. 이 소설은 노비세습제가 풀린 1886년부터 동학농민전쟁, 개항, 1905년 을사늑약, 1910년 치욕적인 강제 한일병합조약, 3.1만세운동을 거쳐 1929년 광주학생독립운동까지의 우리민족의 수난사를 중심으로 펼쳐지고 있다. 그러면서도 역사 속에 드러난 인물을 주인공으로 내세우지 않았다. 모든 민초가 주인공인 셈이다. 또한 나는 이 소설에서 사장되어버린 순수 우리말을 최대한으로 살려보려고 했다. 작가는 언어의 채굴자이고 특히 죽어있는 언어의 활용도를 높여 다시 살려내는 작업을 해야 한다고 생각한다. 특히 전라도 토박이말을 원형대로 살려보려고 노력했다. 그리고 가급적 당시 서민들의 삶의 풍속을 그대로 되살리려고 했다. 영산강변을 터전으로 살아온 민초들의 본디 생활사를 민속적 관점에서 보여주고 싶었다.

『타오르는 강』은 1981년 『월간중앙』에 연재를 시작하였고 1987년 '창작과비평사'에서 7권으로 발간되었었다. 7권까지는 노비세습제가 풀린 1886년부터 1911년까지의 이야기이다. 나는 당초에 1929년에 일어난 광주학생독립운동까지를 포함하여 10권 분량으로 완간하려고 했었다. 그러나 그때까지만 해도 광주학생운동의 객관적 서술이 자유롭지가 못했다. 장재성 등 광주학생독립운동 주동자가 사회주의자라는 이유로 6.25직전에 처형되어, 오랜 세월 역사의 그늘 속에 가려져 있었다. 일제 강점기 독립운동을 주도했던 대부분 사람들이 그랬던 것처럼, 광주학생독립운동 중심인물 역시 민족주의·사회주의 노선이었다. 다행히 참여정부로부터 이들의 역사적 공적을 인정받게 되어 활발한 연구가 이루어지기 시작했으며 객관적 서술이 가능해졌다.

87년 '창작과비평사'에서 7권이 발간된 지 25년 , 1981년 『월간중앙』에 연재를 시작한 후 31년 만에, 『타오르는 강』이 비로소 광주학생독립운동을 포함하여 9권으로 다시 묶어져 나오게 되었다. 내 오랜 문학적 숙원이었던 『타오르는 강』이 9권으로 완간을 한 것이다. 나는 2권으로 추가된 8, 9권에서 광주학생독립운동은 한일 간 학생들 사이에 우발적으로 일어난 단순사건이 아니라는 것을 밝히고자 했다. 1920년대 초 동경유학생들에 의해 광주지역에 사회주의가 유입되면서, '광주 홍학관'의 광주청년학원과 광주고보를 비롯한 학생들이 '성진회', '독서회' 등을 조직하여 사회과학교육을 통해 오랫동안 치밀하고 조직적으로 준비해온 사건임을 밝히고 싶었다.

이번 완간하는 과정에서, 1권에서 7권까지의 소설적 흐름은 손을 대지 않았으나 잘못 표현된 부분이나 역사적 오류나 모순된 내용을 부분적으로 바로잡았다. 시대적 사건을 자연스럽게 연결시켰고 개정된 우리말 바로쓰기에 맞췄으며 새로 찾아낸 전라도 토박이말들을 추가했다. 특히 광주학생독립운동 부분에서는 자료조사에서 밝혀낸 실명을 그대로 사용했다.

30년 만에 완간이 되고 보니 참으로 오랫동안 버겁게 지고 있던 큰 짐을 땅에 내려놓은 것처럼 홀가분한 심정이다. 돌이켜보니 나는 1974년 작가가 된 후 지금까지 40년 가까이 오로지『타오르는 강』을 붙들고 씨름하듯 끙끙대온 것 같은 기분이다.『타오르는 강』의 완간을 계기로 영산강을 중심으로 살아왔던 우리나라 노비들의 삶에 대해 관심을 가져주었으면 싶다. 그리고 일제강점기 빼앗긴 땅을 되찾기 위해 얼마나 많은 민초들이 죽어갔는가를 상기해주었으면 한다. 역사 속에서 영산강이 되살아나기를 바란다. 진정으로 강의 세상이 오기를 기다린다. 강은 자생력이 있기 때문에 내버려두어도 스스로 살아나지만, 강과 함께 만든 삶의 역사는 누구인가 붙잡아 건져주지 않으면 그대로 흘러가버린다.

이 책을 내주신 소명출판 박성모 사장님과 책이 나올 수 있도록 애써주신 국민대 정선태 교수께 가슴 깊이 고마움을 간직한다.

2012년 정초에

문순태

타오르는 강 7

어둠의 땅

1

강변에 아지랑이가 자오록이 피어오르는 영산강 봄바람은 씨아에서 갓 나온 솜처럼 부드러웠다. 이틀에 한 번씩 목포와 영산포를 왕래하는 영포환(榮浦丸)을 타고 아버지의 고향으로 가고 있는 장개동(張介同)은 영산강 강바람에서 쿠리한 입 냄새가 풍기는 할머니 입김을 느꼈다. 장개동은 할머니 입김과도 같은 그 강바람이 그에게 속삭이는 소리들을 들을 수가 있었다. 그는 어렸을 대 성씨가 다른 두 형들과 함께 어머니를 따라 소금배를 타고 영산강을 따라 목포로 흘러나왔던 때의 실타래 같은 기억들을 어렴풋하게 떠올려보았다. 지금 기억에 남는 것은 소금배를 타기 전 강변 마을 앞, 미루나무 밑에서 얼굴이 숨숨 얽은 어른이 그를 하늘 높이 안아 올리면서 이름을 물었던 것과 그 광경을 옆에서 지켜보고 서 있던 어머니 시울이 펑 젖은 모습이었다.

강바람에 물너울이 일렁거리고 영포환이 흔들릴 때마다 그의 어린 기억들도 사뭇 출렁거렸다. 두 형들과 자신의 성씨가 다르다는 것도 모를 만큼 어린 나이에 소금배를 타고 어머니를 따라 목포로 흘러

나갔을 때 보았던 영산강은 막연한 두려움으로 느껴졌을 뿐이었다. 이제 스물다섯 나이에 지아비가 되어 지어미를 대동하고 아버지의 고향을 찾아가는 그에게 영산강은 그리움의 핏줄과도 같았다. 그에게 영산강은 펄떡거리는 아버지의 심장, 종의 신세에서 벗어나려고 몇 번이고 도망치다가 이마에 노(奴)자 불도장이 찍힌 채 하늘의 별이 되었다는 증조(曾祖)의 황소 같은 뚝심이며, 밭은기침 콜록거리던 여위고 메마른 할머니 젖가슴, 피막이풀, 자귀풀, 물억새, 명아주, 여뀌, 물달개비, 며느리밑씻개 등 먹을 수도 없는 잡초만이 무성하게 자란 척박한 강변 푸서리 같은 종들의 주름진 얼굴로 느껴졌다. 아버지 웅보도, 할아버지도, 증조부도, 그 할아버지의 할아버지도 종의 핏줄이었음을 알게 된 장개동의 눈에, 영산강의 모든 것들은 생명을 가진 사람들의 얼굴로 보였다. 강변의 갈대는 원한으로 숨져간 종들의 얼굴로, 할머니 입김 같은 서러운 종들의 고통스러운 몸부림으로 보였다. 그것은 굽이칠지언정 꺾이지 않는 아우성이며 그리움의 핏줄이고 눈물로 느껴졌다.

장개동은 뱃고물에 기대고 서서 눈앞에 이 세상의 모든 그리움과 노여움과 슬픔의 모습으로 펼쳐진 넉넉한 영산강의 물줄기와 강변의 산들, 이마에 불도장이 찍힌 채 살다가 세상을 떴다는 증조부의 모습 같은 하늘의 낮달을 쳐다보면서, 아버지의 고향 새끼내를 상상해보았다.

"아직도 멀었나요?"

멀미가 난다면서 선실에 들어앉아 있던 장개동의 아내 최월순(崔月順)이가 물빛 양산을 받쳐 들고 고물 쪽으로 다가오며 물었다. 장개동은 비단옷으로 화사하게 차려입고 양산까지 받쳐 든 아내 모습을 얼핏 바라보았다. 목포에서 큰 소금점 도고(都庫)를 내고 있는 택택(澤澤)한 집안 막내딸로 세상 고단하고 부족한 것 모르고 자라, 보통학교까지 졸업한 그녀는 남편 장개동이가 영산포로 옮겨가서 살겠다고 했을 때 펄쩍 뛰었다. 그녀는 아버지를 통해 목포금융조합에 자리를 만들어주기까지 했던 것이다. 그러나 장개동은 한 번 아버지 고향에 돌아가서 살기로 결심한 바 있었기에 아내와 장인 제의를 받아들이지 않았다. 장개동 어머니 막음례도 아들이 영산포로 돌아가서 살겠다는 것에 반대하지 않았다.

"아직 멀었냐니깐?"

장개동 아내가 남편 옆에 바짝 붙어서며 다시 물었다.

"거진 다 왔소. 저 산모퉁이만 돌아가면 몽탄이니 잠시 후면 영산포에 당도할 게요."

장개동은 여전히 하늘을 쳐다본 채 건성으로 대답하였다. 서둘러 아침을 먹고 배에 올랐는데 벌써 해가 머리 위에 덩그러니 떠올라 있었다. 강 건너 산자락에는 보릿고개를 넘기기 위해 많은 아낙들이 구황(救荒)할만한 풀을 뜯거나 나뭇잎을 훑고 있는 모습이 보였다. 강변 사람들은 해마다 봄이 되면 산난초 뿌리며, 칡, 송기, 찰밥나무 뿌리, 쑥, 무릇, 띠 뿌리, 하느수박 뿌리, 가무태 나뭇잎, 봉구나무 움 등으로 굶주림을 면하였다. 강변 사람들은 이렇듯 풀뿌리 나뭇잎으로 애면글면 목줄 지탱하고 버텨나가는데, 영산강에는 언제나 곡식을 가득 실은 무곡선이 끊이지 않고 목포로 목포로 흘러나갔다. 가난한 강변 사람들은 무곡선이 곡식을 가득 싣고 마을 앞을 지날 때마다 빈 뱃속이 썰썰해지면서 눈이 뒤집히려는 것을 이 악물고 한숨으로 참아내곤 했다.

"아버님은 어떤 분이셔요?"

장개동 아내가 뚜벅 물었다. 그녀는 지난 해 결혼을 할 당시에만 해도 장개동에게 생부가 생존해 있다는 것을 몰랐다. 장개동은 한 달 전 영산포 심상소학교(尋常小學校) 훈도로 발령을 받은 후에야, 영산포로 돌아가서 그곳에 삶의 터전을 잡고 살아야 한다고 아내를 설득하면서 처음으로 아버지에 대한 이야기를 꺼냈던 것이었다. 기실 장개동은 영산포소학교 훈도로 발령을 받기 위해서 일 년여 동안이나 은밀하게 힘을 써왔었다.

"우리 아부지? 글세 어떤 분일까."

장개동은 아버지는 종이었다는 말이 입술 끝에서 맴돌았으나 차마 뱉어내지 못했다. 어머니는 아버지가 식솔을 이끌고 영산포로 돌아가 버린 후로는 "바보 같은 사람, 바보 같은 영산강"이라고 푸념처럼 말했다. 소금점을 내도록 아버지 고향 친구 염주근 아저씨를 통하여 간곡히 권했으나, 끝내 영산강을 떠날 수 없다면서 새끼내로 돌아가 버린 아버지의 그 야속한 심사에 걸핏하면 "바보 같은 사람, 바보 같은 영산강"이라는 말을 버릇처럼 되뇌곤 하던 것이었다.

"우리 아부지는 쭉정이 같이 보잘 것 없는 분이오. 어머니는 늘 바보 영산강 같은 양반이라고 허십디다."

"바보 영산강이라니?"

"클세, 나도 왜 영산강이 바보 같은지는 모르겄구만. 아매도 영산 강변에 바보 같은 사람들이 많이 살았기 땜시 그러는가…… 어쩌면 나도 이 강에서 살게 되면 바보가 될지도 모르겠구려."

장개동은 여름이면 홍수로 넘치는, 뚝심 센 바보 같이 편한 모습으로 길게 뻗어 누운 영산강의 물줄기를 바라보았다.

장개동 머릿속에 얼핏 영양(英陽) 출신 선비로 이른바 합방이 되자 바다에 투신하여 스스로 목숨을 거두었던 김도현(金道賢)의 시가 떠올랐다.

내 조선 끝에 태어나서 붉은 피 텅 빈 창자에 가득하구나
중간 열아홉에 수염과 머리털이 가을 서리를 맞은 것 같네
나라 망하여 눈물이 마르지도 않았는데
어버이마저 가시니 허한 마음 아프기만 하여라
만 리 밖의 넓은 바다 바라보니 이날이 동지인데
홀로 고산에 올라서서 백 가지 생각을 해도 막막할 뿐
희고 흰 천길 물 속에 내 한 몸 감출 수가 없구나

장개동이 이 시를 마음속으로 떠올리면서 영산강물을 바라보고 있자니, 열아홉 젊은 나이에 나라 망하는 것을 통분해하면서 물 속으로 뛰어드는 선비의 모습이 눈앞에 밟혀왔다. 지난해 팔월 스무아흐레, 치욕스러운 한일합방조약을 공포하던 날 장개동은 혼인식을 올렸다. 그리고 나라를 빼앗긴 그날 밤, 그는 비단이불 속에서 열일곱

살 난 여자의 순결을 빼앗았다. 그로부터 며칠 후, 그가 혼례를 치르던 날에 한일합방조약이 공포된 것을 뒤늦게 안 장개동은 난생 처음으로 정신을 잃을 정도로 폭주를 하고, 술에 취한 채 김도현의 시를 울부짖듯 읊어댔었다.

장개동은 다시 하늘과, 강 건너 산자락에서 흰 치자꽃이 피듯 가난한 강변의 아낙들이 옹기종기 모여서 풀뿌리를 캐고 나뭇잎을 훑는 모습과, 아버지의 질화로 같은 심장처럼 벌떡거리는 강물굽이를 번갈아 보았다. 그때 그의 가슴 밑바닥 깊숙한 곳으로부터 홍수로 넘치는 큰 강 물굽이 같은 것이 솟구쳐 오르는 것을 느꼈다. 그리고 꿈을 꿀 때처럼 황홀한 기분에 온몸이 흥건하게 젖었다. 그것은 신비로운 감격이며 지금까지 전혀 맛보지 못하였던 희열이었다. 강물의 거대한 물굽이 같은 것이 가슴 밑바닥으로부터 솟구쳐 오르면서 지금까지 한 번도 혀끝이나 붓끝으로 나타내지 못하였던 전혀 새로운 어휘들이 밖으로 튀어나오려고 부스럭거리는 것을 감지할 수가 있었다.

'영산강은 나의 핏줄, 종으로 태어난 아버지의 굵은 팔뚝 같은 영산강에 나는 안기고 싶네.'

장개동은 자신도 모르게 중얼거리고 있었다. 그는 분명 얼굴도 모르는 할아버지와 얼금뱅이 아버지 모습을 그려볼 수가 있었다.

영포환이 영산포 선창에 당도한 것은 영산강에 철쭉빛 노을이 짙게 깔리기 시작할 무렵이었다. 장개동은 선창에 내리자 처와 함께 주막거리에서 국밥으로 시장기를 때웠다. 장개동은 생각보다 영산포가 번창한 것에 적이 놀랐다. 선창에는 무곡선과 소금배들이 여러 척 정박해 있었다. 강변 풀밭에는 말들이 풀을 뜯고, 여각이며 요리점, 주점, 싸전, 잡화점, 소금전, 어물전 등이 즐비한데다가, 정미소, 미곡전 창고와 우편소, 동양척식회사 사무소, 헌병대 등의 건물이 보였다. 함석지붕의 일본식 주택도 여러 채 눈에 띄었다. 선창거리에는 왜나막신을 신은 일본사람들도 많아 목포와 다를 바가 없었다. 장개동 처도 목포에서 생각했을 때 영산포는 궁벽진 나루터에 지나지 않겠거니 했었는데, 막상 와보니 완연히 개화바람이 불어닥친 도회지와 다를 바가 없는지라 다소 마음이 놓인 듯싶었다.

"해 떨어지기 전에 어서 갑시다. 새끼내가 엎드리면 코 닿을 만큼 가깝다니께 어둡기 전에 당도할 게요."

장개동은 갈 길을 서둘렀다. 그의 처 최월순은 기왕에 늦었으니 읍내 여각에서 하룻밤 쉬고 날이 밝은 후에 새끼내로 가자고 하였다. 그러나 장개동은 영산포까지 와서 지체할 수는 없다고 생각했기 때문에 아내의 제안을 묵살하였다. 더욱이 그는 날이 밝는 대로 학교에 부임 인사를 하러 가야만 했다. 그는 한사코 목포에 눌러 살겠다는 아내를 설득하느라, 부임 날짜가 예정보다 이틀이나 늦고 만 것이어서 한시라도 빨리 교장에게 부임 인사부터 해야 했다.

장개동이가 밥값을 치르고 먼저 나와, 국밥집 초로 여인네가 알려준 대로 선창거리 건어물전 모퉁이를 돌았다. 장개동 처도 하는 수 없이 왼손에 가죽 손가방을 들고 오른손에 양산을 받쳐 든 채 는적거리는 걸음으로 뒤를 따랐다. 장개동은 오까모도 왜싸전 앞을 지나 미루나무며 노린재나무, 쥐똥나무, 실버드나무들이 듬성듬성 서 있는 강변의 물둑길로 접어들어, 강물을 따라 걷다가 무거운 가방을 잠시 내려놓고 뒤를 돌아다보았다. 그는 발걸음을 무겁게 떼어 옮기고 있는 아내를 돌아보면서 햇살이 숨을 죽였으니 양산을 접으라고 말하려다가, 괜한 말로 아내 비위를 건드리고 싶지가 않았기 때문에 그만 입을 다물고 말았다.

"다리 아파 못 걷겠으면 내 등에 업힐 텐가?"

장개동은 양산을 접으라는 말 대신에 빙긋이 웃어 보이기까지 하면서 그렇게 물었다. 그러자 그의 아내는 입을 비쭉해 보이면서 장개동을 지나쳐 목을 빳빳하게 세우고 걸었다. 철쭉 빛깔로 물들었던 서편 하늘이 어느덧 거무스레하게 변하기 시작하면서 강물에 잠겼던 마지막 산 그림자마저 사그라졌다. 장개동은 영산강변 낯선 모습들을 두렷두렷 관심 있게 살피면서 걸음을 재촉하였다. 어쩌면 그가 앞으로 죽는 날까지 늘 가까이 있으면서 함께 기뻐하고 슬퍼할 땅과 강의 모습들을 좀 더 눈여겨보고 싶었는지도 몰랐다. 그는 목포를 떠나올 때 어머니에게 그렇게 말했었다. 어쩌면 자신도 아버지처럼 영산강을 닮게 되어, 영산강변에 뿌리를 내리게 될지 모른다고 했다. 그런 장개동의 깊은 속내를 헤아리고 있는 어머니는 아들의 뜻에 반대를 하지 않았다. 어머니도 장개동의 생각과 같이 핏줄을 찾아가서 영산강변 사람이 되기를 바라고 있는 것인지도 몰랐다. 어머니는 다만 "바보 영산강을 닮은 사내가 한 사람 더 늘게 생겼구나" 하고 농말을 했을 뿐이다.

장개동이가 처 최월순과 함께 새끼내에 당도하여 마을 초입에서 놀고 있던 아이의 안내를 받아 돈단 아래쪽 두 칸짜리 허술한 초막의 마당 안으로 들어섰을 때는 어느덧 꾸역꾸역 어둠이 밀려들고 있었다. 장개동은 마당 한가운데 서서 잠시 집안을 둘러보았다. 마당은 널찍한데, 두 칸짜리 초막은 헛간처럼 허술했다. 그는 이 년 전 일본군에 의한 남한 의병 대토벌작전 때 새끼너 모든 집들이 불타버려, 얼기설기 임시로 초막을 짓고 사는 그간의 저저한 내력을 모르고 있었다. 장개동이가 두어 번 헛기침을 토해 기척을 알리자 초막 모퉁이 난장에서 솥에 불을 지피고 있던 쌀분이가 부지깽이를 든 채 마당 쪽으로 나오다가 어둠속에 서 있는 양복쟁이를 발견하고 섬칫 놀라며 주춤 물러섰다.

"접니다요. 목포에서 온 개동이로구먼요."

장개동이가 허리를 꺾어 정중히 인사를 하며 큰 소리로 말해서야, 쌀분이는 지싯지싯 다가와서 장개동과 그의 처를 살펴보았다.

"개똥이? 아니 개똥이가 워쩐 일이당가?"

쌀분이는 약간 당혹해하면서 놀란 도소리로 물었다.

"지가 이번에 영산포 학교 훈도로 오게 되었구만요. 그래서 지 처와 함께 시방 막 당도했습니다요."

장개동은 그러면서 어둠속에 샐쭉한 모습으로 서 있는 그의 처를 돌아보았다. 장개동의 처가 어색하게 고개를 숙였다. 그녀는 돼지우리 같은 초막에서 머물러야 한다는 심란한 생각에 뿌질뿌질 심사가 들끓기 시작하는지 시종 뻣뻣한 자세였다.

"오, 그려? 영산포 핵교 훈도로 오셨구먼. 잘 허셨네잉."

나이 마흔셋에 쭉정이처럼 늙어버린 쌀분이는 반갑고도 당황스러워하는 눈으로 장개동이 내외를 보며 몇 번이고 고개를 끄덕거렸다. 그녀는 장개동을 보자 오랫동안 잊고 있었던 막음례에 대해서도 부러운 마음이 일시에 솟구치면서, 두 칸짜리 초막만큼이나 초라한 자신의 모습에 부끄러움을 느꼈다. 장개동은 마당 가운데 서서 어둠만이 가득 넘치는 집안을 살펴보았다. 목포에서 그를 찐덥지게 생각해주었던 할머니와 바보 영산강을 닮았다는 아버지, 그리고 십일 년 만에 돌아왔다는 동학군 출신 작은 아버지와, 그 혈육인 사촌의 모습이 보이지 않자 계속 두리번거렸다. 거적문을 드리운 초막 안에서 불빛이 새어나오지 않는 것으로 보아 집안에 다른 식구들이 없는 듯싶었다. 그때 막 웅보와 우암이가 마당 안으로 들어섰다. 웅보는 몸을 구부린 채 오른손으로 작대기를 짚고 왼손에 삽을 들고 비척거리며 들어서고 있었으며, 그 뒤로 우암이가 나뭇짐을 힘겹게 한 짐 지고 끙끙거리며 따라 들어왔다. 장개동은 처음에 작대기에 몸을 의지하고 어렵게 운신을 하는 아버지를 알아보지 못했다. 그가 목포에서 만났던 아버지는 부사리처럼 뚝심이 세고 참나무 토막처럼 단단한 모습이었던 것이다.

웅보는 허리를 제대로 펴지 못하고 비척거리며 마당 안으로 들어서다 말고 어둠속에서 장개동이 내외를 발견하고는 주춤 멈추어 섰다.

"목포에서 개똥이가 왔구만이라우. 영산포핵교 훈도로 왔당만이라우."

쌀분이가 웅보의 손에서 삽을 받아들며 말했다.

"지가 왔습니다요. 지 처와 같이 왔습니다."

장개동이가 옆에 서 있는 그의 처 팔을 잡아끌며 허리를 굽혔다. 웅보는 한동안 작대기를 짚고 허리를 구부린 채 서서 우두커니 장개동이 내외를 쳐다보고만 있었다.

"영산포핵교 훈도로 오셌다고라우? 참 잘 허셌구만이라우. 자 어서 들어가십시다."

그 사이에 우암이가 나뭇짐을 부리고 장개동이 옆으로 다가와서 큰소리로 말하며 덥석 장개동의 손을 잡았다. 그들은 우암이가 목포를 떠나오기 전에 여러 차례 만나서 사촌간의 정을 나누었는지라 뜨악함 없이 서로 반가움을 나누었다. 우암이는 거적을 걷고 초막 안으로 들어가 기름심지 불을 밝히고 나와서는 장개동의 무거운 가방을 들고 그의 사촌을 떠밀다시피 하였다.

"할머님은 어디 가셨냐?"

처와 함께 초막 안으로 들어선 장개동이가 출렁이는 기름 불빛으로 병색이 짙어 몰라보게 찌들어버린 아버지에게서 처연한 눈길을 거두며 우암이에게 물었다. 그는 이 년 전 의병 대토벌 작전 때 그의 할머니가 왜군의 총에 맞아 세상을 뜬 것도, 아버지와 우암이가 헌병대에 끌려가서 고문을 당한 사실과 우악이 아버지가 이 년째 소식이 끊긴 것에 대해서도 모르고 있었던 것이다.

"할머니는 돌아가셌다. 이 년 전 의병토벌 때, 왜군덜 총에 돌아가셌단다. 나와 우암이도 헌병대에 끌려가서 곤욕을 치렀는디, 그때부텀 허리를 못 쓰게 되얐단다. 그래도 우암이가 골병이 안 든 것만도 을매나 다행인지 모르겄다."

웅보는 말을 마치고 한바탕 기침을 토해냈다. 그는 방에 앉아 있으면서도 허리를 바로 펴지 못하고 상반신을 어슷하게 구부리고 더수구니 사이로 고개를 움츠려 턱 끝을 쳐들어 장개동을 쳐다보며 말했다. 장개동은 할머니가 세상을 떴다는 말에 아련한 슬픔과 허탈감을 느꼈다. 그는 지난해 팔월 그의 혼인식에 아버지에게 편지를 보내 초대를 했었으나 참석하지 못했던 이유를 대충 어림할 수가 있었다. 아버지가 운신도 못할 정도로 크게 다친 것도, 할머니가 세상을 뜬 것도 모르고, 아무도 그의 혼례식에 와주지 않은 것만 서운하게 생각했던 자신이 부끄러웠다.

"아버님 어머님, 절 받으시지요."

장개동은 가슴이 훙건하게 젖은 채 그의 아내에게 눈짓을 하며 함께 일어섰다. 그는 아버지를 모시고 사는 큰어머니를 어머니로 모실 마음을 하고 온 것이었다. 목포 그의 어머니도 그렇게 말했었다. 목포 어머니는 아들이 배에 오를 때, 그의 내외를 불러 "기왕이 느그들이 아부지 찾아가 영산강변에 살라면 말이여, 큰어머니를 느그들 친어머니로 모시고 살그라" 하고 당부하던 것이었다.

"나꺼정 무신 절을 받어……."

쌀분이가 한사코 앉은걸음으로 물러앉으며 말끝을 얼버무렸다. 그러자 장개동이가 몇 번이고 내외가 나란히 앉아 절을 받기를 권하여, 쌀분이는 마지못해 남편과 함께 장개동 내외로부터 큰절을 받았다. 절을 받은 쌀분이는 기분이 괜찮은지 입언저리에 어색하게 웃음까지 흘렸다.

그날 밤 거적문에 멍석을 깐 초막에 누운 장개동은 좀처럼 잠을 이루지 못하고 물너울처럼 뒤척였다. 그의 아내도 말은 안 해도 방바닥에 깐 멍석 새끼 날이 등에 괴어 몸을 이리저리 움직이다가 거적문 틈새로 박꽃 같은 달빛이 스며들어올 무렵에야 새근새근 잠이 들었다. 장개동은 옆방에서 구들장이 울리도록 쿨룩거리는 아버지의 밭은기침 소리와 봄바람이 영산강물 훑어대는 소리를 온몸으로 들었다. 아버지도 잠을 이루지 못하는 모양이라고 생각하였다. 장개동이가 멍석 잠자리가 불편하여 잠을 못 이루는 것이 아니듯이, 그의 아버지 역시 잠을 못 이루고 있는 것이 결코 기침 때문만은 아니었다. 처음으로 아버지의 고향에 찾아온 장개동은 이제 다시는 할머니를 만날 수 없다는 슬픔과, 영산강의 성난 물너울처럼 드세던 아버지가 오 년 동안에 찬 서리를 맞은 억새풀처럼 고스러져버린 모습을 보고 마음이 아팠다. 그리고 그는 그 흔한 문짝 하나 달지 못한 채 죽석 대신 멍석을 깔고, 쑥 죽으로 끼니를 때우는 초라하고 구차한 아버지 식구들의 삶을 보고 왠지 모르게 막연한 울분과 슬픔과 부끄러움을 느꼈다. 그런가 하면 처음으로 아들과 며느리로부터 큰절을 받은 웅보는 웅보대로 아들며느리에 대한 자곡지심(自曲之心)이 꿈틀거리는 한편, 내 아들 개똥이가 영산포학교 훈도가 되었다는 자랑스러움에 몸과 마음이 후끈거리도록 기분이 달떴다. 웅보는 마음속으로 막음례한테 고마워했다.

장개동은 아버지의 거친 숨소리와 영산강 물너울 넘실거리는 소리를 들으면서 계속 몸을 뒤척였다. 그는 머릿속에 아버지와 영산강을 함께 떠올렸다. 잠 못 이루는 동안 그의 가슴이 영산강의 강물처럼 흥건하게 젖었다. 그는 아버지의 힘이 시든 풀잎처럼 쇠진해버린 것이 무엇보다 마음 아팠다. 영산강 물이 마르기 전에는 결코 힘이 빠질 것 같지 않아 보일만큼 강건했던 아버지가 골병이 들어 고스러져가고 있는 것을 보니 마음이 아픈 것이었다. 장개동의 마음속에 그의 아버지는 언제나 우람한 거목으로 자리잡고 있었다. 그러기에 비록 그가 종의 핏줄을 타고 태어나긴 했어도 당당할 수가 있었는지도 몰랐다. 장개동의 마음을 더욱 아프게 한 것은 골병이 들어 허리를 펴지도 못하고 작대기에 몸을 의지해가면서도 새 땅을 마련하기 위해 물둑을 쌓고 있다는 사실이었다. 우암이 말로는 수년 동안 죽기로 쌓아올렸던 물둑이 세 차례나 홍수를 만나 자취도 없이 떠내려가곤 하였는데도 그의 아버지는 그 일을 포기하지 않고 다시 물둑을 쌓고 있다고 하지 않던가.

그날 밤 꼬박 뜬눈으로 밤을 새운 장개동은 거적문이 희번하게 밝아오자 옆방으로 들어가 아버지 앞에 무릎을 꿇고 앉았다. 쌀분이는 장개동이 내외한테 밥을 지어 먹이기 위해 마을로 쌀을 꾸러 나가고, 웅보 혼자 멍석자리 한가운데 우두커니 앉아서 곰방대를 빼억빼억 빨고 있었다. 장개동은 마침 아버지와 단둘이 마주앉게 되어 다행이라 생각하고, 양복 안주머니에서 두툼한 보자기 뭉치를 꺼내 아버지 앞에 놓았다.

"즈이 어머님께서 아버님 갖다 드리라고 허시드만요."

장개동이가 조심스럽게 입을 열었다.

"이긋이 멋인듸?"

"돈이로구먼요. 어머님 말씀이 이 돈으로 땅을 좀 장만허시라고……."

장개동은 말하면서 얼핏 아내의 옆얼굴을 살펴보았다.

"돈? 돈을 왜? 느그 어매가 워쩐 일로 나흔티 돈을 보내? 나는 그 돈 받을 수 없다."

웅보는 갑자기 심한 기침을 토해냈다. 그는 기침을 토하면서도 계속 곰방대를 빨아댔다. 장개동은 담배를 좀 그만 피우라고 말하고 싶었으나 그 말이 입 밖으로 나오지 않았다.

"그 돈 도로 집어넣그라."

웅보가 한바탕 기침을 토하고 나서 숨 가쁜 목소리로 말했다. 그러나 장개동은 그 돈을 다시 집어넣지 않았다. 그는 어머니가 무엇 때문에 아버지에게 땅을 장만하라고 돈을 브냈는지 짐작할 수가 있었다. 그는 어머니로부터 몇 년 전 아버지가 금패물을 가져다 준 것으로 유달정을 내어 돈을 벌게 되었다는 이야기를 대충 들어 알고 있는 터였다. 그러기에 어머니가 아버지에게 땅을 장만하라고 돈을 보낸 것은 당연한 것이라고 생각하였다.

"참 주근이 아저씨를 만났구만요. 아버님께 곧 새끼내로 돌아오겄다는 말씀 전허라고 허시드만요. 소금전을 정리허고 내달 초순께나 오시겄다고 했습니다요."

"주근이를 만났다? 그 사람이 새끼내로 돌아온다고? 고것이 참말이여?"

갑자기 웅보의 얼굴이 활짝 펴졌다. 그는 허리를 구부린 채 몇 번 이고 자리를 고쳐 앉으며 안절부절못하였다. 장개동은 새끼내에 와서 처음으로 아버지의 밝고 생기에 넘치는 표정을 볼 수가 있었다.

"주근이 아저씨 말씀으로는 판쇠라는 어른도 같이 오신다고 허시드만요."

"멋이? 판쇠도? 그 사람이시방 워디 있는듸?"

"얼핏 듣기로 여기저기 떠돌아다니다가 달포 전에 목포에 왔다고 허시데요."

"염주근이가 돌아온다고? 판쇠란 놈도 새끼내에 돌아온단 말이제잉. 허허 그놈덜, 끝판에는 고향 새끼내에 돌아올람시로도 그랬구만잉. 허허 그놈덜."

"옛날 고향 친구들이 다시 한데 모여 사시게 되었으니 좋으시겄습니다."

"제깐 놈덜이 고향 베리고 워따가 뿌리를 내릴 것이냐. 제깐 놈덜이 영산강물 안 퍼마시고 맘 편허게 살 수가 있간듸? 그놈덜은 어쩔 수 없는 영산강 억새풀인겨."

웅보는 활짝 웃는 얼굴을 하고 큰 소리로 말했다. 순간 장개동은 옛날 참나무토막 같았던 아버지의 모습을 다시 보는 것만 같아 기분이 좋았다.

"이 돈이 모두 얼매냐?"

조금 전까지만 해도 그 돈을 받지 않겠다던 웅보가 딴 얼굴이 되어 돈뭉치를 집어 들며 물었다.

"어머님 말씀이 논 대여섯 마지기는 장만하실 것이라고 허시드만요."

"이 돈 받겄다. 주근이랑 판쇠 놈이랑 돌아오면 이 돈으로 물둑을 쌓어서 새 땅을 맹글란다."

웅보는 돈뭉치를 멍석자리 밑에 넣으면서 말했다. 그런 아버지 모습이 전혀 다른 사람으로 보였기 때문에 장개동은 약간 놀랐다.

"물둑을 막다가 언제 또 큰물에 도로아미타불이 될지도 모를 일인데, 그 일은 그만두시고 즈이 어머님 말씀대로 땅을 사시지요."

장개동은 아버지가 돈을 받은 것에 만족스럽게 생각하면서도, 그 돈을 물둑 쌓는데 쓰겠다는 말에는 찬성할 수가 없어 조심스럽게 그의 의견을 표시하였다. 그러자 웅보는 장개동의 그 말에 눈심지를 빳빳하게 세우고 아들을 질러보았다.

"돈 주고 산 땅은 내 땅이 아닌겨. 내 손으로 맹근 땅이라사 진짜 내 땅인 거재. 우리가 기왕에 새끼내에 터를 잡었으니께, 새끼내가 진정헌 우리덜 고향이 될라먼 우리 손으로 맹근 땅이 있어야 쓴다. 나는 앞으로 죽는 날꺼정이라도 물둑을 쌓어서 대대로 물려줄 새 땅을 맹글거여. 그것이 내가 사는 길이고 보람인 게여. 내 말뜻 알겄냐? 그러고 너는 잘 모를 것이다만 내가 종에서 풀려 새끼내에 처음 터를 잡었을 때, 죽기 살기로 물둑 막어서 맹글었던 땅이 시방 옴씰허게 궁토가 되야뿐졌는듸, 그 땅 다시 찾기 전에는 눈을 못 감을 게여. 내가 새끼내에 다시 온 것은 궁토가 되야뿐진 그 땅을 다시 찾기 위해서여. 아매, 염주근이랑 판쇠가 다시 새끼내에 돌아오겄다고 헌 것도 따지고 보면 내 생각과 마찬가지로 그 땅을 되찾고 싶기 때문일 게여. 내 말뜻 알겄지야. 나흐고 우암 압씨 생각흐고는 그 점이 다른겨. 우암이 압씨는 나라를 찾을라고 목숨을 걸었지만, 나는 앞으로 잃어뿐진 우리 새끼내 사람덜의 땅을 다시 찾기 위해서 살 거여. 나는 영산포핵교 훈도가 되야갖고 새끼내를 찾어온 너헌테 이 말을 꼭 허고 싶구나."

장개동은 아버지의 말을 듣고만 있었다. 그는 아버지의 깊은 마음을 비로소 알 수가 있을 것 같았다.

"나허고 얼핏 댕겨올 데가 있다."

그러면서 웅보가 일어섰다. 장개동이도 아버지를 따라 거적문 밖으로 나갔다. 아직 동편 하늘에 햇살이 퍼지지 않고 있었다. 웅보는 장개동을 데리고 그의 집 뒤쪽으로 올라갔다.

"자, 할아부지 할머님헌테 인사 올려라."

오동나무 밑 봉송한 무덤 앞에 걸음을 멈추어 선 웅보가 장개동을 보며 말했다. 장개동은 처음부터 그의 아버지가 자신을 할아버지 할머니 묘소로 데려가고 있다는 것을 짐작하였기에 아버지의 말이 떨어지기를 기다렸다가 두 무덤 앞에 엎드려 두 번 절하였다. 그는 절을 하고 나서 잠시 무릎을 꿇고 앉아 있었다. 얼핏 눈앞에 할머니의 찌그러진 모습이 떠올랐다. 그러나 할아버지의 모습은 생각해낼 수가 없었다. 그는 언젠가 목포에서 어머니와 함께 선창에 나가 웅보 아저씨(그때까지만 해도 그렇게 불렀다)가 배를 타고 떠나는 모습을 지켜본 일이 있었다. 그때 웅보 아저씨가 병색이 짙은 늙은이를 낡고 더러운 이불에 둘둘 말아 등에 업고 배에 오르는 것을 먼발치서 바라보면서, 그의 어머니는 눈물을 훔치던 것이었다. 후에 짐작한 일이었지만 찬바람이 썰썰거리던 그날, 아버지가 등에 업고 배에 올랐던 그 병색 짙은 노인이 바로 그의 할아버지라는 것을 철이 들어서야 알게 되었다.

"이리 와서 좀 앉거라."

웅보가 산전의 둔덕 위 풀 섶 위에 앉아 영산강 물굽이를 내려다보면서 나직하게 말했다. 장개동은 아버지의 옆에 앉았다. 아버지는 쌈지를 꺼내 곰방대에 담배를 재어 부싯돌로 불을 붙인 다음 연기를 몇 모금 빨다가는 또 한바탕 기침을 토해냈다.

"어찌서 해필 영산포로 왔느냐? 목포 늬 모친 옆에서 살재 어찌서 영산포꺼정 와."

웅보가 기침을 가까스로 멈추고 나서 숨을 돌리며 물었다.

"예, 지가 영산포로 온 것은…… 아버님 곁에서 살면서…… 아버님을 아버님이라고 부르고 싶고…… 훗날 지 자식놈들한테 할아버지가 계시다는 것을 보여주고 싶어서……."

장개동은 여러 차례 말을 중단했다가 미적거리면서 촉촉하게 젖은 목소리로 말하다가 그답지 않게 울먹이기까지 하였다. 그는 말끝을 흐리고 나서 고개를 무겁게 떨어뜨렸다. 웅보는 다시 곰방대를 삐억삐억 빨아대다가 심한 기침을 토해냈다. 그는 심한 기침 때문에 한동안 상반신을 꺾고 헐떡거렸다.

"네 모친이 그러라고 허더냐?"

한참 후에 웅보가 허리를 펴며 무겁게 잠긴 목소리로 물었다.

"어머님께서도 반대를 하시지는 않았습니다만, 지가 여기로 온 것은 순전히 지 자의였구만요."

“나같이 못난 사람이 어찌 네 애비 자격이 있단 말이냐. 나는 네 애비 노릇헐 자격이 없는 사람이다.”

“아닙니다 아버지. 아버지는 영산강과 이 땅을 누구보다 사랑하시지 않아요? 아버지만큼 영산강과 이 땅을 사랑하는 사람이 얼마나 있습니까? 아버지는 훌륭하십니다. 저도 아버지만큼 이 땅과 영산강을 사랑하고 싶어요. 그리고 지가 아버님 곁으로 온 것은 아버님한테서 이 땅과 영산강을 사랑하는 법을 배우기 위해서랍니다. 제발 즈이 내외가 아버님 곁에서 아버님을 아버님이라 부르고 살 수 있게 해주십시오.”

“언젠가 너는 할머니한테 이태백이 같은 사람이 되고 싶다고 해놓고…… 이런 궁촌에 와서 어찌 그런 사람이 되겄느냐?”

“아닙니다요. 저는 이태백이 같은 시인이 되고 싶은 것이 아니라, 이 땅과 이 땅에 사는 가난한 사람들, 그리고 영산강을 사랑하는 시인이 되고 싶구먼요. 아버님이 지를 이 땅에서 내쫓으신다 해도 지는 여기 살 것이로구만요.”

“그놈 참.”

웅보가 오랜만에 웃음을 보였다. 장개동이도 따라 웃었다. 웅보는 장개동의 손을 잡았다. 장개동은 아버지의 거친 손을 움켜잡고 한동안 되작거려 살펴보았다. 그리고 그 순간 장개동은 아버지의 그 거친 손이 바로 장차 그가 사랑하고자 하는 그리운 고향 땅이라고 생각하였다. 아버지의 손이야말로 내 땅이고 아버지의 땅이며 우리들의 땅이로구나. 장개동은 마음속으로 그렇게 생각하면서 얼핏 고개를 들어 새끼내의 들판과 영산강의 넉넉한 물굽이를 내려다보았다.

"참 아버님, 즈이 내외는 앞으로 새끼내에서 아버님을 모시고 살겠으니 그리 아십시오."

"네들이 우리와 한집에서 살겠다는 게냐?"

"그래요. 첨부터 그렇게 하기로 하고 왔으니께요."

"그것은 안 될 말이다. 우리 집은 네가 봤듯이 집이 아니여. 그런 초막에서 어뜨케 산단 말이냐? 네가 그렇게 고집을 부려도 네 처가 마다고 헐 것이다."

장개동이도 아내한테 새끼내의 아버지와 한집에서 살겠다고는 말하지 않았다. 그는 영산포에 올 때까지만 해도 자그마한 집을 한 채 사기로 하고 어머니한테서 집값까지 받아온 것이었다. 그런 판국인데 아내한테 새끼내에서 아버지와 함께 살자고 한다면 아마 짐을 싸 들고 다시 목포로 되돌아가버릴지도 모를 일이었다.

"지가 집을 짓겄구만요. 집을 살 돈으로 새끼내에 집을 지을랍니다. 방이 서너 개쯤 있는 집을 당장에 짓고 말겄구만요."

장개동의 말에 웅보는 한동안 말없이 영산강 물굽이만을 하염없이 바라보고 있었다. 그로서는 그 같은 개동이의 고맙고도 찐덥진 마음에 감동하여 눈물이 나올 것만 같았다. 개동이의 이야기를 듣고 보니 이상하게도 기쁜 생각보다는 부끄러운 마음이 뻗질러 오르면서 자꾸만 목안이 얼얼해졌다. 그는 개동이한테 그런 속내를 보이지 않으려고 애써 태연한 척하였다. 그러나 깊은 산 계곡에서 늦봄부터 첫 여름까지 보라색으로 피는 벌깨덩굴꽃의 아랫입술에 한 마리의 나비가 앉아 있는 것 같은 모습까지도 놓치지 않은 개동이가 아버지의 그 같은 기분을 눈치채지 못할리가 없었다.

"그만 내려가시지요, 아버지."

장개동은 이제 얼마든지 아버지를 아버지라 부를 수 있다는 생각에 가슴이 빼개질 것 같은 감격을 참으면서 아버지를 부축해 일으켰다. 그들이 산전의 둔덕을 내려오고 있을 때에야 동편 하늘에 아침 해살이 부채 살처럼 펼쳐졌다. 집 뒤쪽 바자울을 돌아 사립짝 가까이 이르렀을 때 우암이가 그들 부자를 찾아 집을 나서다가 개동이가 아버지를 부축하고 오는 것을 보고 슬그머니 먼저 마당 안으로 들어서버렸다. 우암이는 장개동이가 그의 아버지를 부축하고 집으로 들어서는 모습이 보기에 너무 좋아, 부자지간의 정겨운 분위기를 깨뜨리고 싶지가 않았던 것이다. 순간 우암이는 문득 이 년째 소식이 없는 창의병 아버지 생각이 간절해지면서, 개동이 사촌형이 부럽기까지 하였다.

"우암이도 이제 장개가야 쓰겄구나."

장개동이가 아버지를 부축하고 마당 안으로 들어서다가 마당 가운데 서서 그들 부자를 지켜보고 있는 사촌을 발견하고 뚜벅 입을 열었다. 우암이는 멋쩍게 푸시시 웃음을 흘리면서 흘깃 그의 큰아버지 눈치를 살폈다. 개동이가 보기에 목포에서 만났을 때는 약질 같았었는데 이제 나이가 들자 어글어글한 게 떠꺼머리가 완연하여, 일꾼으로 치자면 상머슴꾼 노릇을 하고도 남을 듯싶었다. 몸피 또한 개동이 자신보다 엄장하고 키도 컸다. 개동이는 그런 우암이를 보자 새삼 뿌듯한 핏줄의 정을 느꼈다.

아침을 먹은 장개동은 아내에게는 그냥 자기가 돌아올 때까지 새끼내에 머물러 있으라는 말만을 하고 서둘러 영산포로 향했다. 우암이가 새끼냇다리까지 따라 나왔다. 우암이로서는 사촌형이 영산포소학교 훈도라는 사실이 목청껏 고함을 지르고 싶을 정도로 자랑스러웠던 것이다.

"참, 우암아. 내가 영산포에 가서 목수를 보낼 테니께, 큰아버님과 상의해서 집 지을 계획을 세우거라."

장개동이가 다리를 건너면서 우암이에게 말하자, 우암이는 나무다리를 건너다 말고 그 자리에 우뚝 서서 그의 사촌을 바라보았다. 그는 사촌형의 양복 입은 모습이 보기에 좋다고 생각하면서 "집을 짓다니우?" 하고 얼빠진 목소리로 물었다.

"응, 집을 지을란다. 그래야 너도 장가를 갈 것이 아니냐? 방은 세 개쯤…… 아니다, 네 개 정도는 만들어야 되겄구나. 그래야 후제 네 자식들과 내 자식들이 크면 방을 하나씩 줄 수 있지 않겄냐?"

"아니, 성님. 성님도 우리랑 한집에서 살 거유?"

"왜? 그러면 안 되겄냐? 안 되겄으면 말이다, 네가 장개가서 자식을 낳을 때꺼정만이라도 함께 살면 어쩌겄냐? 그래도 괜찮겄냐?"

"성니임, 그것이 참말잉그라우? 워매, 참말로 새끼내에다 새 집 짓고 우리랑 함꾸네 사실랑그라우?"

우암이가 다급한 목소리로 물으면서 다가와 개동이의 두 손을 덥석 잡아 흔들었다.

"왜 안 되겄냐?"

"안 되다니우. 이 우암이는 성님 말이 믿어지지가 않어서 그러는구만이라우."

"그려, 그럼 되었다. 내 말대로 목수를 보낼 테니께 오늘부텀 새집을 짓는 거여."

그러면서 장개동은 우암이의 가슴팍을 밉지 않게 툭 건드리며 푸시시 웃고 나서 물 둑길을 타고 거의 반달음으로 걸음을 재촉하였다.

"성니임, 성님이 우암이 사촌성님이라는 거 사람덜한테 자랑해두 괜찮남유?"

우암이가 새끼냇다리에 서서 발걸음을 바쁘게 옮기고 있는 개동이의 뒤통수에 대고 두 손으로 주먹나팔을 만들어 소리쳤다. 그러자 장개동이 얼핏 뒤를 돌아보며 "그려. 영산포에 가서 내가 먼첨 새끼내 사는 우암이가 내 사촌동생이라고 떠들어댈란다"라고 역시 주먹나팔을 만들어 소리쳤다. 장개동의 그 소리가 영산강 강바람에 실려와 우암이의 가슴에 오랫동안 머물렀다. 우암이는 장개동의 모습이 보이지 않을 때까지 새끼냇다리에 서 있다가, 개동이 형이 영산포 사거리 쪽으로 휘어들어서야 몸을 돌려세워 마을로 뛰어 들어갔다. 그의 입에서는 한꺼번에 많은 말들이 마구 튀어나오려고 하였다.

장개동은 새끼내를 출발하여 영산강 물 둑길을 타고 영산포로 향했다. 아내를 새끼내 초막에 남겨두고 온 것이 다소 미안한 생각이 들기는 하였으나, 아버지를 아버지라 부를 수 있었던 감격스러움 때문에 마음이 한결 가벼워졌다. 그는 새끼내에서 영산포에 이르는 동안 그가 앞으로 죽는 날까지, 아니 그의 자식들까지도 대대로 영산강변 억새풀처럼 깊이 뿌리박고 살아가야 할 그곳의 들판과 강과 산들과 하늘을 눈여겨 살펴보았다. 그의 눈에 보이는 온 산천이 아버지를 찾아온 그를 반겨주고 있는 것처럼 느껴져 기분이 좋았다. 그날따라 햇살까지도 유난히 화사하여 아버지의 땅에 돌아온 것을 축복해주는 것 같았다. 햇살은 비단실처럼 부드러웠고 바람은 적당하게 불어왔으며, 하늘은 옥색으로 말갛게 개어 있었다.

영산포 심상소학교는 헌병대 건너편 야트막한 동산을 뒤에 끼고 잡목숲속에 자리 잡고 있었는데, 황토색 양철지붕에 흙벽으로 칸막이를 하여, 마치 목포 선창가의 미곡 창고처럼 보였다. 장개동은 교문 앞에 서서 한동안 학교 안을 들여다보고 서 있었다. 운동장에서는 많지 않은 학동들이 자치기를 하거나 줄넘기를 하고 있었다. 그들의 옷차림이 하나같이 꾀죄죄하였으며 사내아이들 중에는 많은 수가 댕기를 땋아 늘이고 있었다. 땡땡땡 종이 울리자 운동장에서 뛰어놀던 학동들이 다투어 황톳빛 지붕을 한 교실 안으로 빨려 들어가고, 운동장은 이내 고즈넉하게 비어 사월의 넉넉한 햇살이 가득 고였다.

장개동이 학교 안으로 들어가서 처음 대면하게 된 일본인 교장 데라우찌(寺內)의 인상은 수천 년 동안 바닷물에 씻긴 검은 빛깔의 차돌처럼 단단하고 빈틈이 없는 고집통이로 보였다. 그는 머리를 짧게 깎아 융통성이 없어 보였다.

"아, 장 선생. 기다렸습니다. 그리고 목포영사관의 다나까 참사님으로부터 장 선생의 이야기를 들었습니다. 장 선생은 이학년을 맡아서 가르치시오. 장 선생도 알고 있겠지만 조선에서의 교육은 되도록 허를 버리고 실을 취하는 것이오. 따라서 조선과 일본과의 관계 및 양

국의 친교를 저해하거나 또는 비의하는 일이 없도록 할 것은 물론, 배일사상을 고취하거나 또는 조선인으로 하여금 일본인에 대하여 악감정을 품게 하는 언사를 각별히 조심하시오. 나는 어디까지나 다나까 참사관님을 믿고 장 선생을 우리 학교 훈도로 초빙한 것이니 잘해주시오. 장 선생은 전에 목포에서 서당 훈장을 하였다는데, 서당 훈장들 중에는 편견과 고루한 생각으로 시세에 어두워 언동을 함부로 하는 자들이 많다고 합디다. 장 선생은 각별히 조심하여 점진적으로 조선인을 일본 신민으로 육성하는 일에 노력해주시기 바랍니다."

데라우찌 교장은 그의 방에 장개동을 세워두고 일장 훈시를 하였다. 장개동은 잠자코 듣고만 있었다. 훈시를 마친 그는 다른 훈도들에게 장개동을 소개해 주었다. 영산포 심상소학교에는 데라우찌 외에 일본인 훈도 두 명과, 조선인 훈도 세 명 등 모두 여섯 명이 있었다.

"그러면 오늘은 장개동 선생의 부임을 축하하는 뜻에서 저녁에 영산정에서 회식이 있겠으니 한 분도 빠짐없이 참석을 해주십시오. 특히 홍일점이신 오 선생이 빠지면 안 됩니다."

데라우찌는 여러 훈도들에게 장개동을 소개하고 나서 그의 특유의 쇳소리 나는 목소리로 말하였다. 데라우찌의 말에 훈도들이 오선옥(吳善玉) 선생을 힐끗 훔쳐보았으며, 순간 그녀의 얼굴이 복사꽃처럼 발그레하게 붉어졌다.

부임 첫날 장개동 선생은 이 학년의 첫 시간에서 다음과 같은 시 한 구절을 흑판에 쓰고 그 뜻을 풀이하였다.

鳥獸哀鳴海岳嚬, 槿花世界已沈淪
秋燈掩卷懷千古, 難作人間識字人

"자, 여러분. 이 시는 구례군 월곡리에 사시던 매천 황현이라는 분께서 일 년 전인 바로 작년 가을 세상을 비탄, 앵속각(양귀비 열매의 껍질)을 끓여 마시고 자결할 때 쓰신 절명시의 마지막 부분입니다. 지금부터 내가 이 시를 새길 터이니 잘 들어보시오. 새와 짐승도 슬피 울고 강산도 찡그리니, 무궁화 세상은 이미 가라앉고 말았구나. 가을 등잔 아래 책을 덮고 옛일을 생각하니, 사람 가운데 글자 아는 사람 되기 어려워라. 자, 이 시가 어떻습니까? 황매천 선생은 절개가 굳으신 선비였습니다. 그리고 그분은 바로 작년 팔월 초엿새 새벽에 절명시 네 수를 써놓으시고, 세상에 글 아는 사람 되기 어려움을 한탄하시며 홀연히 세상을 뜨셨습니다. 자, 여러분들은 이 시를 읽고 어떤 생각이 들었습니까?"

장개동은 학동들의 눈을 보았다. 스물두 명의 학동들은 애매한 시선으로 장개동의 얼굴을 쳐다보고만 있었다. 아무도 그 시에 대한 느낌을 말하지 않았다. 학동들은 그 시의 내용을 전혀 이해하지 못하고 있는 것인지도 모른다고 생각하면서 장개동은 다시 한 번 천천히 새김을 해주었다. 그리고 나서 다시 한 번 느낌을 말해주기를 바랐다. 그러나 아무도 입을 열려고 하지 않았다. 장개동은 다소 실망한 눈으로 학동들의 눈빛을 보았다. 학동들 중에는 여남은 살 안팎의 어린아이들도 있었지만 완연히 총각티나 처녀티가 나는 나이 많은 축들도 많았다. 그리고 장개동이 수업시간에 동료 훈도들에게 얼핏 듣기로는 학동들 중에는 서당에서 『명심보감』까지 읽고 신학문을 익히기 위해 온 사람들도 여럿 있다고 하지 않던가.

"이 절명시의 뜻을 모르겠습니까?"

장개동이 되도록이면 목소리를 차분하게 가라앉히고 부드럽게 물었다.

"뜻은 아는구만이라우."

맨 앞자리에 앉은 열대여섯 살 먹어 보이는 학동이 고개를 움츠리고 주눅 들린 목소리로 말하였다.

"그렇다면 이 절명시를 읽고 나서 생각을 말해보시오."

"선생님, 대관절 그 시를 지은 사람은 왜 죽었답니까요? 그런 시를 쓴 것은 이해가 가는디 왜 죽었는지에 대해서는 개득이 안 가는구만유."

뒷자리에 앉은 댕기머리 학동이 어글어글한 목소리로 분명하게 말하였다.

"그것은…… 그렇지요. 문자 아는 선비로서의 양심을 지키기 위해서 죽었지요."

장개동은 그렇게 말하고 나서 학동들을 둘러보았다.

"양심을 지키기 위해서는 누구나 다 죽어야 하는감유?"

맨 앞자리에 앉아서 처음부터 작은 눈을 크게 뜨고 장개동을 똑바로 쳐다보고 있던 열대여섯 살 되어 보이는 사내아이가 자리에서 일어서서 큰 소리로 또렷또렷하게 물었다. 장개동은 순간 어떻게 대답해야 좋을지 몰라 잠시 망설였다.

"꼭 그렇다고 할 수가 없겠지요. 죽지 않고도 양심을 지키는 사람들이 많으니까요."

"그렇다면 그 선비의 죽음은 헛된 죽음이 아니겄능감유."

"아닙니다. 그분은 세상을 떴으나 그분의 뜻은 살아 있을 터이니까요."

"잘 개득이 안 갑니다유."

"죽는 것보담은 차라리 싸우는 편이 낫다는 생각이로구먼요. 어채피 죽을 바에야 싸우다가 죽어야지라우. 지는, 시를 써놓고 자결을 해뿐진 그 선비님보담도, 을마 전에 화승총 들고 싸우다가 붙잽혀갖고 매맞어서 죽은 우리 동네 김유복이가 더 똑똑허게 생각되는구만이라우. 내 친구 김유복이는 포도시 열야들 살이었구만이라우."

운동장 쪽 창 옆에 햇살을 얼굴에 담뿍 받고 앉아 있던, 몸집이 크고 눈에 총기가 넘치는 학동이 장개동의 말에 불만을 표시하는 말투로 말하였다. 장개동은 그의 이름과 나이, 그리고 사는 동네를 부드럽게 물어보았다. 이름은 유기철(劉奇哲)에 나이는 열여덟이며 부덕촌에 산다고 하였다.

첫 수업을 마친 장개동의 기분은 마치 구정물을 한바가지 뒤집어쓰고 난 기분처럼 거무죽죽하게 가라앉았다. 그날 하루 내내 그의 기분은 개운치가 않았다. 황매천의 절명시를 학생들에게 소개하여 준 것이 어딘가 꺼림하게 생각되기도 하였다.

장개동은 그날 수업이 끝나고 그의 부임을 축하하는 영산정의 연회장에 가서도 언짢은 기분을 맛보아야단 했다. 공교롭게도 부임 축하연이 베풀어진 영산정에서, 동척 영산포출장소 직원들과 어울리게 된 것부터가 마음에 걸리는 일이 되고 말았던 것이다. 그날 동척 영산포출장소에도 본국에서 신입사원이 부임하여 부임축하연회를 베풀기 위해 직원들이 모두 영산정에 모이게 된 것이었다. 데라우찌 교장과 동척 영산포출장소장 요시다(吉田)는 같은 타네가시마(種子島) 출신으로 친동기간보다 더 가까운 사이였다.

"마침 잘 되었구만. 우리 학교에도 오늘 새로 부임해 오신 선생님이 있어서 축하연을 베풀게 되었는데 기왕이면 두 집 식구들이 한데 어울려보는 것도 좋지 않겠는가."

데라우찌 교장이 먼저 요시다 출장소장한테 제의하여 결국 열세 명이 한자리에 어울리게 된 것이었다. 더욱이 동척의 직원들은 단 한 명만이 조선사람이고 나머지는 모두 일본인들인지라 훈도들과 한자리에 어울리는 것을 크게 환영하였다. 결국 이날 연회는 일본사람들 중심으로 서로 얼크러지게 되었고 조선사람들은 개밥에 도토리 격으로 내돌림을 당하다가 벽돌림으로 노래를 부르게 되자, 가까스로 모가지 처박고 망국의 아픔을 한숨 속에 버물려 토해내듯 술김에 목소리를 쥐어짰다. 조선사람들 중에 일본말을 유창하게 지껄여대며 일본노래까지 부르면서 일본인들과 한데 얼크러진 사람이 있었다. 그는 장개동과 마주앉게 된 양만석이었다.

"그래 장 선생, 숙소는 정하셨소?"

장개동이 쪽에서 술을 먼저 권했더니 양만석이 술잔을 받으며 버릇처럼 실눈을 뜨고 핼끔거리며 물었다.

"아닙니다. 아버님께서 새끼내에 사시기 땜에……"

장개동은 건성으로 대답하였다.

"새끼내에요? 새끼내 누구요?"

양만석이 단숨에 술잔을 비우고 반배를 권하며 물었다.

"아매 잘 모르실 겁니다. 즈이 가친의 함자가 곰웅자 클보자지요."

"장웅보……?"

순간 양만석은 들고 있던 빈 술잔을 탕 소리가 나게 상위에 놓고는 놀라움과 비웃음이 범벅된 묘한 얼굴에 장개동을 저울질하듯 위아래로 들었다 놓았다 하는 눈빛으로 되작거려 보았다. 장개동이도 그의 앞자리에 얼굴을 마주하고 앉은 비슷한 나이 또래 양만석이가 다분히 냉소적이고도 탐탁찮은 듯한 눈빛으로 아버지의 함자를 함부로 퉁겨대는 것에 마뜩찮은 얼굴로 찔러보았다.

"형 씨가 장웅보 아들이라구요? 웅보한테 아들이 있다는 소리는 금시초문이오."

여전히 양만석의 말하는 본새가 장개동의 마음에 들지 않았다. 장개동은 그와 더불어 더 이상 이야기를 주고받기가 싫어졌다.

"형씨가 웅보 아들이라는 것이 사실이우?"

양만석이 상반신을 장개동이 쪽으로 꺾어 모멸에 가득 찬 눈으로 저울질해보며 다시 물었다.

"그렇소. 그동안 저는 쭈욱 목포에 있었기 땀시 자주 아버님을 찾아뵙지 못했지요."

장개동은 거푸 술잔을 비우며 마뜩찮은 눈빛으로 양만석을 퉁겨보았다.

“세상에 원. 장웅보 아들이 훈도라니…… 세상 많이 좋아졌구먼.”

양만석은 장개동뿐만 아니라 다른 사람이 듣기에도 거북스러울 만큼 노골적으로 비아냥거렸다. 그러나 장개동은 자신의 아버지가 노비 출신이라는 것을 알고 있는 터라 목구멍에 걸린 가시를 삼키듯 치밀어 오르는 모욕감과 분노를 한껏 참았다.

“데라우찌 교장 선생님, 새로 부임한 장개동 훈도는 바로 우리 집에서 대대로 비자 노릇을 했던 장웅보의 아들이랍니다. 이쯤 되고 보면 우리 조선에 평등이 보장되고 있다는 증거가 아닙니까요. 이것은 오로지 대일본제국 천황폐하의 황은이 아니고 무엇이겠습니까요? 안 그렇습니까, 요시다 소장님.”

양만석이가 좌중을 둘러보며 일본말로 크게 떠벌여댔다. 순간 장개동은 몇 번이고 그 자리에서 뛰쳐나가 버리고 싶었으나 호비칼로 심장을 후벼 파는 듯한 아픔과, 피가 거꾸로 치솟는 것 같은 분노를 느끼면서도 이를 악물고 참아냈다. 그는 오히려 범범하게 얼굴을 쳐들고 눈심지에 힘을 주었다.

“그러니까, 양 주사가 장개동 훈도의 상전이란 말이오?”

“양 주사 말이 옳소. 천황폐하의 홍은으로 이제 조선의 모든 인민은 누구나 평등하게 된 것이오. 그러니 장 훈도도 천황폐하께 감사하는 마음으로 학생들을 잘 훈도해야 할 것이오.”

데라우찌 교장과 요시다 출장소장이 각각 한마디씩 하였다.

장개동은 잠자코, 그러나 두 눈을 크게 뜨고 턱 끝에 힘을 준 채 그들의 말을 듣고만 있었다. 장개동은 그 자리에서 이십오 년 전에 노비 세습제도가 폐지되었노라는 말을 하려다가 역시 참았다.

"장 선생의 작은아버지 장대불이 때문에 장 형 아버지 웅보와 대불이 아들 우암이가 그러께 헌병대에 붙잡혀 와서 다 죽게 된 것을, 이 양만석이가 살려주었소. 그래도 옛날 상전 된 인정을 생각해서 내가 힘을 썼다는 것을 기억하시오."

양만석이가 여전히 좌중이 다 들을 수 있는 큰 소리로 자랑스럽게 말했다. 장개동은 자작으로 거푸 술잔만을 기울였다. 그는 되도록이면 귀를 막고 가슴을 열어 영산강의 물소리로 온몸을 가득 채우고 싶을 뿐이었다. 그는 순간 영산강의 도도한 물결이 그의 가슴속으로 넘쳐 들어오는 듯한 것을 느꼈다. 그것은 영산강이 붉덩물이 되어 들판을 할퀴고 나무를 뿌리째 뽑아버리는 것 같은 놀랄 만한 노여움의 물결이었다. 그러나 그는 참고 또 참았다. 빈 술잔을 거푸 비우는 것으로 참아낸 것이었다. 그리고 순간 장개동은 밤에 잠을 못 이루고 밭은 기침 쏟는 아버지의 얽은 얼굴과 작대기에 의지하고 겨우 일어서서 걷는 허리 굽은 모습이며, 그 몸으로 손수 땅을 일구어 후손에게 물려주겠다면서 한으로 홀 맺힌 삶의 탑을 쌓아올리듯 물둑을 쌓아올린 아버지를 떠올렸다. 그러면서 또 술잔을 기울였고, 턱 끝에 힘을 주어 부릅뜬 눈으로 맞은편의 양만석을 싸늘하게 바라보면서 영산강물처럼 도도한 마음으로 희미하게 웃음까지 떠올려 보았다. 그리고 그는 마음속으로 말하였다. 그래 나는 종의 핏줄이다. 그렇지만 그 핏줄은 언제까지나 마르지 않고 영산강물처럼 이 땅에 도도히 흘러, 너 같은 놈들을 쓸어버릴 날이 오고야 말 것이다. 언젠가는 꼭 그런 날이 오게 될 것이다.

"저 여러분들, 소생이 이 자리의 흥을 돋우기 위하여 감히 노래 한 자리를 더 하고 싶은디 허락을 해주실런지요."

거푸 술을 마셔 거나하게 취한 장개동이 벌떡 일어서서 좌중을 둘러보며 말하였다. 갑작스러운 장개동의 행동에, 동석했던 조선인 훈도들은 장개동이가 실수나 하지 않을까 걱정스러운 얼굴들을 하였으나, 일본인들은 손뼉까지 치면서 어서 노래를 하라고 재촉이었다.

"어떤 노래를 하겠소까?"

얼굴이 불콰하게 달아오른 데라우찌 교장이 물었다.

"예. 방아타령을 한 곡조 뽑겠습니다요."

데라우찌 교장의 물음에 장개동이 일본말로 대답하였다.

"그렇다면 어디 조선 방아타령 한 번 들어봅시다 그려."

아무리 마셔도 취하지 않는다는 요시다 동척 출장소장이 관심 있게 장개동을 비딱하게 쳐다보며 말했다. 장개동은 자작으로 술 한 잔을 더 따라 마신 후에 큼큼 헛기침으로 목을 다듬고 나서 방아타령 한 대목을 뽑기 시작하였다.

요순 같은 우리 임군 경복궁에 계옵시니, 강구연월 우리 창생 화복 삼축 하옵기를. 남산같이 수를 하사 무너지지 마옵소서. 냇물같이 복이 흘러 끊어지지 마옵소서. 헌원씨 본을 받아 이십사남 두옵소서. 남산북악 높은 봉의 봉황 울고 기린 논다. 삼월춘풍 저 두견아 촉나라가

멀다 하되 삼천도도 터졌으니 네 몸의 두 나래로 훨훨 날아 아니 가고 적막공산 달 밝은듸 불여귀 슬피 울어 독수공방 하는 사람 얼매 아니 남은 간장 마디마디 다 긇는다. 사창을 열고 보니 은하수는 기울어지고 북두칠성이 앵도라졌구나.

장개동은 남자답지 않게 청승맞은 목소리로 고개까지 끄덕거리며 방아타령 한 대목을 뽑고 나더니 갑자기 목이 메는지 끄억끄억 목울대를 꺾으며 자리에 앉았다. 어느 사이엔가 그의 시울이 펑 젖어 있었으나 아무도 그것을 발견하지 못하였다. 그와 마주앉은 양만석이까지도 장개동의 눈물을 훔쳐보지 못하였다.

갑자기 좌중의 분위기가 강물 밑바닥처럼 무겁게 가라앉았다. 그것은 방금 노래를 부르다 말고 목이 메어 맥없이 주저앉아버린 장개동의 예기치 않은 태도 때문이 아니었다. 그것은 파도가 밀려가고 다시 밀려오기 직전 바닷가 모래밭의 정적, 소나기가 퍼붓기 직전의 그 음음하고도 후텁지근한 분위기처럼 알 수 없는 긴장감이 방안을 팽팽하게 죄어왔기 때문이다. 노래가 끝나면 마땅히 손뼉을 쳤어야 할 터인데도, 조선인 훈도들은 모두 침 맞은 지네처럼 무거운 분위기에 짓눌린 채 말이 없었다. 노랫말의 내용을 모르는 일본인들은 그렇다 손 치더라도 조선인 훈도들이 손뼉을 치기는커녕 잔뜩 겁을 먹은 얼굴로 몸을 움츠리는 것을 보자, 데라우찌와 요시다는 이것을 이상하게 여길 수밖에 없었을 것이었다.

"그 노래 내용이 무엇이무니까?"

요시다 출장소장이 양만석을 질러보며 의심쩍은 듯한 목소리로 퉁명스럽게 물었다.

"아, 네. 조선 임금을 칭송하는 노래입니다요."

양만석이 장개동을 찍어보며 빠른 일본말로 대답했다.

"조선의 임금을 칭송하는 노래? 그렇다면 배일감정을 노골적으로 나타내는 노래가 아니무니까?"

갑자기 요시다의 얼굴이 험하게 일그러졌다.

"아닙니다요. 이 노래는 대원위대감께서 경복궁을 지어 낙성식을 했을 때, 고창에 사는 신재효라는 분이 노래를 지어, 그의 제자인 진채선이라는 가녀로 하여금 부르게 했던 것입니다요."

양만석이 못지않게 일본말이 능통한 장개동이가 방아타령의 내용을 설명하였다. 그제야 데라우찌와 요시다의 표정이 다소 누그러졌다. 그것은 장개동의 유창한 일본말 때문에 요시다나 데라우찌가 장개동에 대해서 품었던 적개심을 다소 풀게 되었기 때문이었다. 장개동의 노래는 더 문제가 되지 않았다. 연회는 밤이 늦어 영산강 물너울이 드세어진 강바람에 몸부림치듯 조리질해대는 소리를 낼 때까지 계속 되었다.

장개동의 훈도 부임을 환영하는 연회는 밤이 깊어갈수록 찐득하게 분위기가 얼크러져갔다. 일본인들은 저마다 기생을 한 명씩 끼고는 조선인 여자 훈도와 자리를 같이하고 있다는 것도 무시한 채 음탕한 말을 뱉어내며 히히덕거렸다. 이 무렵에 조선인 훈도들은 자리를 떴다. 분위기가 농염하게 무르익자 먼저 홍일점 훈도 오선옥 선생이 슬며시 자리를 떴으며, 잠시 후에는 나머지 조선인 훈도들도 마포 바지에 무엇 빠져나가듯이 저마다 자리를 떴다. 장개동도 정신없이 혼자 거푸 술잔을 기울이다가 얼핏 옆을 보았더니 동료 조선인 훈도들의 모습이 한 사람도 없음을 알고 소피를 보러 나가는 척하고 밖으로 빠져나오고 말았다. 그가 신발을 찾아 꿰고 영산정을 나가자, 요정의 대문 밖에 조선인 훈도들이 모두 추레한 모습으로 서 있었다. 오선옥 여훈도의 모습은 보이지 않았다.

"왜 이러고들 계시는 게요?"

장개동은 조선인 동료 훈도들이 문밖에 모여 있는 것을 발견하고 약간 의아해하는 표정으로 물었다.

"장 선생은 뭘 허시고 이제야 나오시는 게요?"

조선인 훈도들 중에서 나이가 제일 많은 배 선생이 약간 불퉁거리는 말투로 퉁겨댔다.

"뭘 허고 이제야 나오다니요?"

장개동은 배 선생이 그에게 퉁겨댄 말의 뜻을 모르는 터라 약간 뜨악해하였다.

"쪽발이들은 저들끼리 어울리기를 원한답니다요. 그래서 언제나 술자리가 벌어진다 치면 우리 조선사람들은 적당한 대목에서 살째기 빠져나오지요. 자 우리끼리 가서 한잔씩 더 협시다."

장개동과 나이가 비슷하고 체구가 엄장한 이상수(李相洙) 선생이 배 선생의 말뜻을 설명해주었다. 그제야 장개동은 마음속으로 고개를 끄덕이며 씁쓸하게 웃었다.

"헌데 조선인 중에서 그 동척 양 주사라는 사람은 왜 나오지 않는 게요?"

장개동이가 대문 밖 처마에 걸린 주등(酒燈)의 희끄무레한 불빛에 비쳐 보이는 이상수 선생을 쳐다보며 약간 뒤틀린 감정으로 물었다.

"그 사람은 쪽발이가 다 되었다우. 자, 어서 갑시다."

이상수 선생이 그렇게 말하며 동료들을 끌었다. 장개동은 동료들을 따라 선창거리 후미진 골목의 주막에 들러 한 차례 행주를 하고서야 헤어졌다. 조선인 동료들은 별로 말이 없이 술잔만을 기울였는데 장개동이가 보기에 어쩐지 그들의 기분이 거무죽죽하게 젖어 있는 것만 같았다. 그들은 잠시 후에 헤어졌다. 배 선생은 선창에서 가까운 언덕배기에 집이 있어 주막 앞 선창거리에서 헤어졌고, 이상수 선생은 집이 학교 근처라서 함께 큰길을 따라 걸었다. 장개동이 약간 술이 취해 비틀거렸기 때문에 이상수 선생이 그를 부축해주었다. 밤이 어지간히 깊어 거리에는 오가는 사람들의 발길이 끊겨 고즈넉이 가라앉은 분위기였다.

"자, 이 선생님은 그만 들어가시오. 여기서부터는 혼자 가겠습니다."

그들이 삼거리에 이르자 장개동이가 말했다. 장개동은 술을 너무 많이 마신 탓으로 약간 다리가 휘청거리기는 하였지만 정신만은 맑았다.

"장 선생님, 내가 새끼내까지 함께 가드리겠소. 장 선생님한테 할 이야기도 있고……."

그러면서 이상수 선생은 장개동의 오른팔을 붙든 채 새끼내 쪽으로 나 있는 둑길로 접어들었다.

"아닙니다. 나 혼자서도 갈 수 있어요. 나는 취하지 않았습니다."

장개동은 이상수 선생의 손을 뿌리치려고 하였다.

"장 선생님한테 할 이야기가 있어서 그러오. 자 걸어가면서 이야기합시다."

"저한테 하실 이야기가 있으면 여기서 하시지요."

장개동은 이상수 선생이 자기한테 호의적인 감정을 가지고 있다는 것을 느끼고 있으면서도 어쩐지 그와 함께 새끼내까지 밤길을 걷고 싶지가 않아서 한사코 동행을 사양하였다. 어쩌면 장개동은 밤길을 혼자 걷고 싶었기 때문인지도 몰랐다.

"가면서 이야기하겠소."

이상수 선생은 장개동의 오른쪽 팔을 놓지 않았다. 장개동은 하는 수 없이 이상수 선생과 함께 나란히 둑길을 걸었다. 한동안 두 사람은 말이 없었다. 장개동은 영산강 쪽으로 귀를 기울였다. 그는 혼자 걸으면서 영산강이 강바람과 속삭이는 소리를 듣고 싶었다. 그는 새끼내 집으로 들어가기 전에 잠시 강변에 앉아서 어머니 말대로 바보 영산강이 어둠속에서 몸을 뒤척이며 앓고 있는 소리를 듣고 싶었던 것이다.

"장 선생님, 조심하십시오."

한참 걷다가 이상수 선생이 뚜벅 입을 열었다.

"조심하라니요?"

"오늘 저녁에 말입니다, 왜 하필이면 그런 노래를 부르셨습니까. 그리고 오늘 첫 시간에 매천 선생의 절명시를 학생들에게 말씀하신 것도 그렇고……."

이상수 선생의 말에 장개동은 우뚝 걸음을 멈추어 섰다. 그는 어둠속으로 이상수 선생을 찔러보았다. 순간 그는 술이 확 깨면서 머릿속에 강물이 출렁이는 것처럼 마음이 냉정해졌다.

"아, 달리 생각은 마시오. 나는 장 선생님을 걱정해서 말씀드리는 것이니까요. 혹시 교장이 장 선생님께서 매천 선생의 절명시를 학생들에게 가르쳤다는 것을 알게 되면 그냥 넘기지는 않을 것이오. 그러고 오늘밤에 장 선생님께서 부르신 노래 방아타령만 해도, 저들이 까탈을 부릴 수가 있는 게지요. 장 선생님은 요즘 세상이 얼마나 칼날같이 날카롭고 매정스러운지 모르시는 모양인데, 암턴 조심해야 합니다. 저도 장 선생의 마음과 같습니다만, 조심하지 않으면 훈도 자리를 지킬 수가 없어요. 그러고 영산포에서는 오늘밤에 만났던 동척 양만석이라는 사람을 조심해야 합니다. 그 사람은 원래 일진회 멤바인데, 동척이 궁삼면 땅 일만 사천 두락을 집어삼키는 일에 앞장을 서서 날뛰고 있습니다."

장개동은 이상수 선생의 말을 듣고서야 진정으로 그가 장개동 자신을 걱정해서 그 같은 이야기를 해주고 있다는 것을 알았다.

"우리 땅도 시방 옴씰허게 동척한데 빼앗기게 생겼소만…… 아니지요, 우리 땅만이 아니지요. 자그마치 일만 사천 두락이나……."

이상수 선생은 말끝을 맺지 못하고 어둠속에 침을 뱉었다.

"궁삼면은 어디고 동척은 또 무슨 권리로 일만 사천 두락이나 되는 땅을 거저먹으려 한답니까?"

"장 선생은 궁삼면에 대한 이야기를 못 들어섰수?"

이상수 선생은 뜻밖이라는 듯 물었다.

"저는 이번에 처음으로 아버님을 찾아왔습니다. 그러니 이곳 사정은 모릅니다."

"궁삼면에 대해서 말하자면 역사가 길지요. 그러니까 이 고장 사람들 가슴에 맺힌 아픈 피멍 같은 것이랍니다."

그러면서 이상수 선생은 둑길의 어두운 풀 섶 위에 앉아 한숨을 섞어 궁삼면에 대한 이야기를 해주었다.

"그러니께 이십삼 년 전 무자년에 내리 삼 년 동안이나 큰 가뭄이 들었지요. 특히 이 근동은 가뭄이 심하여 상곡(上谷), 욱곡(郁谷), 기죽(技竹) 등 세 면에 살던 농민들은 호구지책을 잃고 고향을 등졌지요. 그때 우리 부모님들도 할아버지 할머니를 모시고 대처로 나가 떠돌음 하면서 밥을 빌어 겨우 목줄을 지탱하였다고 하십디다."

이상수 선생은 잠시 침묵을 지켰다가 이야기를 계속하였다. 장개동은 이상수 선생 옆에 앉아 관심 있게 그의 이야기를 들었다.

"고향의 전답을 버리고 밥을 빌어먹기 위해 대처로 나간 사람들의 땅이 자그마치 천사백 두락이나 되었는데, 이렇듯 심한 흉년에는 나라에서 응당 면세를 해주어야 하는데도, 경저리(京邸吏), 전성창(全聖暢)이라는 폭리(暴吏)는 초근목피로 연명을 하면서도 차마 고향을 떠나지 못하고 남아있는 사람들에게 고향을 떠난 사람들의 조세까지 동징(同徵)하라고 독촉이 추상같았답니다. 허나 남아 있는 사람들이 무슨 수로 천사백 두락에 대한 조세를 대납할 수가 있었겠는지요. 그려자 전성창은 임공필(林公弼), 민중병(閔仲秉), 박원일(朴元逸) 등 이 지역의 악소배들을 앞세워, 고향을 떠난 사람들의 전답 일천사백 두락을 무망답(無亡畓)이라 하여 자기 소유로 만들고, 고향에 남아있는 사람들의 전답 이만사천 두락에 대해서는 자기가 조세를 대납해주겠다고 하고 올라갔답니다. 그 후 전성창은 삼년 동안에 걸쳐 많은 악소배들을 거느리고 이곳에 머물면서 자기가 대납해준 조세에 대한 가역금(加役金)의 배상이라는 명목으로 일금 삼천오백오십 원과 벼 일만 칠천이백구십 석을 강제로 거두어들였는가 하면, 이 세 면의 전답 일만 사천 두락을 엄상궁(嚴尙宮)의 경선궁(慶善宮)에 넘겨주고 말았답니다. 말하자면 상곡, 욱곡, 기죽 삼개 면의 모든 전답이 경선궁의 궁토가 되어버린 게지요. 그래서 이 지역을 궁삼면이라 한답니다. 이제 아시겠습니까?"

"아니, 세상에 그럴 수가? 그렇다면 전성창을 그대로 놔두었습니까? 농민들은 그래 자기 땅을 빼앗기고도 가만히 있었습니까?"

장개동은 자신도 모르게 벌떡 일어섰다가 다시 앉으며 이상수 선생에게 따지기라도 하는 것처럼 큰 소리로 거듭 물었다.

"왜 가만히 있었겠습니까요. 농사꾼에게 땅은 목숨보다 중한 것인디, 그대로 당하고만 있었겠습니까요. 면민들은 당시 나주군청 이우규(李祐珪) 군수와, 전라도관찰사 윤웅렬(尹雄烈)에게 진정을 내는 한편 고등재판소에 소송을 제기하였지요. 그래서 고등재판소 한규설(韓圭卨) 재판장으로부터 그 전답은 면민들의 개인토지라는 승소 판결을 받았지요. 허나 일은 그것으로 끝나지만은 않았답니다. 사기꾼 전성창은 전라도 신임관찰사 채규상(蔡奎常)한테 빌붙어서 자벽주사(自壁主事) 자리를 얻어 나주에 들어오게 되었으며, 다시 삼개 면의 전답에 대한 권리증을 위조하고 경선궁 사람들과 한통속이 되어, 면민들의 토지를 매수한 것처럼 꾸미고, 전라도관찰부 주사로 있던 엄상궁의 종제 김영달(金永達)과 야합하여 경선궁에서 매입한 토지 소작료검사관이라는 직책을 얻어내어, 농민들에게 위조한 토지문권(土地文券)까지 보이며 소작료를 강징하려고 들었지요. 그러나 면민들은 이 전답은 선조에게서 대대로 물려받은 유산으로 누구에게 판 일도 없었으려니와, 한때 전성창한테 속아 빼앗길 뻔한 것을 고등재판소에서 소송을 제기하여 승소한 사실을 말하면서 소작료 납부에 응하지 않았습니다. 이때 많은 농민들이 소작료 납부 반대를 주동하다가 전성창과 김영달이 끌고 다니던 악소배들한테 큰 곤욕을 치렀다는 이야기를 들었어요."

이상수 선생은 자세하게 설명했다. 경선궁과 짜고 토지문권을 위조한 후, 소작료를 강징하려다가 농민들의 반대로 뜻을 이루지 못한 엄상궁의 종제이며 전라도관찰부 주사 김영달은 그로부터 며칠이 지나자 광주에 있는 관찰부 순검 30명과 관찰부 직원 10명, 그리고 나주경찰서 순검 30명 등 70명을 몰고 궁삼면에 나타나 소작료를 내지 않겠다고 하는 농민들을 포박하고 구타하였다. 그러나 농민들은 죽으면 죽었지 소작료를 내지 못하겠다고 끝까지 이들의 강압에 굴복하지 않았다.

농민들은 이듬해인 1899년 2월, 전성창과 김영달이 농민들의 토지문권을 위조하여 강제로 소작료를 거두어가려고 하고, 이에 불응하는 농민들을 무차별 포박하여 구타한 사실을 경성재판소에 제소하기로 하고 대표 서른두 명을 뽑아 보냈는데, 이를 알고 있던 궁내부 경무관 김영진(金永振, 김영달의 형)은 면민 대표들이 도착하자마자 전원을 붙잡아다가 투옥하고 대표들이 가지고 갔던 토지소유 증거서류 쉰 세통을 탈취했는가 하면, 이들을 아홉 달 동안이나 감옥에 가두어 놓고, 갖은 협박으로 궁삼면의 토지소유권을 포기하라고 하였다. 하는 수 없이 농민들은 소작료를 내기로 하였으며, 대표 서른두 명은 아홉 달 만에야 풀려나게 되었다.

그해부터 오 년 동안 김영달은 관찰부 순검들을 앞세워 궁삼면에서 벼 오만여 석을 강제로 받아갔다. 그러다가 1904년 노일전쟁이 일어난 후 친로파였던 경선궁의 세력이 약해지고 아울러 김영달 · 김영진 · 전성창 등도 힘이 한풀 꺾이게 되어, 그들은 다시 궁삼면에 나타나지 않게 되었으며, 농민들은 겨우 마음을 놓을 수가 있었다.

그로부터 몇 년 후인 1907년 임시 제실소유(帝室所有) 및 국유재산조사국이 생겼으며, 정부로부터 조사통첩 제15호로 나주군수 김성기(金聖基) 앞으로 다음과 같은 내용의 통첩이 내려왔다.

귀군 경내에 있는 각 궁사전답(宮司田畓) 및 원림(園林)에 대하여 내각문빙(內閣文憑) 및 본국행문(本局行文)이 없는 자는 어떤 사람을 막론하고 토지증명에 인허하지 못함. 내부, 법부 및 귀도관찰사는 업경행문(業經行文)했을지라도 현에 본국위원회에서 조사한 결과, 전 각 궁내사(宮內司)에 투탁한 전답과 작도장중(作導掌中)에 사토(私土)가 협입(挾

入)되었거나 궁에서 탈입건(奪立件)을 재차 하급(下給)한 것으로서 해압토(該壓土)는 여기에서 이왕 전 궁사(宮司)와 관계가 없고 순전한 사유로 공인한 토지에 대하여 세 면민의 청구가 있을 경우에는 토지증명을 선급(繕給)(親規下付할 것)함을 타당타 할 것이다. 이에 통첩하니 조록(照錄)한 후에 별지 기재의 토지에 대하여 삼 면민이 하급증을 첨부 신청할 시는 토지 증명 인허를 요함.

大正 2年 3月 19日

隆熙帝室有 및 國有財産調査委員會

內部法部局長 兪星濬

羅州郡守 金聖基 座下

別紙, 技竹面·上谷面·郁谷面

이와 같은 통첩을 받은 궁삼면 농민들은 잃었던 토지를 다시 찾을 수 있게 되었다고 반가워하면서, 그동안의 경위를 저저이 적어 제실소유 및 국유재산 조사국위원회에 토지증명 하부(下付)를 청원하였다. 그러나 욱곡, 기죽, 상곡 등 삼 개 면의 궁감(宮監)인 김영달은 나주 군수 김성기에게 벼 이백 석을 뇌물로 주어, 군수로 하여금 삼 개 면의 토지는 사유지가 아니고 경선궁의 궁토라고 거짓 보고케 하였다. 당시 나주 군수 김성기는 의친왕(義親王, 엄상궁의 생자)의 처남으로 청도 군수를 지냈으며, 의친왕이 신임 전라관찰사 김사준(金思濬)에게 부탁하여 나주 군수로 내려오게 한 것이었다.

김성기 군수가 궁토라고 보고한 사실을 알게 된 농민들은 다시 대표를 뽑아 군수에게는 물론 광주에 있는 전라관찰사, 그리고 한성에까지 보내, 토지증명을 하부받기 위해 백방으로 노력하였다. 궁삼면의 면민들이 자기네들의 땅에 대한 소유권을 찾기 위해 동분서주하고 있을 즈음에 동양척식회사가 생겼으며 영산포에도 그 출장소가 들어섰다. 동양척식회사 영산포출장소는 그 무렵 나주지방에서 활발하게 움직이고 있던 의병들 때문에 건물의 사방에 초소까지 세워 헌병들로 하여금 지키게 하였다. 영산포에 출장소를 세운 동양척식회사는 서둘러 토지매수에 착수하였다. 동양척식회사는 전라도의 기름진 농토를 탐내고, 매수 작업에 힘썼다. 특히 나주 지역은 1910년에 대전에서 목포까지의 철로를 착공할 것이므로, 개항지인 목포로 농산물을 운반해가기가 편리한 지역인지라, 동양척식회사는 이 지역의 토지를 욕심내어 영산포에 출장소를 내어 토지매수에 나선 것이었다. 동양척식회사는 궁삼면 토지가 경선궁의 궁토로 되어 있는 사정을 알고 감무(監務) 엄주익(嚴柱益)과 교섭, 궁삼면의 토지를 매수할 것을 원했다. 그러나 엄주익은 궁삼면의 토지가 경선궁과 면민들 사이에 토지소유권 문제로 분쟁이 있다는 사실을 말하고 이를 거절하였다.

그러나 동양척식회사는 이를 포기하지 않고 후일에 만약 문제가 있을 시는 동척에서 해결하고 경선궁에는 전혀 누를 끼치지 않겠다는 조건으로 경선궁의 대리인 엄주익으로부터, 삼개 면 1만 4천 5백 52두락의 전답과 2만여 면민의 대지와 가옥, 1천 6백여 기의 선조들 묘소가 있는 임야 등 당시의 시가 2천만 원 이상의 농민들 재산을 단돈 8만원에 매입하였으니, 이제 삼개 면의 땅과 그들이 대대로 살아온 집까지도 경선궁에서 일본인들 소유로 넘어가버린 것이었다. 동양척식회사 영산포출장소에서는 궁삼면의 마을마다 직원들을 보내, 궁삼면의 궁토는 모두 동양척식회사에서 매입하였으니 이에 승인 날인할 것을 강요하였다. 동양척식회사는 그러면서 승인 날인을 하는 사람에게는 경선궁으로부터 토지와 함께 싸잡아서 매입한 집을 그대로 주고 소작을 부치게 하겠지만, 이에 불복한 농민은 집에서 내쫓고 소작권도 주지 않겠다고 위협하였다. 농민들은 동척의 요구에 단 한 명도 응하지 않았다. 그 땅은 처음부터 자기네들 소유였고 경선궁에 팔아넘긴 적이 없으며 십육 년 전 고등재판소에 제소하여 승소한 사실을 말하고, 동척의 소유로 인정하지 않았다. 이에 동양척식회사는 순사들을 앞세워 농민대표 이상협(李祥協), 장홍술(張弘述), 김운서(金雲瑞), 염자옥(廉子玉) 등을 붙잡아 경찰서 우치장에 가두고 구십여 차례나 태형을 가하여 거의 빈사상태에 이르게 한 후, 강제로 삼개 면의 토지가 동양척식회사의 소유임을 승인한다는 문서에 날인을 하게 하였다. 그리하여 동양척식회사 영산포출장소는 1910년 7월 30일자로 토지·가옥 증명규칙에 의하여 궁삼면의 토지소유권 취득인가를 받았다. 이때 동양척식회사 영산포출장소에서 차지한 궁삼면의 토지를 면별로 보면, 기죽면이 논 7천 2백 90두락에 밭이 5천 5백 12두락으로 가장 많았고, 상곡면은 논이 4천 1백 96두락에 밭 2천 2백 95두락, 그리고 욱곡면이 논 2천 9백 25두락에 밭 5천 4백 80두락이었다.

"여기 사람들은 그러니까 나라를 잃은 것뿐만 아니라, 대대로 물려받은 땅마저도 옴씰하게 빼앗기고 만 셈이지요. 물론 우리 집 땅도 모두 동양척식회사 소유로 넘어가고 말았답니다."

이상수 선생은 장개동에게 긴 이야기를 끝내고 나서 강바람에 영산강 물너울 뒤집는 듯한 한숨을 내뿜었다. 그는 허탈한 모습으로 별이 돋은 하늘을 쳐다보았다.

이상수 선생으로부터 긴 이야기를 듣고 난 장개동은 잠시 할 말을 잃고 말았다. 그는 땅을 빼앗긴 아버지를 생각했다.

"다른 대책이 없습니까요?"

장개동은 막연하게 물었다. 그러나 이상수 선생은 거푸 한숨만을 토해냈다. 장개동의 귀에 이상수 선생의 그 한숨 소리가 마치 바보 영산강이 앓고 있는 소리처럼 들렸다. 그것은 한숨이 아니라 울부짖음이었는지도 몰랐다. 장개동은 그 같은 한숨 소리를 어젯밤 아버지로부터도 헤아릴 수 없을 만큼 들었다.

2

참새들이 새끼내 아침을 열어주었다. 새끼내 사람들의 아침을 열어준 것은 언제나 바자울의 참새 떼들과 영산강의 강바람에 억새풀들이 춤추는 소리였다. 참새소리와 억새풀 흔들어대는 소리에 잠을 깨고 가면, 처마 끝을 가로지르는 제비들의 날개 치는 소리며, 뒷산의 뻐꾸기, 앞산의 꾀꼬리 우는 소리와 함께 마을 어귀 큰 느티나무에서 까치가 반겨주고, 동백꽃에서 꿀을 빨아먹기 위해 마을 뒤 동백나무 숲에 모여드는 동박새들이 시새워서 우짖기 시작했다.

들에서는 뜸부기가 뜸북뜸북 울면서 논바닥을 헤집으며 날았다. 써레질하는 농군의 소 모는 소리와 함께, 모판에서는 파릇한 모가 잎을 틔우며 자라는 소리까지도 들리는 듯했다. 해가 정수리에 떠오르면 낮닭이 자지러지게 울고, 하릴없는 개들도 덩달아 짖어대는 소리에, 마을은 한동안 어수선해지기 마련이었다.

요즈막 새끼내에는 새소리, 억새풀 춤추는 소리, 소 모는 소리, 낮닭 우는 소리 외에 웅보네 집에서 목수들이 집을 짓느라 톱질, 자귀질, 대패질하는 소리가 더 시끌벅적했다. 웅보는 이 소리들이 모두 듣기 좋았다. 그는 요즈막 물둑 쌓는 일을 잠시 멈추고 우암이와 함께 집짓는 일을 거들었다.

"요새 웅보 살판났어. 뜽금없이 훈도질허는 아들이 나타나갖고 성조를 해주지 않는가, 쌀가마니를 들여놓지 않는가. 어느 구름에 비올지 모른다등만 외방자식이 느닷없이 떠억 나타나서는 아부지 호강시켜중께로 불겁혀(부러워)."

입 달린 사람들은 웅보에게 한마디씩 하는 것이었는데 웅보는 그 소리가 싫지 않았다.

"그려, 늙마에 부엉이 집을 얻었구만. 내가 불겁허면 젊어서들 나같이 외방자식 하나씩 맹글지 않고 무신 헛지랄들 했던감."

웅보는 같은 나이 또래들이 은근히 그를 부러워하는 말을 할라치면 히죽거리며 그렇게 받아넘기곤 하였다.

장개동은 그날도 목수들이 나무 다듬는 소리를 들으며 가죽 손가

방을 들고 걸어서 학교로 출근을 하였다. 그날은 동양척식회사 영산포출장소에서 초청한 일본인 이주민 51가구가 영포환으로 도착하는 날이라, 학생들을 이끌고 선창에 환영을 나가야만 했기 때문에 다른 날보다 한 시간쯤 빨리 출근을 하였다.

장개동 선생이 학교에 가보니 벌써 일본인 도화선생이 나와서 흰 옥양목 천에 일본어로 환영하는 말을 커다랗게 쓰고 있었다. 학생들이 환영식에 들고 나갈 플래카드를 만들고 있는 것이었다.

"세끼구찌(關口) 선생님, 무얼 하십니까?"

장개동은 일본인 도화선생이 환영 플래카드를 쓰고 있다는 것을 번연히 알고 있으면서도 그렇게 물었다.

"장 선생은 국기를 다 만들었습니까?"

세끼구찌는 장개동 선생이 묻는 말에는 대답을 하지 않고, 일본인이 조선인을 대할 때의 그 모멸에 찬 눈으로 삐딱하게 턱 끝을 쳐들고 되물었다. 환영식에 나갈 때 모든 학생들이 손에 일장기를 들고 일본인 이주민들이 배에서 내릴 때, '반자이'를 외치며 흔들게 되어 있었다.

"예, 여기……."

그러면서 장개동 선생은 손에 들고 있던 보자기를 들어 보였다. 그가 들고 있는 보자기 안에는 간밤에 아내와 함께 만든 서른 개의 일장기가 들어 있었다.

장개동은 두 시간째의 수업이 끝나자 보자기에 싸들고 온 일장기를 아이들한테 하나씩 나누어주고 간단히 환영식 연습을 시켰다.

"자, 선생님 말씀에 따라서 큰 소리로 외쳐보세요. 큰 소리로 외칠 때는 선생님이 나누어준 일장기를 오른손에 들고 흔들어야 합니다. 자…… 덴노헤이까 반자이."

장개동이 외치자 아이들이 일장기를 높이 흔들며 목청껏 따라 외쳤다. 장개동은 아까부터 교장 선생이 교실 밖 복도에 서서 장개동 선생이 맡고 있는 2학년 교실을 슬그머니 들여다보고 있는 것을 발견하고 한껏 목소리에 힘을 주었다.

"다이니뽄 반자이!"

장개동 선생의 선창에 학생들이 목을 빳빳하게 세워서 외쳐댔다. 그때 장개동 선생은 복도에 서 있던 교장이 빙긋이 웃음을 말아 올리고 있는 모습을 흘겨보았다. 장개동 선생은 교장이 복도에서 사라질 때까지 몇 번이고 '덴노헤이까 반자이'와 '다이니뽄 반자이'를 외쳐댔다. 그는 어쩌면 외쳐대는 것이 아니고 마음속으로 울부짖고 있는 것인지도 몰랐다. 그것은 악에 바친 울부짖음이었다.

장개동 선생은 한참 후에 종소리를 듣고서야 학생들을 몰고 운동장으로 나갔다. 운동장에는 학생들이 저마다 손에 일장기를 들고 학년별 키순으로 줄을 서고 있었다. 일백이십 명의 전교생들은 운동장에서 일본인 훈육선생의 지도에 따라 일장기를 팔이 부러지도록 흔들어대며 목이 터져라 하고 '덴노헤이까 반자이'와 '다이니뽄 반자이'를 울부짖듯 외친 후에야, 호각 소리에 발을 맞춰 교문을 나섰다. 많은 사람들이 영산포 선창으로 몰려가고 있었다. 일본인 상점의 주인들은 물론이려니와 종업원들까지도 손에 일장기를 들고 선창으로 몰려갔다. 이밖에도 동양척식회사 영산포출장소에서 만든 증산조합,

농사개량조합, 산업개량조합의 조합원들, 헌병, 순사들이 모두 선창으로 나갔다. 나주에 있는 경찰서와 헌병분대, 그리고 금융조합, 우편소, 군청 직원들까지도 배를 타고 강을 건너왔다.

장개동 선생은 학생들과 함께 선창에서 동척 출장소로 휘어드는 길가에 서 있었다. 학생들은 길 양편으로 줄을 지어 서 있다가 일본인 이주민들이 그곳을 지날 때 일장기를 흔들며 '반자이'를 외치게 되어 있다.

선창에는 나주에서 온 군수며 경찰서장, 금융조합장, 우편소장, 동척출장소장 등 기관장들이 한 줄로 늘어섰고, 그 뒤로 일본인 직원들과 그 가족들이 배가 들어오기를 기다리고 있었다. 장개동 선생이 학생들과 함께 줄을 지어 서 있는 삼거리에서는 영산강이 보이지 않았으며 동척 출장소 건물과 그 건물 귀퉁이의 초소만이 눈에 들어왔다.

"반시간이 넘었는듸 왜 여태 배가 도착허지 않는가요?"

장개동 선생이 이상수 선생 옆으로 다가가서 회중시계를 꺼내 들여다보며 불만 섞인 목소리로 나지막하게 물었다.

"영포환 도착 시간은 정확치가 않답니다. 어쩔 때는 두 시간씩이나 연착하는 경우가 있는걸요. 오늘도 제 시간에 도착허기는 틀린 게요."

"그렇다면 학생들은 배가 도착할 때까지 언제까지나 이렇게 서서 기다려야만 합니까?"

"별수 있나요? 우리 세상이 아닌데."

이상수 선생은 그렇게 말하면서 가래침을 길바닥에 뱉었다. 그때 창랑리 모퉁이에 영포환이 모습을 나타내며 다급하게 뱃고동소리를 울려댔다. 그러자 나주에서 온 농악대가 농악을 치면서 뱃고동 소리에 답하였다. 한동안 징이며 꽹과리, 북, 장고가 한데 어우러졌다.

잠시 후 영포환이 선창에 닿자 농악대가 다시 한바탕 얼크러졌고, 배에서 일본 이주민들이 내리기 시작했을 때 선창에 모여 있던 환영객들이 일장기를 높이 흔들어대며 '덴노헤이까 반자이'와 '다이니뽄 반자이'를 외쳐댔다. 장개동 선생도 학생들 틈에 끼여 '반자이'를 울부짖듯 외쳐댔다.

영포환에서 내린 일본 이주민들은 얼핏 보아도 1백 50명 남짓 되는 듯하였다. 남자들은 색깔이 울긋불긋한 하오리를 입고 왜나막신이나 조리를 신었으며 기름을 뒤발한 검은 머리가 봄날 햇살에 유난히 검어 보였다. 여자들은 기모노에, 걷어 올려 말아 올린 머리에 흰색이나 남색 바탕의 여러 가지 물무늬 양산을 받쳐 들고 조심스럽게 쪼작 걸음으로 배에서 내려왔다. 거의 젊은 부부들이었으며, 더러는 나이가 지긋한 사람들도 눈에 띄었다. 그들은 환영 나온 사람들이 일장기를 흔들고 농악을 울리며 '반자이'를 외쳐대자 저마다 손을 흔들어 보이며 답례를 하였다. 일본 이주민들은 배에서 내려와서 환영 나온 일본인들 안내를 받으며 환영식이 열릴 동척 출장소로 줄지어 움직였다. 그들이 선창거리 모퉁이를 돌아 동척 출장소 쪽으로 휘어들 때, 환영 나온 영산포 심상소학교의 1백여 학생들이 다시 한 번 일장기를 흔들며 '반자이'를 목청껏 외쳐대기 시작하였다. 그러나 일본인 이주민들은 이들의 울부짖음과도 같은 '반자이'의 외침에는 별로 관심이 없다는 듯 답례조차 없이, 휘주근하고 초라한 옷차림을 건듯건

듯 훑어보며 지나쳤을 뿐이다. 환영식이 열리는 동척 출장소에는 일본인들과 조선인들 중에서 증산조합, 농사개량조합, 산업개량조합 등의 간부들만이 참석하게 되었다. 장개동 선생은 학생들을 인솔하여 학교로 돌아갔다. 학생들은 학교에 돌아오면서도 누가 시키지 않았는데도 계속 일장기를 흔들어대며 '반자이'를 외쳐댔다.

"이제 그만 하라고 해야겠습니다."

장개동 선생은 학생들이 일장기를 흔들어대고 '반자이'를 외쳐대는 소리가 싫어서 나란히 걷고 있던 이상수 선생에게 말하였다.

"내버려두시오, 장 선생님."

이상수 선생은 고개까지 흔들어대며 장개동 선생을 말렸다. 장개동 선생은 이상수 선생의 말대로 학생들의 행동을 제지하지 않고 내버려두었다.

그날은 일본인 선생들이 모두 이주민들 환영식에 참석했기 때문에 오전 수업만으로 학생들을 집으로 돌려보냈다. 학생들은 집에 돌아가면서까지 일장기를 흔들어댔다. 교무실의 창밖으로 일장기를 흔들며 집으로 돌아가는 학생들을 바라보면서 장개동 선생은 씁쓸하게 웃었다. 학생들을 일찍 돌려보낸 조선인 선생들은 환영식에 참석한 일본인 동료들이 돌아오기를 기다리고 있었다. 장개동 선생은 도시락을 먹고 나서 운동장 모퉁이 구부러진 소나무 그늘 밑에 홀로 앉아 새끼내 쪽을 바라보았다. 그는 조금 전 선창거리에서 얼핏 마주쳤을 때 그에게 비아냥거리듯 퉁겨댔던 동척 출장소 직원 양만석의 말을 떠올렸다. 양만석은 일본인들 틈에 끼여 있다가 장개동을 발견하고는 삶의 웃음 같은 미소를 흘리며 다가오더니 "참, 장 선생이 새끼내 사는 장웅보라는 사람의 아들이라고 허셨지요? 장웅보 그 사람 우리 집 종이었다는 거는 내가 이야기했던가요? 그리고 장웅보의 처 역시 우리 집 비녀였지요. 장 선생은 그러니깐 장웅보와 쌀분이라는 옛날 우리 집 비녀 사이에서 태어난 게요? 그렇다면 왜 장 선생이 그동안 새끼내에서 부모허고 같이 살지 않었소? 우리 어머님께서 그러시던 듸…… 옛날 우리 집에 우리 부친한테 씨받이 여자가 있었다고 허십 듸다. 그리구 그 씨받이와 장 서방 사이에서 자식이 하나 태어났다고 허시던듸 말이오…… 혹시 장 선생이……" 하고는 말끝을 흘리며 장개동의 말은 들어보려고도 않고 돌아서 버렸다.

장개동은 양만석의 그 말을 여러 차례 곱씹어 생각해보았다. 양만석이가 말한 그 씨받이 여자가 혹시 그의 어머니가 아닐까 하는 일말의 의아심이 자꾸만 머릿속에서 바스락거리면서, 가슴이 덜컹거렸다. 그는 지금껏 자신이 노비의 핏줄을 타고 태어난 것을 부끄럽게 생각하지는 않았다. 그러나 양만석의 애매한 그 이야기를 듣고 보니, 자신의 어머니가 혹시 그 씨받이 여자가 아닐까 하는 의구심이 그의 마음에 걸렸다. 장개동은 자신의 아버지가 노비 출신이었다는 것을 이미 알고, 그의 어머니 역시 아버지와 같은 천출이라는 것을 짐작한 바 있었으나, 양반네 씨받이였으리라고는 상상하지 못했었다. 그의 어머니는 아버지의 가계에 대해서는 장개동에게 자상하게 말해주었으나 어머니 자신의 내력에 대해서는 별다른 이야기를 해주지 않았던 것이다. 다만 장개동이가 막연하게 짐작한 것은 필시 아버지와 어머니는 같은 노비 출신이었을지도 모른다는 것 정도였다. 그리고 아버지를 만나기 전에 고향에서 결혼을 하여 두 아들을 가졌다는 것을 알고 있었을 뿐이다. 그가 어머니의 내력을 확실하게 알 수 있는 것이란 철이 들어 어머니의 삶을 직접 눈으로 보아온 것을 넘지 못하였다.

장개동은 갑자기 머리를 거칠게 흔들었다. 양만석의 말을 마음속에 간직하고 싶지가 않았다. 어차피 자신은 노비의 핏줄인데 씨받이 자식이면 어떻고 노비의 자식이면 어떻다는 말인가. 다만 장개동 자신을 이 세상에 태어나게 해준 어머니 아버지께 감사할 뿐인 것이었다. 그는 어떤 일이 있어도 어머니 아버지의 신분에 대해서 불만을 갖거나 원망하는 마음을 품지 않기로 오래 전에 결심한 바가 있었다. 그는 오히려 비록 노비 출신이기는 해도 아버지가 이 세상에 살아 있다는 사실만으로도 얼마나 감사하게 여기고 있는지 몰랐다.

장개동은 양만석의 말을 가슴에 새기지 않기로 작심을 하고 천천히 일어섰다. 그때 동척 출장소 쪽에서 수십 대의 소달구지가 학교 앞으로 굴러오고 있는 것이 눈에 들어왔다. 소달구지마다 이삿짐 나부랭이들을 가득 싣고 있었으며, 그 옆으로는 울긋불긋 빛깔이 요란한 옷을 입은 일본 이주민들이 줄을 지어 따랐다.

"환영식이 끝난 게로군요."

어느 사이엔가 이상수 선생이 장개동 옆에 다가와서 소달구지 대열을 바라보며 혼잣말처럼 나지막하게 중얼거렸다.

"저 사람들은 어디로 가는 것입니까요?"

"저마다 살 집으로 가는 게지요."

장개동이 묻고 이상수 선생이 푸념처럼 대답하였다.

"살 집이라니요?"

장개동 선생이 달구지에서 눈을 떼지 않은 채 다시 물었다.

"동척에서 이미 저들이 살 집을 지어놨답니다. 우리 마을에도 벌써 붉은 양철집을 지어놓고 저들이 오기를 기다리고 있지요. 어디 집뿐이겠소? 일본 이민 한 가구당 최하 서른 마지기에서부터 여든 마지기까지의 농토를 자작으로 지을 수 있게 해준다고 헙디다. 결국 동척이 조선사람들 농토 빼앗아다가 일본 이주민들한테 주는 게지요. 아마 오늘은 겨우 쉰 한 가구만 왔지만 앞으로는 이보다 더 많은 일본 이주민들이 영산포로 몰려올 거로구만요. 동척이 조선사람들한테서 빼앗아놓은 농토야 얼마든지 있으니께 자꾸자꾸 들어오게 될 게요. 그렇지만 그것을 막아낼 도리가 없지요. 무슨 힘이 있다고 막아내겠소? 이미 이 나라 땅이 일본 세상이 되고 말았는데 무슨 수로 막아내겠소. 일본이야 꿩 먹고 알 먹고 자알 되었지요 머. 일본인들을 조선으로 보내면 일본 안에 있는 가난한 농민들을 줄일 수도 있고, 또 조선을 통치하기에도 좋고, 조선에서 소출된 곡식들을 제 나라로 가져가기에도 좋고, 참말로 이중 삼중의 효과를 보게 되는 게지요."

이상수 선생이 학교 앞을 지나가는 소달구지와 일본 이주민들을 보며 한숨을 섞어 말했다.

"일본이 이중 삼중 이익을 보게 되면 조선사람들은 그 반대로 이중 삼중으로 더 어려워지게 생겼구만요."

장개동은 그러면서 간밤 그의 아버지가 그에게 한 말을 떠올렸다.

아버지는 장개동에게 새끼내 사람들이 종에서 풀려난 후 터를 잡고 농토를 일구었던 때의 이야기를 밭은기침 쏟아가며 저저이 말하였다. 그리고 그 땅이 궁토로 들어가 버린 경위도 이야기하였다. 이상수 선생한테서 들었던 것과 그 내용이 같았다. 아버지는 그러면서 "그 땅은 바로 새끼내 사람들의 목숨이나 다를 바가 없는 게여. 그러니 그 땅을 왜놈덜한테 빼앗긴다는 것은 바로 우리덜 목숨을 빼앗기는 것이나 매한가지가 아니긋냐"고 하던 것이었다.

간밤에 아버지로부터 그 같은 이야기를 들은 장개동은 땅을 빼앗아간 동척과 목숨과도 같은 그 땅을 되찾으려는 아버지 사이에 불길한 일이 생길 것 같은 예감에 휘말리면서 불현듯 걱정이 앞섰다. 그리고 머지않아서 장개동 자신과 동척의 양만석이라는 사람 사이에도 필시 몇 번쯤 얼굴 붉히면서 맞서게 될 일이 생기리라는 것도 예감할 수가 있었다. 종당에는 아버지의 편에 서기 위해서는 학교를 그만두게 될지도 모른다는 생각을 해보았다. 그러나 그는 학교를 그만두게 되는 한이 있을지라도 새끼내를 떠날 생각은 없었다. 그는 이미 새끼내 사람이 되기로 작정을 하고 목포를 떠나온 것이었기 때문이다.

그날 장개동은 학교에서 퇴근하여 새끼내로 돌아가는 길에 다시 양만석과 마주치고 말았다. 그날은 일본인 이주민 환영식이 있었기 때문에 여느 날보다 두어 시간쯤 먼저 퇴근을 하여 서둘러 새끼내로 돌아가고 있는데, 새끼내 앞 물목굽이 모퉁이 들에서 자빡 양만석을 만나게 된 것이었다. 양만석은 일본헌병들과 함께 동척 출장소에서 임시로 채용한 불량배들을 앞세우고 다니면서, 동척이 경선궁으로부터 사들인 땅에 '동양척식회사소유(東洋拓殖會社所有)'라는 나무 푯말을 박고 있었다. 양만석은 '동양척식회사소유'라고 쓴 나무 푯말을 달구지에 가득 싣고 다니면서, 불량배들을 시켜 논에 세우다가 장개동과 마주치자 먼저 아는 체를 해왔다.

"장 선생, 집에 가시우? 듣자 허니 집을 새로 지으신다고요?"

양만석은 손에 토지대장을 들고 푯말 박는 일을 지휘하다 말고 장개동을 발견하자 일부러 물둑 쪽으로 걸어 나오면서 큰 소리로 말하였다. 장개동은 그와 말을 하고 싶은 생각이 없어 그냥 외면을 하고 지나치려고 하였다.

"내일 오전쯤에는 새끼내 사람들이 허가도 없이 갈밭을 일구어 만든 논에도 팻말을 세우게 될 테니께 미리 장 선생 부친한테 알리시오."

양만석이 다시 큰 소리로 말해서야 장개동은 걸음을 멈추고 오랫동안 양만석을 쩔러보았다.

"그동안 우리 모친의 당부 때문에 여러 차례 편의를 봐주었지만도 요번에는 내 힘으로도 어쩔 수가 없게 되었소. 여기 이 토지문권에 새끼내의 모든 땅과 집터와 묏자리까지도 우리 회사의 소유라고 되어 있으니 나로서도 어쩔 수가 없지 않겠소?"

양만석은 동척을 우리 회사라고 말하였다. 그렇게 말하고 있는 양만석의 얼굴에 침을 칵 뱉어주고 싶었지만 참았다.

"그럼 장 선생 부친께 그리 전하시오. 그러고 참, 요본에는 제발 우리 모친을 찾아가서 매달리지 말라고 허시오. 웅보가 우리 모친헌테 매달린다고 해서 될 일이 아니니 말이오. 그러고 또 하나 미리 장 선생한테 말해줄 것이 있는데, 시방 장 선생이 집을 짓고 있는 저 집터도 우리 회사 소유라는 것을 잘 알아두어야 할 게요. 남의 땅에 집을 지었다가 집터를 내놓으라고 한다 치면 어렵게 지은 집 뜯어 옮기기도 쉽지 않을 테니께요. 내 생각 같아서는 우리 회사 허락을 얻은 연후에 집을 짓는 것이 뒤탈 없을 것 같아서 그런다오. 허락을 얻고 싶으면 언제든지 우리 회사로 나를 찾아오시오. 그러면 내가 도와드리지. 그 정도라면 내 힘으로도 도와줄 수가 있소. 옛날 상전으로서 그만한 도움은 줄 수가 있지."

양만석은 고개를 빳빳하게 세워 말을 퉁겨대고 나서 일부러 큰 소리로 논에 푯말 박는 일을 닦달하였다. 장개동은 양만석이가 몸을 돌려세워 논둑을 타고 푯말을 박은 논으로 걸어가는 뒷모습을 한참 동안이나 바라보고 서 있다가, 새끼내 그의 집터에서 목수들이 자귀질하는 소리에 얼핏 마음을 추스르며 다시 걷기 시작했다. 그러나 그의 발걸음은 큰 바위를 목도질하는 사람처럼 무겁게 느껴졌다.

장개동은 머릿속이 뒤숭숭하고 머지않아서 큰일이 닥쳐올 것 같은 불안한 생각으로 새끼내 집으로 돌아왔다. 그의 아버지와 우암이는 보이지 않고 목수 두 사람만이 기둥감을 자귀와 대패로 깎고 있었다. 초막의 토마루 앞에서는 그의 아내가 방금 캐온 냉이며 원추리나물을 다듬고 있었고, 초막 모퉁이 장독대 쪽에서는 장개동이가 새끼내로 온 후부터 어머니라고 부르는 쌀분이가 저녁을 짓기 위해 보리쌀을 돌확에 갈고 있는 모습이 보였다. 장개동은 먼저 장독대 쪽으로 다가갔다.

"어머니, 아버님께서는 어디 가셨는가요?"

장개동은 아버지가 들에 나갔다가 양만석이라도 마주치게 되면 어쩌나 하고 걱정이 되었던 것이다. 그는 내일 양만석이가 헌병들과 함께 불량배들을 몰고 와서 새끼내의 능토에 동척의 푯말을 세우겠다는 것을 아버지에게 알리고 싶지가 않았다.

"우암이가 모시고 강 건너 회진에 가셨네."

쌀분이가 돌확에 보리쌀 가는 일을 멈추고 빙긋이 웃는 얼굴로 장개동을 보며 말했다. 그녀는 처음에 개등이 내외가 새끼내를 찾아온 것에 대해 마뜩찮게 생각하고 있었는데, 개동이가 집도 지어주고 땅을 장만할 돈도 내놓은 데다 양식 가마니까지 들여오는 바람에 마음이 훙건히 녹아버린 터에, 어머니 어머니 하면서 친어머니 공대하듯 하자, 늙마에는 어쩌면 우암이한테 의지하는 것보다는 개동이 그늘 밑에서 사는 것이 나을 것 같다 싶어, 이제는 그를 자식으로 생각하고 받아들이기로 작정한 터라 외방자식이라는 마음의 홀 맺힘을 풀어버린 것이었다.

"강 건너에는 뭣땜시 가셨당가요?"

"응, 상가에 가셨당만. 옛날 새끼내에서 아부님흐고 질로 가찹게 살았던 김치근이라고 하는 친구가 있었는듸, 그 친구 어머님이 어저께 새벽에 세상을 뜨셨다는 부고가 왔었구먼. 그래서 우암이가 모시고 갔어. 우암이는 해지기 전에 돌아올 것이고, 아부님은 초상을 치른 다음에야 오실 거로구먼."

장개동이는 아버지가 상가에 가게 된 것이 천만다행이라는 생각이 들었다. 만약 집에 있다가 동척 사람들이 논에 푯말을 박고 있는 것을 본다면 아버지 성깔에 그냥 두지 않고 필시 그들과 맞붙어 한바탕 일을 벌이게 될 것이기 때문이었다. 특히 장개동은 아버지와 양만석이가 마주치는 것을 원치 않았다. 양만석은 지난날 그의 집 비자라는 것을 빌미삼아 아버지한테 하대를 하며 함부로 대할 것이 뻔했기 때문이다.

장개동은 마음속으로 몇 번이고 다행이라고 생각하며 초막의 토마루 쪽으로 나와 나물을 다듬고 있는 아내 옆에 쪼그리고 앉았다. 요즘도 아내는 걸핏하면 목포로 돌아가겠노라고 성깔을 부리곤 하였다.

"당신이 캐온 거유?"

장개동은 한껏 부드러운 목소리로 물었다. 그는 요즈막 아내 마음을 새끼내에 붙잡아매기 위하여 짐짓 마음을 쓰고 있는 중이다. 그는 처음에 아내와 혼담이 있을 때, 그녀 아버지가 너무 부자라는 점이 마음에 들지 않았었으나, 어머니가 한사코 몰아세우는 바람에 그대로 어머니의 뜻을 받아들이고 만 것이었다. 장개동은 아내가 목포로 돌아가고 싶다는 말을 할 때마다, 차라리 무지렁이 농사꾼의 딸을 아내로 맞아들였더라면 쉽게 새끼내에 정을 붙이고 살 수 있게 되었을 터인데 하는 생각을 해보았다.

"오늘은 일찍 오셨네요."

아내는 남편이 집안으로 들어설 때까지만 해도 모르는 척하고 나물만 다듬고 있더니, 장개동이가 옆에 쪼그리고 앉아 말을 걸어서야 마지못해 일어서며 입을 열었다. 그의 아내는 여전히 고개를 외로 꼬고 샐그러뜨리는 눈으로 남편을 보았다. 장개동은 그런 아내를 보면서 빙긋이 웃고 있었다.

우암이는 큰 아버지를 모시고 강 건너 회진나루 김치근 어머니 장례식에 갔다가 해님이 무렵에야 집에 돌아왔다.

"구진나루 주막에 잠시 들여다보고 오느라고 쬐끔 늦었구만이라우."

우암이가 구진나루에 들렀다가 오는 길이라는 것은 난초를 만나보고 온다는 말이다. 난초는 한동안 그녀 아이들과 함께 새끼내 웅보 집에 있다가, 남편 방석코가 일본군에 붙잡혀 죽음을 당하고 그의 머리가 영산포 삼거리에, 장대 끝에 매달려 있던 것을 밤에 몰래 묻어준 다음 다시 구진나루로 돌아가 불타버린 자리에 거적주막을 낸 것이었는데, 웅보와 우암이가 가끔 난초와 아이들이 어찌 사는지 들여다보곤 하였다.

"그래 난초네는 잘 있더냐?"

"인제 판돌이란 놈이 다 컸드구만이라우. 그놈 나뭇짐이 지법이드라니께요."

"판돌이란 놈이 벌써 나무를 혀? 그놈도 지 애비 잃고 고생이로구먼."

"그런듸 말이라우, 상을 당헌 회진나루턱 그 만신님 아드님흐고 큰아부지 사이는 을매나 가까운 친구였당그라우? 큰아부지께서 어머니 어머니 험시롱 으찌나 서럽게 우시던지 지 맴도 이상허드랑께라우. 알고 본께 그 만신님 손자며느리꺼정 돌림병에 잃고 늙은네 혼자 살아왔다등만이라우잉."

"돌아가신 그 만신님 아들이 느그 큰아부지 대신에 부르뫼 박 초시헌테 매맞어 죽었단다. 그 노인네는 아들을 잃고 신이 들려서 만신님이 되신 것이고……."

장개동은 잠시 두 사람의 주고받는 말을 듣고만 있었다. 그는 난초에 대해서도 죽은 김치근의 어머니에 대해서도 아는 바가 없었기 때문에 어머니와 우암이 사이에 끼어들 수가 없었다. 장개동은 다만 난초라는 주막집 여인네와 죽은 만신님 아들과 장개동의 아버지 사이가 찐덥진 관계일 것이라는 짐작을 할 수가 있을 뿐이었다. 장개동은 아버지 대신에 박 초시라는 사람한테 매를 맞아 죽었다는 죽은 아버지의 옛 친구에 대해서 알고 싶었으나 뒤로 미루기로 하고 아무것도 묻지 않았다.

그날 저녁을 먹고 나서 장개동은 우암이를 밖으로 불러내, 조부모님의 무덤이 있는 집 뒤 오동나무께로 올라갔다. 그는 우암이한테 내일쯤 동척에서 새끼내의 논에 푯말을 세우러 올 것이라는 것을 미리 말해주고 싶었다. 그리고 아버지에게 그 일을 알리지 말도록 미리 당부를 해두어야겠다고 생각했다.

"우암이 너 소식 들었느냐?"

장개동이가 오동나무 아래 풀 섶에 앉으며 넌지시 물었다.

"뭣 말이우? 무슨 소식인듸유?"

"동척에서 궁삼면 농토를 모두 사들였다는 것을 알고 있자?"

"동척에서 사들이다니우? 그것은 말도 안 되는 소리구만이라우. 여그 사람덜은 그 농토를 동척에 돈을 받고 판 적이 없당만이라우. 그것은 지도 잘 알어라우. 동척에서 그 농토를 사다니 택도 없는 소리여라우. 아니 그란디 성님은 그 동척 놈덜 말을 믿는 게라우?"

"동척에서 내일쯤이면 새끼내 땅에 동척 소유라는 말뚝을 세운다고 허드라. 만약에 이 사실을 아버지께서 아셨다가는 큰일이 아니겄냐? 그런 참에 아버님이 초상집에 가 기시기 다행이 아니냐? 내 생각에는 아버지께서 이삼일 더 기시다 오시면 쓰겠다 싶인디……."

"오매, 성님 그 말이 참말잉게라우? 동척 놈덜이 새끼내 논에 말뚝을 박으로 온다고라우? 즈그 놈덜이 뭣인디 넘에 땅에 말뚝을 박으라우."

장개동이 옆에 앉아 있던 우암이가 갑자기 소리를 내지르면서 벌떡 일어섰다. 장개동은 예기치 않았던 우암이의 그 같은 태도에 적이 놀라 한동안 할 말을 잃고 말았다. 평소에 지나치게 어둔하고 온순하게만 보아왔던 우암이가 그렇게 흥분할 줄은 전혀 예상하지 못한 일이었던 것이다.

"왜 그렇게 큰 소리를 지르냐?"

"큰 소리 안 나오게 되얐어유? 새끼내 그 땅을 큰아부지와 울아부지가 어뜨케 장만했는디 지놈덜이 말뚝을 박어라우? 만약에 왜놈덜이 그 땅에 말뚝을 박는다면 내가 가만있지 않을 것이로구먼유."

우암이는 흥분하며 계속 소리쳤다. 장개동은 우암이가 꼭 무슨 일을 저지를 것만 같아 불안했다. 그가 보기에 우암이 역시 아버지 못지않게 새끼내 땅에 대한 애착이 강한 듯싶었다. 장개동은 그런 우암이가 은근히 걱정되는 한편 부럽게 느껴지기도 하였다. 그리고 그는 마음속으로 땅에 대한 애착이 강한 사람만이 땅을 소유할 수가 있을 것이라고 생각하였다. 그런 점에서 볼 때 아버지와 우암이는 분명 땅을 소유할 자격이 있다고 믿었으며, 아직 장개동 자신은 땅을 소유할 만한 자격이 없다는 것도 깨닫게 되었다. 그것은 마치 자식을 사랑할 줄 아는 사람만이 자식을 가질 수 있다는 것과 같은 이치라고 생각하였다.

"앞으로 우암이 네가 걱정이로구나."

장개동은 자신도 모르게 그렇게 말하고 나서 곧 후회하였다. 우암이가 그 말을 결코 달갑지 않게 생각하리라는 것을 알고 있기 때문이었다.

"지는 지 자신이 걱정되는 것이 아니고 새끼내 땅을 완전히 왜놈덜한테 빼앗기게 될까봐 걱정이로구만이라우. 큰아부지께서는 궁토가 되어뿐 그 땅을 언젠가는 다시 찾는다는 기대로 지금꺼정 버티어 오셨지라우. 그 땅을 다시 찾는다는 것은 큰아부지의 희망이었구만이라우. 우리 아부지가 목숨을 걸고 싸우신 것도 그 땅을 지키기 위해서라고 허셨구만이라우."

장개동은 우암이의 그 말을 들으면서 어둠에 묻혀버린 영산강을 하염없이 바라보고만 있었다. 지금의 그로서는 우암이한테 아무 이야기도 해줄 수가 없다는 것을 알아차렸다. 장개동으로서도 우암이한테 새끼내의 그 땅을 포기하라는 말은 할 수가 없었다. 그것은 마치 아버지를 포기하라는 말과도 같다는 것을 알고 있었기 때문이다.

"암턴 조심해라."

장개동은 우암이한테 그 말만을 할 수밖에 없었다. 순간 장개동은 갑자기 마음이 옥죄어들었다.

다음날 장개동이가 학교에서 퇴근을 하고 돌아오면서 보니 새끼내 마을 앞의 논에도 동척 푯말이 모두 세워져 있었다. 동척 직원들과 헌병들은 보이지 않았다. 마을 앞 두갈다리에 새끼내 마을 사람들이 모두 나와 쪼그리고 앉아서들 말없이 논에 세워진 그 푯말만을 바라보고 있었다. 그들은 얼굴에 분노도 슬픔도 나타내지 않았다. 삶을 포기해버린 사람들처럼 우두커니 앉아서 하루의 마지막 불그스레한 햇살 속에 박혀 있는 동척의 나무 푯말만을 멀뚱히 바라볼 뿐이었다. 그런 그들이 너무 무기력해보였다. 마을 사람들은 장개동을 붙들고 하소연을 하지도 않았다. 우암이는 마을 사람들 속에 끼여 있지 않았다. 장개동은 집으로 뛰어가서 우암이를 찾았으나 사촌은 보이지 않았다. 우암이가 보이지 않자 더럭 겁이 났다. 어쩌면 푯말을 박으러 온 동척 직원들에게 대들었다가 뭇매를 맞고 쓰러져 있거나 헌병들한테 붙들려갔을지도 모른다는 불길한 생각이 앞섰다.

"어머니, 우암이…… 우암이 어디 갔습니까?"

장개동은 집안을 휘둘러보며 다급하게 우암이의 행방을 물었다.

"낮밥도 안 묵고 큰아부지 뫼시러 간담시로 강을 건너갔다네."

장개동은 우암이가 무엇 때문에 서둘러 아버지를 모시러 강을 건너간 것인지 알 수 있었다. 우암이는 동척 직원들이 새끼내 들에 푯말을 세우려고 들이닥치는 것을 보고 아버지에게 이 사실을 알리기 위하여 서둘러 강을 건너 회진나루 초상집으로 갔을 것이다.

"아부님이 오시면 한바탕 난리가 날 것인디 으쩔까 몰러. 그 사람덜이 으쩌자고 넘에 땅에 말뚝을 박고 지랄들이여. 양 진사 댁 새서방님께서 동척에 기신다는디 찾어가서 사정을 해보면 으쩔랑가 모르겄구만."

어머니도 걱정이 되는지 목소리에 힘이 없었다.

"양만석이라는 사람을 아세요?"

"아다마다. 옛날 상전댁 새서방님이신디. 그동안 여러 차례 신세를 졌구먼. 그 서방님 혼인 첫날밤에 창의대가 들이닥쳐 붙잡아갔을 때도, 헌병대에 끌려가서 죽게 되었었는디 새서방님 도움으로 살아났었고, 우암이 아부지 땜시 붙잽혀갔을 때도, 새서방님이 아니셨으면 자네 아부지 살아 돌아오지 못했을 것잉만. 오늘도 새서방님이 직접 새끼내에 와서 자네 아부님을 찾으시더라는디, 마을사람덜 이야기로는 아부님만 오늘 기셨더라도 새끼내 땅에는 말뚝을 박지 않았을 것이라등만."

장개동은 어머니가 무엇인가 잘못 알고 있는 것 같았지만 말하지 않았다. 그의 생각에는 그날 아버지가 양만석과 마주치지 않은 것만도 다행한 일이라 싶었다. 그자가 아버지와 마주쳤더라면 필시 장개동의 신상에 대해서 한바탕 떠들어댔을 터이고 그렇게 되었더라면 아버지 심사만 휘정거려놓았을 것이 뻔했다. 그리고 양만석은 어머니가 생각한 것처럼 그렇게 아버지의 사정을 보아줄 사람이 아니라는 것을 장개동은 이미 헤아리고 있었다. 아버지가 어떤 사정으로 두 차례나 양만석의 신세를 지게 되었는지는 알 도리가 없었지만, 그자는 결코 아버지를 도와줄 위인이 아닌 것이었다.

우암이가 아버지와 함께 집에 돌아온 것은 어둠이 짙었을 때였다.

아버지는 자신의 가슴에 동척 말뚝이 박히기라도 한 것처럼 헐근헐근 숨을 가쁘게 몰아쉬며 집에 들이닥쳐서는 "이놈 동척 놈들! 지 놈들이 무엇 땜시 넘에 땅에 말뚝을 박어!" 하면서 고래고래 소리를 질러댔다. 그렇지 않아도 김치근 어머니를 잃은 슬픔에 마음이 갈기갈기 찢겨진 터에, 동척 사람들이 몰려와서, 새끼내 사람들이 죽을힘을 다해서 이 세상에 태어난 후 처음으로 일구어놓은 그 땅을 빼앗아가기 위해 말뚝을 받았다는 말을 듣는 순간부터 오장육부가 벌렁거리고 사지가 뒤틀리는 것처럼 분하고 서러운 마음이 머리카락 끝까지 뻗질러 올랐던 것이었다.

아버지는 저녁 숟갈도 들지 않은 채 밭은기침 섞어가며 곰방대만 연신 빨아댔다. 아버지는 시간이 흐르자 집에 당도했을 때와는 달리 아무 말 없이 기침을 쏟으면서 담배연기만을 방안에 가득 뿜어댔다. 어머니가 날이 새는 대로 동척으로 진사- 댁 새서방님을 찾아가서 사정을 해보라는 말에 한마디 대꾸조차 없었다. 아버지는 큰일을 벌이기 위해 마음을 다지고 있는 것 같았다.

"우암아, 나가보자."

밤이 깊어 자야 무렵쯤 되었을 때 아버지가 곰방대의 불을 끄며 말했다. 아버지의 목소리는 비장하기까지 하였다. 우암이는 천천히 일어섰다. 장개동은 아버지가 우암이를 데리고 무엇을 하러 갈 것인가를 짐작했다. 그는 아버지와 우암이를 말릴 수 없다는 것도 알고 있었다.

"아버님, 저도 가겠습니다요."

장개동이는 그렇게 말하며 일어섰다.

"워디를 가시는디 그러요?"

"자네는 가만히 자빠러져 잠이나 퍼자."

어머니의 물음에 아버지가 거칠게 내지르며 어머니 대신 장개동이를 보았다. 아버지의 눈에는 여전히 분노와 절망이 함께 어려 있었다.

"아버지, 제발 저도 우암이와 같이 가게 해주십시오."

개동이가 다시 한 번 아버지에게 사정을 하였다.

"안 된다. 이것은 우암이와 내 일이다. 이 일은 우암이와 내가 해야 헐 일이다. 너한테는 네가 헐 일이 있지 않느냐? 너는 네 일을 허고 우리는 우리 일을 해야 헌다."

"제가 할 일이 무엇인데요. 왜 저는 아버지와 우암이가 할 일을 함께 할 수가 없습니까요?"

"네가 헐 일은 아이들을 잘 가르치는 일이다. 그 아이들이 나중에 어른이 되어서 우리 힘으로 우리 땅을 지킬 수 있도록 잘 가르치는 일이 바로 네가 헐 일이 아니냐? 아이들을 가르치는 일은 네 일이고 땅을 파고 또 그 땅을 지키는 일은 우리 같은 농사꾼들이 헐 일이다. 글을 아는 사람만이 아이들을 잘 가르칠 수 있는 것과 마찬가지로, 땅에 대해서 잘 아는 사람만이 땅을 잘 지킬 수가 있는 벱이란다."

아버지는 장개동에게 긴 말을 하였다.

"성님은 집에 있으씨오. 지가 큰아부지 뫼시고 냉큼 다녀오께요. 지 생각 같아서는 저 혼자서도 간단헌 일이지만 그러다가는 큰아부지 허실 일이 없으니께, 지가 뫼시고 가는 것이구만이라우."

우암이는 먼저 초막을 나섰다. 아버지도 곰방대를 허리춤에 찌르고 밭은기침을 심하게 쏟으며 우암이를 따라 거적문을 걷고 밖으로 나갔다. 장개동은 아버지를 따라 나갔다. 밖은 먹구렁이의 아가리 속처럼 어두웠다.

"개동이 너는 나오지 말라고 안했느냐!"

장개동이가 밖으로 따라 나가자 그의 아버지가 거칠게 나무랐다.

"아버지, 저도 따라가게 해주셔요. 저도 알고 싶어요."

장개동은 진심으로 아버지와 우암이를 따라가고 싶었다. 어쩌면 그것은 자신도 그들과 같은 생각이라는 것을 확인시켜주고 싶었기 때문인지도 몰랐다.

"네가 무엇을 알고 싶다는 게냐? 애비를 따라와서 무엇을 알고 싶은 게여?"

아버지가 역정을 내며 거듭 물었다. 아버지는 분명 장개동에게 화를 내고 있는 것처럼 들렸다.

"아버지와 우암이가 하는 일을 알고 싶습니다요."

"네놈은 글만 알면 되는 겨. 네놈은 땅에 대해서는 몰라도 되야. 땅은 그렇게 간단히 알 수 있는 것이 아니란다. 글 배우기보담 더 어려운 것인지도 모른다. 나도 옛날 비자 노릇 헐 때 도둑글을 배와 본 일이 있다만, 그것은 그렇게 어려운 일이 아니더구나. 글은 머릿속에다가 집어넣기만 허면 끝나지만 땅은…… 농사는 그렇게는 안 되는 볩이여. 머릿속에만 집어넣어갖고는 죽도 밥도 안 되야. 땅을 알랴면 땅을 마음속에다 집어넣고 살어야 헌다. 네가 그럴 수 있는겨? 네놈이 흙을 가슴속에다가 넣고 평생을 살 수가 있는겨? 퇴비 냄새 나고 여름에는 물에 잼기고 시한에는 꽁꽁 얼어붙은 그 흙을 네 놈 가슴 속에다가 품고 살 수가 있는겨? 이것은 네가 헐 일이 아닌겨. 그러니 그냥 집에 있어."

아버지는 그렇게 말하고 우암이의 부축을 받으며 작대기를 짚고 마당을 가로질러 나갔다. 장개동은 마당에 서서 구부정하게 허리를 굽히고 마당을 걸어 나가는 아버지의 뒷모습을 지켜보고 서 있었다.

"자네 아버지가 워디를 가시는듸 저런당가?"

그때까지도 어머니는 아버지가 우암이를 데리고 어디에 무엇을 하러 가는 것인지 눈치를 채지 못한 듯싶었다. 그러나 장개동은 어머니에게 아무 말도 하지 않고 오랫동안 새끼내 들 논에 박힌 동척의 말뚝처럼 그렇게 서 있기만 하였다. 그의 아내가 큼큼 헛기침을 하는 것도 못 들은 척하고 그대로 어둠속에 서 있었다. 마을 어귀 쪽에서 개들이 다글다글 짖어댔다. 장개동은 어둠이 너무 두꺼워 아무것도 보이지 않았지만 아버지가 작대기에 몸을 의지하고 우암이의 부축을 받으며 마을 어귀를 지나서 두껍다리를 건넌 다음 새끼내 들로 들어서고 있는 모습을 머릿속에 그릴 수가 있었다.

작대기에 몸을 의지하고 우암이와 함께 집에서 나온 웅보는 새끼냇다리를 건너 어둠이 두껍게 깔린 물둑을 밟고 조심스럽게 들로 나갔다. 밤이 깊어 온 세상은 죽은 듯 잠들어 있었다. 영산강이 숨을 쉬듯 바람소리만이 휘휘휘 어둠을 조리질하며 뒤척였다. 영산강의 숨소리는 밤이 깊을수록 더욱 거칠고 드세어지는 듯싶었다. 웅보는 깊은 밤의 강바람뿐만 아니라, 아침에 일어나서 처음 대하는 바자울의 호박잎이며 뒤꼍의 오동나뭇잎의 움직임이나, 대낮에 땅 위로 구물구물 솟아오르는 지열까지도 모두 영산강의 숨소리로 느끼며 살아왔다.

"이놈덜이 여그가 으디라고 말뚝을 함부로 박어."

웅보는 논길로 접어들어 동척에서 꽂아놓은 푯말을 발견하더니 우르르 달려들어 짚고 있던 작대기를 팽개치고 나서는 동척 말뚝을 붙잡고 마치 씨름을 하듯 끙끙거리며 뽑아댔다.

"우암아. 동척 귀신같은 말뚝을 몽땅 영산강 물속에 처박어뿔자."

웅보는 작대기도 짚지 않고 논둑을 넘어 이웃 논으로 가서는 다시 동척에서 세운 말뚝을 끌어안고 한동안 뭐라고 구시렁거리면서 실랑이질을 했다. 웅보는 힘이 불끈거리는 젊은 사람처럼 이 논에서 저 논으로 논둑을 넘어서서 논마다에 장승처럼 세워놓은 동척 말뚝을 끙끙거리며 뽑아냈다. 그는 작대기를 짚지 않고도 논둑을 훨훨 날듯이 넘어 새끼내의 온 들판을 쏘대면서 동척 말뚝을 뽑아 팽개쳤다. 그런 큰아버지를 본 우암이는 너무 놀라 넋을 잃고 우두커니 서 있다가, 큰아버지가 동척 말뚝을 뽑아낼 때마다 그것들을 들어 한곳에 모았다. 우암이는 큰아버지가 사람으로 보이지가 않았다. 밭은기침을 쏟아내며 허리조차 제대로 펴지 못하고 골골거리던 큰아버지한테서 그런 엄청난 힘과 용기가 숨어 있었다는 것에 놀라웠다. 우암이는 증조부의 죽은 혼령을 보고 있는 것 같아 두려움을 느끼기까지 하였다.

"큰아부지, 말뚝은 지가 뽑을 텡께, 큰아부지는 논둑에 좀 앉어 계시씨요."

우암이가 웅보 옆으로 바짝 다가서며 말하였다. 우암이는 큰아버지가 너무 기운을 쏟아 지쳐 쓰러질 것만 같아 걱정이 되었다.

"동척 귀신 말뚝을 내 손으로 뽑아 뿌려야 쓰겄다. 말뚝을 뽑을 때마다 속이 션해서 헌병대에 붙잽혀가 매맞아 골병든 몸이 거뜬허게 낫을 것 같구나. 이 동척 귀신 말뚝들은 내가 뽑을 텡께 너는 이것들을 영산강 물속에다 빠체뿔거라."

웅보는 우암이가 말뚝을 뽑으려고 할 때마다 우르르 달려들어 옆으로 밀어붙이면서 박혀 있는 말뚝에 손을 못 대게 하였다.

"이것은 내 일이여. 나는 너한테 동척 말뚝이 백힌 땅을 물려주고 싶지가 않은 거여. 말뚝은 내가 뽑을 텡께 너는 이 땅을 잘 지키기나 허그라잉."

웅보는 말뚝을 뽑을 때마다 너무 힘을 쏟은 탓으로 얼마쯤 후에는 논둑을 넘으면서 거의 기다시피 하였다. 그러나 우암이가 부축해주는 것은 싫었다.

"내 걱정은 말고, 동척 귀신 말뚝이나 언능 영산강에 빠체뿔란 말이다."

웅보는 숨을 헐떡거리면서 소리를 질러댔다. 우암이는 아무래도 큰아버지가 걱정이 되어 집에 돌아가서 개동이 형님을 데려올까 하는 생각도 해보았으나, 큰아버지가 개동이 형님의 이야기를 듣지 않을 것이 뻔하므로 마음만 조리고 있을 뿐이었다.

"큰아부지, 좀 쉬었다가 헙시다요."

우암이는 큰아버지가 한꺼번에 기운을 뺐다가 변을 당하지 않을까 하는 생각에서, 논둑을 기어 넘고 있는 큰아버지를 안아 일으키며 매달리는 목소리로 말하였다.

"자, 여그 좀 앉아서 숨이나 돌렸다가 다시 뽑으씨요잉."

우암이는 그러면서 두 팔로 큰아버지를 안아 논둑의 풀밭에 앉혔다.

"그러자. 이제 거의 다 뽑아뿌렀응께 한숨 돌렸다가 다시 허자."

웅보는 논둑에 앉아서 휴우 한숨을 쉬고 나더니 다시 밭은기침을 쏟아냈다. 그의 기침소리가 어둠이 빼곡히 들어찬 새끼냇들을 쥐흔드는 것처럼 요란하게 들렸다. 우암이는 큰아버지의 기침소리 때문에 잠시 경계하는 시선으로 사방을 두렷두렷 살펴보았다. 부르뫼 쪽에서 개 짖는 소리가 컹컹 울려왔다.

"개동이 성님이랑 같이 올 것인디 그랬구만이라우."

우암이가 영산포 쪽을 바라보며 걱정스러운 듯 말하였다. 그는 영산포 쪽에서 동척 사람들이 헌병대를 앞세우고 몰려와서 당장 그들을 붙잡아가기라도 할 것 같아 불안했다. 이럴 때 개동이 형이라도 옆에 있다면 조금은 마음이 놓일 것 같았다.

"개동이는 안 된다. 그놈은 손에 흙을 묻혀서는 안 된다. 그놈은 땅에 대해서 아는 것이 없다. 이 일은 너흐고 내가 헐 일이다. 너흐고 나는 새끼내 땅에 뼈를 묻겄지만 개동이는 그렇지 않을지도 모른다. 우리한테는 우리가 헐 일이 있고, 개동이한테는 또 개동이가 헐 일이 있단다."

웅보는 몸에 기력이 빠져버리기라도 한 것인지 고개를 무겁게 떨구고 어둠이 두껍게 깔린 땅을 힘없이 내려다보며 한숨을 섞어 말했다.

"개동이 성님도 아조 새끼내에서 뿌리박고 살라고 오셨다는디라우? 큰아부지는 개동이 성님 마음을 모르시는구만이라우. 성님이 지한테 죽을 때꺼정 새끼내에서 살겠다고 허셨당께요. 아무리 개동이 성님이 훈도라지만 새끼내에서 살라면 손에 흙 안 묻히고 어찌크롬 산당그라우? 그랑께…… 우리가 허는 일은 개동이 성님도 알으서야 헐 것이로구만요. 개동이 성님 마음은 그것이 아니랑께요. 개동이 성님은 노비의 핏줄을 타고 태어난 것을 댐배씨만치도 부끄러워하지 않으시드만요. 그라먼 성님도 손에 흙 묻히고 살 수가 있는 것이 아닝그라우?"

웅보는 여전히 고개를 꺾고 앉아서 우암이의 말을 잠자코 듣고만 있었다. 웅보 자신도 물론 개동이가 새끼내를 찾아온 깊은 속내를 모르는 바가 아니었다. 개동이가 부러 훈도 자리를 얻어 새끼내에 온 것은 그가 이 땅에 뿌리를 내리고 살겠다는 뜻을 가지고 있었기 때문이라고 믿고 있는 터였다. 그러나 웅보 생각에는 과연 개동이가 얼마나 새끼내에서 버틸 수가 있을까 미덥지 않은 구석이 있었다. 그것은 개동이가 땅을 파먹고 사는 농사꾼이 아니라는 점이다. 개동이가 그들처럼 땅을 파먹고 살 사람이라면 개동이도 언젠가는 그들처럼 새끼내 땅을 자신의 몸뚱이만큼이나 귀하게 여길 것이고, 그런 땅을 지키기 위해서라면 자신의 목숨이라도 바칠 수가 있게 되겠지만, 개동이의 머릿속에는 땅에 대한 애착심보다는 사람의 마음을 약하게 만드는 글자가 가득 들어차 있고, 특히 이태백이 같이 달을 쳐다보고 노래나 청승맞게 읊어대는 것을 좋아한다니, 그런 처지에 땅을 얼마나 중하게 여길 것이며 땅을 지키기 위해 하나뿐인 목숨을 바칠 수가 있을 것인가 의문이었다. 머릿속에 글자가 어설프게 들어 있는 사람들이란 땅을 사랑하기보다는 땅을 많이 가지려는 욕심이 많다는 것을 알고 있기 때문이다.

웅보는 기실 개동이가 새끼내로 그를 찾아와준 것은 고마웠지만 개동이가 얼마나 그곳에서 오래 버티어 나갈 것인지에 대해서는 아직도 솔직히 미덥지 않은 구석이 있었다. 아마 개동이가 새끼내에서 십 년쯤 버티면서 영산강의 노여움과 은혜로움, 그리고 땅에 대한 고마움과 믿음을 스스로 터득하게 된 연후에는 비로소 새끼내 사람으로서 땅에 대한 애착이 몸에 밸 것이라고 생각했다. 그런 다음에는 자신이 딛고 서 있는 땅을 지키기 위해서 목숨이라도 바칠 수가 있을 것이라고 생각하였다. 그러나 아직 웅보가 보기에 개동이는 새끼내 사람이 아닌 것이었다.

"자, 어서 시작해야 쓰겄다. 날이 새기 전에 새끼냇들 말뚝을 다 뽑을라면 서둘러야 안 허겄냐."

웅보는 두 손을 무릎에 짚고 일어서며 다시 밭은기침을 쏟았다. 그는 기침을 쏟으면서 논둑을 넘으려다 말그 자기도 모르게 다시 퍼질러 앉으면서 두 손으로 입을 틀어막고 새끼냇다리 쪽에 눈길을 못 박았다.

"우암아, 저그…… 저그…… 누가 오고 있쟈?"

웅보가 논둑 밑으로 몸을 웅숭크리며 다급하게 속삭이듯 말하였다. 그제야 우암이도 큰아버지가 가리키는 쪽을 보았다. 우암이는 새끼냇다리 쪽에서 희끔한 그림자가 그들이 있는 곳으로 다가오는 모습을 발견하고 놀라 논둑 아래로 몸을 웅크렸다. 그들 쪽으로 다가오고 있는 그림자는 하나가 아니라, 얼핏 보아도 대여섯 명은 될 듯싶었다. 웅보와 우암이는 그림자가 그들 가까이로 다가오는 것을 지켜보면서 몸을 더욱 조그맣게 웅크렸다. 이제는 거리가 너무 가까워서 도망칠 수조차 없게 되었다. 그림자가 가까이 다가올수록 웅보와 우암이는 더욱 몸을 웅크리며 그들이 두런거리는 소리를 듣기 위해 귓바퀴를 세웠다.

"큰아부지 걱정 마씨오. 바로 새끼내 사람덜이로구만이라우. 저 컬컬한 목소리가 칠복이 영감님 아닝그라우?"

우암이는 그러면서 논둑 아래 웅숭크렸던 몸을 벌떡 일으키면서 큼큼 헛기침을 뱉어냈다. 그러자 거의 사람 윤곽을 알아볼 수 있을 만큼 가까이 다가온 그림자들이 소스라치듯 놀라며 주춤 물러섰다.

"놀래지 마씨오덜. 저 우암이로구만이라우. 큰아부지도 여그 기신당께요."

우암이가 그렇게 말을 해서야 새끼내 사람들은 다시 발걸음을 움직여 그때까지도 논둑 아래 웅크리고 앉아 있는 웅보 가까이 와서는 두 사람을 에워쌌다.

"안 그려도 웅보 자네 집에 갔등만 우암이허고 나갔다고 허기에 여그 있을 줄 알고 왔다네."

칠복이 영감이 웅보 옆에 쪼그리고 앉으며 말했다. 다섯 명의 다른 새끼내 사람들도 논둑에 앉아서 밤하늘보다 더 깜깜하고 그들 마음보다 더 암담한 들판을 멀리 쓸어보았다.

"지를 왜 찾으셨능그라우? 동척에 몰려가서 불이라도 지르자고 찾으셨능그라우?"

웅보가 칠복이 영감한테 물었다.

"불은 못 질러도 말뚝은 뽑아뿌러야 안 쓰겄능가?"

"뽑아도 다시 내일이면 또 박을 텐디요?"

"그러면 또 뽑아뿌러야제."

"내일 밤에는 총을 든 헌병 놈덜이 나와서 지킬 것이로구먼요. 밤에 지키고 있다가 동척 말뚝을 뽑는 것을 보면 총질을 헐지도 모를 것인디?"

"그랑께 욱곡 상곡 기죽 세 면의 땅에 박힌 동척 말뚝을 다 뽑아뿌러야제. 땅은 넓고 헌병은 몇 놈 안 되는디 어치코롬 다 지킨당가."

웅보 생각에도 칠복이 영감의 말이 옳을 듯싶었다. 궁삼면 땅에 꽂아놓은 모든 동척 말뚝을 일시에 뽑아버린다면 무슨 수로 헌병이나 동척 직원들이 이를 지킬 수 있겠는가.

"옳거니, 그렇다면 냉큼 다른 동네에도 기별을 해야 쓰겄구만그려."

"그런 걱정은 마소. 다른 동네 사람덜 맘도 우리와 똑같을 것이구먼. 아매도 오늘밤 새고 나서 낼 아침에 본다 치면 이 땅에 동척 말뚝 하나도 없이 뽑혀졌을 거로구먼. 그러니 다른 동네는 걱정 말고 새끼내 들에 백힌 말뚝이나 죄다 뽑아서 읎애뿔드라고잉."

칠복이영감은 그러면서 마을사람들을 재촉하였다.

그날 밤 새끼내 사람들 여덟 명은 날이 새기 전에 새끼내 들에 꽂아두었던 동척 말뚝을 모두 뽑아서 강물에 처넣어버렸다. 우암이의 등에 업혀 집에 온 웅보는 거의 혼절하다시피 하였다가, 개동이가 출근을 할 무렵에야 가까스로 정신을 수습하여 잠이 들었다.

장개동은 학교 출근을 하는 길에 어제까지만 해도 새끼내 들에 동척 말뚝이 논다랑이마다에, 마치 땅 주인의 가슴팍에 박히듯 하던 것을 단 하나도 발견할 수가 없었다. 그는 간밤에 그의 아버지와 우암이가 새끼내 들의 말뚝을 모두 뽑아버렸다는 것을 알고 있었기 때문에, 앞으로 닥쳐올 일들을 생각하니 눈앞이 아득할 정도로 불안해졌다. 동척에서는 필시 말뚝을 뽑은 사람들을 찾아내 온갖 방법으로 욕을 보이려고 할 것이 분명한 것이었다. 그런데 장개동은 새끼내 들을 지나 영산포에 이르기까지의 온 들판에 동척 말뚝이 하나도 보이지 않는다는 것을 알고 더욱 놀랐다. 그가 전날 퇴근하여 집에 돌아올 때까지만 해도 영산포에서 새끼내에 이르는 모든 논에는 그만한 크기에 그만한 높이의 동척 말뚝이 마치 의병전쟁 때 죽은 창의병의 넋처럼 꽂혀 있던 것이, 아침에 학교에 가면서 보니 단 하나도 눈에 띄지 않았다. 장개동은 동척 말뚝이 뽑혀진 들판을 보면서 머지않아 이 땅에 한바탕 비극의 강풍이 불어닥치리라는 것을 예상할 수밖에 없었다.

"장 선생, 이야기 들었소?"

장개동 선생이 출근을 하자 그보다 미리 와 있던 이상수 선생이 그를 교실의 복도 끝으로 불러내어 입을 열었다. 장개동은 처음에 이상수 선생이 그에게 무엇을 묻고 있는지 알 수가 없어 멀뚱한 표정으로 눈만 끔벅거렸다.

"동척에서 박은 말뚝 말이오, 땅 주인들이 모두 뽑아버렸다지 뭡니까요. 이건 약속도 한 것이 아닌데, 간밤에 이 근동의 모든 논에서 동척 말뚝을 뽑아버렸답니다."

이상수 선생은 목소리를 낮추어, 그러나 약간 흥분된 감정을 감추지 못한 채 말했다.

"한바탕 난리가 나겠군요. 동척에서 가만있겠습니까? 결국 땅 주인들만 곤욕을 당하게 될 것이 뻔하지요. 그래봤자 모래로 방천 쌓기요, 칼 물고 뜀뛰기하는 것이나 마찬가지일 게요."

장개동은 아버지와 우암이가 걱정이 되어 이상수 선생의 말이 조금도 반갑지가 않았다.

"헛일은 아니지요. 아무리 무지렁이 농사꾼이라고 해도 함부로 땅을 빼앗을 수 없다는 것을 보여주어야지요."

이상수 선생은 목소리를 낮추어 약간 실망한 듯한 눈으로 장개동을 보면서 말하였다.

"농사꾼들한테 무슨 힘이 있습니까?"

"장 선생은 뭘 모르시느만요. 이 세상에서 농사꾼보다 힘이 강한 사람들이 또 어디에 있습니까요. 힘이 없으면 땅을 다스릴 수가 없다는 것을 모르시오? 땅을 다스리고 땅을 사랑하는 사람들은 힘이 있습니다. 총칼 든 사람들한테만 힘이 있다는 생각은 잘못이지요. 장 선생은 갑오년 일을 금세 잊었소?"

장개동은 이상수 선생의 말에 약간 부끄러움을 느꼈다. 그도 기실은 이상수 선생과 같은 생각을 갖고 있었던 것이다. 그가 이상수 선생한테 그렇게 말한 것은 아버지와 우암이 일이 걱정되었기 때문이었다.

그날 이후 장개동은 거대한 바위에 짓눌려 버르적거리는 기분으로 아이들을 가르쳤다. 이상하게도 그는 일본인 선생의 얼굴만 마주쳐도 가슴이 덜컹거리면서 아버지와 우암이한테 무슨 일이 일어났을 것만 같은 불안에 휘감겨들었다. 그는 수업을 하면서나 쉬는 시간에 말간 유리창 밖으로 봄날의 햇살이 홍건하게 내리꽂히는 학교 앞 들판을 얼핏얼핏 바라보곤 하였다. 전날까지만 해도 학교 앞 들판에도 어김없이 동척 말뚝이 꽂혀 있었다. 그러나 지금은 말뚝은 보이지 않았으며, 어쩐지 들에 가득 괸 햇살마저도 날카롭고 불안하게만 느껴졌다.

학교 앞 들에서는 아무 일도 일어나지 않았다. 헌병들을 앞세운 동척 직원들의 모습도, 흰옷 입은 땅주인도 나타나지 않고 햇살과 바람만이 불안하게 서성거리는 것처럼 느껴졌을 뿐이다. 점심시간을 이용하여 선창거리에 나가서 동척 출장소 건물 앞을 서성거려보았으나 특별한 낌새를 눈치 챌 수는 없었다.

장개동은 퇴근시간이 되자 서둘러 새끼내로 돌아갔다. 집으로 가면서 들판을 눈여겨 살펴보았다. 동척 말뚝은 여전히 눈에 띄지 않았으며, 동척 직원이나 헌병들의 모습도 보이지 않았다. 그는 새끼냇다리께에서 허겁지겁 뛰어나오는 우암이를 발견하고 불길한 예감에 그 자리에 발걸음을 멈추었다.

"성님, 큰아부지께서……."

우암이는 미처 말끝을 맺지 못하고 허덕거렸다.

"아버님이 어찌 되셨는데?"

"위독허시구만이라우. 들에서 돌아와봉께 큰어머님도 성수씨도 없이 큰아부지 혼자 방에 혼절해 기시드만이라우."

"아버님 혼자? 다들 어디 가고? 목수들도 집에 없더냐?"

"목수들이야 몰랐겠지라우. 큰어머닉허고 성수씨는 강에 조개를 캐러 갔었다요. 쫌 전에사 게우 정신을 찾으셨는듸, 암만해도 의원을 뫼셔와야 헐 것 같아서 영산포에 가는 길이라우."

그러면서 우암이는 개동이에게 손짓을 하며 어서 집에 들어가 보라는 시늉을 하였다.

"나허고 같이 가자. 헌데 영산포에는 아직 병원이 없지야?"

"벵원은 무슨…… 의원도 뫼셔오기 어려울 텐듸라우."

"지체 말고 서둘러 가자. 아마 아버지께서 간밤에 무리하신 탓일 게야."

장개동이 앞장을 서서 걸음을 바삐 움직이며 말하였다.

"이러실 줄 알았구만이라우. 어저께 밤에 큰아부지는 허리도 못 쓰는 골병든 사람이 아니드랑께라우. 꼭 뭣에 씌인 어른 같었구만요."

"네가 좀 말리지 않고……."

"말리기사 해봤지라우. 말려봤지만 지 말을 안 듣습듸다. 어저께 밤엔 큰아부지가 큰아부지로 뵈이지 않앗당께라우."

장개동은 우암이로부터 더 이상 이야기를 듣지 않아도 간밤에 아버지가 어찌 하였을지 눈으로 보듯 훤했다. 그는 잠시 아버지가 동척 말뚝을 뽑느라고 욕을 퍼부어대며 끙끙거린 모습을 상상해보았다. 아버지는 앞으로 죽을 때까지의 남은 마지막 기력과 용기와 한을 간밤에 그 동척 말뚝을 부둥켜안고 끙끙거리면서 모두 한꺼번에 쇠진시켜버린 것이 분명했다. 그것은 아버지의 마지막 항거이며 몸부림이고 울부짖음이었을지도 모른다는 생각이 들었다.

"어찌시더냐? 괜찮으실 것 같더냐?"

장개동은 바쁜 걸음으로 땅거미가 깔린 둑길을 걸어가면서 물었다. 그는 불현듯 아버지에 대해 불길한 예감에 휘감겼다.

"클씨라우. 지난번 헌병대에 붙잡혀갔을 때 워낙 곤욕을 치르셨기 땜시…… 그때 너무 골병이 들었당께라우. 그나마도 합수(똥물)를 많이 마셨기 땜시 게우 운신을 허실 수 있었구만이라우. 나는 큰아부지께서 그때 영락없이 세상 뜨실 것으로 알었구만이라우. 칠복이 영감님이 헌병대에서 바지게에 지고 오던 날을 생각하면 시방도 눈물이 쏟아질라고 헌당께요. 큰아부지는 집에 오셔서도 근 달포 동안은 바로 눕지도 못허시고 배를 깔고 엎져서만 살았당께라우. 어이구 독헌 놈덜, 징그러운 놈덜. 그란디 이상허게도 큰아부지는 그때 헌병대에 붙잡혀가서 곤욕을 치르신 후로라우잉, 몸은 골골거림시로도 마음은 칼 모양으로 날캄해지셨당께라우. 골병이 들어 엎져서 지냄시로도 큰아부지는 노상 이마에 불도장 찍힌 증조부님 이야기만 흐시드랑께라우."

우암이의 이야기에 장개동은 잠시 물둑 아래 영산강을 바라보았다. 석혼이 깔린 영산강 물 위에 불도장 찍힌 증조부의 모습이 떠올라 있는 것만 같았다.

"우암아, 이마에 불도장 찍힌 증조부님 이야기 좀 해줄래?"

그러면서 장개동은 뒤따라오고 있는 우암이를 돌아다보았다. 우암이의 얼굴에 봄날 마지막 햇살 한 가닥이 희끔하게 걸려 있었다.

우암이는 어둠이 검실검실 영산강 물너울처럼 일렁이기 시작하는 둑길을 밟고 영산포에 이르는 동안에 장개동이한테 이마에 불도장 찍힌 증조부에 대한 이야기를 해주었다. 장개동은 우암이의 이야기만 듣고 있었다.

"큰아부지 말씀으로는 할아부지께서는 이마에 불도장 찍힌 증조부님을 별로 좋아허시지 않았다고 흐시드만이라우."

이야기를 마치고 한참이 지나도록 장개동이가 아무 반응을 보여주지 않자 우암이 쪽에서 입을 열었다. 장개동은 우암이한테 겉으로는 할아버지가 그랬을는지 모르나 마음속으로는 증조부님을 좋아했을 것이라는 말을 하려다가 그만두었다.

그들은 어느덧 강변 둑길에서 선창거리로 접어들어 손칠만의 싸전 앞을 지났다. 싸전 옆에 정미소가 들어서 근처에 사람들이 북적거렸다. 손칠만은 창의대가 왜싸전을 불질러버린 후, 다시 새 집을 지으면서 정미소도 함께 문을 열었다. 오까모도의 앞다리 노릇을 하고 있는 손칠만은 나주 근동에 여러 명의 미상들을 풀어, 고무래질하듯 곁곡을 긁어 들여서는, 새로 문을 연 정미소에서 알곡으로 도정을 한 다음 목포를 경유하여 일본으로 실어내가는 일을 돕고 있었다.

"성님, 손칠만이라는 사람 이야기 못 들었지유? 이 싸전흐고 정미소 쥔이 바로 부르뫼 손칠만이라는 사람이랍니다유. 오까모도가 개똥을 질푸덕 볿아뿌렀을 적에 건달 손칠만이가 잽싸게 시리 적삼을 벗어갖고 오까모도 구두에 묻은 개똥을 닦어주고 왜싸전의 점원으로 들어갔다가, 시방은 싸전과 정미소의 쥔이 되었당만이라우. 그래서 우리덜은 개똥 닦어주고 싸전 쥔이 된 손칠만을 보고 개똥사장이라고 쑥덕거린답니다유. 그란듸 개똥사장 손칠만이가 우리 아버지 옛날 친구랍듸다. 그래서인지 가끔 우리 집에 쌀가마니를 보내주지라우. 그란듸 큰아부지께서는 그 사람이 집에 쌀가마니를 보내오는 것을 늘 껄적지근허게 생각허신당만이라우. 큰아부지는 그 개똥사장을 왜놈헌테 쓸개를 떼어준 사람이라고 헙듸다."

장개동은 우암이의 이야기를 듣고 잠시 정미소 앞에 걸음을 멈추고 서서, 남포등이 푸르스름하게 출렁이고 있는 싸전과 정미소 안을 유심히 들여다보았다. 우암이가 그를 끌어당기지 않았더라면 개동이는 언제까지나 정미소 앞에 서 있었을지 몰랐다.

우암이가 안내한 송 의원 집은 손칠만의 싸전 앞을 지나 동척 출장소 건물 맞은 켠 고샅 끝에 있었다. 집 앞에 큰 은행나무가 초가지붕보다 두 배쯤 높이로, 거뭇한 회색빛 초저녁의 하늘을 향해 키 재기를 하고 있었다. 잠시 후 장개동이가 만나본 송 의원은 집 앞의 높은 은행나무에 비해 몸피가 왜소한 땅딸보였다. 키 작은 송 의원은 장개동이가 자신의 신원을 말하고 새끼내까지 동행하여 택진(宅診)해줄 것을 청하자 쇳소리 나는 목소리로 병자가 어떻게 아픈가를 여러 번 묻고 나서는 양태가 좁직한 갓을 비뚜름히 쓰고 앞장을 섰다.

개동이와 우암이가 영산포에 나가 의원을 데리고 집에 당도했을 때, 개동이 아버지 웅보는 어느 사이에 일어나 벽에 등을 기대고 앉아서 곰방대를 빨고 있었다. 그는 연신 콜록거리면서도 곰방대의 연기를 빨아 깊숙이 삼켰다가 내뿜곤 하였다.

의원은 요모조모로 되작거려가며 웅보를 진맥해보더니, 장독(杖毒)

이 몸속으로 파고들어 장기(臟器)에 퍼져 있는데다가 기력이 너무 탈진하였기 때문에, 몸속의 장독을 풀어주면서 몸을 보하는 약을 장기간 복용해야 회복할 수 있다고 하였다. 의원은 그러면서 밤에 조약(調藥)을 해놓을 터이니 다음날 아침 일찍이 찾아와서 탕약을 가져다가 달여 먹이라고 이르고 일어섰다. 개동이는 의원을 새끼냇다리께까지 배웅해주면서 탕약 값은 얼마라도 아끼지 않을 것이니 아버지의 병을 고칠 수 있도록 도와달라고 당부하였다. 그러나 의원은 장독이 워낙 깊이 장기 속으로 파고들었을 뿐만 아니라, 기력이 탈진하여 쉽게 회생하기는 어려울 것 같다고 말하였다.

개동이는 의원을 배웅해주고 집으로 돌아오면서, 탕약을 써보아서 효험이 없으면 아버지를 목포에 있는 양의원으로 모셔가서라도 병을 고쳐야겠다고 결심하였다. 개동이는 어떤 일이 있어도 아버지의 삶이 여기서 끝나서는 안 된다고 생각하였다. 지금 아버지를 잃어버리면 개동이가 애써서 영산포에 돌아온 것이 허사가 될 것이라고 생각한 것이다. 그가 새끼내 사람이 되기 위해, 이 땅에 뿌리를 내리기 위해서는 앞으로 오랫동안 아버지라고 하는 땅이 필요한 것이기 때문이었다. 지금 아버지를 잃게 되면 그는 새끼내에 뿌리를 내리지 못하고 다시 부초(浮草)처럼 흐느적거리게 될 것 같았다. 어떻게 하여 찾아온 아버지인데 여기서 잃어버릴 수는 없는 노릇이었다. 그는 아직 아버지의 그늘 밑에 있고 싶었다.

개동이가 의원을 배웅해주고 초막에 들어왔을 때 아버지는 다시 일어나 벽에 등을 기대고 앉아서 곰방대를 빼억빼억 빨아대고 있었다.

"그 곰방대 좀 그만 빨으시지요. 기침에는 담배가 해롭다는 것을 아시지 않는가요."

개동이는 초막 안에 들어서자 안타까워하는 눈으로 아버지를 보며 매달리는 목소리로 말하였다.

"내 병은 내가 잘 안다. 내가 시방까지 죽지 않고 살아 있는 것은 이 곰방대 덕이다. 이 곰방대가 내 시름을 이겨내 주었어. 몸에 퍼진 장독을 이 곰방대가 없애준 게여."

웅보는 개동이의 말에 더욱 입술에 힘을 주어 곰방대를 빨았다.

"기침에 해로우시다니께요. 그러고 의원 말로는 장독이 없어진 것도 아니고 몸속의 장기로 퍼졌다고 안 허든가요. 이러다가 큰일 당허시면 어쩌려고……."

개동이는 그러면서 우암이와 큰어머니를 번갈아 보았다.

"참말로 지발 그놈에 곰방대 좀 그만 빨았으면 쓰겄어. 쇠기침 쏟아냄시로 워쩌서 저렇코롬 곰방대를 빨아쌓는가 모르겄당께. 저러다가 죽어뿔먼 으쩔라고……."

쌀분이도 남편을 향해 쏘아붙이며 눈을 흘겼다.

"내가 죽기는 왜 죽어? 저놈에 여편네가 인제는 내가 죽기를 바라는갑구만잉. 나는 아직 죽지 않을 텡께 걱정 말어. 내 땅을 다시 찾고, 주근이랑 판쇠랑 덕칠이랑 그러고 우암 압씨랑 돌아오기 전에는 난 안 죽을 거여. 죽으라고 허도 못 죽는단 마시. 이대로 죽어뿔먼 황천에 가서 우리 조부님을 워치게 뵐 것잉가. 내 땅을 찾기 전에는 황천에 갈 수 없당께."

웅보는 울부짖는 것처럼 큰 소리로 말하고 나서 다시 한바탕 초막 안이 컹컹 울리도록 기침을 쏟아냈다. 그러고 나서도 또 곰방대를 빨았다. 그는 곰방대를 빨면서 기침을 쏟고, 그러고 나서 다시 곰방대를 빨았다. 그러나 아무도 그 곰방대를 빼앗지는 못하였다. 언젠가 한 번 그의 아내 쌀분이가 그 곰방대를 감춰버렸다가 날벼락이 떨어진 후로는 감히 그것을 빼앗거나 감추지를 못하는 것이었다.

다음날 아침나절 새끼내에 헌병 다섯 명과 동척 직원 열 명이 몰려왔다. 새끼내 사람들은 이런 일이 있을 것으로 미리 예상하고 있었기 때문에 별로 놀라거나 당황하지 않았다. 동척 직원들은 총을 든 헌병들을 앞세우고 새끼내 집집에 들이닥쳐서는 동척 말뚝을 뽑아버린 사람이 누구냐고 윽박질렀다. 처음에는 아무도 나서지 않았다. 그러자 동척 직원들은 집에 있거나 들에서 이앙 준비를 하고 있는 남정네들을 새끼냇다리 옆 팽나무 밑에 모이게 하였다. 웅보는 기동을 할 수 없을 정도로 병이 깊어 그곳에 나가지 못하였고, 마침 우암이도 아침에 개동이를 따라 송 의원댁에 탕약을 지으러 가고 없었다.

새끼내에 몰려온 동척 직원들 중에는 물론 양만석이도 끼여 있었다. 새끼내 사람들은 양만석이가 온 것을 알고 칠복이 영감을 웅보한테 보내 양만석이를 만나서 사정을 해보라고 하였으나 웅보는 한마디로 잘라 거절을 하였다. 양만석과 웅보 관계를 알 턱이 없는 쌀분이까지도 웅보한테 양만석을 한 번 만나보라고 설득을 하려 들었지만 웅보는 그런 아내에게 화를 내기까지 하였다. 웅보는 양만석을 만나고 싶지가 않은 것이었다. 또 양만석을 만난다 해도 그가 새끼내 사람들의 편을 들어줄 사람이 아니라는 것을 잘 알고 있는 터라, 굳이 그에게 비굴하게 통사정을 하기가 싫었던 것이다. 그리고 무엇보다 중요한 것은 양만석이 쪽에서 웅보가 그의 앞에 나타나서 머리를 숙이고 사정하는 것을 달갑지 않게 생각한다는 것 때문에 그는 양만석을 만나고 싶지가 않은 것이었다.

그날 새끼내에 온 양만석은 마을사람들을 모아놓고 일장 연설을 하였다. 그것은 연설이라기보다는 협박이었다. 그는 연설을 하기 전에 마을 사람들을 둘러보고 나서는 "장웅보, 장웅보 그 사람은 왜 여기 없소?" 하고 날카로운 목소리로 따져 물었다.

"웅보 그 사람 많이 아픕니다요. 어저께 밤에 의원이 댕겨갔고, 조카인 우암이가 영산포로 탕약을 지으로 갔구만이라우. 안 그려도 웅보 그 사람, 양 주사님이 오셌다는 말을 듣덩만 꼭 양 주사 어른을 만나고 싶다고 허등만이라우."

칠복이 영감이 웅보가 하지 않은 말까지 늘어놓아서야 양만석은 더 이상 웅보의 불참을 추궁하지 않았다.

"에 또…… 우리 동양척식은 천황폐하의 뜻을 받들어 조선의 농업을 진흥시키고 물산을 장려하기 위하여 막대한 자금을 들여서 만든 것이오. 에 또…… 우리 동양척식은 그러니께 조선의 농민들을 보다 잘살게 하기 위한 목적으로 설립한 것이라 이것이오. 다시 말해서 동양척식회사는 궁토로 넘어가버린 궁삼면의 토지를 비싼 값에 매수하여, 여러분들이 마음 놓고 농사를 지을 수 있게 한 것이라 이것이오. 그런데도 몰지각한 작자들이 일본을 싫어하는 심보로다가 동척에서 세운 팻말을 몽땅 뽑아버렸다 이것이오. 그러니께 동척 팻말을 뽑아버린 작자들은 총칼을 들고 일본사람들과 싸우기를 자청했던 적도들과 다를 것 없이 불순한 사람들이라 이것이오. 앞으로 또 한 번 팻말을 뽑는 사람들은 적도 취급을 하여 다룰 것이며, 그 사람들에게는 소작권도 주지 않을 뿐만 아니라, 지금 살고 있는 집에서 쫓아내고 말 것이오. 시방 여러분들이 살고 있는 집터나 여러분들 선조가 묻혀있는 묏자리도 모두 우리 동양척식회사 소유라는 것을 명심하고, 경거망동하지 않기를 바라는 것이오. 내 말 알겠소?"

양만석은 일본사람들 흉내를 내면서 상반신을 뒤로 잦히고 일장 엄포를 놓는 말을 하고 나서는 새끼내 사람들을 휘휘 쓸어보았다.

새끼내 사람들은 멀뚱멀뚱 눈을 껌벅거리며 양만석을 보고만 있었다. 그들의 얼굴에 절망감도 분노도 나타나 있지 않았다. 아무런 감정도 표정에 드러나지 않은 것이었다. 그들은 삶에 지쳐 있는 모습이었다. 그들은 너무 지쳐 있었기 때문에 당장 총부리를 가슴팍에 들이대며 목숨을 거두겠다고 할지라도 눈 하나 깜짝하지 않을 듯싶었다.

"에 또…… 내일까지 여러분들이 뽑아 없애버렸던 동척 팻말을 다시 그 자리에 세우도록 하씨오. 만약 내일까지 세우지 않을 시는 소작권도 주지 않을 뿐만 아니라, 지금 살고 있는 집에서 쫓아낼 것이며, 조상의 무덤도 파서 없앨 것이고, 적도들과 똑같이 붙잡아서 신작로 노역 판에 보낼 것이오. 알겠소? 왜 대답이 없소?"

양만석이 새끼내 사람들을 무섭게 노려보며 윽박질렀으나 그들은 모두 고개를 숙인 채 말이 없었다. 더러는 고개를 처박고 앉아서 땅이 무너지도록 한숨만을 쏟아냈고, 더러는 멀뚱한 시선으로 새끼내 들판을 하염없이 바라보기만 할 뿐이었다.

"내 말을 알았소? 알았으면 대답을 하씨오. 내일까지 당신들이 뽑아버린 말뚝을 그 자리에 다시 세워놓으라 이거요."

양만석의 목소리가 신경질적으로, 장작을 패듯 팩팩거렸다.

"저…… 헐 말이 있구만이라우?"

고개를 깊숙이 처박고 앉아서 한숨만 폭폭 내쉬고 있던 김덕만이가 천천히 고개를 들고 양만석을 쳐다보면서 입을 열었다. 나이 열아홉인 그는 몸피가 엄장하여 힘꼴깨나 써 보임직하였다. 그 역시 새끼내 마을사람들과 함께 동척 말뚝을 뽑아서 영산강에 처박아버린 사람 중 하나였다. 그는 새끼내 마을 사람들이 어떻게 물둑을 쌓아서 버려진 갈밭을 일구어 논을 만들었는지를 알고 있었다. 물론 새끼내 사람들이 그 땅을 일구었을 때 덕만이는 아직 세상에 태어나지도 않았었지만, 아버지 어머니를 통해서 이십여 년 전 새끼내 사람들이 두레살이를 하면서 물둑을 쌓았다는 이야기를 귀에 못이 박히도록 들어왔다.

"할 말이 있다고? 그래 무신 말을 하겠다는 겐가?"

양만석이 이맛살을 찡그리며 김덕만을 찔러보았고, 새끼내 사람들은 평소에 말수가 적을 뿐만 아니라 남의 앞에 나서기를 꺼려하던 덕만이가 웬일인가 싶은 얼굴로 서로의 얼굴을 번갈아보며 눈알을 휘굴렸다.

"지가 우리 아부지 어머니헌테 듣기로는 새끼냇들의 땅은 새끼내 사람덜이 피땀 흘려감시로 몇 년 동안 물둑을 쌓어갖고 맹근 것이라고 헙디다. 그런 땅이 주인도 모르는 사이에 궁토가 되야뿌렀고, 재판을 걸어서 이 땅의 주인은 새끼내 사람덜이라는 판결도 받았다고 헙디다. 그런디 뜽금없이 요본에는 일본사람들이 와갖고는 동척인가 뭔가 허는 일본사람덜 것이라고 말뚝을 박었단 말입니다요. 이 땅 쥔이 새끼내 사람덜이라는 것은 하늘도 알고 영산강도 아는 사실이라 이것입니다요. 넘덜 땅에다가 쥔 허락도 없이 이것은 내 땅이다 허고 말뚝을 박은 사람덜이 잘못이재, 새끼내 사람덜 잘못은 아니로구먼요."

김덕만은 큰 소리로 말하고 나서 동의를 구하기 위해 새끼내 사람들을 둘러보았다. 모두들 고개를 끄덕거렸다. 그들은 덕만의 또박또박 조리 있는 말솜씨와 용기에 감탄하면서 저마다 고개를 커다랗게 끄덕거렸다. 덕만이의 이야기를 듣고 나서야 비로소 새끼내 사람들의 얼굴에는 영산강 물너울 같은 생기가 넘실넘실 되살아난 듯싶었다.

김덕만과 새끼내 사람들은 그러나 한편으로는 후련하고 다른 한편으로는 약간 겁을 먹은 표정으로 양만석의 일그러진 얼굴을 훔쳐보았다.

"네놈 이름이 뭬냐?"

양만석이가 김덕만을 향해 쥐어박는 듯한 목소리로 물었다.

"김덕만이라고 허는구만이라우."

덕만은 큰 눈을 더욱 크게 뜨고 양만석을 쳐다보면서 약간 겁먹은 표정으로 대답하였다.

"김덕만, 조오타. 내 김덕만이라는 이름을 잊지 않겠다. 그렇다면 당신네들 가운데서 김덕만이 생각과 같다고 허는 사람들이 있으면 어디 한 번 일어서 보씨오. 어서 일어서 보씨오."

양만석은 짐짓 흥분을 가라앉히기 위해 혓바닥으로 입술에 침을 바르며 한껏 나지막한 목소리로 말하였다. 처음 새끼내 사람들은 아무도 자리에서 일어나지 않았다.

"김덕만이와 같은 생각을 하고 있는 사람이 없다 이거지요?"

양만석이가 이번에는 언성을 높이며 되물었다.

"아니로구먼요. 지도 덕만이 생각과 같구만이라우."

컬컬한 목소리로 말하면서 일어서는 사람은 칠복이 영감이었다.

"지도 같은 생각이로구만요."

이번에는 새끼냇다리 옆 살구나무 집의 열일곱 살 난 또식이가 우럭우럭한 목소리로 말하면서 벌떡 일어섰다.

"지도 마찬가지요."

"나도 그렇쉐다."

웅보네가 새끼내를 떠나 목포로 나가 사는 동안 북도 쪽에서 이사를 왔다는 최복실 최판실 형제도 일어섰다. 복실이 형제는 전라북도 정읍 말목굽이에서 살다가 그의 아버지가 동학군에 가담하여, 고향을 떠나 떠돌음 하던 끝에 새끼내까지 흘러들어왔다.

이렇게 하여 일어선 사람이 모두 다섯 사람이었다. 양만석은 한동안 깨어진 사금파리조각 같은 얼굴로 다섯 사람들의 얼굴을 날카롭게 쏘아보았다.

"이노무 적도들! 당장 이놈들을 묶으시오."

양만석은 그가 데려온 동척 끄나풀 헌병들에게 소리쳤다. 그러자 헌병들은 일시에 그들의 가슴팍에 총브리를 들이댔으며, 양만석을 따라온 동척 청년회 사람들이 다섯 명의 새끼내 농민들을 준비해가지고 다니던 오랏줄로 묶었다.

"이자들은 반일본 불순분자들이니 영금을 보여야 하오."

양만석이 빠른 일본말로 헌병들에게 말하였다. 그러자 그들의 가슴에 총부리를 들이댄 헌병들이 총의 개머리판으로 손이 묶인 다섯 명의 머리와 허구리, 가슴팍을 마구 후려치고 발로 걷어찼다. 순간 손이 묶인 다섯 사람들은 비명을 지르며 쓰러져 버르적거렸으며 이 광경을 본 다른 새끼내 사람들은 겁에 질려 벌벌 떨고만 있었다. 순식간에 다섯 명의 새끼내 사람들은 피투성이가 되어 계속 비명을 질러댔다.

집에 있던 웅보가 이 사실을 알고 쌀분이의 부축을 받고 새끼내다리 팽나무께로 비척거리며 나갔을 때 양만석과 헌병들은 산모퉁이를 돌아 부르뫼 쪽으로 향하고 있었으며, 피투성이가 된 다섯 명의 새끼내 사람들을 부둥켜안고 있거나 그들을 에워싸고 울분에 찬 얼굴로 양만석의 뒷모습을 꼬나보고 있던 새끼내 사람들은 한숨 대신 이를 부드득 갈았다.

팽나무 밑동에 등을 기대고 앉은 웅보는 한동안 기침을 쏟으며 말없이 피투성이가 된 마을 사람들을 바라보고만 있었다. 그는 할 말이 없었다.

"칠복이 영감님이 영판 많이 다치셨구만이라우. 시상에 무지막지헌 놈덜. 노인도 몰라보고 저 지경을 맹글어 놓다니."

쌀분이가 칠복이 영감 얼굴에 범벅된 핏자국을 닦아주고 웅보 옆에 다가와서 혀를 찼다. 웅보는 마음이 아팠다. 차라리 마을사람들 대신에 자신이 피투성이가 되었으면 싶은 생각이 간절했다. 마을 사람들이 웅보 자신 대신에 그런 곤욕을 당한 것만 같았다.

"쳐죽일 놈덜!"

웅보는 끈끈한 가래침을 봄날 아침나절의 햇살이 화사하게 꽂혀 내리고 꽃봉오리가 방싯 터지려고 하는 세잎양지꽃 위에 카악 뱉으면서 중얼거렸다. 그는 당장에 양만석을 쫓아가서 그의 덜미를 잡아 태기를 치고 싶은 심정이었다. 그는 처음으로 양만석을, 자신의 핏줄을 빌려 이 세상에 태어나게 하였다는 사실에 대해서 견딜 수 없는 치욕과 부끄러움과 후회스러움을 느꼈다. 그는 양만석이가 목도를 든 동척의 청년들과 총을 멘 헌병들을 앞세우고 부르뫼 모퉁이로 돌아서는 모습을 핏발선 눈으로 바라보다가, 끓어오르는 통분을 억제하지 못해 허리춤에서 곰방대를 꺼내 불을 붙여 물고 빽빽 빨아대다가는 하늘을 향해 숨 가쁘게 기침을 토했다.

새끼내 사람들은 언제까지나 그렇게 새끼냇다리 팽나무 밑에 모여, 동척 사람들한테 총의 개머리판에 얻어맞고 발길질을 당한 다섯 사람을 에워싼 채, 헤어질 줄을 몰랐다.

3

동척 사람들의 행패는 새끼내서만 있었던 것이 아니었다. 그들은 근동의 악소배들을 모아서 만든 동척 청년회원들과 헌병들을 앞세우고 마을마다 돌아다니며, 동척 말뚝을 뽑아버린 사람들을 위협하고 구타하였다. 동척 말뚝을 다시 세워놓지 않으면 소작을 주지 않겠으며, 사는 집에서 쫓아낼 뿐만 아니라 선조들의 무덤까지 파헤쳐버리겠다고 협박하였다. 동척 직원들 중 일본사람들보다는 조선사람들이 더욱 악랄하게 굴었다. 특히 조선사람들 중에서도 양만석은 근동에 소문이 날 정도로 지악스럽게 굴었다. 병석에 누워 지내면서 기껏해야 목수들 집짓는 일이나 들여다보며 살아가는 웅보 귀에도 양만석의 지악스러운 행티가 심심찮게 들려오곤 하였다. 그때마다 그는 고통스러운 얼굴로 고개를 무겁게 떨어뜨리고 한숨과 탄식을 삼켰다.

양만석이가 헌병들을 앞세우고 새끼내에 들이닥쳐 다섯 명을 직신직신 짓밟고 으름장을 놓고 간 후, 새끼내 사람들은 의견이 두 갈래로 갈라졌다. 그들은 어차피 소작을 부치고 집에서 쫓겨나가지 않으려면 동척 말뚝을 다시 세우자는 의견과, 동척이 시키는 대로 하였다가는 결국 땅도 마음도 한꺼번에 왜놈들한테 빼앗기게 될 터이니까 끝까지 맞서야 한다는 쪽으로 갈라진 것이었다.

양만석이가 헌병들과 동척 청년회 사람들을 몰고 와서 행패를 부리고 간 그날 밤, 새끼내 사람들은 돈단에 모여 각자 생각들을 말하였다. 이 자리에는 웅보 외에 낮에 초주검이 되도록 얻어맞은 다섯 사람을 제외한 새끼내 남정들이 모두 얼굴을 내밀었다. 아녀자들도 몇 사람 남정들이 쭈그리고 앉아 있는 풀 섶에서 조금 떨어진 가죽나무 밑에 팔짱을 끼고 초조한 모습으로 서성거리면서 남정들이 큰 소리로 주고받는 이야기를 듣고 있었다.

"우리는 약자가 아닌가? 약자라는 거는 어채피 강자헌티 눌려 살게 되어 있다 이그여. 우리가 대대로 종살이를 해온 것도 약자이기 땜시로구먼. 그래서 허는 말인듸 어쩌끄나 우리는 농사를 지어야 헐 입장이고 보니께, 동척 사람덜 시키는 대로 따르는 긋이 상책이 아닌가 싶다 이 말이로구먼. 깨놓고 말해서 우리는 농사만 지을 수가 있음사 그만이재, 은제 우리덜이 내 땅 늬 땅 따져감시로 살었냐 이그여. 그라니 우선은 동척이 시키는 대로 허는 도리밖에 없을 것 같구먼. 당장 모를 내야 헐 판인듸 그까짓 말뚝 땜시 모를 꽂지 못해서야 쓰겄능가? 땅이 무신 잘못이 있겄어?"

웅보보다 열 살이 위인 노루목 영감이 마을 사람들을 휘휘 둘러보면서 입을 열었다. 그 역시 웅보네가 새끼내를 떠나 목포에 나가 있던 사이에 장흥(長興)에서 흘러들어 온 노비 출신으로, 부르뫼 박 초시네 소작을 부치고 살아오는 터였다.

"무신 말을 그렇게 허시우? 우리는 약자니께 평생을 눌러 살자니, 그거이 말이 됩니까요? 그러고 노루목 영감님은 잘 모르고 그러시는듸 말이우, 새끼냇들의 땅은 엄연히 우리 땅이라 이그요. 우리덜이 참말로 뼛속에 고름 괴두룩 해서 맹근 땅을 경선궁에 뺏겼다가 요본에는 다시 왜놈덜 손에 넘어가게 된 것이 아니우? 그러고, 노루목 영감님은 그까짓 말뚝 하나 땜시 모를 못 꽂아서야 씨겄느냐 그 말씀인듸 그까짓 말뚝이 아니구만이라우잉. 그 말뚝은 바로 우리덜 목줄을 끊자는 것이 아닝그라우? 그러니께, 우리 절대로 동척 말뚝을 다시 세워서는 안 되는구만이라우. 고것은 마치 우리덜 염통에다가 말뚝을 박는 이치나 쬐금도 다를 바가 없다 이긋이로구만이라우."

노루목 영감의 말에 판쇠 동생 판돌이가 목소리를 높이며 따지듯 하였다. 판돌이는 처음으로 그의 형과 함께 새끼내 사람들과 두렛일을 하여 물둑을 쌓고 논을 일구었던 사람이다. 그리고 그는 웅보보다 일 년이나 먼저 목포에서 새끼내로 돌아왔었다. 그는 경선궁으로부터 소작권을 위탁받은 박 초시를 찾아가서, 지난날 그들이 피땀 흘려 가며 일구었던 자신들의 땅을 부쳐 먹을 수 있게 하여 달라고 이마가 땅에 닿게 머리를 조아리며 비대발괄 빌어 어렵게 다섯 마지기의 도짓논을 얻어냈다. 판돌이는 오래 전부터 가족을 동생인 자신에게 팽개치듯하다시피 하고 장타령꾼이 되어 남쪽 끄트머리 갯가를 떠돌음한다는 판쇠 형님이 새끼내로 다시 돌아올 날만을 기다리고 있는 터였다. 그는 판쇠 형님이 다시 새끼내로 돌아오게 하기 위해서도 땅을 다시 찾아야 한다고 믿었다. 그는 판쇠 형님이 가족을 동생한테 떠맡기고 정처 없이 떠돌음 하게 된 것도 따지고 보면, 그들이 목숨을 걸고 일구었던 땅을 경선궁에 빼앗기고 나서 용기와 꿈과 자신감을 한꺼번에 잃어버렸기 때문이라고 생각했다.

"판돌이 박센 말이 옳구만이라우. 시방 우리는 모를 꽂느냐 못 꽂느냐 허는 것이 문제가 아니구만이라우. 중요헌 것은 우리 땅을 찾느냐 못 찾느냐 허는 것이로구만이라우."

"옳거니, 우리는 지금꺼정 모 한 포기 논에 꽂지 않고도 살아왔던 때가 있었재잉."

마을 사람들 몇이 판돌이의 의견에 찬동을 표시하였다.

"아니 그라믄, 이대로 옴씰허게 굶어죽어뿔자 이것이오? 농사를 짓지 못하면 굶어죽기밖에 더 허겄소? 굶어죽기로 험사 간단헌 문제지만, 그것이 으디 그리 쉬운 일이당가요?"

노루목 영감을 따라서 새끼내에 흘러들어와 경선궁에 빼앗긴 새끼내 사람들의 땅을 부쳐 먹고 사는 전달출이가 엄장한 체구를 버릇처럼 앞뒤로 흔들면서 말했다. 원래 포수 출신이었던 그는 노루목 영감과 처가붙이가 되는 사이로, 불질을 잘못하여 생사람을 죽게 한 후 사냥질을 그만두고 노루목 영감을 따라 새끼내에 정착하였다. 그는 마흔이 갓 넘었지만 새끼내 안에서 아무도 그의 힘을 당해낼 수가 없을 정도로 근력이 센 남자다.

"허면, 전 포수는 동척이 시키는 대로 말뚝을 다시 세우자 이그요?"

판돌이가 턱 끝을 쳐들고 전달출을 찍어보며 따지듯 물었다.

"내 생각은…… 어쩌끄나 농사는 지어사 쓰겄다 그거로구먼. 말뚝을 다시 세워놓지 않으면 농사를 못 짓게 허고 시방 사는 집에서 쫓아내뿔겄다는 양 주사 말 못 들었능가?"

전 포수는 능질거리는 말투로 판돌이의 물음에 대꾸를 하면서 흘금흘금 마을사람들의 눈치를 살폈다.

"안 되는구만요. 우리는 죽는 한이 있어도 동척 말뚝을 다시 세울 수가 없어라우. 그것은 우리덜 명줄을 자진해서 끊는 것이나 마찬가지로구만이라우."

어른들의 말에 한동안 잠자코 귀를 기울이고만 있던 우암이가 전 포수를 향해 큰 소리로 말하였다. 그러자 전달출의 얼굴이 선불 맞은 산돼지처럼 무섭게 일그러졌다. 전 포수의 눈길이 어찌나 서슬 퍼렇게 보였던지 우암이 옆에 서 있던 장개동의 가슴이 철렁했다.

"뭣이여? 이마빡에 피도 안 마른 놈이 누구헌테 대들어, 이 버르장머리 없는 호로자석아."

전 포수가 우암이를 무섭게 노려보며 목청껏 쏘아붙였다. 전 포수의 기세에 마을 사람들은 잠시 숨을 죽였다.

"호로자식이라니라우? 말 다했소?"

우암이가 전 포수의 말꼬리를 물고 늘어졌다. 장개동이는 그런 우암이의 옆구리를 가볍게 찌르고 나서 그냥 집으로 끌고 가려고 하였다. 그러자 우암이는 그런 개동이의 손을 뿌리치며 눈심지를 빳빳하게 곧추세워 전 포수를 맞꼬나 보는 것이었다.

"요런 호로자석 봐라잉. 네 눔이 호로자석이 아니고 뭬냐 이놈아."

그러면서 전 포수가 와락 우암이의 멱살을 잡아 당장에 메어칠 기세였다.

"참으시오. 지 아우 놈이 잘못했구만요."

옆에 있던 개동이가 전 포수의 손을 잡으며 사정을 하였다.

"성님, 성님은 상관 마씨오. 나는 잘못헌 일이 없응께, 한 번 따져볼라요. 그래 내가 워찌서 호로자석이란 말이오?"

우암이는 그렇지 않아도 아비 없는 것도 서러운 판에 후레자식이라는 말을 듣게 되자 마음이 울컥해진 것이었다. 우암이가 멱살을 댕댕하게 잡힌 채 큰 소리로 다시 따지듯 하자 전 포수는 장개동을 몸으로 밀쳐버리고는 멱살을 잡은 오른손을 거칠게 흔들어댔다. 우암이는 목구멍이 죄어들자 캑캑거렸다.

"동척 말뚝을 다시 세우자는 사람은 새끼내에 살 자격이 읎어!"

전 포수한테 멱살을 잡혀 숨도 제대로 쉴 수 없어 캑캑거리는 우암이가 있는 힘을 다하여 소리쳤다.

"전 포수, 이거 놓으씨오. 우암이가 틀린 말 헌 것 아니오."

판돌이가 다가와서 전 포수의 팔을 잡았다. 그러자 개동이도 다시 전 포수의 팔을 잡고 늘어졌다. 마을 사람 서너 사람도 전 포수를 에워쌌다.

"전 포수, 왜 괜스리 우암이를 잡고 이러요. 우암이가 틀린 말 헌 것이 아닝께 냉큼 손을 놓으랑께 그러네."

판돌이가 찍는 목소리로 퉁겨대자 성질이 왁살스러운 전 포수는 판돌이를 위아래로 두어 번 훑어보더니 오른손은 우암이의 멱살을 잡은 채 왼손으로 판돌이의 가슴을 힘껏 떠밀어버렸다. 그 바람에 판돌이가 벌렁 뒤로 나자빠지면서 어이쿠 하고 외마디 비명을 질렀다. 뒤통수를 땅바닥에 찧게 된 판돌이는 한동안 그대로 벌렁 나자빠진 채 얼굴을 찡그리며 고통을 참고 있다가 벌떡 일어나더니 실팍한 돌멩이를 집어 힘껏 전 포수의 면상을 찍었다. 그러자 이번에는 전 포수 쪽에서 어이구 소리를 지르며 우암이의 멱살을 잡고 있던 손을 놓고는 얼굴을 감싸 쥔 채 땅바닥에 쪼그리고 앉았다. 전 포수의 얼굴에서는 피가 흘렀다. 그것을 본 마을 사람들은 마음이 차갑게 오그라들었다. 힘으로 한다면 판돌이와 전 포수가 비교가 될 수 없었기 때문이었다. 판돌이도 자기가 한 일이 다소 마음에 걸리는지 어정쩡한 태도로, 약간 겁을 먹은 듯 전 포수를 내려다보았다. 전 포수가 손바닥으로 피 묻은 얼굴을 훔치며 천천히 일어선 것은 한참 후였다. 그는 피 묻은 얼굴을 두 손으로 감싸 쥔 채 일어나서는 판돌이를 찾느라 주변을 한 바퀴 둘러보다가, 바로 그 옆에 몸을 웅크리고 서 있는 것을 발견하고는 우우우 황소울음을 울어댔다. 그대로 두었다가는 판돌이가 전 포수한테 붙잡혀 보복을 당할 것이 분명하였다. 그때 마을 사람들이 전 포수의 앞을 막아섰다. 우암이와 개동이도 마을 사람들과 같이 판돌이를 보호하기 위해 전 포수 앞을 막아섰다. 그것을 본 전 포수가 다시 한 번 황소울음을 울어대더니 손으로 얼굴의 피를 훔쳐 그를 막아선 마을 사람들에게 뿌렸다. 전 포수는 한동안 험악한 얼굴로 그의 앞을 막아선 새끼내 사람들을 노려보았다. 그는 선불 맞은 산짐승처럼 아무에게나 마구 달려들 기세였다. 이때 노루목 영감과 그의 부인이 전 포수를 끌고 가지 않았더라면 전 포수는 필시 마을 사람들을 상대로 판돌이한테 당한 분풀이를 하고 말았을 것이었다.

"이놈덜, 내 가만두지 않겠다."

전 포수는 노루목 영감과 그의 부인한테 이끌려가면서도 계속 고함을 쳐댔다.

다음날 이슬아침에 들에 나간 새끼내 사람들은 논에 동척 말뚝이 다시 세워진 것을 발견하고 깜짝 놀랐다. 새끼내 온 들판에 모두 세워진 것이 아니라 드문드문, 그것도 처음 동척 사람들이 가져왔던 것에 비해 반에 반도 안 된 데다 글씨도 어설픈 말뚝이 꽂혀 있었다. 들에 나갔던 새끼내 사람들은 동척 말뚝을 다시 세운 사람이 바로 노루목 영감과 전 포수일 것이라고 생각했다. 새끼내에서 문자를 아는 사람은 웅보 외에 전 포수뿐이었는지라, 말뚝에 글씨를 쓴 것은 따져볼 것도 없이 전달출이라고 믿었던 것이다. 새끼내 사람들은 말뚝을 뽑아 들고 부르뫼 모퉁이 전 포수 집으로 몰려갔다. 전달출은 집에 없었다. 노루목 영감네 집으로 가보았으나 역시 노루목 영감도 보이지 않았다. 새끼내 사람들 생각에 필시 노루목 영감과 전 포수가 같이 간밤에 말뚝을 세워놓고 피신을 하였을 것이라고 짐작하였다.

"이것들이 워디로 몸을 숨겼으까잉."

판돌이가 금방 논에서 뽑아들고 온 말뚝으로 땅을 내리찍으며 앙앙거렸다.

"부르뫼 박 초시헌티로 갔을 게여."

"아니라우, 동척 출장소로 갔을지도 모를 일이로구만요."

"그렇다면 당장에 박 초시 집으로 몰려가 보드라고."

"아서, 지놈덜이 처자식 두고 워디를 가겄능감. 오늘 밤에는 돌아올 것잉께 기다려 보드라고!"

새끼내 사람들은 논에서 뽑아들고 온 말뚝을 노루목 영감네 마당에 팽개치고 나오면서 저마다 한마디씩 퉁겨댔다.

그날 밤 새끼내 사람들 다섯 명은 판돌이네 집에 모였다가 밤중이 되기를 기다려 저마다 몽둥이를 들고 전 포수의 집으로 몰려갔다. 예상했던 대로 전 포수는 집에 돌아와 자고 있었다. 전 포수가 그의 마누라와 잠들어 있는 방으로 뛰어든 새끼내 사람들은 다짜고짜로 그를 묶어 밖으로 끌고 나왔다. 전 포수는 처음엔 맞대들려고 하였으나 혼자 다섯 사람을 당해낼 수가 없다는 것을 가늠하고는 순순히 끌려 나왔다. 마을 사람들은 전 포수를 영산강으로 끌고 갔다. 그들 중에는 우암이도 끼여 있었다. 우암이는 개동이 형한테나 큰아버지한테, 그날 밤 마을 사람들이 전 포수를 처단할 것이라는 비밀을 말하지 않고 슬며시 집에서 빠져나왔다. 우암이는 전 포수가 자신에게 후레아들이라고 내쏘았던 말이 그렇듯 가슴에 걸려 도저히 그를 용서할 수 없다고 생각하였다. 지금껏 우암이는 아버지에 대해서 부끄러움을 느껴본 적은 단 한 번도 없었다. 때로는 아버지가 창의병이 되어 죽음을 각오하고 떠돌음 하는 것이 마뜩찮게 여겨지기도 하였으나 아버지 하는 일을 마음속으로는 늘 자랑스럽게 생각해왔던 것이었다. 큰아버지도 마찬가지일 것이라는 생각이었다. 큰아버지는 우암이에게 "느그 압씨도 결국은 우리가 새끼내에서 우리 땅을 차지허고 살게 헐라고 목숨을 걸고 나선 것이란다. 네 압씨는 일신만을 위해서 싸우는 것이 아니란다" 하고, 우암이가 아버지에 대해서 불만을 토로할 때마다 그렇게 타이르듯 말하곤 하였다. 그런데도 전 포수는 마을 사람들 앞에서 후레아들이라고 그를 꾸짖었던 것이다.

새끼내 사람들은 전 포수를 강변으로 끌고 가는 동안 아무도 입을 열지 않았다. 끌려가는 전 포수도 굳게 입을 다문 채 수걱수걱 따라왔다. 전 포수는 설마 새끼내 사람들이 자신을 죽이기야 할 것인가 하는 생각을 하고 있는 듯싶었다. 그들은 물둑을 내려서 갈대밭을 헤치고 강 쪽으로 갔다.

강변에는 마을 사람들이 미리 준비해둔 쪽배 한 척이 매여 있었다. 새끼내 사람들은 전 포수를 앞세우고 쪽배가 매여 있는 버드나무 쪽으로 갔다. 희끄무레한 달빛에 쪽배가 강물에 흔들리는 것이 보였다. 쪽배를 본 전 포수가 걸음을 멈추어 섰다.

"아니, 나를 어쩔라고 이러는가?"

전 포수가 쪽배를 보며 물었다.

"너 같은 놈은 새끼내에 살 자격이 없는겨!"

판돌이가 쥐어박는 목소리로 말하였다.

"나를 어쩔 셈이여?"

전 포수가 약간 불안한 목소리로 똑같은 말을 되풀이하여 물었다.

"너 같은 놈은 영산강 물괴기 밥이 되어사 마땅혀."

누구인가 전 포수의 얼굴에 침을 뱉으며 쏘아붙였다. 그때 판돌이는 준비해온 망태기에 돌을 가득 넣고 그것들이 쏟아지지 않도록 망태기의 주둥이를 새끼줄로 여러 차례 얽었다. 전 포수는 판돌이가 하는 양을 찬찬히 보고 있더니 갑자기 물기가 촉촉한 강변 바닥에 무릎을 꿇었다.

"내가 잘못했네. 나를 용서해주소. 목숨을 살려주소."

전 포수는 손을 뒤로 묶인 채 무릎을 꿇고는 머리를 조아리며 애원하였다.

"너 같은 놈은 영산강 물괴기 밥도 아까운 놈이여. 돌멩이가 가득 들어 있는 이 망태기를 네놈 손모가지에 매달어서 강물에 빠쳐뿔면 어찌 되는 줄 알겄지야?"

판돌이가 돌이 가득 든 망태기를 전 포수의 손을 묶은 가는 노끈에 매달며 말했다.

"이보게 덜, 참말로 내가 잘못했당께. 지발 살려주소. 살려만 준다면 평생 은혜 안 잊고 자네덜 종이 되겄니. 어이, 나 좀 살레주소."

"잔소리 말고 언능 배에 타기나 햐."

판돌이가 돌멩이를 가득 채운 망태기를 전 포수의 묶인 손목에 매달고 나서 쥐어박는 목소리로 쏘아붙이며 두 손으로 전 포수의 덜미를 움켜잡아 일으키려고 하였다. 전 포수는 망태기 속의 돌덩이 무게에 눌려 쉽게 일어서지 못하고 버르적거리다가는 두 발을 뻗으며 판돌이의 바짓가랑이를 움켜쥐고 울부짖는 목소리로 살려달라고 애원하였다.

"뒈져서 지옥에 떨어지지 않을려면 영산강 바닥에 들어가서 용왕님께나 빌 긋이재, 왜 내 중의가랭이는 붙잡고 지랄이여 지랄이!"

판돌이가 전 포수를 걷어찰 기세로 발을 뿌리치며 윽박질렀다. 그러면서 판돌이는 새끼내 사람들한테 서둘러 전 포수를 쪽배에 태우라고 소리쳤다.

"뭣들 햐? 냉큼 이놈을 쪽배에 싣고 가서 강물 속에 빠쳐뿔지 않고! 날이 새기 전에 강물 속에 처박어 뿔고 돌아가야 재."

판돌이가 다시 마을사람들에게 소리치자 우암이를 비롯한 새끼내 청년들이 전 포수에게 달려들어 팔다리를 잡고 들어올렸다. 이때 전 포수는 온몸을 버둥거리며 살려달라고 울부짖었다. 평소 자신의 완력을 믿고 으스대기를 좋아하던 전 포수가 이렇듯 나약하고 비굴함을 드러내 보이자, 새끼내 청년들은 측은한 생각까지 들었다.

새끼내의 청년들은 전 포수가 죽을힘을 다하여 소리를 질러대고 버둥거리는 바람에 팔다리를 결박하고 입에 재갈까지 물려 꼼짝 못하게 만든 다음 쪽배에 실었다. 전 포수는 쪽배에 실려서도 남은 힘을 다하여 버둥거렸다.

쪽배가 강심으로 깊숙이 흘러들어갈수록 강바람이 드세어지면서 물너울이 거칠어졌다. 우암이가 노를 젓고 판돌이는, 사지를 결박당한 채 뱃바닥에 처박혀 모들뜨기 눈으로 두 사람을 간절하게 쳐다보고 있는 전 포수의 머리맡에 앉아 하늘을 올려다보았다. 별은 빛나지 않고 음산한 구름이 칙칙하게 깔려 있는 하늘이 그날따라 유난히 어두워 보였다.

"자, 이제부텀은 악을 써도 들리지 않을 테니 쥐둥아리를 열어주겄다. 맘껏 악다귀나 쓰고 물귀신이 되그라."

쪽배가 강심에 이르자 판돌이가 전 포수의 입에 물린 새끼줄 도막을 꺼내주며 말했다. 그러자 전 포수는 한동안 숨을 길게 몰아쉬고 나서는 다시 살려달라고 울부짖기 시작하였다. 전 포수의 울부짖음이 음습한 강바람에 실려 멀리멀리 퍼져나갔다.

전 포수를 붙잡아 사지를 결박한 채 쪽배에 싣고 영산강 깊숙이 들어갔던 새끼내 사람들은 몇 차례인가 그를 강물 속에 처넣을 기세로 으름장을 놓으면서 윽박질렀을 뿐이다. 처음부터 그들은 전 포수를 영산강 물속에 처박을 생각이 없었던 것이다. 그들은 다만 평소에도 새끼내 토박이 사람들 하는 일에 훼방 치기를 좋아하였기에, 이번 기회에 모도리 같은 그의 기세를 한 번 꺾어놓자는 것뿐이었던 것이다. 새끼내 사람들은 전 포수로부터 이번에 동척 말뚝을 다시 세운 일에 대해서 사과를 받고, 앞으로는 절대 동척 사람들 편을 들어주지 않을 뿐만 아니라 새끼내 사람들 하는 일에 훼방을 놓지 않겠다는 약조를 단단히 받은 다음 결박을 풀어주었다. 결박을 풀어주자 전 포수는 갑자기 생기가 돌아 모두뜀을 뛰더니 넓죽 엎드려 꺼이꺼이 울기 시작했다. 새끼내 사람들은 전 포수를 강변 갈밭에 혼자 남겨둔 채 미명을 더듬으며 마을로 돌아왔다. 전 포수는 그들을 따라오지 않았다.

"저눔이 앙심을 품고 해꾸지를 안 흘라는가 모르겄구만이라우."

그들이 강변의 물둑으로 올라서고 있을 때까지도 물이 질척거리는 갈밭에 엎드린 채 황소울음을 울고 있는 전 포수를 돌아보며 우암이가 걱정스러운 듯 말했다.

"기를 팍 꺾어놨응께 해꾸지는 못헐끄시다. 지눔이 앙심을 품고 해꾸지를 헌다면 참말로 뒈질 줄 알어사제."

판돌이가 자신 있게 말하였으나 다른 사람들은 어쩐지 마음이 꺼림칙하여 발걸음이 무거웠다. 특히 그들 중에서도 남달리 마음이 여린 우암이로서는 몽짜 사나운 전 포수가 앞으로 어떻게 앙심풀이를 하게 될지 걱정이 앞섰다.

그로부터 며칠 동안 전 포수는 마을 사람들 앞에 얼굴을 내밀지 않았다. 열흘이 지나도록 그의 모습을 볼 수가 없게 되자 새끼내 사람들 사이에는 이상한 소문이 떠돌았다. 뭇매를 맞고 골병이 들어 죽게 되었다고도 하였고, 사냥총을 들고 월출산으로 들어가 버렸다고도 하였다. 마을 사람들이 전 포수 식구들에게 그의 소식을 넌지시 물어보아도 대꾸를 하지 않아 소문만이 무성하게 퍼져나갔다. 그로부터 다시 며칠 후에는 전 포수가 동척 사람들하고 어울려 다니는 것을 보았다는 사람도 있었다.

동척 말뚝을 뽑아버리고 난 후에 동척으로부터 소작권을 회수하겠다는 협박을 받고, 마을 사람들끼리 말뚝을 다시 세우자거니 세울 수 없다 거니 하는 분란이 일어나고, 종당에는 마을이 두 편으로 갈라져 죽일 놈 살릴 놈 우격다짐 끝에 몽둥이 휘두르는 싸움질로 비화한 것은 새끼내뿐 아니라 궁삼면 모든 마을들이 다 같이 겪게 된 일이었다. 동척 말뚝을 다시 세우자는 쪽은 소작이나마 부치고 살 수 없게 될까 싶어서였다. 반대로 끝까지 동척과 맞싸우자는 편은 몸뚱이보다 더 소중한 땅을 빼앗기느니 차라리 논바닥에서 배를 가르고 죽는 한이 있더라도 동척 소작인이 될 수 없다는 것이었다.

동척 말뚝을 다시 세우자거니 그럴 수 없다 거니 하는 싸움으로 궁삼면 마을마다 치고받는 악다구니가 그치지 않았다. 이 마을 저 마을에서 박이 터지고 다리가 부러지도록 싸움질이 계속되었다. 이 싸움에 동척 사람들이 가세하여 동척 말뚝을 다시 세우자는 쪽 편을 들어주었다. 이를 반대하는 사람들에 대해서는 헌병들이 총부리를 들이대고 붙잡아가 초주검이 되도록 두들겨 팬 후에 돌려보내곤 하였다.

그러던 중에 금산리(今山里)에서는 동척 말뚝을 뽑아버렸다는 이유로 헌병들에게 발길에 차이고 짓밟힘을 당하여 목숨을 잃은 사건이 생겼다. 이회춘(李回春)의 노모는 동척 사람들이 헌병들을 앞세우고 그의 논에 동척 말뚝을 세우자, 이 논은 대대로 내려온 우리 땅인데 어떤 놈들이 주인 허락도 없이 들어왔느냐면서 말뚝을 뽑아 팽개치고 동척 사람들을 꾸짖었다. 그러자 동척 사람들과 함께 온 영산포 헌병 나까지마(中島) 상등병이 달려들어 이회춘의 노모를 발로 차고 직신직신 짓밟았다. 이회춘의 노모는 논바닥에서 피투성이가 된 채 숨을 거두고 말았다. 이회춘 노모는 마지막 숨을 거두는 순간까지도 "이 논은 내 땅이여, 이 땅은 내 목숨이여"라는 말로 울부짖었다.

이회춘 노모가 일본헌병의 발길에 짓밟혀 죽음을 당하였다는 소문은 근동에 짜하게 퍼졌다. 사람들이 금산리로 몰려들었다. 아들 이회춘은 원통함을 이기지 못하여 이를 북북 갈고 목을 놓아 울었다.

"이 원통함을 워치게 풀꼬. 우리 모친 원혼을 워치게 달랠꼬. 짐승만도 못헌 놈덜, 개만도 못헌 놈덜, 세상에 늙으신 모친을 개 잡듯 짓밟아서 목숨을 빼앗다니. 세상에 우리 모친이 무신 잘못이 있다고……."

이회춘은 노모 시신을 부둥켜안은 채 울부짖었다. 이를 지켜본 금산리 사람들과 근동에서 이 소식을 듣고 몰려온 농민들도 오열을 참지 못하였다.

"헌병대로 쫓아갑시다. 이대로 당허고만 있을 수가 없지 않소? 헌병대로 몰려가서 이회춘 노모를 살려내라고 따집시다."

금산리에 사는 이회춘의 친구 김병대가 외치자 많은 사람들이 그렇게 하자고 하였다.

"아니오. 헌병들헌테 가봤자, 우리 말을 들어주지도 않고 유치장에 잡아넣고 말 것이오. 그러니 경성 법원으로 가서 법적으로다가 따집시다. 일본헌병 나까지마란 놈은 엄연히 살인을 한 것이 아니오? 그러니 살인자 나까지마란 놈을 잡아다가 사형을 시키라고 헙시다."

역시 금산리에 사는 이회춘 친구 유근성이가 말했다. 그러자 마을 사람들은 유근성의 말이 옳다고 하였다.

"당장에 경성으로 올라갑씨다."

"시신을 떼메고 가야 헙니다."

마을 사람들이 울부짖듯 소리쳤다.

그날 밤, 금산리 사람들은 이회춘 노모 시신을 떠메고 길을 떠났다. 경성재판소까지는 이회춘을 비롯하여 다섯 사람이 함께 가기로 하였으나, 수십 명의 마을 사람들이 시신을 뒤따랐다. 그들은 으스름한 달빛을 밟고, 울음 섞인 상엿소리를 웅얼거리면서 영산강 둑길을 탔다. 그들은 슬픔과 분노를 상엿소리로 버물리며 강을 따라 상류로 상류로 올라갔다. 영산강도 그들의 아픔을 알고 있는지 휘휘휘 강바람이 슬프게 울었다. 이회춘이 노모 시신을 뒤따르고 있는 마을사람들에게 그만 돌아가라고 하였으나, 그들은 발걸음을 돌리지 않고 달빛과 함께 긴 대열을 이루었다. 그들은 나주를 강 건너에 두고 금천(金泉)을 지나 산포(山浦)에 이르렀다. 그때까지도 시신을 뒤따르는 마을 사람들은 돌아서지 않았다.

남평(南平) 삼거리를 지나, 해마다 백중날이면 영산강 물을 맡아 관장하는 용신에게 제사를 지내는 수부막(水府幕)에 이르렀을 때는 어느덧 미명이 걷히면서 어둠이 마지막 허물을 벗기 시작하는 새벽이 되었다.

시신을 메고 가던 이회춘 친구들은 수부막에서 잠시 쉬기로 하고 그곳까지 따라온 마을사람들을 돌려보냈다. 마을사람들 중에서 여남은 명은 경성까지 뒤따르겠다고 하였으나 이회춘이 설득을 하여 가까스로 돌려보낸 것이다. 그들은 영산강 상류인 남평 지석강(砥石江)변에 있는 수부막에서 발길을 돌리면서 다시 한 번 시신을 붙들고 호곡하였다. 그들은 저마다 허리춤을 더듬어 되는 대로 노잣돈을 내놓기도 했다.

"나까지마 그 살인자 놈, 목을 매달아 쥑이기 전에는 돌아오지 않을 것이오. 원통흐게 돌아가신 우리 모친 원한을 풀기 전에는 안 돌아올랑만이라우. 우리 모친 시신을 경성재판소에 뫼시고 들어가서, 나까지마 그놈헌티 살인죄 벌을 주지 않으면 나도 우리 모친 뒤따라 죽고 말겠다고 애소를 헐랑만이라우."

이회춘은 발길을 돌리는 마을사람들에게 눈물로 다짐을 하였다. 마을사람들과 헤어진 이회춘과 그의 친구들 네 명은 탁배기 한 사발로 조반을 대신하고 발행을 서둘렀다. 이회춘을 제외한 친구 네 명은 서로 갈마들어 거적으로 말아 다섯 매듭의 교포(絞布)로 묶은 시신을 지게에 졌으며, 시신의 뒤를 따르는 이회춘이 때때로 상장(喪杖) 대신에 묵직한 참나무 작대기를 짚고 곡성을 내기도 하였다. 이회춘의 곡성은 목소리가 깊게 잠겨 있는 탓으로 옆 사람에게조차 잘 들리지 않았지만 귀를 기울이면 창자를 끊는 듯한 슬픔과 분노가 끈끈하게 엉켜 있었다.

이회춘의 일행은 수부막을 지나 강을 건너기 위해 나루터로 향했다. 그들이 영산포에서 강을 건너지 않고 남평 수부막 나루까지 온 것은 영산포 헌병들의 눈을 피하기 위해서였다. 동이 트기 전이라 아직 사공이 보이지 않았기에, 그들은 잠시 시신을 내려놓고 기다렸다. 바로 그때였다. 다섯 사람이 남평 나루에서 사공이 나오기를 기다리고 있는데 총을 멘 헌병들 여남은 명이 나루터에 들이닥쳐서는 총부리를 들이대며 닥치는 대로 개머리판으로 찧고 발길질을 하는 것이었다. 졸지에 변을 당한 다섯 사람은 너무 억울하고 기가 막혔다. 그들은 초주검이 되도록 얻어맞았다.

"시체를 메고 어서 고향으로 돌아가라. 그렇지 않으면 네놈들도 당장 이 자리에서 시체로 만들고 말겠다."

남평 헌병파견분대에서 이회춘의 경성행을 저지하기 위해 출동한 그들은 금산리 청년들에게 총부리를 들이대며 윽박질렀다. 헌병 한 명이 이회춘이 죽도록 얻어맞고 모로 쓰러져 있는 머리맡에 총을 쏘았다. 총소리에 놀라 이회춘과 그의 친구들은 머리를 모래밭에 처박았다.

"그래도 돌아가지 않을 테냐?"

이번에는 이회춘의 머리에 총부리를 들이대며 소리쳤다. 헌병들은 모두 금산리 청년들 머리에 총을 겨누었다. 이회춘과 그의 친구들은 바들바들 떨었다. 그들은 헌병들이 자신들의 머리에 총구멍을 낼지도 모른다고 생각하였다. 늙은 이회춘의 모친도 발로 차서 죽인 놈들인데 총으로 쏴 죽이는 일이야 손가락 한 번 까딱하면 될 것이라는 생각이 들었던 것이다.

"돌아가겠구만요. 그러니 그 총을 좀 치워주실랑그라우."

이회춘이 땅에 엎딘 채 고개를 주억거리며 떨리는 목소리로 용기를 내어 입을 열었다. 그는 자칫 잘못했다가는 어머니의 원한을 풀려다가 애먼 친구들까지 죽게 할까봐 겁이 났던 것이다.

이회춘과 그의 친구들은 절뚝거리며 다시 영산강을 따라 영산포 쪽으로 내려왔다. 다섯 사람 중에서 유근성이와 김병대는 밤이 되기를 기다렸다가 강을 건너자고 하였으나 이회춘이 한사코 그들을 말려 금산리로 되돌아가자고 우겨, 그 자신이 어머니의 시신을 지고 앞장을 섰다.

"내 기언시 우리 모친의 원수를 갚고 말겄네. 내 목숨이 붙어 있는 한 나까지마 그놈의 배때기에 칼을 박고 말겄당께. 나헌티는 인제 땅이 문제가 아니고 우리 모친 원한 푸는 것이 문제구먼. 웬수 갚는 것이 문제랑께."

이회춘은 경성재판소에 가지 못한 안타까움을 이렇듯 말로 짓씹었다. 다른 친구들도 분통이 가라앉지 않는 모양으로 한숨에 푸념을 섞어 이를 갈아댔다.

시신을 지고 떠난 다섯 사람이 다시 되돌아온 내력을 들은 금산리 사람들은 당장 영산포 헌병대로 몰려가서 나까지마 상등병을 처벌하라고 따지자고 아우성이었다. 그러나 이회춘은 다음날 어머니를 마을 뒷산, 영산강과 그의 논이 내려다보이는 양지바른 곳에 장사지냈다. 그날 금산리 사람들은 이회춘의 어머니를 장사지내고 나서 들로 몰려가 사흘 전에 동척 사람들이 다시 세운 말뚝들을 모두 뽑아 마을 앞 돈단에 쌓아놓고 불을 질러버렸다. 동척 말뚝은 금산리 사람들의 가슴속에 맺힌 분노가 폭발하듯 무서운 칼날처럼 타올라 어둠속을 밝늦도록 밝혔다. 금산리 사람들이 동척 말뚝을 다시 뽑아서 쌓아놓고 불을 질러버렸다는 소문은 근동이 시끌시끌하도록 퍼졌다. 그러나 동척 사람들은 그로부터 열흘이 지나도록 금산리에 모습을 나타내지 않았다. 금산리 사람들은 동척에서 아무 말이 없자, 이회춘 어머니의 죽음으로 하여 그들이 싸움에 이긴 것으로 착각하고 있었다. 그들은 동척 사람들이 다시 금산리에 나타나서 그들의 논에 동척 말뚝을 세우지 못할 것이라고 믿고 있었다.

이 무렵, 새끼내에 전 포수가 도리우찌에 탱크바지 차림으로 나타나서는 가족들을 이끌고 이사를 갔다. 새끼내 사람들은 그로부터 며칠 후에야 전 포수가 영산포 선창거리로 이사를 하였고, 그는 생긴 지 얼마 안 된 증산조합원으로 동척의 앞잡이 노릇을 하고 있다는 것을 알았다. 전 포수는 양만석을 따라다니면서 농민들을 협박하고 윽박질러 동척 말뚝을 다시 세우는 일을 하고 있었다. 새끼내 사람들은 전 포수가 동척의 앞잡이가 되었다는 것을 알고 은근히 걱정이 되었다. 그들 중에서도 특히 그를 붙잡아 영산강에 처넣겠다고 위협했던 판돌이와 우암이 등은 필시 그가 미구에 분풀이를 할 것이라 짐작하고 불안해졌다. 새끼내 사람들은 머지않아서 전 포수가 그들 앞에 핏발선 수리부엉이 눈을 하고 나타날 것이라고 짐작하고 있었다.

동척 사람들이 헌병들과 악소배 청년들을 앞세우고 마을마다 돌아다니며 동척 말뚝을 다시 세우는 동안에도 농사꾼들은 어김없이 논에 모내기를 하였다. 그들은 말뚝 대신에 모를 꽂았다. 마을의 뒷산에서는 황금빛 목덜미를 두른 동박새가 아름다운 목소리로 노래하고, 강에서는 민물도요와 민물가마우지가 목청껏 우짖으며, 논에서는 뜸부기가 논물을 차며 나는 등, 동척의 말뚝만 아니라면 비록 가난하기는 해도 여전히 평화스러운 농촌이었다.

웅보네도 닷 마지기 논에 모내기를 끝내고 성조를 한 새집으로 이사를 서둘렀다. 그동안 웅보는 여전히 병석에 자리보전을 하고 있었다. 의원 말로는 여름을 넘기기가 어려울 것 같다고 하였다. 장개동은 아버지를 목포 양 의원에 모시고 가서 치료를 받게 하려고 준비하였으나, 웅보는 땅을 찾기 전에는 새끼내에서 한 발짝도 떠날 수가 없다면서 이를 거절하였다. 장개동은 아버지를 설득하다 지쳐버렸다. 억지로 목포로 모셔갈 수 없다는 것을 알았다. 그가 할 수 있는 일이란 아버지가 세상을 뜨기 전에 서둘러 새집 짓는 일을 끝내는 것과, 아버지가 옛 친구들을 다시 만날 수 있도록 해주는 일뿐이었다. 아버지는 자신의 명줄이 날로 쇠진해가고 있다는 것을 알아차린 것인지 바깥출입을 할 수 없게 된 후부터는 헛소리를 하는 것처럼 친구들 이름을 불러댔다. 장개동은 목포에서 소금전을 하고 있는 염주근에게 편지를 보내 아버지의 병세가 위급함을 알리고, 염천이 되기 전에 옛 친구들과 함께 새끼내에 다녀가 달라고 간곡하게 부탁을 하였다. 그리고 염주근으로부터 오월 그믐 안으로 판쇠, 덕칠이, 봉구 등과 함께 영포환을 타겠다는 기별을 받았다. 장개동은 염주근에게 다시 편지를 보내 오월 스무 아흐렛날 새로 지은 집 성주받이를 하겠으니 그날에 맞춰서 옛 친구들과 함께 와달라고 부탁했고, 그렇게 하겠다는 답서를 받았다. 이제 그 성주받이 날이 닷새밖에 남지 않았기에 장개동은 목수를 재촉하여 문짝을 달고 툇마루를 놓는 등 부산을 떨었다.

"개동아, 메칠 남었냐?"

목수들이 방으로 들어오자 웅보는 숨을 헐근거리며 물었다.

웅보는 그날 하루만도 벌써 그 말을 열 번도 더 물었다.

"아이고 참말로, 워찌 또 보채쌓소. 닷새 남었다고 내가 몇번이나 말해줬께로잉."

남편 머리맡에 앉아서 병구완을 하고 있던 쌀분이가 밉지 않게 툴툴거렸다. 마흔다섯 살의 쌀분이는 남편이 자리에 눕게 된 후 몇 달 사이에 얼굴에 마른버짐이 피고 자분치가 희끗할 만큼 늙어버렸다. 더욱이 웅보는 쌀분이의 치마 끝을 잡은 채 잠시도 놓아주지 않았기 때문에 그녀가 오히려 병자인 남편보다 기신이 빠져 있었다.

"닷새 후면 새집으로 들어갑니다요. 이 움막에서 나흘 밤만 주무시면 되는구만요."

장개동이가 기름심지 불을 가리고 선 채 말했다.

"주근이, 판쇠…… 덕칠이…… 봉구 죄 온다고 했쟈?"

웅보는 숨쉬기가 괴로운 듯 흰자위를 말아 올리고 목을 좌우로 심하게 비틀면서 다시 물었다.

"예, 아버지. 그분들이 모두 새끼내로 돌아온답니다요. 그분들이 돌아오시면 옛날 새끼내가 되겠구만요."

"그려, 그려…… 그 사람덜이 오기 전에 자리에서 일어나야 헐 것인디…… 내가 이러코롬 기신이 빠져갖고 누워 있는 것을 그 사람덜헌테 보여주면 안 되는듸……."

웅보는 여러 차례 숨을 몰아쉬면서 가래 끓는 목소리로 말했다. 웅보의 그 말이 쌀분이와 장개동의 귀에는 "그때까지 살아 있어야 할 것인듸……" 하는 말로 들렸다.

"그 사람덜이 고향에 돌아오기 전에 내 힘으로…… 땅을 찾아놨어야…… 쓰꺼신듸…… 그랬어야…… 내 치면이 스는 것인듸…… 그 사람덜도…… 내가 그러기를 바라고 있었으꺼신듸……."

그러면서 웅보는 가늘고 기다랗게 한숨을 내쉬고 나서는 눈을 뜨고 있을 힘도 없는지 고개를 돌리면서 눈꺼풀을 내렸다. 장개동은 아버지의 고르지 못한 숨소리를 들으며 그대로 기름심지 불을 가리고 서 있었다. 그는 아버지 생명이 캄캄한 어둠속으로 꺼져가고 있음을 감지했다. 억울하고 마음이 아팠다. 지금 아버지가 마지막 죽음의 순간과 싸우고 있다는 것을 안 그로서는 차마 아버지의 괴로워하는 모습을 불빛에 비춰보기조차 싫었다. 지금 아버지는 새끼내 옛 친구들을 만나보기 위하여 마지막 죽음의 순간과 치열하게 싸우고 있는 것이 분명했다. 하루에도 오늘이 며칠이며 오월 스무아흐레까지는 얼마나 남았느냐고 몇 번씩 똑같은 말을 묻고 있지 않은가.

장개동은 거적문을 올리고 밖으로 나왔다. 그는 별들이 싸리꽃잎처럼 흩뿌려진 하늘을 향해, 염주근 아저씨가 옛 친구들과 함께 고향에 돌아올 때까지 만이라도 아버지의 숨길을 붙잡아 달라고 마음속으로 빌었다. 그리고 장개동은 아버지가 마지막 새끼내를 떠날 때, 자신이 아버지를 위해서 지은 새집의 문턱을 넘을 수 있게 해달라고 빌었다. 순간 그는 조금 더 일찍 서둘러 아버지의 곁으로 돌아오지 못했던 것을 뼈저리게 탄식하였다. 좀 더 일찍 아버지를 아버지라고 부르지 못했던 것을 후회하였다.

그날 밤 장개동은 기름불을 밝히고 방바닥에 엎뎌 「아버지」라는 시를 썼다. 영산포에 온 후 처음으로 시 한 편을 쓴 것이었다.

영산강 물보다 더 뜨거운
종의 핏줄로 태어난 나의 아버지.
당신의 이마에는 노예노자 불도장 대신에
이 땅의 슬픈 쟁기질 자욱이 깊게 패어 있습니다.

「아버지」라는 그의 시는 이렇게 시작되었다. 장개동은 시를 쓰다 말고 문득 아내의 잠든 모습을 들여다보았다. 아내의 잠든 모습을 들여다보고 있는 그의 눈에 영산강의 잔조로운 물너울이 꽃잎처럼 너울거리며 겹쳐왔다.

아침부터 마을 뒷산에서 뻐꾸기가 다급하게 울었다. 장개동은 해가 떠오르기도 전에 뻐꾸기가 낭자하게 울어대자 마음이 설레기 시작하였다. 그날은 새집으로 이사를 하는 날이었고, 목포에서 아버지 친구들이 영포환을 타고 새끼내에 돌아오기로 한 날이기도 했다. 이사라고 해야 장대 휘둘러대도 거칠 것 없을 정도로 구차한 살림살이인지라 별로 옮길 것도 없었다. 기껏해야 밥솥을 떼어 걸고, 오래도록 자리보전하고 누워 있는 아버지를 큰방으로 옮겨 누이는 것이 전부였다. 그래도 지금껏 새끼내 안에서는 처음으로 목수 불러 지은 집이라, 사람들이 성주받이 구경을 위해 새집으로 몰려왔다.

장개동이가 뭉텅잇돈을 들여서 새로 지은 집은 삼량(三樑) 홑집으로 네 칸에 앞퇴를 내었다. 남향집이라 해가 지는 쪽에 큰방이 있고, 큰방 옆에 부엌, 그리고 중앙에 대청, 해가 떠오르는 동쪽에 작은방을 들였다. 방마다 새로 죽석(竹席)을 깔고 문에는 창호지를 발랐다. 새끼내 안에서 창호지로 문을 바른 집은 장개동의 집뿐이다. 마을 사람들은 잿물로 바랜 옥양목처럼 하얀 창호지가 햇살을 받아 눈이 부신 방문을 신기한 듯 바라보았다.

몸채 맞은편에는 또 맞배집 아래채를 지었는데, 허청과 대문간, 외양간, 측간 외에 문간 옆에 행랑방을 들였다.

"마당에 덕석을 펴그라. 그러고 나를 덕석 위로 옮겨다 놓그라."

개동이와 우암이가 웅보를 새집 큰방으로 옮기려고 하자 웅보가 손을 무겁게 휘저으며 숨 가쁜 목소리로 말하였다. 우암이는 큰아버지가 시키는 대로 마당 한가운데에 멍석을 폈다. 그러자 개동이가 아버지를 업고 움막을 나왔다.

"이대로 나를 업은 채 집안을 한바꾸 돌그라."

개동이는 아버지를 업은 채 천천히 새 집을 돌기 시작하였다. 그는 처음으로 아버지를 등에 업어보았다. 아버지는 마른 장작개비만큼이나 가벼웠다. 그는 문득 자신이 어렸을 때 보았던 우람한 아버지의 모습을 떠올리면서 아버지의 가벼워진 몸무게에 비례한 만큼 마음이 무거웠다. 목포 선창거리에서 어머니가 주막을 내고 있을 무렵 들락거렸던 우람한 체구에 참나무토막처럼 단단해 보였던 아버지가 이제 병들고 찌들어 마른 장작개비만큼이나 가벼워진 것이다.

"아버지, 새집이 마음에 드셔요?"

개동이가 아버지를 업고 큰방 모퉁이를 돌며 물었다.

"개동이 너 집 짓니라고 욕봤다. 참말로 이것이 우리 집이 맞쟈?"

"아버지 집이구만요. 아버지 자식과 손자들이 살 집이구만요."

"늬 할아부지 할머니가 이 집을 보셨어야 했넌듸…… 이 집에서 하룻밤만이라도 주무시고 돌아가셨어야 했는듸…… 내가 저승에 가서 늬 할아부지 할머니 만나면 이 집부텀 자랑을 해사 쓰겄다. 참, 이마에 불도장 찍힌 늬 증조부님한테 먼첨 자랑을 해사재."

"그 어른들도 좋아허시겠지요?"

"개동이 네가 지었다고 하마. 너는 늬 할아부지와 증조부님을 모르겄지만, 그분덜은 너를 아실 것잉께. 늬가 이 집을 지었다고 허면 좋아허실 꺼이다."

"이 집은 지가 지은 것이 아니로구만요. 이 집은 아버님께서 지으신 거로구만요."

"아니다. 늬가 지은 집이여. 그나저나 이제 애비 한이 포도시 반이나 풀린 것 같구나. 앞으로 땅만 찾으면…… 헌듸 그것을 못 풀고 죽을 것만 같어…… 늬 조부님 증조부님을 어뜨케 뵐끄나. 생각해보면 이 애비는 참말로 헛세상 살고 가는 것 같구나."

그러면서 웅보는 개동이에게 마당 가운데 깔아놓은 멍석 위에 자신을 내려 달라고 하였다. 개동이가 조심스럽게 멍석 위에 내려놓자, 웅보는 가까스로 두 팔을 짚어 상반신을 가누고 앉아 목을 돌려가며 감격스러운 얼굴로 새집을 살펴보았다. 웅보는 옆에 앉은 개동이와 우암이에게 무슨 말인가 할 듯하다가 심하게 기침을 쏟아냈다.

"초막집은 이제 뜯어서 없애야겄지라우?"

우암이가 돼지막 같은 움집을 가리키며 개동이에게 물었다.

"아서라, 우리 친구들이 오면 집을 지을 때꺼정 저 집에서 살게 헐란다."

웅보가 기침을 그치면서 큰 소리로 다급하게 말했다.

"그려, 우리가 처음에 새끼내에 터를 잡을 때는 네 것 내 것 가리지 않고 한타랑으로 모둠살이를 했느니라. 한집에서 자고 한솥밥 묵음시로 함께 땅을 일구었느니라. 시방 생각허면 그때가 참 좋았던 것 같구나. 개동이 덕분에 요로코롬 새집을 지어 놓은께 좋기는 허다만, 집도 땅도 없이 빈 몸뚱이로 새끼내에 돌아올 옛 친구들헌테는 참말로 미안헌 일이여."

웅보는 목포에서 돌아와 오년간을 버티어오는 동안 두 번째 지은 거적문의 초라한 움집을 오래오래 바라보았다. 그때 새끼내에서 부르뫼로 휘어 도는 상수리나무숲 모퉁이 쪽에서 상여 소리가 들려왔다. 웅보는 상엿소리가 들려오는 쪽으로 고개를 돌렸다.

"떵떵거리고 살던 박 초시도 저승사자를 뿌리칠 수 없는 모양이로구만잉."

그때 칠복이 영감이 웅보네 집 마당 안으로 들어서며 찍는 소리로 말하였다. 그의 뒤에는 얼마 전에 양만석이가 몰고 온 헌병들한테 뭇매를 맞았던 김덕만, 최복실이가 뒤를 따르고 있었다. 그들은 오랫동안 자리보전하고 있다가 그날 웅보네 성주받이가 있다고 하여 자리를 털고 일어난 것이다.

"죽은 정승 산 개만 못흐고 맹감을 따묵고 살어도 이승이 좋다는디, 곤자소니에 발 기름 찌두룩 모자란 것 없이 살던 박 초시도 죽음 앞에는 별수가 없당께."

칠복이 영감이 웅보 옆으로 다가오며 다시 큰 소리로 말하였다. 그때까지도 웅보는 아무 말 없이 상엿소리가 들려오고 있는 새끼냇다리 쪽을 보고 있었다. 부르뫼 박 초시의 상여가 나가는 날이었다. 웅보 집에 성주받이 구경을 왔던 새끼내 사람들은 상엿소리가 들려오자 장례 행렬을 보기 위해 돈대를 내려갔다.

"진짜여. 웅보 자네, 박 초시 생이 나가는 것 귀경흐고 싶지 않은겨? 만장이 십리나 뻗쳤다는디 귀경 안 혀? 장지가 개산이랑께 우리 마을 앞으로 지내가겄구먼."

칠복이 영감의 말에 웅보는 한동안 반응이 없었다.

"개산에 묻히면 김치근이도 만나게 되겄구만요."

"저승에서야 박 초시가 세도를 부리지 못헐 텡께, 박 초시 손에 죽은 치근이가 가만두지 않을 것잉만. 치근이 그 사람 저승에서 한풀이허게 생겼어. 박 초시가 겁도 없이 개산으로 가는 거라니께."

칠복이 영감이 웅보 말을 받았다. 상엿소리가 점점 가깝게 들려왔다. 그러나 박 초시 상엿소리는 웅보 귀에 조금도 슬프게 들리지 않았다. 오히려 살았을 때 안하무인으로, 천하고 가난한 사람들을 닦달하던 호령소리로 들렸다.

"요본에는 허장이 아니겄지라우?"

웅보는 지난 갑오년 때 농민군의 보복이 두려워서 거짓으로 박 초시가 죽었다 하고 허장(虛葬)을 치렀던 것을 떠올리며 물었다.

"인제는 죽을 때도 되얐재잉. 박 초시도 죽을 때가 되얐고, 나도 죽을 때가 된 게여."

칠복이 영감은 그러면서 얼핏 개산 쪽을 바라보았다. 그 자신도 죽으면 그곳에 묻히고 싶은 것이었다. 개산에는 김치근이가 먼저 가서 기다리고 있어서 마음 든든하게 생각되었다. 그리고 칠복이 영감 생각에 머지않아서 웅보도 개산으로 돌아갈 것 같아 한결 개산이 정겨워 보였다.

"영포환 들어올라면 아직 멀었냐?"

웅보가 개동이를 향해 물었다. 그는 날이 밝기 전부터 목포에서 영포환을 타고 오기로 했다는 친구들을 눈이 물커지게 기다리고 있었던 것이다.

"얼추 당도할 시간이 되었구만요."

개동이가 조끼 주머니에서 회중시계를 꺼내 보며 말했다. 그때 박 초시 상여가 새끼냇다리를 지나 개산으로 휘어드는 마을 앞길로 접어들었다.

"냉큼 나가봐라. 집안일은 우암이헌테 맽기고 어서 가봐."

웅보는 개동이를 향해 손을 휘저으면서 재촉하였다. 그러자 개동이는 그들 내외 방에 들어가서 양복저고리를 꿰고 나왔다.

"냉큼 가봐. 엔만허면 내가 마중을 나가봐야 씨꺼신디……."

웅보가 다시 재촉하자 개동이는 아버지와 마을어른들에게 인사를 하고 서둘러 사립문 밖으로 나왔다. 개동이가 돈단을 내려설 때 박 초시 상여가 마을 앞을 지나고 있었다. 살았을 적 위용을 뽐내듯 수많은 만장을 강바람에 풀럭이며 새끼내 앞을 지나가는 박 초시 장례행렬은 당당하기만 했다. 개동이는 만장 행렬이 새끼내 앞을 다 지나갈 때까지 새끼냇다리에 서 있었다. 박 초시 사위인 양만석이가 상여를 따르는 모습도 보였다. 양만석이 턱 끝을 치켜들고 거만한 얼굴로 개동이를 쏘아보는 순간 그는 짐짓 고개를 숙여버렸다.

개동이는 박 초시 장례행렬이 새끼내 마을 앞을 다 지나가서야 영산포를 향해 물둑 길을 탔다. 그는 날씨가 약간 더운 듯하여 양복저고리를 벗어 왼쪽 어깨에 걸치고 걸었다. 그는 물둑길을 따라 걸으면서 이따금씩 걸음을 멈추고 서서 새끼내 마을 돈단 위에 덩실하게 자리잡은 그의 새집을 바라보았다. 주위의 초라한 개다리 움막들에 비해 그의 집은 고대광실 그대로였다. 아버지의 말마따나 새끼내 마을 사람들에게 조금은 부끄러운 생각이 들기도 했다. 그러나 아버지가 살아 있는 동안에 새집을 지을 수가 있어 여간 만족스러운 것이 아니었다. 집 짓는 일을 시작한 뒤에 우암이한테서 들은 말이지만 아버지는 그동안 새끼내에 자손들이 대대로 살 수 있는 큰 집을 짓는 것을 늘 소망해왔다고 하지 않던가. 개동이는 만족스러운 마음으로 걷다가 영산강 물둑에 핀 빨간보라색의 부처꽃 한 송이를 꺾어 들고 큼큼 향기를 맡았다. 강변에서 조개를 캐던 학동들이 개동이를 발견하고는 선생님을 외쳐 부르며 달려와 그를 에워쌌다.

학동들은 개동이가 부처꽃을 꺾어들고 있는 것을 보고 신기한 듯 그 꽃을 들여다보며 향기를 맡기도 했다. 학동들은 평소에 개동이가 궐련에 성냥불을 붙이는 것만 봐도 신기한 듯 깔깔대고 웃어대곤 했다. 개동이는 그런 아이들을 보고 있으면 아무리 화나는 일이 있어도 마음이 누누하게 녹아내렸다.

"너희들 이 꽃이 무슨 꽃인 줄 아느냐?"

개동이는 부처꽃을 학동들 앞에 내밀며 물었다.

"부처님꽃이어라우."

학동들이 큰 소리로 함께 대답하였다. 개동이는 기실 그 꽃의 이름을 모르고 있었다.

"그러면 선생님, 이 꽃은 뭣이당가요?"

학동들은 꽃잎이 눈송이 모양을 한 보라색의 아주 작은 꽃을 꺾어 개동이 앞에 내밀며 물었다. 그러나 개등이는 그 꽃 이름도 몰랐다. 개동이는 학동들에게 솔직하게 꽃 이름을 모른다고 하였다. 그랬더니 대여섯 명의 학동들이 한꺼번에 와글와글 웃어댔다. 학동들에게는 그들이 잘 알고 있는 꽃 이름을 선생님이 모르는 것도 신기하게만 생각되었던 것이다.

"이것은 등심붓꽃이어라우."

한 학동이 꽃 이름을 말해주자 그들은 다시 큰 소리로 한바탕 웃어댔다. 개동이의 눈에 그 아이들의 모습이 빨간 보랏빛의 부처꽃이나 눈송이 모양의 남보랏빛 등심붓꽃처럼 아름답게 보였다. 영산강 물둑에 피어 있는 들꽃처럼 고운 그 학동들은 개동이가 영산포에 거의 다 오도록까지 웃고 떠들어대며 따라왔다. 개동이가 몇 번이고 그만 강변으로 돌아가서 조개를 캐거나 집에 돌아가서 숙제를 하라고 타일렀지만 듣지 않았다. 학동들은 공일에 학교 밖에서 선생님을 만나는 게 마냥 신나고 오달져했다.

학동들은 선창거리까지 따라왔다가 처음 개동이를 만났던 물목굽이 강변으로 돌아갔다. 그들은 여전히 큰 소리로 지껄여대고 깔깔거리면서 물둑을 타고 메뚜기처럼 후두두 뛰어갔다. 개동이는 한동안 선창가에 서서 학동들의 뒷모습을 바라보았다. 그는 학동들이 시야에서 사라지자 아내한테서 결혼선물로 받은 회중시계를 꺼내 들여다보았다. 영포환이 당도할 시간이 거의 가까워지자 창랑리 쪽 강물굽이에 시선을 못 박았다. 그러고 한참을 기다렸다. 도착 시간이 한 시간이나 지나도록 창랑리 물굽이에 영포환의 모습이 나타나지 않았다. 영포환 도착시간이 늦어지자 집에서 꺼져가는 마음으로 애타게 기다릴 아버지가 걱정되었다. 어쩌면 아버지에게 지금의 한 시간은 하루보다 더 긴 시간일지 모른다는 생각이 들었다. 그는 목포에서 친구들이 돌아오는 날까지 버텨온 아버지의 고통이 얼마나 심했던가를 너무도 잘 알고 있었다.

개동이는 버릇처럼 자꾸 회중시계를 꺼내 보았다. 영포환 도착시간이 늦어질수록 마음이 초조해졌다. 그는 창랑리 물굽이 쪽으로부터 시선을 거두어버렸다. 선창은 한산해 보였다. 목포와 영산포를 왕

래하는 소금배와 무곡선 한 척이 정박해 있을 뿐 고깃배들마저도 눈에 띄지 않았다. 개동이가 보기에 봄이 무르익고 여름이 가까워오면서부터 선창이 한산해진 듯싶었다. 선창은 한산해도 선창거리 쪽은 언제나 사람들로 붐볐다. 오까모도 미곡전에서부터 헌병대에 이르는 길 양쪽의 점포마다 물건을 사러 온 근동 사람들의 발걸음이 끊이지 않았으며 일본인들이 경영하는 잡화점 앞에는 양머리에 양산을 받쳐 든 여자들의 모습도 하루가 다르게 늘어났다.

개동이는 선창에서 영포환이 도착하기를 기다리는 동안 선창거리에 살고 있는 학동들을 여러 명 만났다. 학동들은 개동이가 선창에 나와 있다는 것을 알고 시새움하듯 저마다 얼굴을 내밀었다. 어떤 학동들은 부모까지 끌고 와서 개동이한테 인사를 시켰으며, 그런 학동들의 부모들은 한사코 자기네들 집에 들어가서 쉬고 있다가 배가 도착할 때 나오면 되지 않느냐면서 개동이를 한사코 잡아끌었다. 개동이로서는 그가 가르치는 학동들이 일부러 선창에 나오고, 부모들까지 나타나 인사를 하는 것이 조금도 부담스럽지 않았다. 기분이 좋았다. 그는 마음속으로 이제 나도 어쩔 수 없이 이 고장 사람이 되어가는구나 하고 생각하였다. 그는 이 모습을 아내한테 보여주고 싶었다. 아내가 이 광경을 보게 되면 목포로 돌아가자는 말을 하지 않을지도 모른다고 생각했다. 요즈막 아내는 개동이가 새집까지 짓자 이제는 꼼짝없이 새끼내 사람이 되고 마는구나 싶었던지 부쩍 더 목포로 돌아가자고 보채기 시작했다.

개동이의 주변에는 어느덧 여남은 명 학동들과 학부모들이 둘러

싸고 있었다. 개동이가 그들에게 그만 돌아가라고 사정을 하다시피 하였으나, 그들은 배가 도착할 때까지만 함께 있겠다면서 선창에서 떠나지 않았다. 그들은 개동에게 삶은 달걀이며 사탕, 빨갛게 익은 앵두, 비싼 궐련 등을 가져다주기도 했다. 개동이는 학동들과 학부모들이 가져다준 그것들을 두 손으로 들고 곤혹스럽게 서 있어야만 했다.

영포환이 당도한 것은 예정시간보다 한 시간 반이나 늦어서였다. 개동이는 학동들에게 둘러싸인 채 배에서 내리고 있는 사람들을 한 사람 한 사람 유심히 살펴보았다. 영포환에서 내린 사람들은 양복쟁이들이 많았다. 광주를 비롯하여 남도 내륙지방에서 목포나 서울을 오가는 사람들은 모두 영산포에서 뱃길을 이용했다. 영포환에서 내려 나주 쪽으로 갈 사람들은 영산포에서 다시 나룻배를 타고 영산강을 건너고, 광주 방면으로 갈 사람들은 이곳에서 마차를 타거나, 달구지 신세를 지기도 하였다.

개동이는 검은 두루마기 차림에 회색의 운두 높은 중절모를 쓰고 배에서 내리고 있는 염주근 아저씨를 발견하고 손을 흔들었다. 염주근은 개동이를 미처 보지 못한 듯 승선판 위에서 잠시 멈추어 서서는 선창 주변을 두렷두렷 둘러보고 있었다. 염주근의 바로 뒤에는 두루마기를 입지 않은 동저고리 바람에 낡은 중절모를 쓴 초로 남자와, 주황색 탱크바지에 한복 저고리 차림의 사내가 따르고 있었다. 개동이는 염주근 아저씨의 뒤를 따르고 있는 동저고리 바람과 탱크바지 차림이 판쇠와 덕칠이 아저씨일 것이라고 짐작하였다. 개동이는 염주근 아저씨를 향해 손을 흔들다 말고 자신도 모르게 큰 소리로 "어머니!" 하고 외쳤다. 분명 그의 눈에 어머니의 모습이 늦봄 한낮의 쨍쨍한 햇살보다 더 선명하고 화사하게 들어왔다. 분명 개동이의 어머니 막음례가 영포환에서 내리고 있었다. 읏색치마에 옥양목 흰 저고리를 단아하게 차려입은 개동이의 어머니 막음례가 영산강 강바람에 머리카락을 날리면서 승선 판을 밟고 내려오고 있었다. 염주근은 막음례가 가까이 다가오기를 기다렸다가 나란히 서로 이야기를 주고받으면서 하선을 하였다. 개동이는 학동들 사이를 헤치고 어린아이처럼 설레는 마음으로 선착장 가까이 뛰어갔다. 그를 에워싸고 있던 학동들도 뒤를 따랐다.

"어머니, 어머니가 웬일이셔요."

개동이는 뜻밖에 어머니를 만나게 도어 흥분을 감추지 못하고 큰 소리로 소리치며 어머니 손을 붙안았다.

"어머니가 오실 줄은 꿈에도 몰랐어요."

개동이는 너무 반가워 어쩔 줄을 몰라 했다. 그는 학동들과 학부모들이 옆에서 보고 있다는 것도 잊은 채 열 살 안팎의 아이들처럼 화드득거리면서 어쩔 줄을 몰라했다. 개동이 어머니 막음례는 작은 가죽 손가방을 들고 서서 아들의 얼굴을 눈물이 크렁하게 젖은 눈으로 짯짯이 들여다보면서 싱긋 웃음을 보냈다.

"이 양반들이 어찌나 보채쌓든지 어쩔 수 없이 따러왔단다."

막음례가 크렁한 눈으로 염주근과 판쇠, 덕칠이를 둘러보며 말했다.

"아따 원, 아짐씨도…… 핑게가 좋아서 사돈네 집에 가시겄소. 아들 보고잪담서 밤낮 한숨 몰아쉬셔쌓고는 무슨 그런 말씀이당가요?"

옆에 있던 염주근이가 개동이를 보며 말했다. 그제야 개동이는 염주근에게 인사를 하였다.

"참, 개동이. 이분들헌테 인사 올리소. 이쪽이 판쇠라는 사람이고, 또 이쪽이 덕칠이고…… 모다 아부님 친고들이여."

"아, 그러십니까."

개동이는 그러면서 동저고리 바람의 덕칠이와 탱크바지에 어울리지 않게 한복 저고리를 입은 판쇠한테 허리를 굽혀 정중하게 인사를 올렸다. 인사를 하고 나서 그는 얼핏 판쇠를 보았다. 새끼내에 살고 있는 그의 동생 판돌이와 너무도 닮았다고 생각했기 때문이다. 개동이가 아버지 옛 친구들에게 인사를 하고 나자, 그를 둘러싸고 있던 학동들도 개동이 어머니와 아버지 친구들에게 저마다 허리를 굽적이며 인사를 하였다. 그것을 본 막음례와 염주근 등이 멀뚱한 표정으로 개동이를 보았다.

"지가 가르치고 있는 학동들이로구먼요. 그리고 이쪽은 학동들의 부모님들이시고……."

개동이가 설명을 해주어서야 그의 어머니 얼굴에 오달진 미소가 봄날의 화사한 햇살처럼 밝게 펴졌다.

4

개동이는 영포환에서 내린 어머니와 아버지 친구들을 모시고 선착장에서 선창거리 쪽으로 향했다. 염주근, 판쇠, 덕칠이 등은 선창거리로 나오면서 감회 깊은 얼굴로, 몰라보게 달라진 거리 모습들을 두렷거리며 살펴보느라 정신이 없었다. 그들은 저마다 종에서 풀려 영산강을 건너왔던 때를 떠올리면서 한동안 마음이 무거워지는 것을 느꼈다. 판쇠는 문득 영산포 나루터에서 웅보를 처음 만났던 기억에 사로잡혀, 사금파리와도 같은 햇살 조각들이 영산강 물너울 위에서 반짝이는 모습을 보면서, 밤하늘의 수많은 별들을 생각하였다. 웅보를 처음 만났을 때, 그는 종들이 죽으면 하늘의 별이 되어 언제까지나 죽지 않고 반짝거린다는 말을 했었다. 웅보의 그 말에 판쇠는 코웃음을 치고 나서, 이승의 종은 죽어서도 종의 굴레를 벗어날 수 없다고 쏘아댔던 기억도 생각났다. 그때가 너무도 힘들었기에 더욱 소중하게 기억되는 것인지도 몰랐다.

"그려, 밤하늘의 별이 맞구먼. 웅보 말이 맞는겨. 핵교 훈장님이 된 개동이가 바로 우리덜의 별인 게여."

판쇠가 개동이를 보며 중얼거렸다. 그러나 아무도 판쇠의 그 말뜻을 이해하지 못하였다. 그때 판쇠는 다시, 그가 종의 굴레로부터 벗어나 영산강을 건너와서 만났던 속량자(贖良者)들이 장차 살아갈 방도를 생각 못하고, 죽어가는 사람처럼 기력이 빠져 있는 모습을 보고 울컥한 기분에 육자배기 한가락을 뽑아내, 그들의 얼굴에 잠깐 동안이나마 웃음을 떠올리게 했던 기억이 되살아나 희미하게 웃었다. 그러나 그는 새끼내에 정착해서는 땅을 일구느라 목청 다듬어볼 여유조차 없었고, 목포에 나가서는 선창 등짐꾼이 되어 목구멍 타작하기에도 정신이 없었다. 그러다가 식솔을 동생 판돌이한테 떠맡기고 해남, 강진, 고흥, 함평 등지로 장타령꾼이 되어 떠돌음 하다가, 함평에서 명창 정창업(鄭昌業)을 우연히 만나게 되어 이 년 동안 그의 문하에 들어가서 소리공부를 하기에 이르렀다. 정창업은 함평 태생으로 보성 강산리(岡山里)에서 살면서 목청이 절등하게 뛰어나 당대에 비교할 만한 짝이 없을 정도로 유명한 소리꾼이다. 판쇠가 함평에서 소리를 배울 때, 정창업은 고창 신재효(申在孝)를 찾아가 두 해 동안 지침을 받은 후 전주 통인청 대사습(大私習)에 참가하여 크게 명성을 얻은 직후였다. 판쇠는 정창업의 문하에서 소리공부를 하고 나서 목포로 나와 부잣집 회갑잔치에 소리꾼으로 팔려 다니던 중 염주근으로부터 연락을 받고 부랴부랴 영포환을 타게 된 것이었다.

"자, 어서들 가십시다요. 아버님께서 새벽부터 기다리고 계십니다."

개동이가 큰 소리로 말해서야 영포환에서 내린 사람들은 저마다 지난날의 기억에서 빠져나올 수가 있었다.

"아먼, 냉큼 가야재. 주근이 무신 생각을 고로코롬 허는가?"

판쇠가 염주근의 등을 가볍게 툭 치면서 재촉하자, 염주근 역시 이십오 년 전 속량의 몸이 되어 영산강을 건너와 막연한 심정으로 영산포 나루에서 미적거렸던 때를 떠올리다가 말고, 마치 꿈에서 깨어난 사람처럼 멀뚱한 눈빛으로 주위사람들을 둘러보았다.

"옳거니, 판쇠 네놈이 서두르는 속내를 알겄다. 네놈 시방 여편네 생각이 나서 그러쟈?"

염주근은 밉지 않게 판쇠를 흘겨보며 소리쳤다.

"지랄흐고 자빠라졌네. 내가 언제 여편네 생각허는 것 봤냐? 다 쉬어빠진 여편네 얼굴 잊은 지가 두 삼 년도 더 지났어. 여편네보담도 장개 갈 때가 다 되얐을 내 자석들이 보고 싶어서 그러는 기라."

그러면서 판쇠는 소리를 뽑을 때처럼 턱 끝을 쳐들고 뒷짐을 지고는 앞장을 서서 갈지자로 걷기 시작하였다. 다른 사람들도 판쇠의 뒤를 따랐다. 그들은 선창거리를 지나 오까모도 미곡전 앞에 이르자 몰라보게 달라진 거리 모습에 한동안 눈이 팔려 사방을 두리번거렸다. 그들이 보기에 목포와 조금도 다를 바가 없이 점포와 주점들이 즐비하고 오가는 사람들로 북적거렸다.

"개동이 네가 가르치는 핵교는 워디에 있냐?"

염주근이와 나란히 걷고 있던 막음례가 거리를 두리번거리며 물었다.

"여기서 한참 더 가야 허는구만요. 선창거리 동쪽 끝 네거리 건너 편에 있어요."

개동이는 어머니 물음에 대답하면서 얼핏 염주근 아저씨를 보았다. 그가 느끼기에 어머니와 염주근 아저씨 사이가 어쩐지 예사롭지 않게 보였던 것이다. 개동이가 목포에 있을 때까지만 해도 염주근 아저씨는 그의 어머니를 상전 대하듯 했었는데, 이제 보니 스스러움이 전혀 없어 보였다. 생각이 거기에 미치자 개동이는 불현듯 이상한 예감에 사로잡히고 말았다.

"참, 나는 여그 어디 여각에 머물러 있으야 씨겄구만……."

막음례가 염주근과 개동이를 번갈아 쳐다보며 말끝을 얼버무렸다. 개동이 느낌에 어머니는 개동이 자신보다 염주근 아저씨에게 묻고 있는 것 같았다. 그러자 염주근은 잠시 걸음을 멈추고 여각을 찾느라 주위를 두리번거렸다.

"어머니, 아버님을 안 만나실라고 그러세요?"

"글씨 말이다잉. 엉겁결에 여그꺼정 따라오기는 했다마는…… 오동네 어메도 있는듸 어치게……."

개동이의 물음에 막음례가 미적거렸다.

"같이 가십시다, 어머니. 새끼내 큰어머니도 반가워하실 것이로구만요. 그러고 즈이 집사람도 좀 만나시고 가셔야지요. 여기까지 오셨다가 그냥 가시다니…… 아버님이랑 큰어머님께서 아셨다가는 서운해 하실 것이로구만요. 정 뭣하시면 가서 대면만 허시고 그냥 나오시더라도 일단은 저허고 같이 가십시다."

개동이가 간절하게 말하였다. 그는 어머니가 영산포까지 왔다가 새끼내에 들르지 않고 되돌아가버려서는 안된다고 생각하였다. 그때 막음례는 어찌했으면 좋겠느냐는 눈빛으로 염주근을 쳐다보았다. 염주근은 애매한 얼굴로 개동이의 눈치를 살피는 것 같았다.

"그라먼…… 개동이 어머님은 영산포 어디 여각에 남아 기시고, 우리끼리만 갔다가 개동이 네 아부지헌테 어머님이 오셨는듸 어쨌으면 좋겠는지 귀띔을 해봐갖고…… 뫼셔와도 좋을 것 같다며는 개동이가……."

염주근이가 여전히 개동이의 눈치를 살피면서 애매한 표정을 지었다.

"그래사 쓰겄지라우?"

염주근의 말에 막음례가 판쇠와 덕칠이를 보면서 동조를 구하는 듯한 눈빛으로 물었다.

"클매 말이오잉. 주근이 말대로 허시씨오."

판쇠 역시 개동이와 염주근의 눈치를 보면서 말하였다.

"쩌그 여각 간판이 뵈이는구만. 자 여그덜 있게. 내가 여각을 잡어주고 오겄네."

그러면서 염주근이가 오까모도 싸전 뒷길로 통하는 모퉁이를 돌아섰으며, 막음례가 개동이의 눈치를 보면서 지싯지싯 걸음을 옮겼다. 염주근 아저씨를 따라 여각이 자리 잡은 고샷으로 접어들고 있는 어머니의 뒷모습을 묵연히 바라보고 서 있는 개동이의 심사가 이상하게도 떨떠름하게 울렁거리기 시작하였다. 판쇠도 덕칠이도 개동이의 그 같은 마음을 헤아렸음인지, 서로 어색한 눈빛을 주고받았다.

"참말로 몰라보게 달라졌구만 그려. 영산포도 이제는 대처가 다 되었구만잉."

판쇠가 분위기를 바꾸기라도 하려는 생각으로 화제를 바꾸었지만 그런 그의 태도가 오히려 개동이의 눈에는 이상하게 비쳤다. 개동이는 영포여각의 고샷에서 잠시도 시선을 떼지 않은 채 약간 굳어진 표정으로 서 있었다. 그의 생각에 어머니에게 여각을 잡아주는 일이라면 마땅히 그가 앞장을 섰어야 할 터인데도 염주근 아저씨가 먼저 서두른 것을 보고 이상하게도 마음이 무거워진 것이었다.

막음례와 염주근은 한참이나 있다가 여각에서 나왔다.

"그러면 개동아, 에미는 여그 있으께 아자씨들 뫼시고 핑 가보그라."

여각에서 나온 막음례가 개동이에게 말하면서 들고 있던 가죽손가방에서 지전을 꺼내주며 "이 돈으로 괴기 칼이나 좀 떠가지고 가그라" 하였다. 개동이는 어머니에게서 지전을 받아들고 천천히 걸음을 옮겼다. 그는 근처에 있는 고깃간에서 저육 두 근을 떠가지고 다른 사람들보다 서너 걸음 앞서 영산강 물둑으로 통하는 샛길로 접어들었다.

에라 동무야
내 말 한마디 들어보아라
함평 장산 아니면
사람 살 데 없을쏘냐
입었던 옷을 몰아서
왼 어깨에다 둘러메고
나를 따라서
강산 귀경이나 가보세

판쇠가 갑자기 목청을 돋우어 육자배기 한가락을 구성지게 뽑았다. 그러자 덕칠이가 옆에서 "얼씨구 조오타"를 연발 분위기를 맞추었다. 개동이는 판쇠 아저씨가 육자배기 가락을 뽑고 덕칠이 아저씨가 추임새로 흥을 돋우는 것을 보면서 활짝 웃었다. 그는 어머니가 영산포에 왔다는 사실을 알게 되면 아버지 표정이 어떻게 변할까 하고 상상해보았다. 어쩌면 아버지는 큰어머니의 눈치를 보느라고 반가워하는 내색을 하지 않을지도 모른다. 개동이는 어머니를 새끼내로 모셔오기 위해서는 아버지보다는 큰어머니한테 먼저 양해를 구하는 것이 좋겠다는 생각을 하였다. 큰어머니한테서 어머니를 집에 모셔 와도 좋다는 승낙을 받아낸 후에 아버지에게는 비밀로 하고 싶었다. 아버지를 깜짝 놀라게 하고 싶었다.

"저…… 아저씨들, 아버님한테 우리 어머니가 영산포에 와 계시다는 말씀은 하지 말아 주십쇼."

"왜 그랴? 자네 큰어머님한테는 몰라도 아부님한테는 알려드려야 재잉."

판쇠가 개동이를 가볍게 나무람 하는 말투로 퉁겨댔다.

"아버님을 놀라게 해드리고 싶어서 그럽니다요."

"자네 아부님을 놀라게 해줄랴고?"

"아버님이 깜짝 놀래서 벌떡 일어나실지도 모르니께요."

개동이는 아버지가 뜻밖에 어머니와 마주치게 될 순간을 떠올리면서 희끔 웃었다. 그는 아버지에게 있어서 어머니의 존재는 현재가 아니라 과거라는 것을 알고 있었기 때문이다.

판쇠는 계속 육자배기 가락으로 목청을 담금질하며 물둑을 따라 천천히 걸었다. 그는 새끼내가 보이자 목청이 애원성으로 드높아졌다. 어쩌면 그는 오랜만에 고향 새끼내에 돌아오게 된 감격을 말로써가 아닌, 소릿가락으로 절절하게 토해내고 있는 것인지도 몰랐다. 개동이는 그런 판쇠 아저씨의 마음을 충분히 이해할 수 있었다.

"쩌그 저…… 새집이 웅보 집인감?"

노랫가락을 뽑다 말고 판쇠가 갑자기 걸음을 멈추고 서서 새끼내 마을 돈단 위쪽에 댕돌같이 버티어선 집을 턱 끝으로 가리키며 개동이한테 물었다.

"그렇구만요. 저것이 우리 아버님 집이로구만요."

"잘 지었네. 이제 새끼내 마을이 원원이 째이구만. 인제 사람 사는 동네 같당께."

염주근이도 걸음을 멈추고 마을을 건너다보며 넉넉한 얼굴로 고개를 끄덕였다.

"을매 만인가? 우리가 을매 만에 고향에 돌아온 것이랑가?"

영포환에서 내린 후 별로 말이 없던 덕칠이도 새끼내 마을과 영산강 물굽이를 바라보며 옆에 서 있는 판쇠에게 말을 건넸다.

"십칠 년 만인가…… 십팔 년 만인가……."

판쇠는 말끝을 얼버무리고 나서 한동안 넋 나간 사람처럼 개산을 쳐다보았다. 죽은 김치근이가 생각났기 때문이다. 개산에 묻힌 김치근 얼굴이 떠오르는 순간 목울대가 홋홋해지면서 온몸의 물기가 쫙 빠져버린 느낌이었다. 그때, 염주근이도 판쇠의 눈길을 따라 얼핏 개산을 올려다보았다.

"치근이 모친 초상 칠 때 와봤어야 했는디……."

염주근도 김치근의 생각에 목이 메어 눈을 감아버렸다.

"박 초시라는 영감이 죽어서 오늘 초상 치는 날이랍니다요."

개동이는 아버지의 친구들이 한동안 발걸음을 멈추고 서서 개산을 우러르고 있는 것을 보자 박 초시의 죽음을 알려주었다. 그는 아버지의 옛 친구들이 박 초시로부터 곤욕을 당했다는 것을 알고 있었기 때문이다.

"박 초시가 뒈졌어?"

"그 영감탱이가 참말로 뒈져?"

"욕을 많이 얻어 묵으면 오래 산다등만, 그 영감탱이 오래도 살었구먼 그려."

염주근, 판쇠, 덕칠이가 개동이로부터 박 초시의 죽음을 전해 듣자 마음속에 홀맺힌 한을 풀듯 한마디씩 짓씹어댔다.

"자, 냉큼 가세. 웅보가 우리 기다리다가 눈 물캐지겄네."

염주근이가 서둘러 먼저 발걸음을 옮겼다.

영산강 강바람이 건듯 불어와 강변의 억새풀을 몸살 나게 훼흔들어댔다. 십칠 년 만에 고향 새끼내에 돌아온 염주근과 판쇠, 덕칠이는 강변의 억새풀만 봐도 지난날의 일들이 물너울처럼 떠오르면서 마음이 촉촉하게 젖어왔다. 그들은 서로 말을 주고받지 않아도 무슨 생각을 하고 있는지 훤히 헤아릴 수가 있었다. 그들은 물둑을 타고 마을 가까이 당도할 때까지 한동안 입을 열지 않았다. 표정이 오히려 고통스러워 보이기까지 하였다. 오랜만에 고향에 돌아오게 된 것이 부끄러웠는지도 몰랐다. 마을이 가까울수록 그들의 마음이 자꾸만 움츠러들었다. 마을사람들을 대하기가 두려운 것이었다. 마을사람들이 그들을 조금도 반겨줄 것 같지가 않았다. 그들이 오랫동안 새끼내를 잊고 살아왔던 것처럼 새끼내 사람들도 그들을 잊어버렸을지도 모른다는 생각에, 고개를 쳐들기조차 부끄러웠다.

"저그 저…… 저 팽나무 말이시…… 우리가 첨에 터를 잡을 때 심었던 팽나무가 그동안에 솔찬이 컸구만 그랴. 그동안에 영판 실팍해졌당께."

염주근이가 새끼냇다리 건너에 푸른 그늘을 시원스럽게 늘이고 서 있는 삼십 년생 안팎의 좀팽나무를 바라보며 소리쳤다.

"저그 저…… 웅보네 집 뒤에 오동나무 컸는 것 좀 보랑께. 웅보가 새끼내에 온 이듬해에 오동네를 낳고, 오동네 시집갈 때 장롱을 맹글어주겄다고 심은 나무가 저렇게나 컸구만잉."

"오동네 나이가 시방 몇인디 그려? 오동네헌티도 금세 딸이 둘이나 된다등만."

"인제 외손녀 시집갈 때나 장롱을 맹글어줘사 씨겄구만."

염주근과 판쇠는 마을 앞 팽나무와 웅보네 집 뒤 오동나무를 번갈아 쳐다보면서 새끼냇다리를 건너고 있었다. 그들이 새끼냇다리 앞에서 잠시 걸음을 멈추고 감회에 젖어 있을 때, 개동이는 아버지에게 옛 친구들이 오고 있다는 것을 미리 알려주기 위해 한걸음 먼저 돈단을 뛰어올랐다. 그는 일각이라도 빨리 아버지에게 옛 친구들이 온다는 것을 알려주고 싶었다.

개동이는 돈단을 추어 올라 탱자울타리를 안고 가파른 고샷을 뛰어 내려갔다. 그는 아버지를 외쳐 부르며 친구 분들이 오고 있다고 소리치고 싶은 것을 애써 참았다. 그는 어쩌면 아버지가 친구들이 오는 것을 반기기 위해 마당에 나와 있을지 모른다는 생각을 하면서 뛰었다. 작은 두껍다리를 건너자 그의 집 바자울이 보였고 바자울 밖에 마을 사람들이 웅성거리는 모습이 눈에 들어왔다. 그런데 개동이는 집 가까이 이르렀을 때 이상한 분위기를 느꼈다. 햇살이 찐득하게 내리 쬐는 초여름의 대낮이었는데도, 집 주변은 이제 미명의 어둠이 막 걷히고 난 직후의 음산하고도 을씨년스러운 새벽처럼 느껴졌다. 그 분위기는 무거우면서도 눅눅했다. 성주받이를 위한 북장구 소리도 울리지 않았다. 그는 마당 안으로 발을 들여놓는 순간 무엇인가 음습하면서도 싸늘한 기운을 느낄 수가 있었다. 마당에 서 있는 마을 사람들의 표정도 비 맞은 바위처럼 무거워 보였다. 집안이 온통 조용했다. 개동이는 필시 집안에 무슨 일이 생겼다는 것을 짐작할 수가 있었다. 마당에 서 있는 마을 사람들에게 무슨 일이 있었느냐고 물어보기에는 분위기가 너무 무겁게 느껴져 우암이나 아내를 찾기 위해 두렷거렸다. 식구들 모습은 보이지 않았다. 새집 방문도 모두 닫혀 있었다. 개동이는 마당을 가로질러 큰방 쪽으로 다가갔다. 바로 그때, 방안에서 큰어머니의 흐느끼는 소리가 새어나왔으며 우암이가 다급한 목소리로 "큰아부지, 정신 차리씨오. 돌아가시면 안 되는구만이라오. 큰아부지이" 하면서 울부짖는 소리가 들려왔다. 순간 개동이는 방문을 열어젖히며 방안으로 뛰어 들어갔다.

개동이가 방안으로 뛰어 들어갔을 때, 그의 아버지는 반듯하게 누워 초점이 흐린 눈으로 천장을 쳐다본 채, 마지막 숨을 헐떡거리고 있었다. 머리맡에는 그의 큰어머니와 우암이가 바짝 다가앉아 슬프고도 절망적인 표정으로 숨을 헐근거리는 아버지를 들여다보고 있었다. 개동의 처가 방 윗목에 무릎을 세우고 겁먹은 얼굴로 앉아 있다가, 개동이가 들어서는 것을 보자 고개를 쳐들고 벌떡 일어섰다.

"어쩐 일이냐? 왜 이러신다냐?"

개동이가 우암이 옆에 앉아 흙빛으로 변하기 시작한 아버지의 얼굴을 가깝게 들여다보며 다급하게 물었다. 아버지는 이미 임종을 눈앞에 두고 있었다. 그는 아버지에게 죽음의 검은 그림자가 덮쳐오고 있다는 것을 알았다.

"쪼금 전에…… 목포에서 친고들이 옹께 마중을 나가야 허겄담서…… 집을 나가 돈단으로 올라가시다가 땅바닥에 맥없이 주저앉으시덩만……."

우암이는 어깨를 들먹거리며 가까스로 말을 이었다. 개동이는 아버지의 손을 잡고 얼굴을 가까이 가져가 가냘픈 숨소리에 귀를 기울였다.

"아버지, 목포에서 친구분들이 오셨어요. 주근이 아저씨, 판쇠, 덕칠이 아저씨가 오셨구만요. 어서 일어나셔서 친구분들을 만나셔야지요. 아버지 정신 차리셔요. 시방 돌아가시면 안 됩니다. 아버지, 땅을 찾기 전에는 눈을 감을 수 없다고 허시지 않었는가요?"

개동이는 이미 눅눅하게 식어버린 아버지의 손을 잡아 흔들며 울부짖는 목소리로 소리쳤다. 그러자 아버지가 무슨 말인가 할 것처럼 입술을 달싹거리며 고개를 방문 쪽으로 돌렸다. 이때 개동이는 아버지의 심중을 헤아리고 방문을 활짝 열어젖혔다. 염주근을 비롯한 그의 친구들이 마당 안으로 들어서고 있었다.

"아버지, 친구 분들이 오십니다요. 주근이 아저씨가 오십니다요."

개동이는 큰 소리로 말하면서 마당으로 들어서고 있는 아버지의 친구들을 바라보았다. 웅보는 비록 눈을 뜨고는 있었으나 그의 옛 친구들이 그의 집으로 들어서고 있는 것을 볼 수가 없었다.

염주근을 비롯하여 판쇠와 덕칠이가 웅보의 이름을 외쳐 부르며 방안으로 들어섰다. 웅보는 그들의 목소리를 듣지 못하였다. 옛 친구들을 기다리는 마음으로 마지막 꺼져가는 희미한 생명의 빛을 가까스로 지탱해오다가, 막상 그 친구들이 그의 눈앞에 나타나게 되자 손 한 번 잡아보지 못한 채 숨을 거두어버리고 만 것이다. 웅보는 친구들을 못 보고 죽는 것이 한이 된 듯, 눈을 번하게 뜬 채 여러 가닥으로 옭히고 설킨 마흔세 살의 삶을 마감했다.

"아이고 지지리도 복도 없는 양반아, 개똥밭 같은 이 세상 무신 미련이 있다고 눈을 뜬 채로 저승길 떠나시오. 인제는 땅도 집도, 하늘도 영산강도 죄 잊어뿔고 훨훨 떠나씨오."

쌀분이가 울음 버무려 탄식을 쏟으며 손바닥으로 웅보의 눈을 감겨주었다.

"어이 웅보, 우리덜이 왔네. 나 염주근이가 새끼내에 왔당께, 여그 판쇠랑 덕칠이랑 왔당께. 이 사람아, 우리덜이 왔는디 뭣흐고 자빠라졌능가. 냉큼 일어나지 않고 뭣흐고 뒈진드끼 누워 있능겨? 자네 시방 우리를 놀릴랴고 뒈진드끼 자빠라졌능겨? 어이 웅보, 우리덜이 돌아왔응께 퍼떡 일어나소."

방안으로 들어선 염주근이가 웅보의 시신을 흔들며 울부짖었다.

"이 사람아, 그만 수작부리지 말고 냉큼 일어나서 이 판쇠 소릿가락 한 번 들어보랑께. 나 밀이시, 장타령이나 뽑고 댕기던 옛날 판쇠가 아니란 말여. 웅보 자네, 내 소리 한바탕 들으면 사족을 못 쓸 것이여."

"웅보, 우리가 왔넌듸 어찌서 눈을 안 뜨고 이러능가. 나 덕칠이여. 덕칠이가 새끼내에 돌아왔당께."

판쇠와 덕칠이도 흙빛으로 변한 웅보의 얼굴을 들여다보며 처절한 목소리로 울부짖었다. 그들은 웅보가 죽었다는 사실을 믿고 싶지가 않았다. 눈 감고 누워 있는 그가 벌떡 몸을 일으키어 그들을 부둥켜안고 덩싯덩싯 춤이라도 출 것만 같았다. 그러나 잠시 후에 쌀분이가 다시 남편의 시신을 붙들고 복받쳐 오르는 설움을 감당 못하고 자지러지듯 통곡을 해서야 비로소 웅보의 죽음을 실감하였다. 쌀분이가 서럽게 통곡을 하자 우암이와 개동이도 다시 큰 슬픔이 목울대 가득히 뻗질러 오르는 것을 참지 못하고 울음을 쏟고 말았다. 죽음의 그림자가 어둠의 끈적끈적한 점액질처럼 방안에 가득했다. 그것은 거대한 슬픔의 강물이 그들을 한꺼번에 휩쓸고 있는 것처럼 느껴졌다. 그들은 저마다 장웅보라는 한 인간의 짧은 삶을 자신들의 눈앞에 펼쳐보면서, 그 슬픔의 강물과 함께 흐르고 있었다. 장웅보는 죽었지만 그의 초라한 삶은 그들의 마음속에 우람한 고목처럼 자리하고 있었다.

"호강 한 번 못해보고 쎄빠지게 고생만 허다가 이 세상 하직허는 지지리도 못난 양반아. 새끼냇들 땅 찾어갖고 씨러지게 농사지어서 온 식구 둘러앉아 흰쌀밥 배 터지게 한 번 묵고 죽는 것이 소원이라고 씨부렁거려쌓더니, 이르케도 허망흐게 떠나다니…… 아이고 원통흐고 절통흥 거. 이르케 쉽게 떠날람시로, 뭣땜시 아둥바둥 빠르적거리면서 살아왔으까잉."

쌀분이는 방바닥을 치면서 통곡하였다. 아무도 그녀를 말리지 않았다. 서러울 때는 목이 쉬고 눈물이 마를 때까지 울어버리는 것이 약이라는 것을 알고 있었기 때문이다.

개동이는 자신의 목을 죄는 듯한 슬픔을 더 참을 수가 없어 밖으로 뛰쳐나가고 말았다. 마당에는 마을 사람들이 웅성거리고 있었다. 그들 역시 슬픈 표정들이었다. 개동이는 칠복이 영감이 토마루에 퍼질러 앉아 허탈한 얼굴로 하늘을 쳐다보고 있는 것을 발견하고, 그와 이야기를 하고 싶었다. 목포에서 온 아버지의 친구들을 제외하고 새끼내 안에서 칠복이 영감만큼 아버지에 대해서 많은 것들을 알고 있는 사람이 없을 것이라고 생각했기 때문이다. 그는 아버지에 대해서뿐만 아니라, 할아버지의 삶과 죽음에 대해서도 잘 알고 있을 것이라고 생각하였다. 순간 개동이는 지금과 같이 슬픈 감정으로는 아버지에 대한 이야기를 나누었다가는 슬픔만 더욱 키우게 될 것이라는 생각을 했다. 그는 칠복이 영감에게서 시선을 거두고 휘적휘적 집 밖으로 나갔다.

개동은 되도록 집에서 멀리 가버리고 싶었다. 그리하여 아버지의 죽음을 전혀 의식하고 싶지가 않았다. 그는 돈단을 내려가 새끼냇다리를 건너 영산강 물목굽이 쪽으로 걸어가고 있었다. 한참이나 걷다가 날씨가 좋아 햇빛 속에 검실검실 자라고 있는 벼 포기들을 보았다. 새끼내 들을 파랗게 덮고 있는 벼 포기들은 한껏 눈부신 생명체로 자라나고 있었다. 그는 논둑에 쪼그리고 앉아 물이 넘실거리는 논바닥에 손을 넣어보기도 하고, 탐스럽게 자라고 있는 벼 포기들을 만지작거리기도 하였다. 논의 물 썩는 냄새와 푸른 벼 포기들의 냄새가 좋았다. 그것은 마치 아버지의 냄새와도 같이 느껴졌다. 개동이는 얼마 동안 그렇게 앉아 있다가 영산강으로 나갔다. 그는 햇빛 속에 앉아서 하염없이 흐르고 있는 영산강물을 바라보았다. 잠시도 쉬지 않고 끊임없이 너울거리며 흐르는 영산강을 바라보면서, 아버지는 결코 죽은 것이 아니라고 중얼거렸다. 영산강이 쉬지 않고 흐르듯이 그의 아버지의 생명도 다만 넋으로 흘러갈 뿐이라는 생각을 하게 되었다. 개동이는 영산강의 흐름 속에서 아버지의 거대한 숨결을 느낄 수가 있었다.

개동이는 해가 설핏하게 기울고 개산의 산 그림자가 영산강을 덮을 때까지 강변의 억새풀 속에 앉아 있었다. 집에 돌아가서 아버지 장례 준비를 서둘러야겠다는 생각을 하면서도 일어서기가 싫었다. 그는 마치 아버지 옆에 앉아 있는 것처럼 포근한 기분을 느꼈다.

"아버지, 아버지 없이 어떻게 저 혼자 힘으로 새끼내에 뿌리를 박을 수가 있겠어요. 아버지 도움 없이 어떻게 이 개동이가 새끼내에서 살아갈 수가 있겠는지요."

개동이는 영산강 강물을 향해 소리 내어 물었다. 그는 오래 전부터 아버지와 함께 영산강에 나와 보고 싶었는데, 그렇게 하지 못했던 것이 후회되었다. 그는 아버지와 함께 영산강에 나와서 강물 흐르는 것을 바라보고 싶었고, 물둑을 나란히 거닐면서 할아버지와 그 할아버지의 할아버지에 대한 이야기를 듣고 싶었다.

개동이는 날이 어두워질 때까지 강변에 앉아 있다가 새끼내로 돌아가지 않고 영산포 쪽으로 향했다. 어머니에게 아버지의 부음을 전

해주어야 할 것 같았기 때문이다. 그는 영산포를 향해 무거운 발걸음을 떼어 옮기면서 아버지 부음을 듣고 슬퍼할 어머니를 상상해보았다. 어쩌면 어머니는 개동이 자신보다 더 큰 슬픔을 느끼게 될지도 모른다고 생각했다. 그때문에 그는 여각의 고샛에서도 성큼 안으로 들어서지 못하고 한동안 미적거렸다. 어머니를 슬프게 하고 싶지가 않았다. 아버지를 만나보고 싶어 영산포까지 온 어머니에게 차마 슬픈 소식을 전해주고 싶지가 않은 것이었다. 그는 고샛이 완연히 어두워져서야 무거운 마음으로 여각 안으로 들어가서 심부름하는 총각한테 조심스럽게 어머니가 들어 있는 방을 물어보았다.

어머니가 든 방에서는 석유등잔 불빛이 출렁였다. 개동이는 방으로 들어가지 않고 한동안 토마루에 서서 밖으로 흘러나온 불빛을 바라보았다. 그러다가 문득 고개를 들어 여각 양철집 처마 끝에 엷은 회색 빛깔로 드리워진 하늘을 쳐다보았다. 그는 어두운 하늘에서 아버지의 영혼을 찾아보려고 하였으나 반짝이는 별이 하나도 없어 크게 실망하였다. 개동이는 오랫동안 하늘을 쳐다보고 있다가 여각 방안에서 들려온 어머니 기침소리에 시선을 거두고 천천히 마루로 올라섰다.

개동이가 방안으로 들어섰을 때, 어머니는 석유등잔불 앞에 작은 항아리처럼 앉아서 참빗으로 머리를 빗고 있다가 소스라치듯 놀라며 일어섰다.

"밤에 머리를 다 빗으시고 웬일이셔요?"

개동이는 어머니가 밤에 머리를 빗는 것이 다소 이상하게 생각되어 그렇게 물으면서 석유등잔불 앞에 앉았다. 어머니는 평소 밤에는 머리를 감지 못하게 하고 손톱도 자르지도 못하게 하였는데 이날따라 밤에 머리를 빗질하고 있는 것이 이상하게 보였다.

"그냥 가리매만 좀 탔다."

어머니는 약간 쑥스러운 얼굴로 아들을 보며 말했다.

"밤에 머리를 감거나 빗으면 귀신이 나온다고 하셨잖아요."

개동이는 그렇게 말하는 순간 아버지의 죽음을 떠올리며 이내 우울해졌다.

"그렇구나. 어쩌면 에미는 귀신이 나타나기를 기다리고 있었는지도 모르겄구나. 영산강 귀신 말이다."

개동이는 비로소 그 말을 듣고 나서야, 석유등잔불 앞에서 머리를 빗은 어머니의 속마음을 헤아릴 수 있을 것 같았다. 어머니는 분명 아버지가 여각에 나타나기를 기다리며 가르마를 반듯하게 가르고, 배를 타고 오는 동안 영산강 강바람에 헝클어진 머리를 단장하고 있었는지 모른다. 어쩌면 개동이가 조금 전 방문을 열었을 때 어머니는 아버지가 들어온 것으로 착각하고 놀라 일어섰는지도.

"아버지를 기다리고 계셨지요? 어머니께서 오셨다는 것을 아시고 아버지가 여각으로 뛰어오시기를 기다리고 계셨지요? 제 말이 맞지요?"

개동이는 자신도 모르게 큰 소리로 거듭 물었다.

"아니여, 네 아부지가 밤에 여그꺼정 워치게 오실 수 있겄냐. 네 큰어메 눈도 있는듸. 네 아부지는 의뭉한 사람이 아니라서 오시드라도 밝은 대낮에 오실 것이다. 어쩌, 에미 말이 맞쟈? 네 아부지 안 오신다고 허시쟈? 내일 낮에 오신다고 허시쟈? 그 말 전허로 왔쟈? 에미는 네가 여그 뭣땜시 온 줄 알고 있다. 느그 아부지가 오늘 밤에 여그 안 오신다는 말 전허로 온 것이 맞자? 에미 말이 틀렸냐?"

개동이는 어머니의 물음에 한동안 대답을 못하고 미적거렸다. 그러다가 그는 용기를 내어 나지막한 목소리로 "아버님은 안 오시는 것이 아니라 못 오십니다"라고 가라앉은 돈소리로 말했다.

"에미가 여그꺼정 왔다고 말했넌디도? 내가 여그 와 있다는 것을 암시롱도 못 오신다고 허시댜? 왜 대답을 못허냐? 큰어메 땜시 못 오신다고 허시댜?"

어머니는 이내 새치름한 얼굴로 고개를 돌렸다. 개동이는 그런 어머니의 태도에 더욱 가슴이 아팠다.

개동이는 이렇듯 간절하게 아버지를 기다리고 있는 어머니에게 무슨 말을 해야 좋을지 몰라 침묵을 지켰다. 그는 어머니에게 차마 아버지의 부음을 전할 용기가 없었다. 차라리 어머니가 아버지의 죽음을 모른 채 목포로 돌아갔으면 하는 생각이 들기도 하였다.

"느그 아부지헌테 나 왔단 말 허니께 뭐라고 흐시드냐?"

어머니가 한참이나 있다가 다소 맥 빠진 목소리로 물었다.

"어머니께서 오셨다는 것을 미처 말씀드릴 사이도 없었어요."

개동이는 이 말 한마디를 하기 위해서 얼마나 망설였는지 몰랐다.

"무신 말이냐?"

"아버지는 친구들이 오신 것도 못 보셨다니께요."

어느 사이에 개동이의 목이 무겁게 잠겨 있었으나 그의 어머니는 그때까지 아무것도 눈치 채지 못하였다.

"어쨰서야. 느그 아부지가 집에 안 기시드냐? 오늘 성주받이 허는 날이람서 워디 가셨댜?"

어머니의 다급한 물음에 개동이는 잠시 눈을 감고 가볍게 탄식을 쏟았다. 그러고 나서 슬픈 눈으로 어머니를 보았다. 그의 어머니는 개동이의 얼굴에서 아버지를 잃은 슬픔을 발견하지 못하였다. 어머니는 개동이가 꼭 화를 내고 있는 것 같이 보였으며, 무엇 때문에 개동이가 화를 내고 있는 것인지 그 이유를 알 수가 없어 답답하기까지 하였다. 개동이 어머니 생각에 마땅히 화를 내야 할 사람은 그녀 자신이라고 믿었기 때문이다. 그녀는 웅보가 나타나기를 기다리고 있었기 때문이다. 그녀가 영산포에 와 있다는 것을 알면 웅보가 맨 먼저 그녀에게로 와줄 것이라 믿었기 때문이다.

"어머니, 저는 이제 어쩌지요? 어떻게 혼자 새끼내서 살까요. 저는 이제 새끼내에서 혼자 살아갈 자신이 없어요. 이럴 줄 알았으면 차라리 목포에서 오지 않았어야 했는데, 이제 어쩌지요? 어찌해야 좋을지 모르겠어요."

개동이가 갑자기 어머니 앞에 고개를 무겁게 떨어뜨리며 슬픈 얼굴로 몸부림을 치듯 했다. 개동이의 이 같은 태도에 어머니가 놀라는 얼굴로 아들의 손을 잡았다. 아무래도 아들의 태도가 심상치 않게 느껴졌다. 막음례는 갑자기 불안해졌다.

"왜 그러냐. 무신 일이 생겼느냐? 에미헌틔 말해보그라. 늬 안사람헌틔 일이 생겼느냐?"

막음례는 불안한 마음을 감당하지 못해 몸을 들썩거리며 거듭 다급하게 물었다.

"어머니……."

개동이가 어머니 두 손을 붙안아 얼굴에 비벼대며 고통스럽게 소리쳤다. 그는 차마 고개를 들어 어머니 얼굴을 마주보지를 못하였다. 소리 내어 울고 싶었지만 참았다.

"아가, 왜 그러냐? 뭣땜시 그러는겨?"

"아버지가…… 아버님께서 돌아가셨어요. 친구분들 얼굴도 못 보시고 세상을 뜨셨다니께요. 어머니가 오신 것도 모르고……."

개동이는 어머니의 손을 얼굴에 댄 채 방바닥에 고개를 처박고 울음보다 더 괴로운 한숨을 길게 토해내면서 몸부림쳤다.

막음례는 웅보의 죽음을 전해 듣자 한동안 망연한 눈빛으로 호드득 호드득 가녀린 불꽃을 퉁기는 기름심지 불을 바라보고만 있었었다. 그러다가는 갑자기 개동이의 등짝을 두 손으로 마구 두들기는 것이었다.

"참말 정내미라고는 담배씨만치도 없는 사람이구만잉. 그려, 그려. 느그 아부지는 나 보기가 싫응께 눈감어뿌렀능갑다. 여태껏 살아오면서도 몰인정헌 사람, 죽을 때꺼정 정떨어지게 허는구나. 물이 아니면 건너지를 말고 인정이 아니면 사귀지 말라고 허등만, 느그 아부지야말로 사귈 사람이 아니랑께. 그려, 그려. 내 보기 싫응께 눈감어뻔진 것이여. 내가 느그 아부지 속 다 안다. 아이고 지지리도 못난 사람. 참말로 바보여. 내 보기가 싫다고 영영 눈감어뿔다니. 시상에 그런 바보가 또 워디 있겄냐. 그런 짜잔헌 사람을 볼라고 여그꺼정 온 내가 미친년이여. 아이고 지지리도 짜잔헌 사람."

막음례는 아들의 등짝을 두들기며 욕을 퍼붓고 나서는 다시 넋을 잃은 사람처럼 허탈해진 눈빛으로 객방의 천장을 쳐다보았다. 개동이는 어머니의 돌연한 태도에 약간 놀라는 얼굴로 고개를 들었다. 물론 그는 어머니가 진정으로 아버지에게 욕을 퍼붓고 있는 것이라고는 생각하지 않았다.

"개동아, 너도 느그 아부지를 네 가심에 묻고 살어라. 이 에미도 나를 떠나 저세상으로 간 사람덜을 가심에 묻고 살아왔단다. 그러면 죽었다는 생각이 안 들고 같이 살고 있다는 생각이 드느니라. 그러면 혼자 남어 있다는 생각이 안 든단다."

막음례가 천장에서 눈길을 떼지 않은 채 가라앉은 목소리로 말했다.

"느그 아부지를 네 가심에 묻고 살면 아부지가 죽었다는 생각이 안 들 것이다."

막음례가 아들의 등을 부드럽게 쓸어주면서 말했다. 개동이는 어머니의 그 말이 자신의 뼛속으로 절절히 스며드는 것을 느낄 수가 있었다.

"네가 여그 있어서 씨겄냐? 상주가 여그 있으면 워쩔 것이냐. 냉큼 집으로 가봐사재. 집에 가서 초상 칠 채비를 해사재잉. 자, 핑 가봐라. 그러고 말이다……."

그러면서 개동이 어머니는 손잡이가 달린 가죽가방에서 지전을 꺼내 아들의 손에 쥐어주었다.

"이 돈으로 느그 아부지 초상을 치러라. 천덕꾸러기 종으로 태어나서 여태껏 천대만 받음시롱 애잔흐게 살아왔응께 죽어서라도 호강

한 번 허시게 꽃상애도 내고 만장도 울긋불긋 바람에 날려주고, 또 멋이냐, 귀신돈도 호빡 띄워주그라."

어머니의 그 같은 말에 개동이는 손에 쥐어진 지전을 얼추 셈하여 보았다. 자그마치 삼백 원이나 되었다. 그 돈이면 쌀 스무 가마니를 살 수 있고, 황소 열 마리 값이었다.

"이 많은 돈을 몽땅 주시는 것입니까요?"

"그 돈 가지면 생애도 내고 음석도 엔만큼 장만헐 것이다. 그만 어서 가 보그라. 상주 노릇 잘해사 쓴다와."

그러면서 막음례는 손짓으로 아들에게 빨리 일어서서 가보라는 시늉을 해보였다. 개동이는 지전을 호주머니에 넣고 천천히 일어섰다.

"참, 개동아. 거그 쬐그만 좀 앉그라."

개동이가 일어서서 밖으로 나가려고 하는 순간 그의 어머니가 불러 앉혔다.

"집에 돌아가는 대로 말이다, 나주 노루목 양 진사 댁에 부고부텀 보내그라."

막음례가 아들을 보며 당부하듯 말하였다.

"꼭 양 진사 댁에 부고를 보내사 쓴다와."

"그 댁에는 왜요? 양만석인가 허는 사람, 장인이 죽어서 초상 치러 갔는듸요."

"그래도 그 댁 마님헌티는 부고를 보내그라."

"그럴 필요가 있을까요?"

"에미 말대로 하그라."

"옛날 상전 댁이라서요?"

개동이의 물음에 막음례는 잠시 눈을 감고 대답을 하지 않았다. 그녀는 얼핏 생각을 굴리고 나서 다시 아들을 보았다.

"느그 아부지가 돌아가셨응께 너한테 이 말을 해사 씨겄구나. 에미가 너한테 허는 이 말은 돌아가신 느그 아부지흐고, 양 진사 댁 마님흐고…… 그러고 나만 아는 일이니라. 느그 아부지는 느 큰어메한틔도 말을 안 흐고 나헌틔만 살째기 했단다. 그런듸 인자 느그 아부지가 돌아가셨응께, 네가 이 사실을 알아사 씨겄다는 생각이 드는구나."

막음례는 그렇게 말하고 나서 잠시 마음을 가다듬었다. 그녀는 개동이한테 그렇게 말을 하고 나서도 그 사실을 아들한테 알리는 것이 좋을지 어떨지를 다시 한 번 헤아려본 것이었다. 웅보가 지난날에 그 사실을 털어놓으면서 어떤 일이 있어도 다른 사람한테 말해서는 안 된다고 신신당부를 했기 때문이다. 웅보는 그러면서 그의 부인 쌀분이한테도 비밀로 하여 달라고 오금 박듯 닦달을 하지 않았던가.

개동이는 어머니가 그에게 무슨 비밀스러운 이야기를 하려고 이렇듯 뜸을 들이는 것인지 몰라 은근히 마음 졸이게 되었다. 그러나 그는 어머니에게 무슨 이야기냐고 재촉하지 않고 어머니 스스로 말해줄 때까지 잠자코 기다리면서, 되도록이면 마음을 느긋하게 누그러뜨리려고 애썼다. 개동이는 아버지가 생전에 어머니한테만 슬며시 귀띔을 해주었다는 그 이야기의 내용이 무엇인지 궁금하지 않을 수가 없었다. 그의 짐작에 어머니가 그에게만 말해주려고 하는 그 이야기의 내용은 필시 아버지와 어머니, 그리고 양 진사 댁과 개동이 자신

사이에 무슨 상관이 있겠다 싶었다.

"개동이 너, 양 진사 댁 새서방님을 만나본 적이 있느냐?"

한참 후에 막음례가 조심스럽게 아들의 눈치를 살피면서 물었다.

"새서방님이라니요? 그 양만석이라는 자 말입니까?"

개동이는 어머니의 입에서 새서방님이라는 말이 나오자 약간 비위가 상하였기 때문에 그렇게 반문하였다. 양만석이라는 이름을 알 턱이 없는 개동이의 어머니는 대꾸를 하지 않았다.

"그자는 왜요? 어머니도 그자를 아십니까요?"

개동이는 무엇인가 석연찮은 예감에 사로잡히면서 그렇게 물었다.

"알다마다. 아직 얼굴을 본 적은 없다만…… 양 진사 댁 새서방님을 모르겄냐."

"그런데 왜 그러셔요?"

"그 새서방님이…… 그러니께…… 바로……."

막음례는 어두를 떼어놓고 나서 즉시 다음 말을 잇지 못하고 얼버무리고만 있다가 끝내 입을 봉해버리고 말았다. 그러자 개동이는 더욱 조바심이 생겨 어머니로부터 다음 이야기를 듣고 싶었지만 잠자코 기다리고만 있었다.

"이, 이약은 긍께 나흐고 양 진사 댁 안방마님흐고…… 또 인자 개동이 너흐고만 알어사 씬다잉. 느그 큰어메헌티나 양 진사 댁 새서방님헌티 말을 해서는 안 된다잉."

막음례는 똑같은 말로 거듭 다짐을 받고 나서도 그 비밀스러운 내용에 대해서는 좀처럼 입을 열지 않고 지싯지싯 눈치만 살폈다. 개동이는 초조하였으나 결코 재촉하지 않고 조용히 기다리고 있었다. 그는 어머니의 얼굴에서 잠시도 눈을 떼지 않았다. 그가 생각하기에 어머니는 그 비밀스러운 이야기를 꺼내는 것을 고통스러워하는 것 같았다.

"저 그만 가 보겠어요. 어머니는 목포로 돌아가시렵니까? 아니면 장례가 끝날 때까지 여기 계시겠습니까?"

개동이는 더 기다리지 못하고 천천히 일어서면서 말했다.

"쬐금만 더 있다 가그라. 에미가 이약흐마."

막음례는 개동이가 일어서자 약간 당황해하는 눈빛으로 말하며 다시 아들을 붙들어 앉혔다.

"말씀하시기가 괴로우시면 하지 마셔요. 후담에 말씀해주시면 되잖어요."

"아니다. 그 말을 허게 되는 나보담은 그 말을 듣는 네가 괴로워헐 것 같응께 그런다."

"저는 걱정 마셔요. 아버님이 세상을 뜨신 것보담 더 괴로운 일이 또 있겄어요?"

"허기사 그렇구나. 사람 죽는 것보담 더 괴로운 것은 없지야잉."

막음례는 그렇게 말하고 나서도 오랫동안 다시 입을 열지 않고 개동이의 얼굴만 바라보았다. 그들 모자는 서로의 눈길이 한 묶음으로 엉킨 채 침묵 속에 빠져들었다. 그러다가 막음례 쪽에서 먼저 입을 열었다.

"양 진사 댁 그 새서방님과…… 개동이 너는…… 한 핏줄이란다."

막음례는 괴로운 듯 얼굴에 어두운 그림자를 만들며 더듬거렸다.

그러고 나서 아들의 눈길을 피했다. 개동이는 한동안 아무 말도 없었다. 어머니 앞으로 바짝 다가앉아 어머니의 눈길을 붙드는 그의 얼굴빛이 순식간에 여러 가지로 변하고 있었다.

"그자와 한 핏줄이라니요? 어머니 무슨 말씀인가요? 좀 더 자세히 말씀해주셔요."

개동이가 흥분한 목소리로 다급하게 물었다. 막음례는 아들의 큰 목소리에 놀라며 혹시 누가 엿듣기라도 할까 싶은 얼굴로 방문 쪽으로 신경을 곤추세웠다.

"그러니께…… 양 진사 댁 새서방님도…… 느그 아부지 자석이다 이그재. 이 말은 이 시상에서 인자 너꺼정 세 사람만 알고 있는겨."

"어머니, 그자가 아버님의 자식이라니요? 어찌 그럴 수가 있다는 말입니까? 어머니께서 그자를 낳으시기라도 하셨다는 것입니까요?"

개동이의 목소리는 여전히 울림이 컸다. 막음례는 그 비밀스러운 이야기를 들은 아들이 충격을 받아 놀라는 모습보다는 그 이야기를 다른 사람이 듣게 될까 싶어 더욱 걱정인 것이었다.

"에미는 너를 낳었고, 새서방님은 양 진사 댁 마님께서 낳으셨다."

"그럴 수가…… 어찌 그럴 수가……."

"에미는 그 댁의 씨받이였고 느그 아부지는 그 댁 종이었단다."

"저도 그것은 알고 있어요. 저는 어머니가 그 집 씨받이였고 아버님이 종이었다는 것을 부끄럽게 생각하지 않어요. 그것을 부끄럽게 생각헌다면 뭣헐라고 새끼내를 찾아왔겄어요? 저는 말입니다, 어머니가 그 집 씨받이였고 아버님이 종이었기 때문에 이 세상에 태어날 수가 있었다고 생각하고 있답니다. 어머니가 씨받이였고 아버님이 종이었다는 것은 저에게 큰 문제가 아녀요. 다만, 어찌해서 아버님과 그 집 안방마님 사이에서 그 양만석이라는 자가 태어날 수가 있었느냐 하는 것이지요. 저는 아버님에게 실망했어요. 아니, 실망이 아니라 원망스러워요. 어쩌면 그러실 수가 있어요."

개동이는 울부짖듯 말하였다. 막음레는 개동이가 그렇듯 괴로워하는 모습을 여태껏 본 일이 없었다. 아들의 괴로워하는 모습은 막음레의 가슴을 호비칼로 긁어대는 듯싶었다.

"느그 아부지는 종이었다. 종은 사람대접을 받지 못했단다. 짐생이나 다를 바가 없었재. 그러니께 느그 아부지도 그 댁에서 짐생 취급을 받은 거재. 말허자면 씨돼야지 같은 짐생 취급을 받었다 이긋이다."

"씨돼지…… 씨돼지……."

개동이는 괴로운 얼굴을 하고 중얼거렸다.

"그려, 에미는 씨받이였고 느그 아부지는 씨돼야지였단다. 그런 아부지를 어치게 원망헐 수가 있단 말이냐. 참말로 불쌍헌 양반이다. 그러고 느그 아부지는 다른 종들과는 달렀다. 멍첑이 종이 아니고 생각이 꽉 찬 종이었응께, 을매나 괴로움이 컸긌냐. 나는 그런 느그 아부지를 원망해본 적이 없단다. 참말로 불쌍헌 사람이었재잉. 너도 느그 아부지 원망해서는 안 된다. 그러면 천벌 받는다. 자, 인자 그만 가보그라. 그러고 천허게 태어나서 천허게 살다가 죽은 느그 아부징께 초상만큼은 잘 치러드려라. 비록 종이었재만 오일장으로 치러드려라. 에미는 느그 아부지 생애 나가는 것이라도 보고 갈란다. 자, 냉큼 가봐. 그러고 나주 양 진사 댁에 부고를 보내든지 말든지 너 알어서 허그라. 에미는 더 헐 말이 없구나."

막음례는 그 말을 하고 나서는 아들로부터 등을 돌려 앉았다. 그녀는 개동이가 자신들의 서러웠던 지난날 삶을 이해하지 못하는 것 같아 마음이 아팠다. 어쩌면 그들의 서럽고도 고달팠던 삶을 이해할 수 있는 사람은 오직 자신들뿐일지도 모른다는 생각이 들었다.

개동이는 말없이 여각을 나와 밤길을 더듬어 새끼내로 향했다. 그는 강둑을 타고 새끼내로 돌아가면서 씨받이와 씨돼지라는 말을 무수히 되뇌다가, 문득 고개를 들어 밤하늘에 반짝이는 별들을 쳐다보았다. 그때 강물 흐르는 소리가 아버지의 숨소리처럼 느껴져서, 한동안 그대로 걸음을 멈추고 서 있었다. 종, 씨돼지, 별, 영산강, 아버지의 숨소리, 핏줄, 할아버지, 불도장, 아버지의 죽음…… 순간 그의 머릿속에서 여러 가지 낱말들이 영산강변 억새풀 서걱이듯 부스럭거렸다. 그는 되도록이면 아버지를 이해하려고 애썼다. 어머니의 말마따나 아버지는 양 진사 댁에서 사람대접을 받지 못하고 짐승처럼 살아왔다지 않는가. 낮에는 별이 반짝일 수 없는 것처럼 양반들의 세상에서는 아버지 뜻에 의한 삶이 용납되지 않았을 것이라고 이해하려고 하였다. 그는 강둑을 타고 아버지의 주검이 기다리고 있는 새끼내로 돌아오면서 몇 번이고 아버지를 원망하지 말자고 마음속으로 다짐을 하였다. 그러나 그렇게 다짐한 그의 머릿속에 양만석 모습이 거만한 태도로 떠오르곤 하여 몇 번이고 걸음을 멈추고 서서 별을 쳐다보았다.

개동이가 집에 돌아왔을 때 새끼내 사람들은 마당에 불을 피우고 웅긋쭝긋 서 있거나 앉아 있었다. 새끼내 사람들이 거의 다 모인 것 같았다.

"아니, 상주가 워디를 갔다가 이제야 오는겨? 자네가 없어서 염습도 못허고 모도 기다리고 있구만. 수세걷음 마친 지가 언젠디."

개동이가 마당 안으로 들어서자 불더미 앞에 앉아 있던 판돌이가 큰 소리로 나무라듯 퉁겨댔다. 그는 말없이 고개를 숙였을 뿐이었다.

"냉큼 들어가 보세. 우암이가 자네를 찾어서 핵교에꺼정 댕겨왔디여."

판돌이가 턱짓으로 큰방 쪽을 가리키며 말하자 개동이는 여전히 고개를 무겁게 떨어뜨린 채 큰방 토마루로 걸어갔다. 방문을 열자 방안에 죽음의 검은 그림자들처럼 참담하게 앉아 있던 여러 사람들의 눈길이 한꺼번에 그에게로 쏠려왔다. 목포에서 온 아버지 친구들과 칠복이 영감 얼굴이 보였고, 홑이불로 덮은 아버지 시신 옆에 큰어머니와 그의 아내가 머리를 길게 풀고 유령처럼 앉아 있었다. 그들 중에서 아무도 개동이에게 어디 갔다가 이제야 오느냐고 묻지 않았다. 다만 염주근이가 무겁게 고개를 들어 올려 개동이를 보더니 "워디 부고를 보낼 만헌 데가 있으면 서둘러야재" 하고 나지막하게 말했을 뿐이었다.

"네, 우선 목포 오동네 내외헌테 기별을 허고 근동에 사는 아버님의 친구분들헌테도 부고를 보내야겠지요."

개동이는 나주 양 진사 댁에는 부고를 보내지 않을 생각이었다.

"그러고 또 초상을 치르자면 상복도 맹글어야 흐고 널도 사와야 쓰꺼신디……."

염주근 옆에 앉아 있던 판쇠가 좌중을 둘러보며 입을 열었다.

"그래야지요. 상복도 준비하고 관도 사와야지요. 그리고 상여도 마련하고 만장도 쓰고, 문상객들 맞을려면 음식과 술도 장만해야지요. 돈은 저한테 있구만요."

개동이는 그러면서 그의 어머니한테서 받은 지전을 꺼냈다.

"이 사람아, 돈이 문제가 아닐세. 자네 큰어머니께서 상복도 널도 필요 없다고 허시니께."

염주근이가 언짢아하는 목소리로 말하였다.

"큰어머니께서 왜요? 아버님께서는 비록 천출로 이 세상에 나시어 애잔하고 천대받으며 살아오셨지만 돌아가실 때만이라도 호강을 해드려야 하지 않아요? 큰어머니, 저한테 돈이 있구만요. 여그 삼백 원이 있어요. 이 돈이면 아버님 저승 떠나시는 길에 만장 휘날리며 꽃상여에 태워드릴 수가 있어요."

개동이는 큰어머니가 돈 때문에 상복도 관도 상여도 마다고 하는 것으로 알고 그렇게 말하였다.

"네 아부지가 돌아가시기 전에 나헌티 그렇게 부탁을 허셨다. 당신 조부모님 부모님 초상 때도 상복켕이는 효건 굴건도 못 쓰고 대발 거적말이로 장사를 지냈는디, 무신 염치로 자기만 널판때기 속에 들어가겄냐시롱, 당신 조부모님이나 부모님 초상 때 모양으로 거적말이로 지게에 지고 가서 개산 치근이 김 센 옆에 묻어도라고 허셨다. 그러니 으쩌겄냐. 아부지 허라는 대로 해줘사 안 씨겄냐."

"큰어머니, 아버님께서는 그때 가지신 것이 없으셔서 그러셨지요.

허나 시방 저한테는 돈이 있구만요. 제가 제 돈으로 돌아가신 아버님께 효도를 하겠다는데 아버님 혼백도 반대하지 않으실 겁니다요."

"오동네 어무니, 개동이의 말이 맞는구만이라오. 개동이가 즈그 아부지헌틔 마지막으로 효도 한 번 허겄다는듸…… 죽은 웅보도 반대허지는 않을 것이로구먼요."

염주근이가 개동이 편을 들어주었다. 염주근 말에 웅보 친구들이 고개를 끄덕였다. 그들도 웅보가 양반들처럼 만장 휘날리며 꽃상여 타고 저승길 떠나는 것을 보고 싶었다. 웅보가 마지막 저세상 갈 때만이라도 호강하는 것을 보고 싶었던 것이다.

"아부지 뜻대로 해드리는 것이 효도가 아니겠냐? 아부지가 그러시드라. 당신은 종으로 태어났응께 종답게 저승길 가는 것이 조상님들헌틔 떳떳허다고 말이다. 그러니께 아부지 원대로 해주그라. 아부지는 꽃상애 타고 가지 않드래도 영산강 용신님께서 잘 보살펴주실 것잉께 걱정 말고…… 정 원헌다면 느그 내외가 입을 상복만 맹글고, 배곯은 문상객들 아부지 덕분에 배라도 한 번 불러보게 음식이나 푸짐허게 장만허그라. 아부지도 그 정도는 허락해주실 것이다. 일 년 내내 목구멍에 기름칠 한 번 못해본 새끼내 사람덜 느 아부지 덕분에 목구멍 때나 좀 벳기게 도야지나 한 마리 잡으면 안 씨겄냐. 그러고 떡도 좀 해서…… 새끼내 사람덜한틔 떡구경이나 시케주면 씨겄구나."

쌀분이의 그 말에 모두들 말이 없었다. 개동이도 큰어머니의 말이 옳을 듯싶어 잠자코 있었다.

"영감님, 큰어머님 말씀대로 좀 해주시지요."

한참 후에 개동이는 지전 백 원을 칠복이 영감한테 건네주며 부탁하였다.

"이 사람아, 이 돈을 다 쓰란 말여? 이 돈이면 도야지 서른 마리도 잡겄는디?"

칠복이 영감이 너무 큰돈에 놀라며 물었다.

"도야지 큰 놈으로 한 마리만 잡고 쌀 두어 가마니 폴아갖고 한 가마니는 밥을 짓고 또 한 가마니는 떡을 찌면 될 것잉만. 가만있자…… 쌀이 두 가마니면 이십육 원에, 도야지 이백 근 짜리 한 마리에 오원을 잡으면 삼십일 원이라…… 넉넉잡고 사십 원이면 되겄소. 참 술도 있어야재. 그라고 홍어가 빠지면 말짱 헛거여."

염주근이가 칠복이 영감을 보며 말했다.

"참말로, 웅보 덕분에 새끼내 사람덜 머리털 나고 처음으로 원 없이 소복 한 번 허게 생겼네잉!"

칠복이 영감은 그러면서 개동이한테서 받은 지전을 손에 꼭 쥐고 밖으로 나갔다.

"술이 푸져야 허요잉."

판쇠가 방문 밖으로 나가는 칠복이 영감의 뒤통수에 대고 말하였다. 그때 시신 옆에 쪼그리고 앉아 있던 개동이 처가 말없이 벌떡 일어서서 경황없는 몸짓으로 방문을 열고 뛰쳐나갔다. 그녀의 그 같은 행동에 방안에 있던 사람들이 저마다 의아해하는 눈빛으로 개동이를 보았다. 개동이 역시 아내의 돌연하고도 무례한 태도에 대해 부끄러움과 마뜩찮은 감정을 억제할 수가 없어 한동안 숨결이 거칠어지기까지 하였다. 그는 아내를 나무라줄 생각으로 조심스럽게 밖으로 나가 등불을 밝혀 들고 그들 부부의 방으로 가 보았으나 아내는 보이지 않았다. 마당 안에도 부엌에도 없어 집안을 한 바퀴 돌아보았다. 아내는 보이지 않았다. 혹시나 싶어 낡은 초막의 거적을 올리고 안으로 들어가 보았다. 아내는 거적방 구석에서 머리를 벽에 처박은 채 끄억끄억 헛구역질을 하고 있었다.

"아니, 여기서 뭣하고 있는겨? 뭣 때문에 구역질을 하는 게지? 천한 우리 아버지의 죽음이 추해서 구역질을 하고 있는 게여?"

개동이는 잠시 전 아버지 시신 옆에서 경망스럽게 일어나 뛰쳐나갔던 아내 태도에 대해서 견딜 수 없는 혐원(嫌怨)을 느끼며 자신도 모르게 소리를 내질렀다. 그러자 그의 처가 고개를 빳빳하게 곧추세우더니 날카로운 눈초리로 그를 쏘아보았다. 그러다가는 다시 끄억끄억 헛구역질을 하기 시작하였다.

"당신 같은 여자를 새끼내에 데리고 온 내가 잘못이구만. 당신은 새끼내에서 살 수 있는 사람이 아니라는 것을 진작 알아차렸어야 하는 것인데…… 지금이라도 내 말리지 않겠으니께 목포로 돌아가지그려. 우리 어머님이 시방 영산포 여각에 와 계시니께, 어머니 따라서 목포로 돌아가. 시아버님 초상 치는데 호곡 대신에 구역질이나 허는 여자하고는 같이 살 수가 없으니께, 당장에 돌아가."

개동이는 다시 그렇게 소리치고 나서 초막을 나와 버렸다. 괜히 기분이 울적했다. 좋은 며느리를 데려오지 못한 죄책감을 느끼면서 아버지 영혼에 용서를 빌고 싶었다. 그는 한동안 초막 앞에 서 있다가 잠시

울적한 기분을 달래기 위해 바자울 밖으로 나갔다. 하늘에는 여전히 별이 빛나지 않고 있었다. 개동이는 바자울 밖으로 나가 뒤곁으로 돌아가는 모퉁이에 쪼그리고 앉아서 그의 마음처럼 음음하게 가라앉은 밤하늘을 쳐다보았다. 그때 그는 그가 앉아 있는 모퉁이에서 가까운 곳으로부터 들려오는 남자의 흐느낌 소리에 온몸의 신경줄이 활시위처럼 팽팽해지는 것을 느끼면서, 조심스럽게 울음소리를 더듬어갔다. 아무도 없는 어둠속에서 몸부림치듯 울고 있는 것은 우암이였다.

"우암아, 너 여기서 왜 이러고 있냐?"

개동이는 울고 있는 사람이 우암이라는 것을 알고 그의 옆에 바짝 다가앉으며 힘껏 어깨를 껴안았다. 우암이는 개동이가 그를 찾아올 것이라고 미리 알고 있었기라도 한 듯, 그의 출현에는 조금도 개의치 않고 계속 흐느껴 울고만 있었다. 우암이가 우는 것을 처음 본 개동이는 자신의 온몸이 얼음처럼 차갑게 굳어지는 듯한 기분을 느꼈다. 마치 우암이가 개동이 대신 울고 있는 것 같았다.

"성님, 큰아부지 불쌍해서 어쩌끄라으. 그 웬수놈에 땅 땜시 속만 상허시다가 세상을 뜨셨는듸, 그 원한을 어치게 갚으끄라우. 성님, 큰아부지는 왜놈덜 땜시 돌아가셨구만이라우. 헌병대에 끌려가서 고초를 겪으시고 골병이 들어갖고…… 아이고 성니임, 워치게 웬수를 갚으끄라우잉. 이럴 때 바보 같은 울 아부지는 워디서 뭣흐고 기신다요? 큰아부지가 돌아가신 긋도 모르고 뭣흐고 기시끄라우잉. 워매 속 터지겄능거. 평생 고생만 허시고 좋은 세상 한 번 못 사시고 떠나신 큰아부지 불쌍해서 어쩌끄라우. 성니임 나 말이우, 내 목숨이 붙어 있는 한 기언시 큰아부지의 땅을 되찾고야 말겄구만이라우. 큰아부지가 저헌티 무신 말씀을 허신지 아시우? 이 큰아부지 땅을 찾어줄 사람은 우암이 너뿐인 것 같다고 허셨구만이라우. 큰아부지는 그럼시로, 새끼냇들 땅이 바로 큰아부지라고 허셨당께요. 내는 그런께 기언시 큰아부지를 다시 찾고야 말겄구만이라우. 고것이 큰아부지 원한을 풀어드리는 일이 아니겄소? 성니임, 큰아부지 말씀대로 성님은 땅 파고 살아갈 사람이 아니라, 붓대 잡고 살어야 헐 식자가 아닝그라우? 그러니 성님은 만인이 우러러보는 식자가 되시고, 땅을 찾는 일은 이 우암이헌티 맽기씨오."

우암이는 그렇게 울부짖듯 말하고 나서 다시 소리 내어 황소처럼 울기 시작하였다. 우암이의 그 울음은 어둠만이 두껍게 깔린 새끼내들판을 바람처럼 드세게 줴흔들었다.

5

막음례는 미명의 마지막 어둠이 걷히기도 전에 자리에서 일어나 앉아 새벽 강바람이 여각 앞마당의 감나무 가지들을 흔들어대는 소리에 귀를 기울이고 있었다. 간밤에 그녀는 깊은 잠을 이루지 못하고 비몽사몽간에 영산강의 물너울처럼 몸을 뒤척이며 악몽에 시달렸다. 그녀는 개동이한테 웅보의 죽음을 전해들은 순간부터 심신을 제대로 가누지 못하고 신열을 앓고 있는 병자처럼 악몽보다 더 무서운 지난날의 깊은 수렁 속에 빠져들었다. 간밤에 그녀는 자신이 씨받이가 되어 양 진사 댁에 들어갔던 때의 일을 다시 꿈속에서 되돌아보았다. 그리고 양 진사가 그녀의 방으로 들어와 몸을 덮쳤던 순간도 꿈을 통해서 다시 볼 수가 있었다. 그녀는 자신의 머릿속에서 양 진사의 모습을 지워버리기 위해 거칠게 머리를 흔들어댔다. 양 진사와의 일을 생각하면 지금도 자신의 몸에 징그러운 벌레들이 엉겨 붙어서 스멀스멀 기어 다니고 있는 듯한 기분이 들어 소름이 돋곤 하였다. 지금껏 막음례의 머릿속에 남아 있는 양 진사의 기억은 징그러운 벌레에 지나지 않았다. 그녀가 개동이를 낳고 그 집에서 쫓겨나오던 날, 그녀는 징그러운 송충이 같은 양 진사의 기억을 떨쳐버리기 위해 수없이 침을 뱉었다.

막음례는 방문 창호지에 어둠의 그림자가 밀려가고 희번하게 아침이 밝아올 때까지 곧추앉아서 자신이 양 진사 댁의 씨받이로 들어가 있었던 때의 일들을 한 가닥 한 가닥 들추어 생각하고 있었다. 그녀가 새삼스럽게 그때의 일들을 돌이켜보고 있는 것은 어쩌면 웅보의 죽음을 잠시라도 잊어보기 위한 것이었는지도 몰랐다.

막음례는 날이 밝자 서둘러 소세를 하고 여각에서 심부름하는 총각 수돌이를 불렀다.

"조반을 먹는 대로 나주 노루목꺼정 댕겨올 일이 있넌디, 강 건너에 가마를 댈 수 있겄는가? 가마 삯이랑 자네 심부름 값은 서운찮게 주겠네."

막음례는 개동이보다 서너 살 아래로 보이는 키가 작달막하고 이마가 찝찝하게 생긴 여각의 총각에게 가마를 부탁해보았다.

"삯만 넉넉허게 주신다면야 가마가 아니라 인력거라도 불러옵죠."

여각의 밥을 오래 먹으면 여우가 다 된다는 푼수로, 이마가 유별나게 찝찝하게 생긴 영산포 여각의 이 총각도 막음례가 목포에 있는 요릿집 유달정 안주인이라는 것을 알고부터는 그녀한테 헤헤거리며 갖은 친절을 다 보였다.

"허면, 가마 삯과 자네 심부름 값으로 십오 원을 줄 터이니 당장에 강 건너에 가마를 채비해놓도록 허게. 그러고 가마를 인도헐 하님도 한사람 딸려주도록 부탁허네."

그러면서 막음례는 이름이 수돌이라는 이마가 찝찝한 총각 앞에 지전을 내밀었다. 수돌이는 가마를 하루 동안 빌리는 삯이 많아야 삼 원 미만인 터에 그 다섯 배가 되는 십오 원씩이나 내놓는 막음례를 보고, 말로만 듣던 목포 유달정이었는데, 그 여주인답게 과연 손도 크구나 하고 마음속으로 혀를 널름거렸다.

"가마 좀 빌리는듸 이 많은 돈을 내어 놓으십니까요?"

수돌이는 차마 돈을 집어 들지 못하고 미적거리면서 그렇게 물었다.

"가마 삯 외에 자네 심부럼 값허고 하님의 행하도 그 안에 들어 있으니 냉큼 서두르게."

막음례 말에 수돌이는 거듭 헤헤거리며 고개를 조아리더니, 당장 강을 건너갔다 오겠다면서 돈을 집어 들고 부리나케 나갔다.

막음례는 간밤에 잠을 못 이루고 악몽과도 같은 자신의 과거지사 때문에 심신을 뒤척이던 끝에 양 진사 댁을 찾아가기로 결심을 한 것이었다. 그녀가 양 진사 댁을 찾아가기로 한 것은 지난날의 일들을 다시 돌이켜보자는 것이 아니라, 앞으로 더 이상 떠올리고 싶지가 않았기 때문이었다. 웅보 죽음을 계기로 자신의 과거까지도 웅보 무덤 속에 깊숙이 묻어버리고 싶었기 때문이다. 그리고 그녀는 양 진사 댁 유 씨 부인한테, 옛날 자신이 그 댁 씨받이였다는 과거를 이제는 잊어버렸다는 것을 알려주고 싶었던 것이다. 그런 자신의 떳떳함을 보여주고 싶었던 것이다. 생각이 거기에 미치자 막음례는 일각이라도 빨리 유 씨 부인을 만나고 싶어 발싸심을 하였으며, 날이 밝자 여각의 수돌이를 급히 불러들였던 것이다.

수돌이가 다시 나타난 것은 초여름의 아침 햇살이 영산강의 물비늘을 쪼개어 날리기 시작할 무렵이었다. 조반을 먹고도 두어 시각이나 지난 후였다.

"강 건너 나루터에 가마 채비를 해놨구먼이라우. 그러고 마님을 안내헐 하님이 여그……."

그러면서 수돌이는 옆에 서 있는 서른 안팎의 단정한 아낙을 눈짓으로 가리켰다. 햇빛 속에 고개를 가볍게 숙이고 서 있는 아낙은 입성이 초라하기는 하였으나 얼굴이 갸름하고 눈빛이 맑아 보였다.

"가마를 인도헐 그 아낙도 강 건너에서 왔는가?"

"아니구먼요. 즈이 누님이십니다요. 즈이 누님헌테 하님 품삯을 드리고 싶어서……."

막음례의 물음에 수돌이가 말끝을 흐리며 버릇처럼 손으로 자신의 오른쪽 빰을 만지작거렸다.

"누님이 참 고우시구먼. 자, 그러면 인제 나루터로 나가보세. 강을 건너는 배는 언제쯤이나 있당가?”

막음례가 수돌이의 누이를 향해 가볍게 웃음을 날려 보내며 말했다. 그러자 수돌이의 누님도 막음례 쪽으로 고개를 들어 얼핏 마주보더니 희고 가지런한 이빨을 드러내며 희끔 웃어 보였다. 막음례는 수돌이 누님이라는 아낙이 어쩐지 마음에 들었다.

막음례가 양산을 받쳐 들고 토마루로 내려서자 수돌이 누님은 먼저 여각의 대문을 나서 고샃을 빠져나갔다. 수돌이도 누님과 함께 나루터로 향했다.

“자네는 그만 들어가봐야재.”

막음례가 나루터 쪽으로 걸어가는 수돌이에게 말했다.

“강 건너까지 마님을 뫼셔드리라는 즈이 주인 영감의 분부가 있었구먼유. 즈이 주인 영감께서 마님이 목포 유달정 안주인이라는 것을 알고는 즈이헌테 각별히 마님을 잘 뫼시라고 당부하셨당께유.”

“여각 주인 영감께서?”

“그렇당께유라우. 목포 유달정이라 허면 영산포 사람덜 치고 모르는 이가 없구먼유.”

그러면서 수돌이는 영산포 선창거리 사람들에게 자신이 모시고 가는 분이 바로 유달정 안주인 마님이라고 자랑스럽게 소리라도 칠 것처럼 턱 끝을 쳐들고 주위를 두렷거리며 으스대는 것이었다.

“강을 건너갈 나룻배가 쉬 있을랑가 모르겄구먼.”

나루터가 가까워지자 막음례가 영산강을 바라보며 수돌이한테 물었다.

"마님께서 나루터에 당도허시자마자 곧 배를 발행시키라고 사공헌테 미리 일러놨구먼유."

"사공헌테 일러놓다니?"

"인정을 좀 썼습죠, 마님. 인정을 쓰면 저승길도 면헐 수가 있다는디, 이까짓 나룻배쯤……."

막음례는 수돌이 말에 소리 없이 웃음을 삼켰다. 순간 그녀는 얼핏 웅보 죽음이 마른 번갯불처럼 떠올라 새끼내 쪽을 바라보았다. 바람이 새끼내 쪽에서 불어오는 듯싶었다. 막음례는 나루터로 내려가다 말고 잠시 걸음을 멈추어 선 채 새끼내 쪽에서 불어오는 눅눅한 강바람을 얼굴에 느끼며 마지막 보았던 웅보 얼굴을 떠올려보았다. 웅보가 식솔을 이끌고 새끼내로 돌아가기 위해 목포 째보선창에서 영포환에 오르는 것을 먼발치로 바라보았던 것이 육 년 전의 일이었다. 웅보가 목포를 떠난다고 알려온 것은 염주근이었다. 웅보는 목포를 떠나면서도 막음례를 찾아오지 않았다. 선창에 나와 웅보네 식구들을 실은 영포환이 구슬프게 뱃고동소리를 울리면서 떠나는 것을 선창에서서 바라보던 막음례는 고개를 돌리고 눈물을 감추었었다.

"마님, 어서 배에 오르시지요."

수돌이 누님이 재촉을 해서야 막음례는 새끼내 하늘로부터 고개를 돌리며 나루터로 내려갔다. 나루터에는 배를 기다리는 손님이 한 사람도 없었다. 늙은 사공은 그들이 배에 오르자 이내 노를 젓기 시작하였다. 이물 쪽에 양산을 받쳐 들고 앉은 막음례는 다시 새끼내 쪽으로 멀리 눈길을 던졌다. 그녀 눈에 웅보 모습이 가득 들어찼다. 새끼내 하늘에 떠 있는 손바닥만 한 새털구름도, 엷은 회색빛으로 출렁이는 새끼내 뒷산도, 영산강 물둑에 늘어선 팽나무들도 모두 웅보 모습으로 보였다. 나룻배가 영산강 강심으로 깊숙이 흘러들어갈수록 웅보 모습은 더욱 뚜렷하게 다가왔다. 그녀는 눈길을 내려 나룻배가 움직일 때마다 작은 물살을 이루는 영산강물을 들여다보았다. 웅보 모습은 강물 위에서도 비쳐왔다. 그녀 눈길이 머무는 곳마다 웅보 모습이 떠오르곤 한 것이다. 그런 웅보 모습은 한결같이 그녀가 양 진사 댁 씨받이로 들어와서 처음 보았던 떠꺼머리 얼금뱅이 그대로였다. 처음 보았던 양 진사 댁 세습노비 웅보 겉모습은 여느 종들과 같았으나 눈빛이 예사롭지가 않게 보였다. 서슬처럼 날카로운 그 눈빛 때문에 함부로 대하기가 어려웠다. 눈빛이 다른 종들과 특별히 다른 것은 시기심과 질투심, 그리고 더 많은 것들을 갈망하는 욕심으로 번뜩여 보인 점이었다. 보통 종들이란 시기할 것도 투기할 것도, 그리고 더 많은 것들을 바랄 것도 없기 때문에 물고기의 눈빛처럼 멀뚱해 보이게 마련이었다. 웅보의 눈빛은 그렇지가 않았다. 뿐만 아니라, 웅보는 얼마 동안 별당에 갇혀 살다시피 한 그녀를 대할 때마다 멸시하는 듯한 눈빛으로 찔러보곤 하였던 것이다. 그런 웅보의 성깔은 그의 눈빛처럼 빳빳하여 아무에게나 쉽사리 굽힐 줄을 몰랐다. 어쩌면 죽는 순간까지도 그 같은 마음을 굽히지 않았는지도 모른다.

나룻배가 강 건너 나루턱 기스락에 닿자, 흰옷 차림에 두건을 동여맨 가마꾼들이 가마를 대기하고 있다가 막음례를 향해 허리를 굽혔다.

"마님, 어서 오르셔유."

수돌이가 막음례를 가마까지 인도하며 컬컬한 목소리로 말하였다.

"혹여 새끼내에서 사람이 오거들랑 해 전에 돌아올 것이라고 말해 주게."

막음례는 가마에 오르기 전 수돌이한테 당부를 하고 나서 가마를 인도해줄 그의 누님을 얼핏 보았다.

"노루목 양 진사 댁으로 가세."

막음례는 수돌이 누님에게 말하고 가마에 올랐다.

가마에 오른 막음례는 개동이를 갖게 된 후에 양 진사 댁으로부터 내쫓김을 당하던 날을 떠올리며 얼핏 눈을 감았다. 그녀는 그때 일을 돌이키고 싶지 않았으나 가마에 몸이 흔들릴 때마다, 지난날 한 맺힌 기억들이 가닥가닥 풀리면서 되살아났다. 기억들을 되새기자니 목이 메어왔다. 아들을 낳아주면 땅을 주겠다는 유 씨 부인의 약조를 믿고 긴 세월 죽은 듯 얽매여 살아온 것이 후회스럽거나, 장웅보한테서 종의 씨를 받게 된 것이 억울해서가 아니었다. 땡전 한 닢 받지 못하고 쫓겨나던 날을 생각하면 지금도 진저리칠 정도로 마음이 아팠다. 친정에 맡겨둔 두 자식과 뱃속에 든 종의 씨를 거두어 장차 먹고 살아갈 일이 아득하여 몇 번이고 영산강에 몸을 던져 죽을 생각을 했었다. 씨받이로 들어가서 엉뚱하게 종놈의 자식을 배어 돌아왔다면서 손가락질을 하게 될 고향 사람들을 어찌 대할 것이며, 두 아들들이 장차 커서 어미의 그 같은 사정을 알게 되는 날 그 고통을 어떻게 감당해야 할지 눈앞이 캄캄하였던 것이다. 그때 차마 강물로 뛰어들지 못한 것은 친정에 맡겨둔 두 새끼들과 뱃속의 핏줄 때문이었다. 막상 영산강

물에 몸을 던지려고 했을 때, 강기슭 쪽에서 어미를 불러대는 두 새끼들의 목소리가 귀청을 울리고 웅보의 원망서린 눈빛이 그녀의 온몸에 화살처럼 박혀왔다. 귀를 막아도 새끼들의 목소리는 잠들지 않았고 눈을 감아도 웅보의 눈빛은 사라지지 않았다.

가마가 노루목 양 진사 댁으로 휘어드는 길목 늙은 팽나무 앞에 당도하자 막음례는 잠시 걸음을 멈추게 하였다. 그녀는 가마에서 내려 오랫동안 늙은 팽나무를 바라보았다. 그녀는 웅보가 쌀분이와 함께 도망치려다가 붙잡혀 늙은 팽나무에 묶여 있었던 일을 기억하고 있었다. 웅보가 묶여 있었던 나무는 예나 다름없이 그 자리에 그만한 크기로 서 있었는데, 이제 웅보는 이 세상 사람이 아닌 것이었다.

"가마를 저그 양 진사 댁 대문 앞에 세워두도록 허게."

막음례는 수돌이 누님에게 이르고 나서도 한참 동안이나 늙은 팽나무 그늘 아래 서 있다가 먼발치로 양 진사 댁 대문이 열리는 것을 보고서야 몸을 돌려세웠다. 그녀는 양 진사 댁 대문에 이르러 수돌이 누님한테 목포에서 막음례라는 여자가 진사 댁 마님을 뵙고자 찾아왔노라고 통기를 넣으라 일렀다. 막음례는 수돌이 누님이 통기를 하러 들어간 사이 대문 밖에 서 있으면서 유 씨 부인한테 할 말들을 머릿속에 조단조단 추슬러 가다듬었다. 그런데 막상 양 진사 집 앞에 당도하고 보니 간밤에 생각해두었던 말 가운데서 단 한 가지만 생각났다. 그것은 유 씨 부인의 아들 양만석에게 웅보의 죽음을 알려주어야 하지 않겠느냐는 것이었다.

"마님께서 들어오시라는구먼이라우."

수돌이 누님이 대문 밖으로 나오며 말했다. 수돌이 누님 뒤에는 얼굴이 익지 않은 행랑어멈이 멀뚱한 눈으로 막음례를 바라보고 서 있었다.

"쇤네는 가마꾼들허고 문 밖에서 기다리고 있을랑만이라우."

막음례가 행랑어멈을 따라 대문 안으로 들어서자 수돌이 누님이 말했다. 막음례는 얼핏 수돌이 누님을 돌아다보며 고개를 끄덕여 보이고 이내 마당 안으로 들어섰다. 그녀는 마당을 가로질러 안채로 향하는 동안 여러 차례 걸음을 멈추고 서서 사방을 두리번거렸다. 집안 어느 구석에선가 양 진사 혼령이 나타날 것만 같아 바짝 긴장이 되었다. 막음례는 양 진사 씨받이로 있는 동안 그와 잠자리를 함께 하면서도 심신이 오그라든 채 두려움에 떨었었다. 단 한 번도 푸근하고도 훙건한 마음으로 그를 받아들여본 적이 없었다.

안마당으로 들어선 막음례는 잠시 걸음을 멈추고 서서 별당 모퉁이를 바라보았다. 자신의 무덤을 보기라도 한 듯 마음이 참담하게 얼어붙었다.

"마님은 이쪽에 기시는구만이라우."

안채 토마루 쪽에서 행랑어멈이 말해서야 막음례는 비로소 차갑게 얼어붙은 심신이 풀렸다. 그녀는 행랑어멈이 서 있는 안채 토마루 쪽으로 걸어가 천천히 마루 위로 올라섰다. 안채 큰방 마루 위로 올라서서 주렴이 드리워진 방문 안을 조심스럽게 들여다보았다. 유 씨 부인은 아기를 안고 있었다.

"마님, 목포에서 오셨다는 손님이……."

토마루에서 행랑어멈이 큰 소리로 통기를 해서야 아기를 안고 있던 유 씨 부인이 천천히 고개를 들어 주렴 쪽을 보았다. 막음례는 그때 어쩌면 유 씨 부인은 막음례 자신이 마루로 올라서고 있는 것을 알고 있으면서도 짐짓 모른 척하고 아기만 어르고 있었을지 모른다고 생각했다.

"자네가 막음례라고 했는가? 그래 무엇 때문에 나를 만나자고 했는가?"

유 씨 부인은 방으로 들어오라는 말도 하지 않은 채 주렴 안에서 나지막한 목소리로 물었다. 유 씨 부인은 막음례한테서 눈길을 떼지 않았다. 막음례는 주렴 밖에 엉거주춤 서 있기만 하였다. 유 씨 부인으로부터 들어오라는 말을 기다리고 있었던 것이다. 끝내 유 씨 부인은 막음례한테 들어오라는 말을 하지 않았다. 막음례는 예나 다름없이 유 씨 부인이 자신을 천한 씨받이로 대하고 있구나 싶어 온몸이 후끈 달아올랐으나 참았다. 막음례는 주렴 때문에 유 씨 부인 모습을 제대로 볼 수 없는 것이 안타까웠다. 유 씨 부인은 막음례 자신의 희끔한 자분치 한 가닥이며 주름살 하나까지도 볼 수 있을 터인데, 그녀는 유 씨 부인이 얼마나 늙었으며 자신을 대하고 어떤 표정을 짓고 있는지 알 수 없음이 아쉬웠다.

"우리 개동이 아부지께서 세상을 떴구만이라우. 그래서 마님헌테도 알려드리는 것이 도리일 것 같어서……."

막음례는 한참 동안 서 있다가 마루에 앉으면서 그렇게 말하고 주렴 쪽에 눈길을 못 박았다.

유 씨 부인은 아무 말이 없었다. 무릎에 앉아 재롱을 피우던 아기가 방바닥으로 기어내려 뒤집힌 자라처럼 배를 깔고 엎딘 채 버둥거리고 있는 것도 모르고 주렴에 눈길을 매단 채 우두커니 앉아 있는 유 씨 부인의 모습에서, 막음례는 비로소 큰 충격을 받았음을 짐작할 수가 있었다.

"장 서방이 죽다니……? 언제?"

유 씨 부인은 한참이나 잠자코 있다가 손으로 주렴을 걷고 막음례를 보면서 물었다. 막음례는 순간 유 씨 부인이 나이에 비해 아직 자태가 고운 것을 보고 다소 놀랐다. 오히려 막음례 자신보다 더 태깔이 고와 보였다.

"어저께 세상을 떴당만이라우."

막음례는 귀밑털 하나 희지 않고 옛날 그대로 해맑고 고운 유 씨 부인의 자태에 당치도 않게 투기를 느끼는 자신을 탓했다.

"그래, 자네는 장 서방의 부고를 받고 초상을 치로 왔단 말인가?"

"부고를 받고 온 것은 아니고라우…… 즈이 자석 개동이가 영산포 소핵교 선상님으로 와 있어서라우…… 갸가 워치게 사는가 보고 싶어서 왔다가라우…… 갸들 내외가 새끼내 즈그 아부지 집에서 살고 있그덩이라우."

막음례는 더듬거리면서 말했다. 유 씨 부인이 잠자코 막음례의 말을 듣고 있다가 방바닥에 배를 깔고 버둥거리는 아기를 다시 무릎에 앉히는 동안 두 사람 사이에 침묵이 흘렀다. 막음례는 그 아기가 필시 양만석의 자식이라는 것을 짐작하였다.

"개동이헌테 마님 댁에 부고를 띄우라고 했등만 갸가 으짠지 시큰둥허길래 암만해도 지가 직접 마님께 알려드려야 헐 것 같은 생각이 들어서……."

막음례가 당당하게 목소리를 높여 말했다. 그러자 유 씨 부인이 다시 손으로 주렴을 걷어 올리고 막음례를 보았다.

유 씨 부인은 막음례를 바라보는 동안 무슨 말인가 할 듯하면서도 좀처럼 입을 열지 않았다. 막음례는 유 씨 부인이 자신에게 무엇을 묻고 싶어 하는지를 짐작하였다.

"우리 개동이의 눈치를 보니께 마님댁 새서방님허고 우리 개동이 사이가 그리 좋지 않은 모양이드랑께라우. 피차 미워해서는 안 될 처진디."

막음례는 말을 하면서 유 씨 부인의 얼굴을 똑바로 바라보았다. 유 씨 부인은 대오리로 엮어 만든 부채를 집어 들더니 거칠게 부쳐댔다. 집안 어디에선가 낮닭이 자지러지게 홰를 치고 있었다.

"피차에 멀리해서는 안 될 처지라니…… 그것이 무슨 뜻인가?"

부채질이 빨라지면서 유 씨 부인이 물었다. 막음례는 유 씨 부인이 어떤 속내로 그것을 묻고 있는지 알고 있었다. 막음례는 유 씨 부인의 당황해하는 얼굴에서 그녀의 속마음을 환히 들여다보았다. 어쩌면 막음례는 유 씨 부인의 그 표정을 보기 위해서 예까지 찾아왔는지도 몰랐다.

"우리 개동이허고 이 댁 새서방님 처지가 그렇지 않은감요?"

막음례는 목소리에 힘을 주었다. 마당에서 후텁지근한 지열이 훅

덮쳐와 숨이 막힐 것만 같았다. 막음례는 아까부터 시원한 냉수 생각이 간절하였으나 참고 있었다.

"자네 시방 무슨 말을 허는 겐가?"

유 씨 부인이 부채질을 멈추고 혹시 두 사람 외에 다른 사람이 듣고 있지나 않나 싶은지 당황한 눈빛으로 쥐어박는 듯 물었다. 막음례는 그런 유 씨 부인의 태도가 더욱 마음에 들지 않았다. 그녀는 유 씨 부인이 자신을 옛날 씨받이로 대하는 것 같아 비위가 상해 있었던 것이다. 방안으로 들어오라는 말도 하지 않고 마루에 세워둔 채 주렴을 사이에 두고 두 사람의 신분을 구별하려는 유 씨 부인의 태도에 막음례 마음이 낚싯바늘처럼 휘어진 것이었다.

"자네 아들허고 우리 만석이 처지라니? 자네 아들은 우리 집에 비자로 있다가 속량이 된 장웅보의 자식이고 우리 만석이는 엄연히 이 집의 장손이니, 옛날대로 따지자면 상전과 하인 사이가 아니던가?"

유 씨 부인이 한껏 위엄을 부리느라 턱 끝에 힘을 주고 말하였다. 순간 막음례의 입 가장자리에 알 수 없는 쓴웃음이 짧게 흘렀다. 유 씨 부인은 막음례의 그 희미하고도 씁쓸한 미소를 놓치지 않았다.

"물론 그렇겄지라우. 옛날 같음사 우리 개동이허고 이 댁 새서방님 사이는 상전과 하인 사이겄지라우. 허재만 시방은 마님께서 잘 아시다시피 개화세상이 아닝그라우. 개화세상에서는 양반님네덜 좋자는 대로만 되는 것이 아니고라우, 쌍것이나 양반님네덜이나 잘잘못을 갼허게 따져갖고라우 아무리 양반이라고 해도 잘못이 있을 시는 벌을 받고 쌍것이라도 잘못이 없을 때는 벌을 받지 않는다고 헙디다.

옛날 이 댁의 씨받이였던 이 천헌 것이 어쩌다가 목포바닥에서 요릿집을 내갖고, 군수다 경찰서장이다 무신 조합장이다 허는 높은 사람덜흐고 술자리를 함께 허는 것만 봐도라우, 시방은 옛날흐고 워너니 다른 세상이랑께라우."

유 씨 부인은 잠자코 막음례의 말에 귀를 기울이고 있는 듯싶었다. 막음례 이야기를 듣고 있던 유 씨 부인은 기분이 심히 언짢았다. 웅보의 부음 때문이 아니었다. 막음례가 목포에서 큰 요릿집을 내어 많은 돈을 벌었다는 소식은 이미 들었고 , 웅보한테서 낳은 아들이 영산포소학교 훈도질을 한다는 것도 알고 있었다. 유 씨 부인은 막음례가 목포에서 큰 요릿집을 내고 떼돈을 벌었다는 소식을 들었을 때까지만 해도 별로 새암하는 마음을 느끼지 못하였다. 그런데 웅보한테서 낳은 아들이 영산포소학교에서 훈도질을 한다는 것을 알았을 때는 괜히 심사가 뿌질뿌질 사나워지면서 새암하는 마음이 뺀질러 올랐었다. 그러면서 막음례 아들과 양만석이가 자꾸 비교가 되었다. 그리고 은근히 막음례가 부럽기까지 했다. 양만석이가 학교에서 훈도질을 한다면 얼마나 좋을까 싶었다. 유 씨 부인은 만석이가 일진회에 가담한 것도 마음에 들지 않았거니와, 요즈막에는 동양척식회사에 나다니는 것도 심히 마뜩치가 않았던 것이다. 더욱이 만석이가 동양척식회사에 나다니면서 근동의 농군들을 괴롭히고 있다는 소문을 듣고 심기가 편치 않았다.

"그래 본심이 뭰가?"

한참 후에 유 씨 부인이 나지막한 목소리로 물었다.

"본심이라니유? 무신 말씀이싱그라우?"

"자네가 나를 만나러 온 본심이 뭰지 알고 싶네."

"다른 뜻은 없구만이라우."

"자네 나헌테 유세를 할려고 찾아온 것이 아닌가?"

"마님도 참, 유세라니우?"

"듣자 허니 자네 목포에 나가서 신수가 보름달 모양으로 훤해졌다드만 그려. 그러고 자네 자식들도 모두 잘되고 말여. 자네 그것을 유세하려고 그러재?"

"참, 내가 그런 것을 마님헌테 유세해서 뭘 헌다요? 그것은 마님께서 뭣인가 옥생각허신 거로구만이라우. 지는 단지 우리 개동이 아부지가 세상을 뜨셨기 땜시…… 우리 개동이헌테 마님께 부고를 띄우라고 했재만, 에미 말을 듣지 않았기에…… 이르케 찾아온 것이 아닝그라우. 지가 시방 뭣이 모지래서 마님헌테 유세를 헐 것이오. 그것은 택도 없는 말씀이로구만이라우잉. 지가 그렇게 쥐창시 같은 사람이 아니랑께유. 그런 쥐창시 같은 여자였담사 뜬골로 아수라장 속 같은 목포바닥에 나가서 이만치나마 성공을 했겄능그라우?"

막음례의 긴 말에 유 씨 부인은 다시 할 말을 잃고 묵연히 앉아 손자를 어르기만 했다.

"시방 나헌테 장 서방 부음을 전할 까닭이 없네. 장 서방이 죽었으면 죽었지 나허고 무신 상관이란 말인가?"

유 씨 부인이 냉엄하게 말하였다. 그녀는 이미 주렴을 내려 막음례와 더 이상 말을 하고 싶지 않은 듯싶었다.

"우리 개동이 아부지흐고 마님흐고 워찌 상관이 없다고 그러시는 그라우?"

막음례는 끝내 그 말을 뱉어내고야 말았다. 그러자 유 씨 부인이 날카롭게 눈꼬리를 세워 주렴 사이로 막음례를 쏘아보았다.

"그러시는 벱이 아니구만이라우. 워쩌서 우리 개동이 아부지흐고 마님흐고 상관이 없다고 허시는그라우. 그러시면 안 되는구만이라우."

막음례가 마루에서 주렴 가까이 바짝 다가앉아서 자신을 쏘아보는 유 씨 부인의 눈길을 따갑도록 온몸에 받으며 말했다. 막음례는 웅보의 죽음이 자신과는 아무 상관도 없다는 유 씨 부인의 매몰스러운 말에 참을 수 없는 울분을 느꼈다. 어찌됐거나 웅보 씨를 빌려 자식을 낳았으면서도 얀정 없이 웅보의 죽음을 전해 듣고도 눈썹 한 가닥 까딱하지 않는 태도에 분통을 느끼지 않을 수가 없었다. 양반네들이란 자기네들 아픈 것만 알지 아랫것들이야 죽거나 살거나 상관하지 않으려 한다는 것을 익히 알고 있는 막음례였지만, 설마 유 씨 부인의 입에서 그런 말이 나올 줄은 몰랐다.

"자네 시방 나헌테 포악질을 하로 왔는가?"

"포악질을 허다니라우?"

"한갓 우리 집 씨받이였던 주제에 무신 상관이여?"

"말씀 잘 허셨구만이라우. 그래라우, 나는 이 댁 씨받이였지라우. 씨받이 주제에 상관을 해서 죄송허구만이라우. 그래도 지는 우리 개동이 아부지헌틔서 들은 말이 있구만요."

"들은 말이라니?"

유 씨 부인이 관심을 보이며 다그쳐 물었으나 막음례는 차마 그 말을 쉽게 입 밖에 내놓기가 저어되어 입술을 봉한 채 주렴 너머로 팽팽한 눈길만을 보내고 있었다.

"우리 개동이 아부지가 시방 동양척식회사에 댕긴다는 이 댁 새서방님 이야기를 허십디다마는 그 양반이 입 밖에 내서는 안 된다고 신신당부를 해서……."

막음례는 그렇게 허두를 꺼내놓기만 하고 천천히 일어섰다. 주렴 안에 꼿꼿하게 앉아 있던 유 씨 부인도 벌떡 일어서려다 말고 허물어지듯 다시 앉으며 "앉게, 앉아서 하던 말 마저 하게" 하고 말하였다. 그러나 막음례는 다시 앉지 않고 허리를 편 채 마루에 서서 고개만 안방 쪽으로 돌렸다.

"우리 개동이 아부지가 하늘이 두 쪽 나는 한이 있더라도 입 밖에 내서는 안 된다고 당부허고 또 당부헌 그 이야기를 여그서 해사 쓰끄라우? 암만 생각해봐도 그 말을 해서는 안 되겠는듸라우? 아매 내가 마님헌테 이 말을 했다는 것을 우리 개동이 아부지가 알았다가는 송장이라도 벌떡 일어날 것잉만이라우."

막음례는 마루에 선 채 여유로운 말투로 퉁겨대고는 안방으로부터 눈길을 거두며 마루에서 토방으로 내려섰다. 그러자 여태껏 주렴을 가린 채 꿈쩍도 않고 방안에만 앉아 있던 유 씨 부인이 아기를 안은 채 주렴을 걷고 마루로 나왔다.

"이보게, 내 말이 안 들리는가? 어서 들어와서 하던 말 마저 하라지 않던가? 그러지 말고 어서 방으로 들어오게."

마루로 나온 유 씨 부인의 목소리가 약간 다급해진 듯싶었다. 막음례를 대하는 태도 또한 처음보다는 한결 부드러워졌다. 막음례는 토방에 내려서서 갑작스럽게 달라진 유 씨 부인의 태도를 지켜보고 있다가 유 씨 부인의 팔에 안긴 아기를 쳐다보며 "새 서방님 아들인갑네요. 그 아기씨 참 잘도 생겼네. 이목구비가 뚜렷헌 것 봉께로 영락없는 양반의 피를 받은 옥골이로구먼이라우잉" 하고 희미하게 웃는 얼굴을 해보이면서 말했다. 순간 유 씨 부인의 얼굴빛이 여러 가지로 변했다. 유 씨 부인은 자신의 그런 모습을 막음례한테 보이고 싶지 않은 듯 눈길을 피하면서 "물어볼 말이 있으니 어서 좀 방으로 들어가세" 하고는 한 손으로 주렴을 걷어 올리고 서서 막음례가 뒤따라 들어오기를 기다렸다. 막음례는 그냥 돌아가 버릴까, 아니면 유 씨 부인한테 해주고 싶은 말을 마저 쏟아놓고 갈까 하고 한동안 미적거리다가 마침내 마루로 올라섰다.

"헌디, 이 집 며늘님은 안 뵈이네요?"

막음례가 안방으로 들어서며 물었으나 유 씨 부인은 대답을 하지 않았다.

"앉게, 앉아서 아까 허던 말 마저 해보게나."

유 씨 부인의 목소리가 한껏 부드러워졌다. 막음례는 유 씨 부인의 눈길이 한곳에 오래 집중하지 못하는 것으로 보아 마음이 혼란해 있음을 짐작하였다.

"장 서방이 자네한테 우리 만석이에 대해서 뭬라던가?"

유 씨 부인이 다소 떨리는 목소리로, 그러나 당황해하는 모습을 보이지 않으려고 한껏 마음을 누그러뜨리고 물었다.

"우리 개동이흐고 가찹게 지내야 헌담시로……."

막음례는 유 씨 부인의 눈치를 살피며 말끝을 흐렸다. 물론 그 말은 막음례가 지어낸 것이었다. 웅보는 막음례한테 양만석의 이야기를 하면서 앞으로 개동이와 양만석이가 한데 어울리지 않게 하라고 당부를 했다. 그러면서 웅보는 비록 양간석이와 개동이가 한 핏줄을 타고나기는 하였으되, 양만석은 양반이고 개동이는 양반이 못되니 한데 어울리게 해서는 절대 안 된다는 것이었다. 막음례의 생각은 달랐다. 이제 양반 천민의 구별이 없어졌을 뿐만 아니라 누구나 돈 많고 권세 있으면 양반행세를 할 수 있는 세상이 아닌가. 더욱이 개동이는 어엿한 소학교 훈도일 뿐만 아니라 막음례가 개동이한테 재산도 나누어줄 생각이니, 이만하면 양만석과 비교하여 손톱만큼도 꿀릴 것이 없지 않은가 싶었다.

"자네 자식허고 우리 만석이가 가찹게 지내야 헌다니 무신 말인가? 엄연히 신분이 다른데 어찌 가찹게 지낼 수가 있단 말인가?"

막음례는 유 씨 부인의 말에 다시 심사가 꼬이기 시작하였다. 신분이 다르다는 말이 막음례의 귀에 거슬렸다.

"마님, 무신 말씀을 그리 하시는그라우? 시방이 어쩐 시상인지 깜깜허시구만이라우잉. 지 말이라우잉, 이런 말 안 헐라고 혔는디라우, 목포바닥에서는 말혈 것도 없고 영산포 선창거리에서도조차도 유달정 여대주님이 왔담시로 모다덜 굽신거리는구만이라우. 그러고 지도 인자는 마님 소리 들음시로 산당께요. 그러고 또 우리 개동이도 말이라우, 영산포 선창거리에 나오니께 학동들은 말헐 것도 없고, 그 부모들꺼정 몰려와서라우 선상님, 우리 선상님 험시로 굽신거립디다. 그러고 말이 나왔응께 말인디라우, 요본에 우리 개동이 아부지 초상 때도 양반들헌티 지지 않게 꽃생애도 내고 만사지도 십리쯤 뻗대고, 잔치도 푸짐흐게 치를 것잉만이라우. 인자는 우리헌테도 돈이 있응께 못헐 것이 없재라우잉. 그러고 또 말이 나왔응께 말이재만 우리 개동이흐고 이 댁 서방님흐고 근본이 같지 않은감요?"

"아니 뭬가 으쩌? 근본이 같다니?"

유 씨 부인이 끝내 언성을 높이고 말았다.

"지가 머 틀린 말 했능기라우? 돌아가신 진사 어른께서 자식을 가질 수 없는 양반이라는 것을 마님께서 더 잘 아시고 기실 것인디라우잉."

"아니, 이런……."

유 씨 부인은 분이 턱 끝까지 차올라 입을 달싹거리면서도 말이 나오지 않는 듯 손을 휘저으며 버르적거렸다.

"마님, 우리 개동이흐고 이 댁 서방님흐고 한 핏줄이라는 것은 땅이 알고 하늘이 아는 일이랑께요. 그런디도 하늘을 속이면 천벌을 받을 것이오잉."

막음례는 마지막 이렇게 말하고 나서 일어섰다. 그러자 말을 못하고 버르적거리고만 있던 유 씨 부인이 막음례의 치맛자락을 두 손으로 힘껏 움켜쥐고 늘어졌다.

"네 이녀언, 네년이 우리 집안과 무신 원한이 있어서……."

유 씨 부인은 막음례의 치맛자락을 움켜쥐고 늘어지며 발악하듯

했다. 유 씨 부인은 끝까지 막음례의 치맛자락을 놓지 않았다.

"냉큼 만석이한테 기별해서 즈 아부지 초상 치게 새끼내로 보내 씨오잉."

막음례는 자신의 치맛자락을 움켜잡은 유 씨 부인을 뿌리치며 말했다. 그러자 유 씨 부인은 손을 휘젓고 일어서며 "네 이녀언" 하고 소리친 후에 그만 짚불 스러지듯 힘없이 쓰러지더니 혼절하고 말았다.

막음례는 더 이상 방에 머물러 있지 않고 밖으로 나가 다급하게 마당을 가로질러 대문께로 향했다. 그녀는 행랑어멈에게 유 씨 부인이 혼절했으니 어서 들어가 보라고 이르고 총총히 대문을 나서 가마에 올랐다. 그때까지도 만석의 처는 보이지 않았다. 막음례는 만석이 처가 친정 아버지인 박 초시 초상을 치르러 간 것을 모르고 있었다. 막음례는 가마를 타고 늙은 팽나무 앞을 지나면서 마음속으로 "이보씨오, 개동이 아부지. 내가 오늘 당신 원한 다 풀었응께, 아무 미련 품지 말고 훨훨 떠나씨오잉. 내가 오늘 개동이 아부지 대신에, 개동이 아부지가 가심에 품고 있는 말 다 해뿌렀응께, 다 잊어뿔고 편히 떠나씨오" 하고 말하였다.

막음례가 돌아간 후 행랑어멈과 끝례가 안방으로 들어갔을 때, 유 씨 부인은 뒤로 벌렁 나자빠진 채 코피를 쏟고 있었고, 아기는 방바닥에 배를 깔고 엎뎌서 욱신욱신 울고 있었다. 행랑어멈과 끝례가 요를 깔아 유 씨 부인을 뉘고 수족을 주물러대며 정신을 차리라고 소리쳤으나 유 씨 부인은 죽은 사람처럼 쉬 깨어나지 않았다. 유 씨 부인이 깨어난 것은 의원이 와서 침을 놓고도 한참이나 지나서였다. 유 씨 부인은 정신을 수습하자 다시 손을 휘저으며 “네 이년. 네 이녀언” 하고 소리쳐댔다. 눈을 뜨면서 “그년 어디 갔능가? 당장 그년을 붙들어와야 허네” 하고 외치던 유 씨 부인은 벌떡 일어나려다 말고 다시 정신을 잃었다. 그 후 유 씨 부인이 다시 정신을 수습한 것은 밤이 깊어서였다. 정신을 되찾은 유 씨 부인은 오장육부가 덜컹거리고 사지가 후들후들 떨리는 바람에 맘 놓고 누워 있을 수조차 없었다. 그녀는 막음례한테 만석이의 출생을 까발리고 만 웅보가 그렇게 밉고 원망스러울 수가 없었다. 유 씨 부인은 장차 이 일을 어찌 수습해야 할지 몰라 심신이 떨릴 따름이었다. 막음례를 그대로 두었다가는 미구에 걷잡을 수 없는 변고를 당하게 될 것만 같아, 어떻게 해서든지 막음례의 입을 틀어막아야 한다는 생각뿐이었다. 유 씨 부인은 어금니를 악물고 사지를 떨었다. 날이 밝으면 영산포로 가서 막음례를 죽이고 싶었다. 영산포에 없으면 목포 유달정을 찾아가서라도 막음례를 죽인 후에 유 씨 부인 자신도 자진을 하리라 결심하였다. 가문과 아들 만석이의 장래를 지켜주기 위해서라면 세상을 이만큼 살아온 자신의 목숨 하나 끊는 것이야 두려울 것이 없었다.

유 씨 부인은 경대의 빼랍에서 은장도를 꺼내 머리맡에 놓고 날이 밝기를 기다리며 누워 있다가 얼핏 잠이 들었다. 꿈속에서 유 씨 부인은 어느 대갓집 솟을대문을 들어서고 있었다. 대문 안으로 들어서자 미리 알고 있었던 것처럼, 비녀들이 기다리고 있다가 집안으로 인도해주었다. 비녀들 인도를 받으며 봉당을 가로질러 갈 때, 행랑채 마당에 여러 명의 비자들이 줄지어 늘어서서 유 씨 부인을 향해 굴신하였다. 종들 중에는 유 씨 부인이 어디선가 여러 차례 보았던 낯익은 얼굴들도 있었다. 낯익은 그 얼굴들이 어쩌면 죽은 시아버지와 시어머니, 그리고 친척들과 닮은 듯싶어 여러 번 걸음을 멈추고 그들을 보았다. 그러나 시부모와 친척들을 닮은 그 종들은 유 씨 부인에게 아는 체를 하지 않았다. 유 씨 부인은 봉당을 가로질러 사랑채로 인도되었다. 사랑채 토방 앞에 걸음을 멈추었을 때, 유 씨 부인은 소스라치게 놀라 하마터면 뒤로 넘어질 뻔하였다. 사랑채 큰방에, 출타를 서두르고 있기라도 한 듯 옥색 비단도포에 갓을 쓰고 궤연 앞에 앉아있는 웅보의 모습을 보았기 때문이다. 영락없이 지체 높은 양반의 체모를 갖춘 웅보는 유 씨 부인을 보자 천천히 일어서서 마루로 걸어 나오더니 희미하게 웃음을 흘리며 "부인 어서 오시오. 우리 만석이는 잘 있지요?" 하고 묻는 것이었다. 그때 사랑채 모퉁이 먹감나무 밑에서 쇠코잠방이 차림에 빗자루를 들고 서 있던 유 씨 부인의 남편 양 진사가 삐주름히 유 씨 부인을 바라보다 말고 서로의 눈길이 마주치자 부리나케 모퉁이 뒤쪽으로 모습을 감추어버렸다. 유 씨 부인은 비자 차림의 남편 모습을 발견하고 너무 놀라 그를 뒤쫓아 가다 말고 잠에서 깨어났다. 유 씨 부인의 전신은 식은땀으로 흠뻑 젖어 신열이 펄펄 끓고 있었다.

유 씨 부인은 다시 정신이 혼몽해졌다. 꿈속에서 보았던 양반 차림의 웅보와 비자 차림의 남편 모습이 자꾸만 눈에 밟혀왔다. 어쩌면 저승에서 웅보는 양반이 되고, 남편 양 진사는 웅보의 종이 되었는지도 모른다는 생각을 하면서, 유 씨 부인은 다급하게 행랑어멈을 소리쳐 불렀다.

"이보게 행랑어멈, 냉큼 이 길로 강을 건너 부르뫼에 가서 우리 만석이 좀 불러오게. 에미가 죽는다고 어서 오라고 하게."

유 씨 부인은 다시 정신을 놓고 말았다.

"이보게 행랑어멈, 부르뫼에 사람을 보냈는가?"

정신을 놓았다가 한참 후에야 눈을 뜬 유 씨 부인이 다급하게 물었다.

"예 마님, 즈이 압씨를 보냈구만이라우. 폴쎄 영산강을 건넜겠네유. 즈이 압씨가 서방님을 뫼시고 올텡께 심려 놓으시씨오."

"날이 샐려면 아직 멀었는가?"

"아니어라우. 쬐금 전에 첫닭이 울었구만이라우. 그나저나 신열이 좀 내려야 헐 것인디, 요로코롬 몸이 펄펄 끓으니 워쩌지유? 의원을 다시 불러올끄라우?"

"아니네, 의원보담은 만석이가 냉큼 와야겠네. 만석이가……."

유 씨 부인은 가까스로 말을 하면서도 머릿속에서 사금파리 조각들이 깨지는 것처럼 온몸이 욱신거리면서 정신이 자꾸만 가물거렸다. 꺼질 듯 꺼질 듯 하다가 다시 이어지는 혼몽한 정신 속에서도, 낮에 당당한 모습으로 찾아와서 자신을 혼절시키고 간 막음례의 얼굴이 눈앞에 서 있는 것처럼 선명하게 떠오르면서, 그녀가 토악질하듯 쏟아놓고 간 말들이 아직도 머릿속 한복판에서 요란하게 부스럭거렸다. 마지막 떠나면서 마치 상전이 아랫것 나무람 하듯 한바탕 퍼부어댄 후에, 치맛자락을 움켜잡은 유 씨 부인 자신을 뿌리치던 모습이 악몽처럼 심장을 짓눌렀다. 막음례의 그 같은 모습과 함께 그녀가 처음 혼절하였다가 의원한테 침을 맞고 정신을 수습한 후에 얼핏 잠이 들어, 꿈속에서 보았던 양반차림의 웅보가 사랑채 큰방에 늠연하게 앉아 있다가 유 씨 부인을 보고 "부인 어서 오시오. 만석이는 잘 있소?" 하고 다정스럽게 묻던 그 모습이 생시에서처럼 선연하게 떠올랐다.

"그려, 장 서방은 저승에서 우리 집 나리의 상전이 되었구먼. 장 서방은 양반이 되고 우리 집 나리는 종이 되었구먼."

유 씨 부인은 손을 휘저으면서 소리쳤다.

"오메, 마님께서 헛소리를 허시는구만."

유 씨 부인의 머리맡을 지키고 앉아 있던 행랑어멈이 물수건으로 유 씨 부인의 이마의 땀을 닦아주며 걱정을 하였다. 유 씨 부인은 그 후로도 여러 차례 혼절하여 헛소리를 거듭하였으며, 정신을 수습할 때마다 만석이가 왔느냐고 묻곤 하였다.

"마님, 쬐끔만 더 참으씨오잉. 마지막 닭이 울었응께 곧 서방님이 당도허실 것이로구만이라우. 하매 부르믜를 떠나 강을 건너오실 것잉만이라우. 정신 채리시고 쬐끔만 더 기다리씨오."

유 씨 부인의 머리맡에 앉아 꼬박 밤을 새운 행랑어멈은 유 씨 부인이 다시 혼절하자 울먹이는 목소리로 말하였다. 그 사이에 아기를 재우러 갔던 유모가 들어왔다.

"마님께서 헛소리를 허시는듸 워쩌면 좋겄소야. 이러다가 우리 마님 돌아가시면 워쩌끄라우!"

행랑어멈은 유모가 들어서는 것을 보고 겁먹은 얼굴로 하소연하였다.

"부뜰이 어매, 마님 수발은 내가 헐텡께 가서 눈 좀 붙이씨오."

유모가 행랑어멈 옆에 앉으며 말했다.

"아니라우, 나는 암시랑토 안허요. 하룻밤 잠 못 잤다고 워쩔랍뎌? 내는 마님이 걱증이랑께라우."

그러면서 행랑어멈은 잠시도 유 씨 부인의 곁을 떠나지 않았다.

양만석이가 행랑아범과 같이 집에 당도한 것은 두꺼운 미명이 걷히고 희번하게 아침이 밝아올 무렵이었다. 양만석은 장인 박 초시의 삼우제(三虞祭)를 지내고 집으로 돌아가려던 참이었는데 자야(子夜)가 깊어서 행랑아범이 들이닥쳐서는 어머니가 위중하다는 말을 다급하게 전하자, 부랴부랴 서둘러 영산강을 건너온 것이었다. 그는 행랑아범이 밤중에 강을 건너온 것에 어머니의 병세가 보통으로 위급하지 않음을 알았다. 그는 행랑아범에게 어찌된 연유냐고 다그쳐 물었으나, 행랑아범은 자세한 것은 모르겠고, 낮에 웬 여자 분이 다녀간 후로 혼절 하였다고만 했다. 양만석이 어머니를 혼절케 한 그 손님이 누구더냐고 재우쳐 물었더니, 행랑아범은 들에 나가 있었기에 누가 왔었는지는 모르겠으나, 부뜰이 어멈의 말로는 잘 차려 입은 여자가 가마를 타고 왔었다고 하드라고만 말하였다.

양만석이가 숨을 몰아쉬며 집에 당도했을 때, 그의 어머니는 깊이 잠들어 있었다.

"도대체 어찌된 일인가?"

양만석은 안방에 들어서기가 바쁘게 어머니의 머리맡에 쪼그리고 앉아서 졸고 있는 행랑어멈을 붙들고 다급하게 물었다. 행랑어멈은 놀라 번쩍 눈을 뜨고 양만석을 발견하더니, "마님께서 인자사 게우 잠이 드셨응께 조용히 허셔라우"라고 속삭이듯 말하고, 조심스럽게 방문을 열고 마루로 나갔다. 양만석은 한동안 잠든 어머니의 얼굴을 내려다보고 있다가 행랑어멈을 따라 나갔다.

"어찌된 일인지 말해보게."

마루로 나온 양만석이 다시 다그치듯 물었다.

"아따, 서방님. 쬐용히 허시랑께라우."

행랑어멈이 안방의 방문 쪽을 턱 끝으로 가리키며 다시 소곤거렸다.

"누가 왔었다고?"

양만석이 한껏 목소리를 낮추고 물었다.

"목포에서 왔답디다요."

"목포에서?"

"야, 가매 타고 하님꺼정 앞세우고 왔드만이라우."

"누구라던가?"

"누구라더라…… 목포에서 무신 요릿집을 한더등만이라우."

"유달정이라고 허지 않던가?"

"맞구만이라우, 유달정이라고 헙디다요."

"장개동이 엄씨가 우리 집엘……."

"서방님도 아시는 여편넹그라우?"

"그래, 그 여편네가 마님한테 어찌했는듸 혼절을 하셨단 말인가?"

"잘은 모르겄구만이라우. 첨에는 마님께서 안방으로 들어오란 말도 안 허싱께로 말리(마루)에 앉어 있다가 물러났넌듸…… 마님이 다시 나오시등만 그 여편네를 방으로 데리꼬 들어가십디다. 그러고 한참이나 있다가 그 여편네가 나옴시로 마님이 혼절허셨응께 들어가 보라고 흐기에 뛰어들어가봉께…… 시상에 마님께서 벌렁 나자빠지 서갖고 코피를 흘림시로 혼절해 기시드랑께라우. 어찌나 놀랬던지 의원부텀 불러와서 침을 맞으셨구만이라."

행랑어멈은 목소리를 죽여 조단조단 말하면서 잠시도 안방 쪽에서 눈길을 거두지 않았다. 그때 안방에서 유 씨 부인이 자지러지는 목소리로 행랑어멈을 부르는 소리에 양만석과 행랑어멈이 동시에 벌떡 일어서서 방으로 들어갔다. 유 씨 부인은 머리를 동이고 누워 있다가 양만석이가 방으로 들어오는 것을 보고 윗몸을 일으키려다 말고 뒷골을 베갯머리에 처박고 말았다. 그것을 본 양만석이가 어머니 옆에 앉으며 베개를 바로 받쳐주었다.

"어머님, 어쩐 일이신지요?"

양만석은 어머니의 이마를 쓰다듬기도 하고, 손목의 맥을 짚어보기도 하면서 걱정스럽게 물었다.

유 씨 부인은 다시 일어나려다가 끝내 상반신을 일으키지 못하고 아들의 손을 잡은 채 눈을 감고 한동안 아무 말이 없었다.

"어머니, 그 여편네가 어찌했기에 이러시는지요?"

양만석은 어머니가 무슨 말인가 할 것처럼 얄찍한 입술을 달싹거리는 양을 말끄러미 바라보면서 물었다. 그의 어머니는 오랫동안 눈을 감은 채 아들 손을 꼭 쥐고 한숨을 내뿜듯 길게 숨을 내쉴 뿐이었다. 양만석은 필시 어머니 심신이 예사롭지 않음을 알아차리고, 문턱 아래 허리를 구부리고 걱정스러운 얼굴로 서 있는 행랑어멈을 쳐다보며 "냉큼 의원을 다시 좀 모셔오게" 하고 당부하였다.

"아니다, 의원은 댕겨갔다. 침도 맞았고 탕약도 마셨다."

오랫동안 고통스러운 얼굴로 눈을 감고 누워 있던 유 씨 부인이 눈을 뜨며 말했다.

"그렇다면 말씀해보셔요. 도대체 그 여편네가 어머니한테 어찌했기에 이러십니까요?"

양만석은 개동이 어머니이며 옛날 그의 아버지 씨받이였다는 목포 유달정 여주인이 무엇 때문에 노루목 그의 집에까지 찾아온 것이며, 그 여자가 어머니한테 어찌했기에 혼절을 하고 이렇듯 신열이 불덩이 같은지 궁금하였다. 혹여 양만석 자신이 개동이한테 다소 행티 사납게 찌걱거렸던 것을 가지고 그의 어미가 찾아와서 포악을 부리고 간 것이 아닐까 하는 생각이 들기도 하였다.

"나 좀 일으켜다오."

유 씨 부인이 다시 일어나려고 하자, 문턱 아래 서 있던 행랑어멈이 다가와서 유 씨 부인 겨드랑 밑에 손을 넣어 일으켜주고 나서, 재빨리 장롱에서 이불을 내려 등에 받쳐 기대어 앉을 수 있게 해주었다.

"애비 너, 장개동이를 만난 적이 있다고 했쟈?"

유 씨 부인이 한참 동안 아들의 얼굴을 들여다보더니 들릴락 말락한 목소리로 조심스럽게 물었다.

"영산포소학교 훈도로 와 있다고 말씀드렸었지요. 그 자식 에미가 뭐라고 허든가요?"

양만석이 당장 장개동을 찾아가서 몽니를 부리기라도 하려는 것처럼 되물었다. 그때 유 씨 부인이 행랑어멈에게 손짓을 하며 밖에 나가 있으라는 시늉을 하였고, 상전 눈치를 헤아린 행랑어멈은 재빨리 밖으로 나갔다. 양만석은 어머니가 짐짓 행랑어멈을 밖으로 내보낸 것을 눈치 채고 있으면서도 애써 모르는 척하였다.

"그…… 장개동이가 어찌 생겼는지 말해줄래?"

행랑어멈이 나간 후 유 씨 부인이 잠시 전보다 더 조심스럽게 나지막한 목소리로 물으면서 아들 얼굴을 찬찬히 들여다보았다.

"예? 그놈이 어찌 생겼는지 알아서 무얼 하시려고요?"

양만석은 어머니의 엉뚱한 물음에 의아해하는 눈빛으로 되물었다.

"어머니, 왜 개동이 놈에 대해서 물으십니까? 개화세상이 아니었다면 그놈은 우리 종놈이 아닌지요?"

양만석은 어머니의 얼굴에서 눈길을 떼지 않은 채 거듭 물었다.

"아무것도 아니다."

유 씨 부인은 아들에게 무슨 긴한 말을 할 듯 말 듯하다가는 끝내 얼버무리고 나서 고개를 돌려버렸다.

양만석은 그런 어머니 태도에서 무엇인가 석연치 않은 것을 느낄 수가 있었다.

"어머니, 말씀해주셔야지요. 도대체 그 장개동이란 놈의 엄씨가 어머니한테 어찌했습니까요? 그 여편네가 무슨 포악을 부렸나요?"

양만석은 장개동의 어미가 무슨 일로 그의 집에까지 찾아온 것인지, 어머니한테 무엇을 어찌했는지 소상하게 알고 싶었으나, 어머니가 입을 봉하고 말자 의구심만 더욱 커졌다. 무엇 때문에 어머니가 자신한테 속 시원하게 말하지 못하는 것인지 답답할 따름이었다. 양만석은 어머니가 자신에게 무엇인가를 숨기려고 한다는 것을 짐작하였다.

"그만 물러가거라. 이제 괜찮다. 잠 한숨 자고 나면 머리가 개운해 질끄다. 그만 네 처가로 가봐야지 않겠느냐."

유 씨 부인은 아들로부터 고개를 돌리고 누운 채 말하였다. 그 말을 들은 양만석은 이제 어머니가 개동이 어미에 대한 이야기는 더 이상 하지 않을 심산이라는 것을 알고, 잠시 망연히 앉아 있을 뿐이었다. 그는 어머니에게 다시 재우쳐 묻지 않았다.

"뭣허고 있느냐, 그만 나가보라는데도. 에미 잠 좀 자야겠다."

유 씨 부인은 아예 아들로부터 등을 돌리고 누웠다.

"의원을 다시 모셔오지 않아도 되겠는가요?"

"괜찮다. 내 걱정 말거라."

"그러면 다시 처가에 가 보겠구만요."

"그려, 내 걱정 말고 냉큼 가 봐."

유 씨 부인은 등을 돌려 누운 채 차분하면서도 다소 냉랭한 목소리로 말하였다. 양만석은 하는 수 없이 일어서서 방을 나왔다. 그는 마루 끝에 서 있는 행랑어멈에게, 개동이 어미가 그의 집에 온 것이 어느 시각이며 어머니와는 얼마 동안이나 같이 있다가 갔느냐고 소상하게 묻고 나서 서둘러 집을 나섰다. 그는 개동이 어미를 직접 만나 어머니한테 무슨 행티를 부렸는지 따져볼 생각으로 집에서 나온 길로 나루터로 향했다. 영산포소학교로 개동이를 찾아가서 물어보면 그의 어미가 어디에 묵고 있는지 알 수가 있을 것 같았기 때문이다. 양만석은 어머니가 밤중에 처가로 행랑아범을 보내서까지 급하게 그를 불러온 것은 그만한 곡절이 있을 터인데도, 처음에는 말해줄 듯하다가 끝내 입을 봉해버리고 만 어머니 심중을 가늠할 수가 없었다. 행랑어멈의 말로는 어머니가 분명 장개동 어미로부터 무슨 말을 듣고 놀라 혼절을 한 것이라는데, 도대체 개동이 어미가 무슨 말을 하고 간 것인지 궁금증만 더했다.

양만석이가 학교에 찾아가 장개동을 찾았으나 아비 장웅보가 세상을 떴기 때문에 학교에 나오지 않았다고 하였다. 양만석은 다시 새끼내로 향했다. 그는 장웅보가 죽었다는 말을 듣고도 조금도 그의 죽음에 대해서 애도하는 마음이 우러나오지 않았다. 오직 개동이의 어미를 만나서 따질 생각만이 머리에 가득했다.

양만석은 새끼내에 이르러서도 장웅보 집으로 바로 들어가지 않고 새끼냇다리께에서 어정거리고 있다가, 마을 사람들에게 장개동이한테 그가 좀 보잔다고 일러 달라고 부탁하고, 장웅보와 장대불이가 이곳에 처음 터를 잡았을 때 심어놓은 팽나무 그늘 밑에 앉아 기다렸다. 양만석이가 도도록한 언덕배기 기스락에 장개동을 기다리는 동안, 장웅보네 집이 있는 돈단으로 들어서는 문상객들이 줄을 이었다. 문상객들 행색은 하나같이 잠방이차림이었다. 그들은 양만석 앞을 지나치면서 일부러 고개를 돌리거나 턱 끝을 쳐들어 하늘을 바라보았다. 동양척식회사 말뚝 때문에 앙심을 품고 있었기 때문이다.

장개동이가 굴건(屈巾) 차림으로 양만석 앞에 나타난 것은 담배 두어 대 참이나 기다린 후였다. 만석은 상주 개동이를 보고도 일어서지 않고 풀 섶 위에 앉은 채, 눈꼬리를 빳빳하게 말아 올리고 쳐다보았다. 개동이 역시 양만석을 보는 눈초리가 부드럽지 못했다. 그는 어머니로부터 양만석이와 그가 같은 아버지의 핏줄이라는 청천벽력과도 같은 사실을 들었으면서도, 어쩌다가 저런 개망나니 같은 놈과 한 핏줄을 받아 세상에 태어나게 되었는가 하는 생각 때문에 눈길이 한사코 뒤틀린 것이었다. 장개동이는 필시 그의 어머니가 노루목 양만석의 집에 부고를 보냈으며, 양만석은 그의 어머니로부터 장례에 참례하라는 당부를 받고 왔을 것이라고 짐작하였다.

"장개동 선생, 당신 모친을 좀 만나야겠는데……."

양만석이가 앉은 채 턱 끝을 쳐들고 거만한 태도로 이죽거리듯 입을 열었다. 순간 장개동은 잠시 전 그의 추리가 잘못되었음을 알아차렸다. 양만석은 조문을 온 것이 아니고 무엇인가 따지러 온 것이 분명해 보였다. 장개동은 치밀어 오르는 분노를 참으며 가소로운 눈빛으로 양만석을 내려다보았다.

"내 말이 안 들리오? 당신 모친을 만나러 왔다고 하지 않았소?"

양만석이가 여전히 장개동을 날카롭게 흘겨보면서 물었다.

"우리 모친은 여기 계시지 않으니 딴 데 가서 알아보시오."

장개동은 거칠게 퉁겨대고 몸을 돌려세웠다. 그러자 양만석이가 벌떡 일어서서 장개동이의 앞을 막아섰다. 잠시 두 사람의 눈길이 날카롭게 뒤엉켰다.

"우리 모친은 새끼내에 오시지 않았다니까."

장개동이가 화난 목소리로 쏘아붙였다. 성질대로라면 양만석을 힘껏 쥐어박고 싶었지만 굴건을 쓴 처지임을 생각하여 한껏 참아냈다.

"어저께 우리 집에 왔었다는데, 그렇다면 어디 있다는 게여?"

양만석의 말투가 점점 거칠고 드세어졌다.

"우리 모친이 어디를 가셨는지 내 알 바가 아녀. 그러니, 우리 부친 조문을 하러 오지 않았다면 냉큼 돌아가 봐."

장개동이도 양만석에게 지지 않고 맞대드는 말투로 내질러버렸다. 그러자 양만석의 눈빛이 더욱 날카로워지는 것 같더니 당장 주먹이라도 휘둘러댈 것처럼 장개동의 앞으로 바짝 다가섰다.

"좋아, 새끼내에 없다면 영산포 여각에 있겠지."

양만석이 눈길을 팽팽하게 당겨 장개동을 꼬나보며 중얼거렸다.

"헌데, 우리 모친은 왜 찾는 게여?"

장개동은 돌아서려는 양만석 뒤통수에 대고 쏴붙였다. 양만석은 뒤 한 번 돌아보지 않고 초초히 수구막 쪽으로 사라졌다.

양만석은 영산포에 당도하는 대로 장개동의 어머니 막음례를 찾아 나섰다. 그는 곧 막음례가 묵고 있는 여각을 알아내고 숨을 몰아쉬며 선창거리에 있는 영산포 여각으로 향했다. 여각의 대문을 들어서자마자 다급한 목소리로 평소에 안면이 있는 수돌이부터 불렀다. 수돌이가 삐주룩이 얼굴을 내밀자 양만석은 그의 등덜미를 거머채어 헛간 모퉁이로 끌고 가 목포 유달정 여주인이 어느 방에 묵고 있느냐고 다그쳐 물었다. 양만석은 수돌이로부터 막음례가 여각에 있다는 것을 확인하고 나서 "가서 만나자는 사람이 있다고 전하거라" 하고 윽박지르듯이 일렀다. 평소에 양만석이 행티 사납다는 것을 잘 알고 있는 수돌이는 몇 번이고 비굴하게 허리를 굽신거리고 나서 여각 안마당 쪽으로 사라졌다.

양만석은 잠시 수돌이가 사라진 안마당 석류나무 밑에 서서 막음례가 나오기를 기다렸다. 그러나 막음례는 모습을 나타내지 않았다. 한참이나 있다가 수돌이 혼자 양만석에게로 왔다.

"마님께서 들어오시라는구먼유."

"내가 왔다고 했는데도 그렇게 말하더냐?"

"동양척식회사에 기시는 양만석 나리라고 말씀드렸구먼유."

양만석이가 묻고 수돌이가 대답했다. 그제야 양만석은 배알이 뒤틀린 듯 억지로 가래침을 우려내어 여러 차례 뱉으면서 천천히 발걸음을 옮겼다.

6

영산포 여각 심부름꾼 수돌이의 뒤를 따라 막음례가 묵고 있는 모퉁이방 쪽으로 거만스럽게 다가가던 양만석은 마음속으로 개동이 어멈을 닦달할 궁리를 하면서 느긋하게 미소를 머금어 날렸다. 그는 개동이 어멈 막음례가 비록 목포에서 큰 요릿집을 내어 뭉텅이 돈을 벌었다는 소문은 들어 알고 있었으나, 그녀 근본이 옛날에 별당 씨받이였던 바에야 손톱만큼도 꿀릴 것이 없다는 생각에 거만이 저절로 튀어나온 것이었다.

“유달정 마님, 동양척식회사에 기시는 양 주사 나리 오셨구만이라우.”

꽃잎이 시든 철쭉꽃나무가 서 있는 모퉁이의 토방 앞에 이르러 수돌이가 큰 소리로 통기하고도 한참이나 지나서야 방문이 열리면서 막음례가 앉은 채 얼굴을 내밀었다. 그녀는 한동안 토방에 빳빳하게 서 있는 양만석을 굽어보는 것 같더니 “그래 젊은이가 나를 만나자고 하였남?” 하고 퉁겨 물었다. 양만석은 방안에 앉은 채 얼굴만 내밀고 반말로 묻고 있는 막음례의 태도에 갑자기 심사가 꼬였다. 그는 당장 막음례한테 한바탕 쏘아붙이고 싶었지만 이상하게도 말이 튀어나오지 않았다. 막음례의 도도한 태도와, 돈 많은 사람들에게서 풍기는 여유롭고도 오만한 분위기에 주눅이 들어버린 것인지도 몰랐다. 흰 모시 치마저고리에 금비녀를 꽂고 앉아서 천천히 부채질을 하고 있는 막음례는 대갓집 내방마님 품위를 지니고도 남음이 있어 보였다. 그런 막음례 외모로 보아서는 씨받이 여인 출신 같지가 않았다. 양만석은 막음례가 묻는 말에 대답을 해야겠다고 생각 하면서도, 압도당한 분위기 때문에 선뜻 입이 열리지가 않았다. 여각 안으로 의기양양하게 들어설 때까지만 해도 막음례를 행랑어멈 닦달하듯 욱대기려고 하였으나, 막상 그녀와 대면을 하고 보니 어쩐지 자신도 모르게 주눅이 들어버린 것이었다.

“동양척식회사에 댕긴다고 혔든가? 요시다 소장님은 시방 사무실에 기시는가?”

막음례는 자신을 찾아온 젊은이가 노루목 양 진사 댁 양만석이라는 것을 알고 미리 그의 기를 꺾어놓기 위해서 요시다 소장 이름을 들먹인 것이다. 기실 그녀는 양만석이가 자신을 찾아오리라는 것을 짐작하고 아침에 동양척식회사 출장소에 찾아가서 요시다 소장을 만나고 오기까지 하였다.

양만석은 막음례가 묻는 말에 여전히 대답을 못하고 미적거리고만 있었다. 그는 막음례의 그 함부로 할 수 없는 당당한 품위에 주눅이 들어 있는데다가, 평소에 그녀가 요시다 소장과 안면이 있는 사이인 것처럼 묻는 말에 완전히 기가 꺾이고 만 것이다.

"요시다 소장님은 어찌 물으시오?"

양만석은 한참이나 있다가 한껏 목에 힘을 가다듬어 반문하였다. 그는 끝내 마음을 다잡고 왔으면서도 반말로 윽대기지 못하고 어정쩡한 존댓말을 쓰고 말았다. 양만석은 자신의 그 같은 태도에 씁쓸하게 웃음을 삼켰다.

"요시다 소장님과 같이 목포에 가기로 했넌듸, 나는 암만해도 여그 일이 덜 끝나서 한 이틀 늦어질성부릉께, 소장님 몬저 가시라는 말을 전해사 씨겄넌듸……."

막음례는 혼잣말처럼 말하면서 넌지시 양만석의 얼굴을 살펴보았다. 양만석은 난감하고도 당황해하는 눈빛으로 막음례를 바라보았다.

"요시다 소장님한테 내 말을 좀 전해주씨오. 내가 여그 일이 덜 끝났기 땜시 한 이틀 후에 목포에 간다고…… 그라고 목포에서 만나자고 허드라고……."

"그러지요. 소장님한테 그리 전하지요."

양만석은 커다랗게 고개까지 끄덕이며 말했다.

"그러고…… 젊은이는 뭣땜시 나를 만나로 왔남?"

"예. 저…… 아실라는가 모르겠는데……."

"뭣을 말이여? 어려워허지 마시고 냉큼 말허봐. 혹여 요시다 소장님헌티 부탁 말이라도? 암턴 나헌티 말을 해보랑께. 요시다 소장님도 내 말이라면 들어주실 것잉께."

"아니…… 그거이 아니고…… 저…… 노루목 양 진사 댁을 아시겠지만서도…… 바로 이 사람이……."

양만석은 그답지 않게 말을 더듬거리면서 막음례의 눈치를 보느라 시선을 한곳에 고정시키지 못하고 안절부절못하였다.

"아, 그렁께 젊은이가 바로 양 진사 댁 새서방님이시로구먼. 헌디 귀허신 서방님께서 뭣땜시 나 같은 사람을 만나실라고……."

"어저께 노루목에 다녀가셨다는데요."

양만석의 목소리는 부드러웠다. 그는 막음례한테 따지러 왔다는 것을 잊기라도 한 듯 조심스럽게 대했다.

"들어오씨오. 그렇지 안혀도 한 번 만나보고 싶었는듸……."

그제야 막음례는 반쯤 열린 방문을 열어젖히면서 들어오라는 말을 하였다. 그러나 양만석은 방으로 들어설 생각은 않고 그대로 토방에 서서 여들없이 여각 안을 휘휘 둘러보고 있었다. 양만석은 방에 들어가서 막음례와 마주앉게 된다 할지라도 처음 생각대로 그녀를 윽대겨 닦달하지 못하리라는 것을 헤아림하고 있었는지라, 차마 방으로 들어설 용기가 나지 않았던 것이다.

"왜 그러고 서 있소? 헐 말이 있담서."

막음례가 큰 소리로 다그치듯 말해서야 양만석은 마지못해 마루로 올라섰다. 그는 방안으로 들어서서도 한등안 그대로 서 있기만 하였다.

"뭣 땜시 나를 만나고 싶었으까?"

막음례가 그 자리에 꼼짝도 하지 않고 앉은 채 고개만 쳐들어 양만석을 보면서 애매한 말투로 물었다. 오히려 막음례 쪽에서 따지고 있는 것 같았다.

"노루목 우리 집에는 뭣하러 가셨는지요?"

양만석은 문턱 아래에 빳빳하게 서서 정중하게 물었다. 막음례는 양만석의 물음에 소리 없이 빙긋이 웃고 있다가 "그것 땜시 나를 만나자고 했구먼" 하고 희미하게 웃었다. 양만석은 말 없이 빙충맞은 표정으로 서 있기만 하였다. 그런 양만석을 보고도 막음례는 끝내 앉으라는 말을 하지 않았다.

"내가 노루목에 가서 마님을 만난 것은 첫째로 우리 개동이 아부지가 세상을 떴다는 말을 전허기 위헌 것이고, 둘째로는……."

막음례는 말을 멈추고 나서 한동안 양만석의 얼굴을 다시 쳐다보았다. 막음례는 양만석의 모습에서 죽은 웅보와 닮은 점을 찾아보려고 하였다. 이상하게도 웅보나 개동이와 닮은 구석이 한 군데도 없어 적이 섭섭했다. 막음례는 오히려 양만석의 얼굴에서 양 진사의 모습을 발견하고 섬뜩 놀랐다. 사람을 대할 때 눈꼬리를 낚싯바늘처럼 휘어서 찍어보는 그 날카로운 눈초리며, 말을 하면서 말꼬리를 툭툭 차는 버릇, 보통 키에 통통한 몸피가 영락없이 양 진사를 닮아 보였다.

"장 서방 죽은 것을 왜 어머님께 알리려고 하였지요?"

양만석이가 애매한 표정으로 물었다. 막음례는 양만석의 입에서 장 서방이라는 말이 나오자 이맛살을 찌푸리면서 고개를 쳐들었다. 심사가 뒤틀렸다.

"개동이 아부지가 죽은 것을 댁의 어머니는 꼭 아셔야 헐 일이기 땜시 내가 일부러 찾어가서 말씀을 디렸구만."

"우리 어머님이 아셔야 헐 일이라니…… 장 서방 죽은 것이 우리 어머니와 무슨 상관이란 말이오? 장 서방은 한갓 우리 집 세습노비였을 뿐인 것을……."

양만석이 거만스럽게 막음례를 내려다보며 말하자, 막음례는 끓어오르는 역정을 참느라고 눈을 지그시 감았다.

"아무리 우리 개동이 아부지가 그 댁 종이었을지라도 댁의 어머니흐고 상관이 있기에 내가 개동이 아부지가 죽었다는 것을 알릴랴고 역부러 노루목꺼정 간 것이구먼."

막음례는 역정을 참고 차근차근 말을 하자고 스스로를 다독이며 느긋한 표정을 지어 보였다.

"상관이라니, 무슨 상관이란 말이오?"

"상관이 있다마다. 댁네 어머니뿐만 아니라, 댁흐고도 상관이 있구먼."

"나허고도 상관이 있다고요?"

"하먼, 그러니께 내가 노루목에 가서 댁네 어머니를 만나서, 아드님을 꼭 우리 개동이 아부지 초상 치는 디 참례시키라고 당부를 했재잉."

"장 서방 초상 치는 데 내가 왜요."

"상관이 있기 땜시 그러재. 상관도 보통 상관이 아니로구먼. 댁이 우리 개동이 아부지 초상 치는 듸 참례치 않으면 큰 불효를 저지르게 되는 것이고 훗날 후회막급일 테니께……."

막음례는 시설스럽게 말하고 양만석 얼굴빛이 변하는 양을 느긋하게 바라보면서 그에게 해주지 않으면 안 될 마지막 말들을 머릿속에 가다듬었다.

"아니, 그것이 무슨 말입니까? 장 서방과 내가 보통 상관이 아니라니, 그리고 또 불효를 저지른다는 말은 뭐요?"

막음례가 예상했던 대로 양만석은 흥분을 감추지 못하고 시비조로 다그쳤다. 막음례는 그런 양만석을 여전히 느긋한 표정으로 보았다.

"말해주시오. 방금 나한테 헌 말이 무슨 뜻이오?"

거듭 묻고 있는 양만석의 말투가 사뭇 거칠어졌다. 막음례는 빙긋이 웃고 있었다.

"집에 가서 어머니헌테 물어보면 다 알게 될 거여."

"어머님한테 무슨 말을요?"

양만석이가 막음례를 무섭게 노려보면서 다그치듯 물었다. 양만석의 그 눈초리를 보는 순간 막음례는 죽은 양 진사가 되살아온 듯 온몸에 소름이 돋으면서 숨이 막혔다. 문득 자신이 양 진사로부터 벌레 취급을 받았던 지난날들이 떠올랐고 사지에 힘이 쫙 빠지면서 울컥 서러움이 복받쳐 올랐다. 양 진사는 한 번도 그녀를 사람답게 대해주지 않았다. 걸핏하면 발가벗겨 놓고 네 발로 방안을 기게 하거나 욕지거리를 뱉고 발길질을 했다. 술을 마신 날 밤에는 행티가 더욱 심했다. 살쾡이가 병아리 잡아먹듯 나날이 모지락스러워졌다. 막음례는 온갖 수모를 다 받으면서도 자식 낳아주고 땅뙈기 받을 욕심으로 어금니 물고 참아왔던 것이다. 그런데도 끝내는 종놈의 자식을 낳았다면서 내쫓김을 당하고 말았다. 막음례는 지난날을 돌이키는 순간 오랫동안 잠재워온 한스러움이 울컥 뻗질러 오르면서 사지가 부들부들 떨렸다.

"노루목에 가서 무신 말을 했는지 알고 싶은감?"

막음례가 양만석을 흘깃흘깃 쳐다보며 물었다.

"무슨 말을 했기에 우리 어머님께서 혼절을 하셨는지 알고 싶소."

"그 말을 아까 했지 않은감? 우리 개동이 아부지 초상 치는 듸에 양 주사가 참례해사 씰 것이라고 허고…… 또 멋이냐…… 양 주사흐고 우리 개동이흐고 보통 사이가 아닝께로 서로 반목흐지 말고 좋게 지내사 씬다고……."

"장개동이 하고 보통 사이가 아니라고?"

"보통 사이가 아니고말고."

"무슨 말이오? 도대체 나한테 무슨 말을 하려는 게요?"

양만석이가 목소리를 높이며 다그쳐 묻자, 막음례는 잠시 깊은 한숨을 몰아쉬고 나서 눈을 감았다고 다시 떴다.

"다 말을 해사 씨겄구먼. 내는 젊었을 적에 양 주사 아부님의 씨받이로 들어갔었구먼. 아들을 하나 낳어주면 우리 세 모자 목구멍 타작

혈 만큼 땅을 받기로 했재잉. 헌듸 아무리 아들을 낳아줄랴고 공을 들여봤재만 자식이 안 맹글아지드라 이 말이지. 그렁께로 마님께서 혹시 내가 자식을 못 맹그는 병신이 아닌가 흐고 내 방에 웅보를 억지로 들여 넣었구먼. 장웅보 그 사람 말마따나 우리는 돼야지가 된 것이여. 그렇게 해서 낳은 자식이 우리 개동이랑께. 내가 자식 못 맹그는 벵신인 줄 알았넌듸 하룻밤 흘레로 아이를 맹글자, 마님께서는 비로소 나헌테 흠이 있는 것이 아니라는 것을 알으셨구먼. 자식을 못 맹그는 흠이 있는 것은 바로 양 진사 어른이라는 것을 아신 것이여. 개동이를 가진 나는 결국 쫓겨나고 말았넌듸, 얼매 후에 마님께서 애기를 뱄다드먼. 그런듸……."

막음례는 말을 끊고 양만석의 얼굴을 찬찬히 올려다보았다. 양만석의 얼굴에 검은 그림자가 흐르면서 갈피를 잡을 수 없을 만큼 어수선한 표정이 되어 그녀를 내려다보고 있었다. 그는 다음 말을 묻지 않았다. 양만석은 비로소 막음례가 그에게 한 말들을 처음부터 하나하나 되새김하고 있었다. 그가 새끼내 장웅보의 장례에 참례하지 않으면 두고두고 후회스러운 일이 될 뿐만 아니라 불효를 저지르게 되고 말 것이라는 말이며, 그 자신과 장개동이가 보통 사이가 아니니 가깝게 지내야 한다는 말이 머릿속에서 윙윙거린 것이었다.

"우리 개동이 아부지가 죽기 전에 나헌테만 남긴 말이 있구먼."

한참이나 있다가 막음례가 말을 다시 꺼내고 나서 얼핏 양만석의 얼굴을 살폈다. 양만석 표정과 얼굴 빛깔이 여러 가지로 변하면서 상반신이 좌우로 흔들렸다. 붉어졌던 얼굴빛이 얼음처럼 하얗게 얼어붙는가 싶더니 입술이 씰룩거리고 눈꼬리가 바르르 떨렸다. 막음례는 한 사람 얼굴이 이렇게 딴판으로 바뀔 수 있다는 것을 처음 보고 놀랐다.

"장 서방이 뭐라고 했지요?"

양만석은 혀끝으로 입술을 축이며 다급하게 물었다.

"우리 개동이 아부지가 남긴 말을 아는 사람은 나흐고 우리 개동이, 그리고 마님뿐인디……."

"어머님도 알아요?"

"아시다마다. 마님은 첨부터 알았재. 우리 개동이 아부지가 나헌테 이 말을 해주지 않었담사 마님 혼자만 알고 영영 비밀이 될 뻔했구먼. 하갸, 우리 개동이 아부지도 나헌테 그 이약을 험시롱, 아무헌테도 발설을 해서는 안 된다고 다짐을 허셨구먼. 우리 개동이 아부지는 특히나 양 주사헌테 이 이약을 해서는 안 된다고 허셨는디……."

"장 서방이 나한테 해서는 안 된다는 말이 뭬요?"

"마님헌테 직접 물어보시랑께. 내가 헌 말은 믿지 않을 것잉께. 나를 만났다고 허면 마님이 죄 말해줄 것잉만. 차마 내 입으로는 ……."

막음례는 말끝을 얼버무리며 양만석의 얼굴에서 눈길을 거두고 고개를 돌려버렸다. 그때, 문턱 아래 참나무 토막처럼 뻐드름하게 서 있던 양만석이가 털썩 방바닥에 주저앉더니 앉은걸음으로 막음례 가까이 다가왔다.

"어떤 말이라도 믿겠으니 숨김없이 말해주시오."

양만석이 매달리는 목소리로 말하자 막음례는 다시 그에게 눈길을 던지며 잠시 생각에 잠겼다. 막음례로서는 그만큼 양만석에게 이야기를 해주었으니 이제는 자신이 장웅보의 핏줄을 받아 태어나게 되었음을 알아차릴 만도 한데, 참 무던하게도 미련한 놈이구나 싶어 답답하였다. 막음례는 당초 결심했던 대로 양만석에게 모든 것을 말해줄 수밖에 없다고 생각하였다.

"글타면 내가 워떤 말을 하드라도 나를 원망해서는 안 되는구만잉. 이것은 내가 무담시 양 주사가 미워서 지어낸 말이 아니고 하늘이 알고 땅이 아는 사실이닝께, 누구도 원망해서는 안 되는구만잉. 그러고 또 마지막 부탁인디, 우리 개동이흐고 잘 지내야 허는구만잉."

막음례는 우선 양만석으로부터 다짐을 받고 나서 서너 차례 마른기침을 쏟았다. 그녀는 막상 양만석에게 "너는 장웅보의 자식이다"라고 말해주기로 작정을 하고 입을 열려고 하였지만 그 말이 입 안에서만 맴돌았다. 유 씨 부인한테는 오기스럽게 포악을 부리듯 그 말을 할 수가 있었는데 이상하게도 양만석 앞에서는 생각했던 것처럼 그렇게 쉽게 입이 열리지가 않는 것이었다. 그녀는 한동안 모시적삼의 오둠지를 만지작거렸다. 차라리 양만석이가 기세등등하여 그녀에게 행패를 부리기라도 한다면, 그녀가 유 씨 부인한테 했던 것과 같이 오기를 부려가며 쉽게 뱉어냈을지도 모를 일이었다. 이럴 줄 알았더라면 차라리 양만석에게 요시다 소장의 말을 꺼내지 말 것을 그랬구나 싶었다. 막음례가 그에게 요시다 소장의 말을 꺼내지만 않았던들 양만석이가 그녀에게 함부로 대했을 것이고, 그랬더라면 오기가 발동하여 저절로 포악질이 터져 나왔을 것이 아닌가.

"왜 아무 말도 못하시오?"

"말을 못하는 것이 아니라 차마 입이 열리지 않는구먼."

"누구를 놀리는 게요?"

"놀리다니? 그려 그려. 말을 허지 않고는 못 배기겄구먼."

막음례는 그러고 나서도 다시 한참 동안 양만석의 얼굴만을 뚫어져라 바라볼 뿐 좀처럼 입을 열지 못했다. 양만석이가 갑자기 벌떡 일어났다가 다시 앉으며 막음례를 쏘아보았다.

"그려. 다 말헐겨. 우리 개동이흐고 양 주사흐고는 한 형제여. 그러니께 양 주사는 우리 개동이 아부지 핏줄을 받었단 말여. 인자 씨언흐게 말 다 했어."

막음례는 마치 양만석에게 포악을 부리듯 내질러댔다. 그 말을 하고 나니 오래된 체증이 가신 듯 속이 후련했다. 양만석이 벌떡 일어서서는 쥐어박을 듯한 기세로 막음례를 노려보았다. 막음례는 양만석의 그 눈초리에 살기가 뻗친 듯 잔악해 보여 자신도 모르게 고개를 움츠렸다. 양만석은 얼마 동안 그렇게 서서 막음례를 노려보다가는 비명도 아니고 울부짖음도 아닌 이상한 괴성을 지르면서 밖으로 뛰쳐나가버렸다. 막음례는 양만석이가 방을 나간 후에야 가까스로 고개를 들어 밖을 내다보았다. 한여름 이글거리는 햇살이 뱀의 혓바닥처럼 널름거리는 여각 마당을 가로질러 양만석이 부사리 걸음으로 뛰어나가는 뒷모습을 바라보던 막음례는 비로소 아무에게도 그 말을 발설해서는 안 된다고 당부에 당부를 거듭하던 웅보의 목소리가 되살아나 가슴에 꽂히는 섬뜩한 아픔을 느꼈다.

영산포 여각을 뛰쳐나온 양만석은 후들거리는 걸음으로 정신없이 선창거리를 가로질러 나루터 쪽으로 향했다. 그는 손님을 기다리고 있는 사공을 윽박질러 나룻배를 띄웠다. 강바람이 그의 답답한 마음을 조금은 달래주는 듯싶었다. 나룻배에 몸을 실은 양만석의 마음은 깊은 강물 속에 가라앉은 채 허우적거렸다. 무거운 바윗덩이에 짓눌린 채 강바닥에 깔려 있는 듯한 기분이었다. 장웅보에 대한 갖가지 기억들이 악몽처럼 그를 괴롭혔다. 그가 아주 어렸을 때 집에 온 웅보 등에 올라타고 말놀이를 했던 일이며, 혼인 첫날밤 창의병들한테 붙들려갔을 때 테메산의 창의병 둔소까지 찾아왔던 일, 그 후 웅보가 대불이의 형이라는 것을 알고 영산포 헌병대에 붙잡아 가두고 심하게 닦달하였던 일이 악몽처럼 그를 괴롭혔다. 그 가운데서도 장대불의 부대가 영산포를 떠난 뒤 웅보와 우암이를 헌병대에 붙잡아 가두고 초주검이 되도록 심하게 고문을 했던 최근의 일도 떠올랐다. 그는 장웅보가 그의 아버지가 아니라는 것을 목청껏 소리치고 싶었다. 자신이 천한 종의 자식이라는 악몽과도 같은 사실에 휘말리는 순간부터, 칼로 자신의 염통을 찔러 몸속의 피를 깡그리 쏟아내 버리고 싶었다. 그는 영산강물을 내려다보면서 갑자기 심한 욕지기를 느꼈다. 할 수만 있다면 그는 온몸의 피를 입으로 토해내고 싶었다.

양만석은 어머니가 원망스러웠다. 원망스럽다기보다는 증오스럽기까지 하였다. 생각해보니, 그가 장웅보를 헌병대에 붙들어왔을 때마다 어머니가 한사코 마음을 썼던 이유를 알 수가 있을 것 같았다.

"다 왔으니 어서 내리시지요."

양만석은 늙은 사공이 나루턱에 배를 대고 나서 말을 해서야 강을 다 건너온 것을 알았다. 그는 배에서 내리기 위해 천천히 몸을 일으켜 세우고 눈길을 노루목 하늘 쪽으로 멀리 던졌다. 그가 서둘러 강을 건너온 것은 단숨에 노루목으로 달려가서 그의 어머니에게 자신이 장웅보의 핏줄이 분명한가를 따지기 위해서였다. 그는 만약 어머니로부터 자신이 천한 종의 핏줄이 분명하다는 사실을 확인하게 되면 어머니와 모자 인연을 끊고 말리라는 결심을 하였다.

"배를 되돌리시오."

양만석이 털석 나룻배에 앉으며 말했다.

"다시 돌아가다니요?"

"냉큼 배를 영산포로 돌리라니까."

그는 늙은 사공에게 거칠게 쏘아붙이며 강 건너 영산포 쪽을 바라보았다. 늙은 사공은 불평 한마디 없이 뱃머리를 돌렸다.

양만석은 어머니를 만나기가 싫었다. 차라리 그는 어머니한테서 아무 말도 듣고 싶지가 않았다.

"어서 서두르씨오. 노를 빨리 저어요."

한동안 말없이 강 건너를 바라보고 앉아 있던 양만석이 갑자기 늙은 사공을 다그쳤다. 사공의 노 젓는 속도는 조금도 빨라지지가 않았다. 강바람은 여전히 후끈거렸고 한여름의 눈부신 햇살에 물비늘이 사금파리처럼 반짝거렸다. 양만석은 눈부심과 물비늘이 반짝거리는 것조차도 마음에 들지 않아 잔뜩 이맛살을 구긴 채 하늘을 찔러보았다.

양만석은 배가 나루터에 닿자 서둘러 내려서는 나루터 주막으로 들어갔다. 그는 여전히 잔뜩 찌푸린 얼굴로 주모를 윽대겨 술을 시켰다. 그는 술로 화풀이를 하려는 듯 연신 술잔을 기울였다. 한꺼번에 그처럼 많은 술을 마셔본 적이 없었던 것 같았다. 그는 술이 취하자 주모에게 욕지거리를 퍼부어대면서 주정을 하였다. 그러면서도 술을 더 시켰다. 양만석의 나이보다 스무 살쯤 더 먹어 보이는 주모는 양만석의 사람됨을 익히 아는 터라, 속으로는 칼을 갈면서도 겉으로는 푸실푸실 웃음을 날리며 비위를 맞춰주었다.

양만석은 심신을 가눌 수 없을 만큼 술에 취해서야 어기죽거리며 나루터 주막을 나와 선창거리로 향했다. 그의 걸음걸이는 강바람에 우줄거리는 갈대처럼 휘청거렸다. 아무도 그를 부축해주는 사람이 없었다. 양만석은 선창거리에서 오까도도 싸전 앞으로 휘어들더니 새끼내 수구막으로 연결되는 물둑을 따라 걷고 있었다. 그는 새끼내로 가야 한다고 생각한 것이었다. 그는 마음속으로 장웅보의 이름을 되뇌면서 물둑을 타고 강물을 따라 내려갔다. 그는 자신이 죽는 한이 있더라도 장웅보를 아버지라고 부를 수 없다고 생각하였다.

영산강 물둑을 따라 휘청거리며 걷고 있던 양만석은 잠시 걸음을 멈추고 강물이 급히 휘어 도는 개산 아당바위 쪽을 내려다보면서 울부짖는 목소리로 장웅보의 이름을 외쳐 불렀다. 몇 번이고 장웅보의 이름을, 비명을 지르듯이 외쳐 부르고 나서 다시 걷기 시작하였다. 양만석은 소리내어 울고 싶어졌다. 그는 마음이 약해지는 것이 죽기보다 더 싫었다. 어금니에 힘을 주어 울음을 참았다. 그런데도 그의 마음이 자꾸만 약해지려고 하였다.

물둑을 따라 걷던 양만석은 물둑의 안쪽, 야트막한 언덕배기 아래 논에서 농사꾼들이 소리가락을 뽑으며 모를 심고 있는 광경을 보자 걸음을 멈추었다. 아무 일도 없다는 듯 평화롭게 모를 심고 있는 농군들을 보자 괜히 배알이 뒤틀리기 시작했다. 농군들의 노래가 마치 자신을 놀려대고는 소리처럼 들렸다. 서 마지기 논배미가 반달만치 남었으니 어서 바삐 심어서 각각 집에 돌아가세라고 부르는 노래 소리가, 잘난 체하던 양만석이가 종놈 장웅보의 자식이라네 하고 소리 지르는 것만 같았다. 양만석은 물둑을 내려서서 상수리나무가 듬성듬성 서 있는 언덕배기 아래로 향했다. 몇 번이고 논둑에 엎어지면서 손을 휘저으며 농부들에게로 다가갔다. 농군들은 양만석이가 휘청거리면서 그들 쪽으로 오는 것을 보자 노래를 중단하고 모심는 데에만 열중했다.

"여보씨오들, 우리 동척 푯말은 어디에 있는 게요? 동척 말뚝을 누가 뽑았냔 말이오?"

논으로 다가온 양만석이가 취한 목소리로 소리쳤다. 농군들은 누구 한 사람 허리를 펴고 양만석에게 아는 체 하지 않았다.

"여보씨오들, 내 말이 안 들리오?"

양만석이가 다시 소리쳤다. 아무도 대꾸를 해주지 않았다.

"나를 모르요? 내가 누군지 모르냔 말이오? 동척 말뚝을 누가 뽑아버렸소?"

양만석은 그들에게 무시를 당하는 것 같아 울화가 뒤통수에 뻗질러 올랐다.

"이 논은 우리 동척 논이오. 그러니 동척 말뚝을 다시 세우기 전에는 모를 심을 수가 없소."

양만석은 그러면서 논둑에 쪼그리고 앉더니 손에 닿는 대로 심어놓은 모를 뽑아서 농부들 쪽으로 뿌렸다. 그는 연신 동척 말뚝을 다시 세우기 전에는 모를 한 포기도 낼 수 없다고, 혀 꼬부라진 소리로 을러대면서 심어놓은 모포기를 우두둑 쥐어 뽑아 계속 휘뿌렸다. 그제야 농군들이 허리를 펴고 양만석을 쏘아보았다. 양만석은 구두까지 벗고 첨벙첨벙 논으로 들어서서 모포기를 뽑았다. 그때 젊은 농군 네댓 명이 약속이나 한 것처럼 우루루 양만석에게로 다가왔다.

양만석은 농군들이 그에게로 다가오고 있는 것을 보지 못했다. 그는 여전히 모를 심어놓은 논바닥에 허리를 구부리고는 모포기를 쥐어 뽑아 던지고 있었다. 그때, 양만석의 옆으로 다가간 농군들이 일시에 양만석의 팔과 어깨를 찍어 잡고 논둑으로 끌고 나갔다.

"이 무슨 짓들이여? 나를 붙들어 어쩔려고 이러는겨? 아니, 뒈지고 싶어서들 이러는겨?"

양만석은 농군들한테 끌려가면서 술 취한 목소리로 떠들어댔다. 농군들은 그를 논 귀퉁이 쪽으로 다시 끌고 갔다.

"네놈들 내가 누군 줄 알고 이러는겨? 뒈지고 싶어서들 이러는겨?"

양만석은 농군들에게 끌려가면서 계속 소리쳤다. 그러자 농군들 중 하나가 솥뚜껑 같은 손바닥으로 양만석의 입을 틀어막았다. 양만석은 사지를 버르적거리면서 소리를 지르려고 하였으나 어쩔 수가 없었다. 농군들은 그를 논 귀퉁이 언덕배기로 끌고 올라가서 큰 상수리나무에 묶은 다음 입에 재갈을 물렸다.

"우리는 당신이 동척 사람이라는 것을 알고 있쉐다. 우리가 논에 모를 다 낼 때꺼정만 여그 이대로 있어줘야겄응께 그리 알더라고잉. 우리가 모를 다 낸 연후에는 우리를 살리든지 쥑이든지 알아서 허씨오만, 지발 죄 없는 모포기는 뽑지 마씨오잉. 우리가 모를 다 낸 여후에는 우리덜 손발을 짜르고 머리털을 몽씬 뽑아도 괜찮으닝께 지발 모포기만은 뽑지 마씨오잉."

양만석의 입에 재갈을 물린 작달막한 키에 눈이 부리부리한 농군이 말했다. 농군들은 양만석을 상수리나무에 묶어둔 채 언덕배기를 내려가서 다시 모내기를 시작하였다.

산천 밑에 남도경은
산천초목 다 비어도
자자대는 비지나 말소
올 키우고 내년 키워서
삼사오년을 키워갖고
낚수 하나 휘여 갖고
영산강에 들어가서
영산처자 하나 낚을라네

농군들 중에서 누구인가 목청을 뽑았다. 양만석은 언덕배기 상수리나무 밑동에 묶여 재갈을 물린 채 논에서 농군들이 소리를 뽑으며 모를 내고 있는 모습을 내려다보면서 어금니를 갈았다. 술이 확 깨면서 정신이 칼날처럼 날카로워졌다. 머리 위에서는 매미가 낭자하게 울어댔고, 언덕배기 아래 논에서는 농부들이 더욱 구성지게 목청을 뽑아 올렸다. 양만석은 매미까지도 그를 놀려대고 있는 것 같아 울고 싶었다.

양만석은 입에 재갈이 물린 채 상수리나무에 묶여 이를 북북 갈아대다가 나뭇잎을 흔들어대는 강바람에 얼핏 잠이 들고 말았다. 그는 농군들이 다시 언덕배기에 올라와서 나무에 묶인 자신을 풀어주려고 하였을 때에야 깜짝 놀라 눈을 떴다.

"자, 인자 논에 모를 다 냈으니 우리를 쥑이든지 살리든지 알아서 허씨오."

양만석을 풀어주고 입에 물린 재갈을 꺼낸 다음, 키 작은 농부가 다소 풀이 죽은 목소리로 말했다. 양만석의 주위에는 그를 언덕배기로 끌고 왔던 농군들이 에둘러서 있었다.

"우리를 쥑여도 좋응께 모포기만은 지발 다시 뽑지 마씨오."

키 작은 농부가 다시 말했다. 다른 농군들은 죄인처럼 참담하게 고개를 숙인 채 말없이 서 있기만 했다.

개산 쪽으로 서서히 해가 떨어지고 있었다. 몸이 풀린 양만석은 잠시 정신을 잃은 사람처럼 우두커니 서서 개산 꼭대기를 치자 빛으로 물들이고 있는 석양을 바라보았다. 그는 해가 떨어지는 광경을 바라보면서, 자신이 어렸을 적에 등에 올라탔던 천한 종의 죽음을 생각하였다. "그 사람은 내 아버지가 아냐." 양간석은 치자 빛으로 물든 개산을 바라보면서 꿈속에서처럼 중얼거렸다.

"자, 어서 우리를 죅이든지 살리든지 하씨오."

농군들 중에서 누군가 맥 빠진 목소리로 말했다. 그제야 양만석은 개산에서 시선을 거두어 그 앞에 죄인의 얼굴을 하고 서 있는 농군들을 보았다. 그리고 다시 어둠의 엷은 그림자 속에 묻히기 시작하는 논을 내려다보았다. 모내기를 마친 논이 어둠의 날개에 가려지기 시작하였다.

"지발 모포기는 다시 뽑지 마씨오."

그에게 재갈을 물렸던 키가 작고 눈이 부리부리한 농군이 사정하듯 매달리는 목소리로 말했다. 양만석은 그의 얼굴과 목소리가 낯설지 않다는 것을 알았다. 그가 지난봄에 동척 청년회 사람들과 논에 말뚝을 박기 위해 이곳에 왔을 때, 낫을 휘두르며 논으로 뛰어들던 모습이 떠올랐다. 그때, 키 작은 농부는 동척 청년회원들에게 걸어갈 수 없을 만큼 짓밟힘을 당했다.

"당신 이름이 뭐요?"

양만석이 어둠의 그림자가 스미기 시작하는 농부의 얼굴을 가까이 들여다보며 물었다. 양만석은 그 키 작은 농부가 지난봄에 비해 딴 사람처럼 성깔이 누그러져 있는 것을 이상하게 생각하였다. 지난봄 때 같았으면 그는 당장 양만석의 목에 낫을 꽂았을지도 몰랐던 것이다.

"지는 이창에 사는 박만득이로구먼요."

키 작은 농부가 한참이나 있다가 힘겹게 자신의 이름을 밝혔다. 그는 양만석에게 자신의 신상이 밝혀지는 것을 두렵게 생각하는 것 같았다.

"박만득씨, 당신도 노비 출신이오?"

양만석은 강변의 땅을 일구고 사는 사람들은 모두 노비 출신으로 생각하고 있었다.

"그렇구먼요. 아홉 살 때 속량되어 여기에 왔구먼요."

양만석은 자신의 생각이 들어맞은 것이 기분이 좋아 얼굴을 하늘로 쳐들고 희미하게 웃었다. 하늘은 아직 대지보다 더 밝아 구름이 흘러가는 모양까지도 눈에 들어왔다.

"다들 나를 따라오시오."

양만석은 한참 동안 하늘을 쳐다보고 있다가 기스락 아래쪽에서 들려오는 개 짖는 소리에 놀라며 다급하게 말했다. 그는 개 짖는 소리가 들려오는 쪽을 휘어보았다. 모락모락 연기가 솟아오르는 것으로 미루어 마을이 있는 것 같았다. 그를 상수리나무에 묶어놓았던 농군들이 이 마을사람들일지도 모른다는 생각을 했다.

그는 "어서 나를 따라오시오" 하고 큰 소리로 말하고 서둘러 물둑 쪽으로 내려갔다.

"지발, 논에 모포기를 뽑지는 마시씨오야."

양만석이가 논 쪽으로 내려가자 박만득이가 애원하듯 말했다. 어쩌면 농군들은 양만석이가 논 쪽으로 내려가는 것을 보고 모포기를 뽑으러 가는 것으로 알았는지 몰랐다.

"차라리 즈이들 머리크락을 뽑아주씨오야. 저 모포기들이 우리덜 목숨만치나 귀허니께요."

농군들 중에서 나이가 가장 많은 사람이 양만석을 바짝 따라 걸으며 사정을 하였다.

"잔소리 말고 나를 따라오기나 허씨오."

양만석은 장작 패는 듯한 목소리로 내질러버렸다. 그는 농군들이 모를 낸 논을 지나 물둑으로 올라섰다. 그제야 농군들은 양만석이가 논에 들어가서 모를 뽑지 않으리라는 것을 알고 서로를 번갈아 보면서 고개를 끄덕였다. 그들은 가벼운 마음으로 양만석을 따라 물둑을 탔다. 양만석은 다섯 명 농군들을 끌고 동척 사무실로 가기 위해 선창거리를 질러갔다. 그는 해가 머리 위에 있을 때부터 치자 빛 석훈을 서쪽 하늘에 뿌리며 개산 꼭대기 너머로 떨어질 때까지 입에 재갈이 물린 채 묶여 있었던 일을 생각하면 당장에 그들을 영산강 물속에 처박아도 마음이 풀리지 않을 것 같았다. 그는 농군들을 동척 사무실로 끌고 가서 혼을 내줄 생각이었다.

농군들을 동척으로 끌고 간 양만석은 그들을 우선 창고 안에 가두고 나서, 선창거리 때죽나무집 주막을 찾아가 취하도록 술을 퍼마셨다. 술을 마시면서 그는 또 몸속의 피를 모두 쏟아버리고 싶은 충동 때문에 염통이 근질거렸다. 몸속의 마지막 한 방울까지 피를 쏟아버리고 싶은 생각이 간절할수록 장웅보 얼굴이 점점 더 커지면서 눈앞에 어른거렸다. 그는 장웅보 모습을 머릿속에서 지워버리기 위해 거푸 술을 마셨다.

몸을 가눌 수도 없을 만큼 술에 취한 양만석은 밤이 깊어져서야 몽둥이를 들고 동척 창고 안으로 들어가 닥치는 대로 휘둘러댔다. 미친 듯 몽둥이를 휘둘러대다가 스스로 창고 바닥에 쓰러져 잠들고 말았다.

다음날 아침, 햇살이 창고 안으로 스며들기 시작해서야 눈을 떠보니 농군들은 보이지 않았다. 양만석은 다시 선창거리 주막으로 갔다. 맑은 정신으로는 잠시도 마음을 추스를 수가 없었다. 그는 동척 창고에서 선창거리 주막까지 오는 동안에도 머릿속에서 "너는 종놈의 자식이다. 너는 양반의 핏줄이 아니다"라는 소리가 윙윙거리는 것 같았다.

양만석은 날마다 주막에서 살았다. 낮이나 밤이나 술에 취한 그는 심신이 흐느적거렸다. 한순간도 맑은 정신으로 앉아 있지 못하였다. 술에 취한 채 비틀거리며 선창거리를 어슬렁거렸다. 집에도 가지 않았다. 어머니를 만나지 않기로 작정을 한 것이다. 그동안 행랑아범이 어머니 소식을 갖고 서너 차례나 그를 찾아왔었으나 그때마다 술에 취한 채 심한 말로 돌려보냈다.

양만석은 이슬아침부터 거나하게 술에 취해 선창거리를 지나다가 막음례와 자빡 마주치고 말았다. 두 사람은 피하지 않고 자연스럽게 얼굴을 마주보았다.

"양 진사 댁 새서방님이 아니싱교."

막음례 쪽에서 먼저 존댓말로 흔연스럽게 알은 체를 해왔다.

"참, 장개동이 모친이시로군요. 헌데 목포로 돌아가실라고요?"

"아니구만이라우. 오늘이 우리 개동이 아부지 치상 날이라서……먼발치로라도 볼라고……."

막음례는 오랫동안 아무렇지 않게 양만석 얼굴을 바라보았다. 양만석 쪽에서 먼저 고개를 돌리고 뒤돌아서 초초한 모습으로 발걸음을 옮겼다. 그는 하릴없이 선창거리를 두어 바퀴 돈 다음 새끼내를 향해 영산강 물둑을 탔다. 어디에선가 상엿소리가 들려오는 것 같았다. 자세히 귀를 기울여보니 그것은 상엿소리가 아니라 애원 처절한 목소리로 판소리 한 대목을 뽑아대는 소리였다. 새끼내 물목굽이에 이른 양만석은 새끼내로부터 개산으로 이어진 긴 행렬을 보았다. 그 행렬은 상여도 명정도 없는 장웅보의 초라한 장례행렬이었다. 망자의 유언대로 멍석말이 장례였다. 오랜만에 고향에 온 판쇠가 웅보의 시신 앞에서 상엿소리 대신에 판소리 가락으로 목청을 뽑았다.

장웅보의 장례행렬을 바라보던 양만석은 물목굽이에 오랫동안 서 있지 못하고 도망치듯 영산포 쪽으로 돌아오고 말았다.

7

처마 끝에서 참새 떼가 시끄럽게 우짖는 소리에 눈을 든 쌀분이는 한동안 반듯하게 누운 채 천천히 고개를 돌려가며 방안을 두렷거렸다. 문틈으로 아침 햇살이 널름거리며 기어들어오는 것을 보고 해가 떠올랐음을 안 쌀분이는 휑하니 빈 방안을 쓸어보는 사이에 눈시울이 크렁하게 젖고 말았다. 하늘과 땅 사이가 온통 텅 비어버리고 혼자 남아 있는 듯 쓸쓸함을 이겨낼 수 없어 하염없이 눈물이 쏟아졌다. 잠을 자다가도 얼핏얼핏 눈을 뜨고 옆자리를 더듬어보면 손끝에 닿는 것은 적막감뿐이었다. 남편이 세상을 떴다는 사실을 믿고 싶지가 않았다. 잠시 들에 나갔거니 하는 마음이었다.

"인정머리라고는 손톱만치도 없는 양반. 시상에 나 혼자만 남겨두고 혼자 떠나다니, 매정흐고도 매정헌 사람. 한날한시에 서로 손 마주 잡고 나란히 누워서 함꾸네 죽자고 약조해놓고 혼자만 가뿔다니."

쌀분이는 벌떡 일어나 앉으며 구시렁거렸다. 먼저 간 남편이 야속하게 생각되었다. 원망스러워 욕을 퍼부어대고 싶었다.

처마 끝에서는 여전히 참새 떼가 시끄럽게 우짖어댔으나 집안은 무덤 속처럼 고즈넉했다. 개동이는 학교에 출근을 하였고 우암이는 논에 김을 매러 갔다. 밤 늦도록 잠을 이루지 못하고 몸을 뒤척이며 한숨만 폭폭 내쉬다가 새벽 무렵에야 눈을 붙인 쌀분이는 해가 벌겋게 떠오른 후에야 일어났다. 그녀가 일어날 무렵이면 집안은 언제나 뜨거운 햇빛 속에 고즈넉이 가라앉아 있게 마련이었다.

쌀분이는 앉은걸음으로 방문 쪽으로 다가가 집안 동정을 살펴보며 마른기침을 토해냈다. 기침소리를 듣고 개동이 안사람이 나타날 줄 알았으나 개동이 아내는 코빼기도 보이지 않았다. 쌀분이는 요즈막 개동이 아내가 자신을 소홀하게 대하는 것 같아 심사가 뒤틀렸다. 안방에서 기침소리가 나면 마땅히 쪼르르 달려 나와 아침 문안을 올려야 할 터인데도 제 방에 들어앉은 채 꼼짝도 하지 않는 것이었다. 이 모든 것이 남편 한 사람 세상 떠난 탓이라고 생각하니 눈물이 저절로 나왔다. 쌀분이는 방문을 걷어차고 나가서는 짚신을 꿰고 집을 나섰다.

이날도 쌀분이는 부지런히 개산 쪽으로 걸음을 재촉하였다. 쌀분이는 마을 모퉁이를 휘돌아가다가 점덕이 어머니와 마주쳤다.

"아이고 오동네 어메, 또 영감 묏등에 가는구먼. 오동네 어메, 이르다가는 명대로 못 살고 영감 옆으로 가고 말겄당께. 죽은 사람은 죽은 사람이고 산 사람은 산 사람인겨. 이러지 말고 죽은 오동네 아부지흐고 정을 뚝 끊어부러. 죽은 사람흐고 정을 못 끊으면 큰 병나."

점덕이 어머니는 한사코 오동네 어머니 팔을 잡고 늘어졌다. 점덕이 어머니는 그동안 오동네 어머니가 영감을 잃은 후로 아침마다 개산으로 올라가고 있는 것을 보아왔기 때문에 걱정이 된 것이었다.

"나 붙잡지 말어. 자네는 내 속 몰러. 우리 영감 묏등에라도 가지 않으면 속이 발랑 뒤집힐 것 같당께 그려."

쌀분이는 점덕이 어머니 손을 물리치며 울먹이는 목소리로 말하였다.

"안 되는구먼. 산 사람이 죽은 사람 가까이허면 안 되는구먼."

"자네는 내 맘 모른당께. 이 세상에서 내 맘 아는 사람 암도 없당께."

쌀분이는 점덕이 어머니 손을 뿌리치고 도망치듯 떡갈나무 숲을 가로질러 개산 쪽으로 뛰어올라갔다. 점덕이 어머니는 하는 수 없이 그 자리에 우두커니 서서 애잔한 눈으로 쌀분이의 뒷모습을 바라보며 혀끝을 찼다.

쌀분이는 칡넝쿨에 발이 걸려 엎어지고 청미래덩굴 가시에 찔려 손에 피를 흘리며 허위허위 개산으로 올라갔다. 햇살이 따가워 땀을 뻘뻘 흘리면서 개산에 오른 쌀분이는 영산강이 내려다보이는 산마루 비탈에 자리 잡은 남편 장웅보의 묘 앞에 쓰러졌다. 그녀는 묘 앞에 쓰러진 채 목구멍까지 차오른 슬픔을 토해내며 울음을 터뜨렸다.

"오동네 아부지, 나는 어찌코롬 살라고 혼자만 여그 편안흐게 누워계싱그라우. 나 혼자 누구헌틔 의지허고 살라고 영감만 훌쩍 떠나고 말았능그라우."

쌀분이는 참아온 울음을 목청껏 쏟아냈다. 그녀는 웅보가 세상을 뜬 후 날마다 개산에 올라 남편 무덤에 엎뎌서 하루를 보내곤 하였다. 어떤 날은 새벽에 집을 나서서 어둠의 그림자가 개산을 덮어올 때까지 종일 남편의 무덤 옆에 있다가 돌아오기도 하였다. 다음날도 그 다음날도 쌀분이는 남편 무덤을 찾아 개산에 올랐다. 그녀는 햇살이 사그라지고 검실검실 안개 같은 어둠의 그림자가 무덤의 주위를 휘감아올 때까지 두 팔을 크게 벌려 봉분을 힘껏 끌어안은 채 엎뎌 있기도 했다. 집에 내려가기가 싫었다. 남편 무덤 옆에 있는 순간 마음이 그렇게 편안할 수가 없었다. 구들이 뜨거워진 방에 나란히 누워 있는 것처럼 기분이 좋았다. 언제까지나 그같이 편안한 마음으로 있고 싶었다. 편안한 마음으로 남편의 무덤에 엎뎌있자니 얼쑹얼쑹 잠이 쏟아졌다. 그대로 잠이 들었다가는 밤이 깊어 집에 돌아갈 수가 없을 지도 몰랐다. 그녀는 마음속으로 어둠이 짙어지기 전에 산을 내려가야겠다는 생각을 하면서도 몸을 일으키지 못하고 그대로 엎뎌 있기만 하였다. 그때였다. 무덤 속에서 갑자기 찬바람이 휘익 소리를 내면서 빠져나오는 것 같더니 거칠게 쌀분이의 몸을 덮쳐왔다. 순간 그녀는 몸이 오싹해지면서 으스스한 냉기를 느꼈다. 갑자기 무섬증이 엄습해왔다. 그녀는 너무 무서워서 고개를 쳐들지 못하였다. 쌀분이는 가까스로 용기를 내어 고개를 쳐들었다. 그때 다시 무덤 주위에서 음산하고도 차갑게 느껴지는 바람이 휘익 스치더니 그녀의 머리끄덩이를 잡아채는 것 같았다. 순간 그녀는 자기도 모르게 비명을 지르면서 뒤로 벌렁 넘어지고 말았다. 음산하고도 싸늘한 바람은 계속 그녀의 주위를 맴돌면서 머리끄덩이를 쥐어뜯고 사지를 비트는 것 같았다. 그녀는 온몸의 개털까지도 빳빳해질 만큼 소름끼치는 두려움을 느끼면서 앉은걸음으로 무덤에서 멀리 피했다. 그녀는 "오동네 아부지 왜 이러요? 지발 이러지 마씨오잉" 하고 떨리는 목소리로 말하면서 무덤으로부터 멀리 뛰었다. 마치 살아 있는 사람이 그녀에게 달려들어 머리끄덩이를 쥐어뜯고 팔다리를 비틀어대는 것처럼 음산하고도 싸늘한 바람은 계속 쌀분이를 뒤따라오면서 괴롭혔다. 그녀는 수없이 넘어졌다가 다시 일어서 비명을 지르고 뛰었다.

가까스로 집에 돌아온 쌀분이는 자리에 누워 헛소리를 하였다. 그녀는 다음날도 그 다음날도 자리에서 일어나지 못하고 식은땀을 흘리며 헛소리를 하였다. 개동이가 의원을 불러오고 탕약을 달여 마시게 하였으나 차도가 없었다. 쌀분이는 자리에 누운 지 열흘이 지나서야 문밖출입을 하기 시작하였다. 그녀는 다시 남편의 무덤에 가지 않았다. 마을 아낙들이 "어찌서 요새는 영감한테 안 가고 발걸음을 뚝 끊어부렀으까? 개산에 잠들어 있는 영감이 섭섭해허겄구만" 하고 놀려댈라치면 "산 사람이 죽은 사람 가까이허면 어찌 되는지 아는감? 그러다가는 산 사람도 귀신이 되는 법여" 하였다.

어느 날 쌀분이는 작대기를 짚고 집을 나서 개산으로 올라가는 바람모퉁이 산전에 이르렀다. 그녀는 산전 밭둑에 서서 남편이 묻혀 있는 개산을 올려다보았다. 너무 오랫동안 남편을 찾아가지 않아 남편이 섭섭해 할 것만 같았다. 무섬증을 당하고 나서 누워 있을 때는 개산 쪽으로 머리를 두르기조차 싫었는데 날짜가 가면서 개산을 다시 쳐다보고 싶었고 지금은 울컥 남편 생각에 목구멍이 뜨거워진 것이었다. 그까짓 무섬증 때문에 설마 죽기야 할까. 쌀분이는 그렇게 생각하면서 산전 밭둑에서 개산을 쳐다보며 천천히 걸음을 옮기기 시작했다. 조금은 무서운 마음이 생기면서 발걸음이 무거워지는 듯하였으나 용기를 내어 올라가고 있었다. 그녀는 떡갈나무 숲 사이를 올라가다 말고 갑자기 걸음을 멈추어 섰다. 어디선가 음산한 바람이 엄습해올 것만 같았기 때문이다. 더 이상 걸음을 옮길 수가 없어 그 자리에 선 채 남편이 묻혀 있는 개산 봉우리 쪽만 쳐다보았다. 용기를 내어 다시 올라가보려고 하였으나 땅에서 발이 떨어지지 않았다. 쌀분이는 떡갈나무 사이에 주저앉고 말았다. 하늘에서 불길을 내뿜고 있기라도 하는 것처럼 햇살이 뜨겁게 이글거렸다. 그녀는 땀에 흠씬 젖은 채 떡갈나무 아래 앉아 있기만 하였다. 몇 번이고 다시 개산을 오르려고 마음을 다잡아보았으나 한 발짝도 옮기지 못했다. 그녀는 마을로 내려오고 있었다. 그녀는 산전 모퉁이 큰 소나무 그늘 밑에 앉아서 땀을 식히며, 한여름 대낮의 햇살을 받아 밤하늘의 별처럼 반짝이는 영산강 물비늘을 내려다보았다. 무섬증에 떠밀려 산에서 내려온 것이 아쉽긴 했으나 그래도 이만큼이나 용기를 내어 남편 무덤 쪽을 쳐다볼 수 있게 된 것만도 다행이다 싶었다.

쌀분이는 산전머리 소나무 그늘 밑에 앉아서 개산 봉우리를 쳐다보고 있다가 깜빡 졸았다. 졸고 있는 중에 산전머리 아래쪽 덤불 속에서 바스락거리는 소리를 들었다. 바람 한 점 없이 더운 날씨라 나뭇잎 바스락거리는 소리 하나까지도 분명하게 들을 수 있었다. 그러나 덤불 속에서 들려온 소리는 나뭇잎 바스락거리는 소리가 아니었다. 산새나 작은 짐승이 움직이는 소리겠거니 하고 눈을 감았다. 다시 나뭇가지 꺾어지는 소리가 들려 퍼뜩 눈을 떠보았더니 무엇인가 희끗 덤불 속을 지나가는 것 같았다. 그녀는 벌떡 일어서서 으름덩굴이며 칡넝쿨, 청미래나무, 쥐똥나무 등이 얼크러진 덤불 쪽을 살펴보았다. 한참을 더듬어보았으나 아무것도 눈에 띄지 않았다. 그녀는 천천히 마을로 내려오기 시작하였다. 마음을 한껏 움츠리고 산전머리를 휘어돌아 내려오다가 으름덩굴이 휘덮인 덤불 속에 숨어 있는 사람 모습을 발견하고 깜짝 놀라 걸음을 멈추어 섰다.

"뉘기여? 거그 웅크리고 있는 사람이 뉘기냐니께."

쌀분이는 용기를 내어 덤불 속에 몸을 웅크리고 있는 사람을 향해 소리쳤다. 혹시 남편의 무덤에 엎드리고 있을 때 음습한 찬바람을 일으키며 무섬증을 주었던 것이 사람의 소행일지도 모른다는 생각을 하면서, 꼼짝하지 않고 덤불 속 사람을 꼬나보았다. 아무 움직임이 없자 쌀분이는 용기를 내어 덤불 쪽으로 다가갔다.

"오지 마씨오. 가차이 오면 안 되는구만이라우."

쌀분이가 덤불 쪽으로 다가가기 시작했을 때 쥐똥나무 밑에 몸을 숨기고 처박혀 있던 사람이 다급하게 소리쳤다. 여자 목소리에 다소 마음을 놓았다.

"뉘기오? 어찌서 덤불 속에 숨어 있능그라우?"

쌀분이가 덤불 쪽으로 고개를 길게 늘이고 물었다.

"나여라우."

"나라니, 내가 뉘긴듸?"

쌀분이는 덤불 속 아낙이 필시 아는 사람이 분명한 듯싶어 길 아래쪽으로 내려서며 되물었다. 아낙의 목소리가 어딘지 모르게 귀에 익은 듯하였다. 그녀는 아낙 옆으로 조심스럽게 다가갔다. 아낙은 쌀분이가 가까이 다가오고 있음을 알아차리고 몸을 더 조그맣게 웅크렸다.

"뉘기냐니께?"

비렁뱅이 차림의 아낙 가까이 다가간 쌀분이가 경계를 늦추지 않고 거듭 물었다. 그러나 아낙은 쥐똥나무 밑동 속으로 고개를 더욱 깊숙이 처박을 뿐이었다.

"가차이 오시면 안 된당께라우."

비렁뱅이 차림 아낙이 잦아들어가는 목소리로 말했다. 그때 쌀분이는 아낙 곁으로 바짝 다가가 쭈그리고 앉아 때죽나무 밑동으로 고개를 내밀었다. 아낙의 몸에서 살이 썩는 듯한 역겨운 냄새가 풍겨왔다. 속이 뒤집힐 것 같았으나 한껏 숨을 죽이고 참으며 손을 뻗어 아낙의 어깨를 잡았다.

"안 된다니께라오. 냉큼 저리 비키씨오."

"아니 왜 이러는 게요? 댁은 뉘시오?"

"말허겄응께 저리 비키시랑께라우. 어서 비켜유."

"어찌서 비키라는 게요?"

"클씨 죄다 말을 헐텡께 냉큼 비키기나 허시오."

"어디가 편찮으신 게요. 몸이 편찮으신 게로구먼."

"그렇구먼요. 지는 문둥이여라우."

"뭣이라고?"

쌀분이는 소스라치게 놀라며 서너 발짝 뒤로 물러섰다. 그제야 비렁뱅이 아낙이 한사코 몸을 숨긴 연유를 알 수 있을 것 같았다. 그녀는 아낙이 문둥이라는 것을 알고 그곳을 빠져나가기 위해 도망치듯 몸을 돌렸다. 그리고 얼마 전 남편 무덤에서 죽을 둥 살 둥 엎어지고 미끄러지면서 산을 내려왔을 때처럼 있는 힘을 다해 산전머리를 휘돌아 뛰었다. 한참이나 허위단심 뛰어 내려가다가 몽둥이로 뒤통수를 얻어맞은 느낌으로 깜짝 놀라며 걸음을 멈추어 섰다. 덤불 속 쥐똥나무 밑 문둥이 아낙의 목소리가 어쩐지 귀에 익다 싶었다. 그녀는 다시 오던 길을 되돌아 뛰기 시작했다. 문둥이 아낙이 혹시 우암이 어머니일지도 모른다는 생각이 들었던 것이다. 구진포 주막 뒷산에 초막을 짓고 숨어 살다가 어디론가 자취를 감추어버린 지가 십수 년이 지났는데 여태껏 살아 있을 리가 만무하다는 생각을 하면서도 혹시나 하는 마음에 가슴이 쿵덕쿵덕 뛰었다.

"이보씨오, 나 좀 봅시다."

산전머리를 가로질러 덤불 가까이 이른 쌀분이가 숨넘어가듯 소리쳤다.

"이보씨오, 나 조께 봅시다."

쌀분이는 숨을 헐떡거리며 덤불 속으로 뛰어들었다. 대풍창 아낙은 그때까지도 쥐똥나무 밑에 여전히 몸을 웅크리고 있다가 쌀분이가 다시 나타나자 고개를 돌렸다.

"이보씨오. 혹시 우암이 어메가 아니오? 우리 우암 어메가 아니냥께라우?"

쌀분이는 한사코 몸을 웅크리며 고개를 어깻죽지 사이로 깊숙이 처박은 대풍창 아낙 옆에 바짝 쪼그리고 앉으며 다급하게 소리쳤다. 아낙은 고개를 더욱 깊숙이 처박은 채 말이 없었다.

"우리 우암이 어메가 맞지라우? 소바우 어메가 틀림없지라우?"

쌀분이는 손으로 아낙의 팔을 잡아당겼다. 아낙은 몸을 조그맣게 웅크리며 쌀분이의 손을 뿌리쳤다.

"저만치…… 저만치 떨어지랑께요."

"그려, 그려. 우리 우암이 어메가 맞구먼. 목소리가 틀림없구먼 그려. 자 우암이 어메, 어디 얼굴이나 한 번 봅시다. 나 우암이 큰어메요. 나 장대불이 형수랑께. 그러니 걱정 말고 어서 얼굴 쬐까 보여주어. 우암이 어메 날 모르겄소? 내가 뉘긴지 모르겄냥께."

"알지라우. 내가 워찌 우리 우암이 큰어메를 모르겄소."

"오메 오메. 참말로 우리 우암이 어메가 맞는구먼 그려. 시상에 나…… 우리 우암이 어메가 요로코롬 살아 있었구먼잉. 살어서 고향에 왔구먼. 오메 오메."

순간 쌀분이는 와락 우암이 어머니를 끌어안으려다가 우암이 어머니가 물러앉는 바람에 풀 섶을 짚고 말았다.

"오메 오메. 우리 우암이 어메가 살어 있었구먼잉. 우리 우암이가 알먼 을매나 좋아헐까잉."

"부탁이 있구만이라우."

우암이 어머니가 낡고 때가 전 누더기 천으로 얼굴을 가린 채 돌아앉아서 죽어가는 목소리로 말하였다.

"그려, 무신 부탁인디?"

"우리 소바우헌테……."

"그려 소바우, 참 인자는 우암이라고 부른다요. 지 아부지가 우암이라고 부르라고 했당만. 그려 우암이헌테……."

"우암이헌테 내가 여그 왔다고 허지 마씨오. 곧 여그를 떠날 것잉께라우."

"떠나다니 워디로라우? 이 몸으로 또 워디를 간다고 그러요."

"참, 우암이 큰아부지가 돌아가셔서 으쩔끄라우."

"오동네 아부지 세상 뜬 것은 워치게 아요?"

"새끼내에 온 지가 한 보름 되얐구만이라우."

"보름씩이나 되얐는디도 오늘사 만났구먼……."

"성님!"

우암이 어머니는 자신이 쌀분이보다 연상이라는 것을 알면서 처음으로 형님이라고 불렀다.

"성님, 성님을 만날라고 보름 동안을 여그서 몬내몬내 여수고만 있었당께라우. 오늘 아침에도 바람모퉁이 솔밭에 숨어 있다가 성님이 산으로 올라가는 것을 보고 길목을 지키고 있었구만이라우."

"시상에 보름씩이나…… 이녁 고향에 왔다가 숨어 지내다니…… 시상에나……."

뜻밖에 우암이 어머니를 만난 쌀분이는 아침나절부터 해가 개산마루에 설핏하게 기울 때까지 서로 거리를 두고 떨어져 앉아 이야기를 주고받았다. 쌀분이는 그때까지도 우암이 어머니 얼굴은 보지 못했다.

햇살이 엷어지면서 개산의 거대한 산 그림자가 영산강으로 곤두박질쳤다. 쌀분이는 문득 영산강에 잠긴 산 그림자를 내려다보면서, 그녀가 웅보를 따라 영산강에 건너와 새끼내 주막에서 우암이 어미를 처음 만났을 때를 떠올렸다.

"우암이 어메, 나 집에 내려가서 묵을 것 쬐께 갖고 올텡께, 여그 꼼짝 말고 있으씨오잉."

쌀분이는 날이 어두워지기 전에 먹을 것을 좀 가져와야겠기에 천천히 일어서며 말했다.

"냅두시오. 나 배 안 고픈께. 그러고 지발 우리 소바우, 아니 우암이헌테 내 이약 마씨오잉."

"암턴 여그 있으씨오. 우리 집으로 함꾸네 갔으면 씨겄는디……."

쌀분이는 서둘러 마을로 내려갔다. 그녀는 산전 모퉁이 흙구덩이 앞을 휘돌아 내려가면서 얼핏 뒤를 돌아다보았다. 집에 내려간 사이에 우암이 어머니가 자취를 감추어버릴까 걱정이 되었기 때문이다.

정신없이 집으로 내려온 쌀분이는 부엌으로 들어가서 잡곡밥을 고리 도시락에 퍼 담아 소금을 뿌린 후, 보자기에 싸들고 서둘러 집을 나섰다. 그녀가 도시락 보자기를 들고 부리나케 집을 나서고 있는 것을 본 개동이 처가 해거름에 어디를 그렇게 서둘러 가느냐고 물었으나, 쌀분이는 들은 체도 않고 돈들막을 내려갔다. 그녀는 산을 올라가면서도 그 사이에 우암이 어머니가 개산을 떠나버렸으면 어쩌나 하고 마음 졸이면서 허위허위 반달음을 쳤다. 산전 모퉁이를 추어 올라가면서 목이 쉬도록 "우암이 어메, 우암이 어메" 하고 소리를 쳤다.

우암이 어머니는 덤불 속에서 나와 산전 아래 흙구덩이에 있다가, 쌀분이가 소리치며 올라오는 것을 보고 "여그요, 여그" 하고 응답하였다. 그러나 우암이 어머니는 쌀분이가 흙구덩이 안으로 가까이 다가오자 뒷걸음질을 치며 "그만 오씨오. 멀리 떨어지랑께" 라고 다급하게 소리쳤다.

"여그 묵을 것을 쬐께 갖고 왔응께, 언넝 드씨오잉."

쌀분이는 도시락 보자기를 땅에 놓고 몇 발짝 물러섰다.

"거그 두고 그냥 가씨오."

우암이 어머니는 흙구덩이 안에 쪼그리고 앉아 몸을 조그맣게 웅크리며 말했다. 어느덧 개산 기스락이 어둠에 덮이고 있었다. 흙구덩이 안도 어두컴컴해지기 시작했다.

"나 여그 쬐께만 있다가 갈랑께 어서 요기나 허씨오잉."

쌀분이도 흙구덩이 앞에 앉으며 말했다. 그녀는 말없이 앉아 있었다. 이제 산과 들이 어둠에 싸여 하나가 되고 있었다. 영산강도 어둠 속에 모습을 감춘 채 강바람만 드세졌다. 우암이 어머니는 쌀분이가 가져온 도시락 보자기를 풀지 않았다.

"언넝 내려가씨오. 그래야 밥을 묵겄소."

잠시 후에 우암이 어머니가 사정하는 목소리로 말했다. 그제야 쌀분이는 우암이 어머니가 편안한 마음으로 밥을 먹을 수 있게 해주기 위해 일어섰다.

"성님, 참 우리 우암이 성 말바우 소식은 아시는그라우?"

"몰러. 말바우 어메가 친정으로 데려다 준 후로 소식이 끊겨부렀어."

"그래라우……."

우암이 어머니는 탄식을 토해내듯 말 끝을 흐렸다.

"내일 아침에도 묵을 것을 가져올 텐께 꼭 여그 있으씨오잉."

쌀분이는 그렇게 부탁하고 몸을 돌려세웠다. 그녀는 몇 발짝 걷다가 다시 몸을 돌려세우고 어둠속에 갇혀버린 흙구덩이를 바라보았다. 오랫동안 흙구덩이 앞에 서 있다가 마을에 불이 켜진 후에야 산을 내려왔다.

그날 밤 쌀분이는 잠을 이루지 못하였다. 산전 모퉁이 흙구덩이 안에 있는 우암이 어머니를 생각하면 잠시도 편안하게 누워 있을 수가 없었다. 우암이 어머니한테 큰 죄를 짓고 있는 것만 같아서 마음이 편하지 않았다. 그녀는 몇 번이고 횃불을 밝혀 들고 우암이 어머니가 혼자 떨고 있을 흙구덩이로 달려가고 싶어 자리에 누워 있다가도 벌떡 일어나 앉곤 하였다. 우암이 어머니가 마치 문밖 토마루에 서 있는 것만 같은 생각에 방문을 열어젖히고 한동안 마당에 가득 고인 어둠 속을 헤집어보기도 하였다. 그녀는 두어 차례나 문밖으로 나가서 마당을 한 바퀴 둘러보고, 그래도 아쉬워 사립짝을 열고 집 밖에까지 나가보기도 하였다.

자리에 누워 편히 잠들지 못하고 집 밖에까지 나가보고 나서 눈을 감았으나 누더기를 걸치고 한사코 얼굴을 감추던 우암이 어머니의 모습이 눈에 밟혀, 다시 벌떡 일어나 앉아서는 구들장이 꺼지도록 깊은 한숨을 몰아쉬었다. 쌀분이는 끝내 잠을 이루지 못하다가 개동이를 큰방으로 불러들였다.

"아이와, 이를 으쩌끄나잉."

쌀분이는 밤늦게 개동이를 불러들여 아랫목으로 가까이 앉게 하고 걱정을 하였다.

"무슨 일이신데요?"

개동이는 밤중에 큰어머니가 그를 불러들이자 의아해하며 물었다.

"개동이 너…… 우암이 어메 이야기 알고 있냐?"

쌀분이가 개동이 앞으로 가까이 가서 무릎을 맞대고 나지막하게 속삭이듯 물었다. 개동이는 목포에서 새끼내로 오기 전에 그의 어머니로부터 우암이 어머니가 대풍창에 걸려 어디론가 행방을 감추어버렸다는 말을 들었었다. 그러나 그동안 그는 짐짓 모르는 척할 수밖에 없었다.

"우암이 모친께서는 진작 돌아가셨다면서요."

개동이는 희미한 기름불빛이 머물고 있는 큰어머니의 얼굴을 조심스럽게 살피면서 말했다.

"우리도 죽은 줄로만 알았지야. 헌디……."

개동이는 큰어머니의 말에서 우암이 어머니가 아직 살아 있음을 짐작하였다. 그리고 지금 우암이 어머니한테 무슨 일이 생겼다는 것도 헤아릴 수가 있었다.

"왜 그러십니까요?"

개동이가 다급하게 물었다.

"아니, 죽은 줄만 알았던 우암이 어메가 ……."

"그분이 살아 계십니까요?"

"그려. 오늘 내가 만났어."

"만나시다뇨? 누구를 말씀입니까?"

"우암이 어메를 만났당께."

"예? 그분을 만나시다니요? 참말입니까요?"

개동이는 큰어머니의 말을 믿을 수가 없어 거듭 다그치듯 물었다.

"오늘 아침나절에 아부지 묏등에 갔다오다가……."

"개산에서요? 개산에서 작은어머니를 만나셨어요?"

개동이의 입에서 처음으로 작은어머니라는 말이 튀어나왔다.

"글탕게. 개산에서 우암이 어메를 만났당께."

쌀분이는 말을 하고 나서 오랫동안 혀를 찼다.

"시상에, 죽은 줄만 알았덩만 살아 있었어……."

쌀분이는 깊은 한숨을 삼켰다. 그녀는 눈앞에 우암이 어머니의 초라하고 애잔한 모습이 떠올라 자꾸만 목이 메어왔다.

"시방 어디 계신가요?"

"개산 흙구뎅이 속에 떨고 있을 것이다."

"개산에 계신다고요? 집으로 모셔오지 않고 왜요?"

"개산에 숨어 있는 것도 부끄러 허든듸 집에 오겄냐? 더군다나 우암이헌테는 절대로 알리지 말라고 신신당부를 허든듸……."

"그래도 우암이한테는 알려야 합니다요. 우암이를 불효자로 만들어서는 안 됩니다. 어머니가 살아 계시다는 것을 알면 우암이가 얼마나 좋아하겠는가요."

"우암이가 좋아허끄나? 우암이헌틔 짐이 안 되끄나?"

"짐이 되다니요. 어찌 부모가 짐이 된다고 하십니까요. 당장에 우암이헌테 알려주어야 합니다요. 지가 알려주지요."

개동이가 벌떡 일어섰다. 그가 일어설 때 바람이 일어 기름불빛이 가볍게 흔들렸다.

"아야, 쬐깐 더 생각을 해보자. 우암이헌틔 알려서는 안 된다고 몇 번이고 다짐을 받던듸……."

"암턴 우암이를 이리 데리고 오겠습니다."

개동이는 쌀분이의 말을 듣지 않고 방을 나갔다. 그러고는 잠시 후에 우암이를 앞세우고 방으로 들어왔다. 우암이는 잠을 자다가 개동이가 다급하게 깨우는 바람에 무슨 영문인지도 모르고 끌려온 것이었다. 그의 눈에는 잠이 주렁주렁 무겁게 매달려 있어 보였다.

"우암아, 거기 앉어라. 큰어머니께서 너한테 허실 말씀이 있단다."

개동이가 우암이를 보면서 말했다.

"무신 일인듸 밤중에 깨웠능그라우?"

우암이는 개동이가 시킨 대로 큰어머니 옆에 퍼질러 앉아 손등으로 눈을 쓱쓱 문지르면서 물었다. 우암이의 물음에 쌀분이는 한사코 조카 눈길을 피하면서 고개를 숙였다.

"우암이 너 큰어머니가 무슨 말을 허시더라도 놀래서는 안 된다. 알았지?"

개동이는 그렇게 말하고 쌀분이를 보았다.

"큰어메, 무슨 일잉그라우?"

우암이는 여전히 잠에 취한 얼굴로 큰어머니를 보며 물었다. 그러나 쌀분이는 우암이의 눈길을 피하며 입을 열지 않았다.

"우암이한테 말씀하셔야지요. 지금 말씀하셔야 합니다요."

개동이가 큰 소리로 말해서야 쌀분이는 힘겨운 표정으로 고개를 들어 우암이를 빤히 들여다보았다. 우암이 얼굴을 찬찬히 보고 있는 쌀분이의 눈시울이 크렁하게 젖었다.

"우암아, 시상에……."

쌀분이는 갑자기 울음을 터뜨리며 우암이의 손을 꼭 잡았다.

"큰어메, 뭔 일잉그라오."

우암이는 쌀분이가 울음을 터뜨리는 것을 보고 그제야 집안에 무슨 변고가 있음을 짐작하였다. 순간 우암이는 졸음으로부터 퍼뜩 깨어나 정신을 차렸다.

"큰어메, 울아부지한테서 무신 안 좋은 기별이라도 왔능그라우?"

우암이가 눈을 커다랗게 뜨고 다급하게 물었다.

"아니여, 그것이 아니랑께."

쌀분이는 차마 우암이에게 그의 어머니 소식을 말할 수가 없어 다시 고개를 숙인 채 어깨를 들먹거렸다. 그러자 우암이는 더욱 불안하고 답답한 마음에 개동이의 어깨를 찍어 잡고 거칠게 흔들며 무슨 일이냐고 소리쳐 물었다.

"우암아, 느 어메가…… 우암이 느 어메가……."

쌀분이는 고개를 치마폭에 내리박고 흐느끼면서 울부짖듯 말했다.

"울어메가 어쨌는디라우? 뜽금없이 웬 울어메 이야기여라우?"

어머니가 죽은 것으로 알고 있었던 우암이인지라 별로 놀라는 기색이 아니었다. 그는 어머니의 얼굴을 잘 기억할 수가 없었다. 어머니는 언제나 더러운 헝겊으로 얼굴을 가리고 있었다. 그때문에 그는 어머니에 대한 그리움도 간직하고 있지 않았다. 그는 언제나 사람들과 떨어진 후미진 곳 움막에 갇혀 있었다. 끼니때가 되면 더러운 천으로 얼굴을 가린 어머니가 움막에 밥을 가져다주곤 하였다. 그리고 그가 밥을 먹는 동안 까만 눈만 내놓은 어머니가 소리를 죽여 가며 울고 있었다.

그는 어려서 어머니의 얼굴이 보고 싶고, 어머니의 품에 안기고 싶었을 때 낯선 남자를 따라 영산강으로 오게 되었다. 꼬박 이틀 동안을 걸어오는 동안 그 사내는 그의 손을 잡아주지도, 다정한 말로 어린 마음을 다독거려주지도 않았다. 벙거지를 깊숙이 눌러 쓴 그 사내는 그를 구진포 나루에 있는 주막까지 데리고 와서는 "여그 있으면 느 아부지를 만날 수가 있으니께 그리 알그라. 그러고 느 어메는 어저께 죽어서 이 아자씨가 땅에 잘 묻어주었다. 앞으로는 느 어메는 잊고 아부지 만나서 잘 살그라잉" 하는 말을 남기고 사라졌다.

"울어메는 폴쎄 돌아가셨는디 무신 소린그라우?"

우암이가 다시 큰 소리로 물었다.

"우암아, 느 어메가 왔다."

쌀분이가 젖은 눈으로 우암이의 얼굴을 들여다보며 목구멍 속으로 피멍울 같은 것이 디밀고 올라오는 것을 느끼고, 그것을 토해내기라도 하듯 힘겹게 입을 열었다.

"야? 뭔 말씀잉게라우? 울어메가 왔다니? ."

"느 어메가 안 죽고 살아 있단다. 큰어메가 오늘 우암이 느 어메를 만났단다."

"야? 돌아가신 울어메를 만나다니 뭔 말씀이싱그라우."

"큰어머니께서 네 어머님을 만나셨다는 말씀 참말이다."

개동이는 우암이가 큰어머니 말을 믿지 않으려고 하는 것 같아서 그렇게 말했다. 한동안 무거운 침묵이 기름불빛과 함께 방안에 가득 고였다.

"어디서 울어메를 만나셨는듸라우?"

오랜 침묵 끝에 우암이가 침통한 얼굴을 하고 나지막하게 물었다. 개동이의 말을 들은 후로, 큰어머니가 그의 어머니를 만났다는 것이 거짓이 아님을 헤아리게 되었다.

"내가 오늘 개산 큰아부지 묏등에 갔다 오다가……."

쌀분이는 낮에 개산에서 우암이 어머니를 만났던 일이며, 해넘이 무렵에 먹을 것을 갖다 주고 왔다는 말을 그대로 전했다.

"허면 시방 워디 기시는그라우?"

큰어머니의 이야기를 다 듣고 난 우암이가 벌떡 일어서며 큰 소리로 물었다. 그는 그 순간 어머니의 모습을 떠올려보려고 잠시 눈을 감아보았다. 그러나 더러운 천으로 가린 모습만 희미하게 떠올랐을 뿐, 얼굴의 윤곽은 상상도 되지 않았다.

"앉그라. 네 어메는 시방 개산 기스락 훍구뎅이에 있을끄시다."

"참말잉그라우? 울어메가 시방 개산에 있다고라우?"

우암이가 방문을 걷어차고 밖으로 뛰어나갔다. 당장 개산 기스락으로 올라가 어머니를 만나볼 생각이었다. 개동이가 마당으로 따라나가 힘껏 우암이 등덜미를 잡았다.

"지금은 안 된다. 내일 날이 밝으면 가보자. 이 밤중에 어떻게 개산을 올라간단 말이냐."

개동이는 우암이를 붙들고 말했다.

"성님, 울어메를 산에 두고 어찌 잠이 오겄능가요?"

"그래, 네 마음 이해한다. 허나 지금은 안 된다. 밤이 깊었으니 곧 날이 밝을 것이다. 자, 어서 방으로 들어가자."

개동이는 우암이를 방으로 끌고 들어가려고 하였다. 그러나 우암이는 마당 한가운데 말뚝처럼 박힌 채 꼼짝도 하지 않았다.

"네 어머님이 큰어머님한테 당부하시기를 네 어머님이 여기 오셨다는 것을 너한테 알리지 말라고 하셨단다."

개동이는 끙끙 힘을 써서 우암이를 토마루까지 끌고 갔다.

"성님, 성님 말대로 날이 밝은 후에 갈텡께 이 손 놓으씨오."

우암이는 목이 꽉 잠겼다. 그는 어둠속으로 개동이를 쳐다보며 매달리듯 말했다. 그제야 개동이는 우암이의 등덜미를 놓아주었다.

"성님, 주무시씨오. 나는 내 방에 가서 잘라요."

우암이는 잠긴 목소리로 말하고 그의 방 쪽으로 무겁게 걸어갔다. 개동이는 한동안 우암이의 뒷모습을 바라보고 서 있었다. 그는 갑자기 우암이를 힘껏 부둥켜안고 함께 울고 싶어졌다. 그는 우암이가 그의 방으로 들어간 후에도 한참 동안이나 토마루에 서 있다가 큰방으로 들어갔다.

"우암이는 제 방으로 들어갔습니다요."

"무담시 우암이한테 말을 했는갑다."

개동이 말에 쌀분이는 거듭 한숨을 푹푹 쉬었다. 그녀는 우암이 어머니 약속을 지키지 못한 것이 마음이 저미도록 아팠다. 그녀는 개동이의 말만 듣고 우암이한테 그의 어머니가 와 있다고 말해버린 것을 후회하였다.

"무담시 네 말만 듣고 입을 열어부렀구나."

쌀분이는 장차 우암이와 우암이 어머니 일을 어찌해야 좋을지 걱정이 되었다. 이럴 때 남편이 살아 있었으면 얼마나 좋을까 싶었다.

새벽이 희번하게 트여오자 우암이는 조심스럽게 방문을 열고 밖으로 나가 동쪽 하늘을 올려다보았다. 새벽별이 빛나는 하늘에선 한 줄기 미명을 가르며 싸늘한 아침 기운이 뻗질러 내려오고 있었다. 그는 새벽빛을 온몸으로 가늠하며 사립짝 밖으로 나가 돈들막을 내려섰다. 마을 앞을 지나 개산으로 올라가고 있는 우암이의 가슴은 어머니에 대한 연민과 설렘, 그리고 두려움으로 울렁거렸다. 그는 다시 어머니의 모습을 떠올려보려고 잠시 눈을 감아보았다. 어머니의 윤곽은 조금도 붙잡혀오지 않고 더러운 천에 얼굴을 가린 모습만이 물에 비친 그림자처럼 희미하게 어른거렸을 뿐이었다. 우암이는 너무도 안타까운 마음에 울컥 목울대가 뜨거워졌다.

우암이는 어렸을 때 ,무뚝뚝한 사내를 따라 구진포에 오기 며칠

전, 마지막으로 어머니와 만났던 일을 지금도 선연하게 기억하고 있었다. 어머니는 어둠이 움막을 깡그리 삼켜버린 후에 우암이에게 왔었다. 그가 움막 속에서 혼자 두려움에 떨며 잠을 청하고 있을 때 발걸음소리가 들렸다. 어린 우암이는 밤마다 혼자 움막 어둠속에 갇힌 채 무서움에 떨고 있었기에, 가랑잎 바스락거리는 소리에도 가슴이 철렁거리면서 문밖에 귀를 기울이곤 하였다. 이날 밤도 우암이는 마음을 죄면서 가까이 다가오는 발걸음소리에 신경을 곤두세웠다. 발걸음소리가 움막 앞에 멎더니 잠시 조용해졌다. 그러고도 한참이나 있다가 아들 이름을 부르는 낯익은 목소리에 안도의 한숨을 내쉬었다. 우암이는 "어메" 하고 목청껏 소리쳐 불렀다.

"소바우야. 이 에미 말 잘 들어라와. 인자부텀 너는 이 짜잔헌 어메를 잊어뿌러야 헌다와. 허갸 소바우는 한 번도 에미 얼굴을 본 적이 없응께 이 에미를 잊고 말 것도 없다만…… 인자부텀 이 에미를 생각해서도 안된다잉. 인자부텀 소바우 너는 아부지허고 살아야 허는겨. 그랑께로 인자부텀은 이 에미는 죽었다 허고 생각을 말어사 쓴다와."

어머니는 움막 밖에서 훌쩍거리며 우암이에게 타일렀다. 어린 우암이는 그 순간 어머니와 헤어지게 되는구나 하고 생각하였다. 그러나 어찌된 영문인지 어머니와 헤어진다는 사실이 조금도 슬프지 않았다. 슬프기는커녕 무덤 속과도 같은 그 지긋지긋한 움막을 떠난다는 생각에 즐겁기까지 하였다.

"소바우야. 아부지한테 가서 잘 살어라잉. 아부지가 어메 묻거든 죽었다고 허고…… 에미는 곧 죽는단다. 그라고 크면 내가 일러준 외할머니 댁에 가서 성이 다른 느그 성 말바우를 기언시 찾도록 혀라잉."

어머니는 그러면서 서럽게 울었다. 우암이는 움막 밖에서 들려오는 어머니의 울음소리를 들으며 잠이 들었다. 한참 자다가 얼핏 깨어보니 어머니는 그때까지도 울고 있었다. 어쩌면 어머니는 그날 밤 밤새도록 울다가 날이 밝아서야 움막 아래 극락산 골짜기 초입에 있는 문둥이 마을로 돌아갔는지도 몰랐다. 우암이는 햇살이 움막 안으로 기어들어오고 있을 때에야 잠에서 깨어 밖을 내다보았더니 어머니 대신 풀상투 사내가 우암이의 아침밥을 들고 앉아 있었다.

"소바우야, 하룻밤만 더 여그서 자면 이 아자씨가 너를 느 아부지헌테 데려다주겄다."

가끔 어머니와 같이 움막에 올라오곤 했던 풀상투 사내는 아침밥을 거적문 안으로 들여 넣어주면서 말했다. 그리고 다음날 우암이는 그 사내를 따라 구진포에 오게 되었으며, 그 사내로부터 어머니가 죽었다는 말을 들었다. 우암이는 어머니가 죽었다는 말을 듣고도 조금도 슬픈 마음이 들지 않았었다.

개산 흙구덩이에 가까이 이르자 갑자기 어머니에 대한 그리움에 목이 뜨거워졌다. 그는 이슬을 털며 흙구덩이로 추어 올라가면서 마음속으로 어머니를 외쳐보았다. 어머니 말마따나 얼굴을 본 적이 없었기 때문인지 어렸을 때는 단 한 번도 간절한 그리움을 느껴본 적이 없었다. 나이가 들고 생각이 여물어서야 날이 갈수록 새삼 어머니가 그리워졌다.

"어메, 나 소바우요. 어메 워디 있소."

우암이는 흙구덩이를 향해 소리치면서 숨이 차도록 뛰었다. 그때 영산강물이 굽이쳐오는 물굽이 끝으로부터 아침 햇살이 부챗살처럼 퍼지기 시작했다. 눈부신 아침 햇살이 눈길과 마주치는 순간, 우암이는 자신에게 좋은 일이 있을 것 같은 예감에 마음이 설레었다.

"어메, 소바우가 왔소."

흙구덩이 앞에 이르자 우암이는 다시 소리쳤다. 어머니가 흙구덩이에서 내 아들아 하고 소리치며 뛰어나올 것만 같아 한껏 마음을 졸이고 숨을 죽였다.

"어메, 여그 소바우가 왔당께요."

우암이는 어머니가 끝내 나타나지 않을지도 모른다는 불안에 휩싸였다. 흙구덩이 안으로 들어가 보았다. 아무도 없었다.

"어메, 워디 있소."

우암이는 흙구덩이에서 뛰쳐나오며 개산 정상을 향해 소리쳤다. 개산 봉우리 쪽으로 올라가면서 계속 어머니를 외쳐 불렀다. 햇살을 받고 날개를 치며 우짖는 산새 울음만이 들려왔다. 그래도 그는 계속 어머니를 외쳐 부르며 개산을 추어 올라갔다.

개산 꼭대기까지 올라가 보았으나 어머니의 모습은 보이지 않고 동쪽 하늘에 퍼지기 시작하는 아침 햇살에 버무려진 강바람만이 윙윙거리며 잡목 가지들을 무섭게 흔들어댔다. 우암이는 개산 꼭대기에 허망한 마음으로 퍼질러 앉아 있었다. 해가 영산강 강물 위에 떠오를 때까지 맥이 빠진 채 개산 꼭대기에 앉아 있다가, 다시 어머니를 외쳐 부르며 산속을 더듬기 시작하였다.

우암이가 큰아버지 무덤 앞에 작은 나무둥치처럼 맥없이 앉아 영산강을 내려다보고 있을 때 그를 부르는 개동이 형 목소리가 산 기스락 쪽에서 들려왔다. 우암이는 대답 하지 않았다.

개동이가 우암이 앞에 나타난 것은 한참 후였다.

"왜 대답을 하지 않았어."

"성, 큰어머니가 거짓말을 허신 것 같어."

우암이가 울음을 터뜨릴 것 같은 슬픈 얼굴로 개동이를 보며 말했다. 개동이는 아무 말도 하지 않고 애잔한 눈빛으로 동생을 쓰다듬었다.

"성은 울어메 못 봤지라우?"

"내 눈으로 작은어머니를 뵙지는 못했다."

"울어메는 여그 오시지 않았는갑구만이라우. 울어메는 내가 구진포로 왔을 때 돌아가셨다고 했는듸…… 하매 큰어메가 울어메 혼령을 만나셨을 거로구만이라우."

"어머니 혼령을?"

"온 산을 다 쏘대고 댕김시로 어메를 찾았지만……."

개동이가 보기에도 우암이는 새벽부터 어머니를 찾아 헤매느라 심신을 똑바로 가눌 수 없을 정도로 지쳐있었다. 이럴 줄 알았더라면 큰어머니의 말대로 우암이에게 어머니가 새끼내에 나타났다는 말을 하지 말 것을 그랬구나 싶었다. 어쩌면 우암이 어머니는 개산 흙구덩이에 있다가 우암이가 어머니를 찾는 것을 보고 자취를 감추어버렸을지도 모른다는 생각이 들었다.

"그만 집으로 가자."

"혹시 저 강물에 빠져뿌렀으끄라우?"

우암이가 강물을 바라보며 나지막이 물었다. 강물 속에 어머니가 깊숙이 가라앉아 있을 것만 같았다.

"울어메가 살아 있다면…… 내가 어메를 만날 수만 있다면 말이오…… 나는 어메흐고 같이 살라요. 어찌게 해서라도 내가 어메를 모실라요."

"그나저나 어머니를 만날 수만 있다면 얼마나 좋겠느냐."

"찾어야지라우. 영산강에 빠지지만 않었다면 찾을 수가 있겄지라우."

우암이는 강 건너 복암사 골짜기에 대풍창에 걸린 사람들이 떼를 지어 살고 있다는 소문을 들은지라, 혹시 그의 어머니가 그곳으로 갔을지도 모른다는 생각을 했다.

그들은 진포리 앞 강변에 앉아 있다가 산 그림자가 영산강물에 곤두박질을 치기 시작할 무렵 서둘러 산을 넘어 새끼내로 향했다. 그들이 마을 어귀로 휘어들고 있을 때는 어느덧 지척을 분간할 수 없을 정도로 어둠이 대지를 덮었다.

"개산에 움막을 지어야 씨겄구만요. 움막을 지어놓고 먹을 것을 갖다 놓으면 울어메가 찾아 들어올 것 같당께요."

마을로 들어서면서 우암이가 생기 넘치는 목소리로 말했다. 개동이는 대꾸 하지 않았다.

다음날 우암이는 아침 일찍이 톱과 낫을 들고 개산으로 올라가서 흙구덩이 위쪽 잡목숲 속에 움막을 짓기 시작했다. 살아 있는 나무를 기둥삼아 띠로 지붕을 얹고, 그가 집에서 덮고 자던 요와 베개를 갖다가 바닥에 깔았다. 갈아입을 옷이며 음식과 마실 물도 넣어두었다. 움막 옆에 그가 있으면 어머니가 나타나지 않을 것 같아 집으로 내려왔다. 다음날 우암이가 움막에 가보았더니 전날 넣어둔 음식이 그대로 있었다. 다음날도 그 다음날도 아침과 저녁 하루에 두 차례씩 어김없이 움막에 음식을 가져다 두었다.

그러던 어느 날 낮에 논에 나가 있던 우암이는 개산 기스락 숲속에서 연기가 하늘로 치솟는 것을 발견하고, 혹시 움막에 불이 붙지나 않았나 걱정이 되어 산으로 뛰어올라갔다. 움막이 있는 잡목 숲 가까이 가보니 움막은 불에 타 폭삭 내려앉아버리고, 불길이 강바람을 타고 숲에 번지고 있었다. 불길은 검은 연기를 내뿜으면서 산꼭대기로 치솟아 올랐다. 우암이는 불길에 놀라 넋을 잃다시피 하였다. 우암이는 잿더미로 변한 움막을 바라보면서 목을 놓고 어머니를 외쳐 불렀다.

우암이가 움막에서 불에 탄 어머니 시신을 발견한 것은 그로부터 사흘 후였다. 그는 마지막으로 한 번 더 어머니를 찾아보려고 개산을 뒤진 후 움막에 들렀다가 잿더미 속에 묻힌 어머니 시신을 발견하게 되었던 것이다. 우암이는 어머니 시신을 수습하고 나서 옛날 그의 어머니와 약속했던 대로 공산으로 성 씨가 다른 말바우 형을 찾아갔다. 말바우 형에게 어머니의 죽음을 알리고 같이 치상을 치르자고 했지만 말바우 형은 자기는 새끼내를 떠날 때 어머니와 인연을 끊었다면서, 장례에 참례하지 않았다.

8

"인자 홀몸이 아닝께로 조신해야 되야. 진찬히 깔꾸막 같은 디를 올라댕개도 안 되고 무거운 것을 뽈깡뽈깡 들어서도 못써."

쌀분이는 개동이 내외를 앉혀놓고 뒤껼 오동나무에서 자지러지게 울어대는 쓰르라미의 울음소리를 들으며 자분자분 타일렀다. 개동이 처가 아기를 잉태한 것이다. 마침 개동이가 여름방학을 맞았기에 처와 함께 목포에 가게 되어 당부를 했다.

"애기를 낳을 때까지는 음석도 가려서 묵어야 허고 댕길디 안 댕길디를 잘 골라야 허는 법잉께, 내 말을 시망스럽다고 말고 명심히여."

쌀분이는 개동이 처에게 가려 먹을 음식들에 대해서 자상하게 일러주었다. 오리고기를 먹으면 아기 손발이 붙거나 발가락이 세 개가 되고, 자라고기를 먹으면 발이 뒤집히거나 목이 자라 모양으로 움츠러들며, 개고기를 먹으면 미친 아이를 낳거나 아니면 개처럼 멍멍 짖게 되고, 닭고기를 먹으면 살갗이 닭살같이 되고, 돼지고기를 먹으면 풍이 세어 종기가 잘 나고 손과 발이 돼지발 모양으로 된다고 하였다. 이밖에 먹어서는 안 될 것으로 남의 생일 음식, 떨어진 과실, 제사 음식, 초상집 음식, 계란, 산짐승, 들이나 골짜기의 고인 물, 비틀어진 음식을 이야기하였다.

"조심 헐 것이 음석뿐만 아니여. 절구통에 앉으면 게으른 아기를 낳고, 지겟작대기로 불을 때면 애기 손구락이 육손이 되고, 절굿대를 깔고 앉으면 애기 고추가 여물지 않는 벱이여. 그러고 또…… 멋이냐…… 뫼등에 가지 말고, 불난 데를 봐서도 안 되고, 짐승 줘이는 것을 보지 말고, 또 거시기, 가마를 보면 주장살을 맞고, 장독에 배를 대면 애기가 홀러불고…… 또 멋이냐 거시기…… 맞삼신 든 집에 가서도 안 되고, 울타리를 막어서도 안 되고. 머리를 짜르면 애기가 단명허고, 상가에 가서도 안 되는 벱이여."

그러면서 쌀분이는 개동이 처에게 우산을 막기 위해서는 식초를 자주 먹어야 하고 똘감 꼭지를 달여 먹도록 하라고 일렀다.

"그러고 또, 개동이는 처가 순산을 허게 자꼬자꼬 샘물을 입에 머금어갖고 처 입에 넣어주고. 그러고 새애기는 몸에 지닌 가락지 같은 치장물을 죄다 풀어놓아야 혀."

개동이 내외는 큰어머니의 자상한 당부에 거듭 고개를 끄덕거리며 마음에 새겼다.

"개동이는 방학이 끝날 때꺼정 처와 같이 있다가 와. 처만 두고 오지 말고잉. 개동이가 처 절에 있어야 태아헌테 좋은 벱잉께."

"알겠습니다. 방학 동안 목포에 있다가 오겠습니다요."

"하먼 그리사재."

"우암이 너도 나 있을 때 목포에 한 번 오그라."

"그러세요 도련님."

개동이 내외가 우암이에게 말하자 우암이는 오랜만에 밝게 웃어 보였다.

"어쪄, 성님이랑 성수가 목포에 오랑께 오그당당해지냐? 그려. 바람도 쏘일 겸, 만도리가 끝나면 추수때꺼정은 한가헐 텐께로 성님한테 한 번 갔다오그라. 성님이나 성수 집은 부장께 맛난 것 많이 해줄 것 아니냐."

쌀분이는 요즈막 우암이가 제 어머니 생각 때문에 맥이 빠져 있는 것을 알고 있었기에 어떻게 해서라도 그의 마음을 달래주고 싶었다. 따지고 보면 우암이만큼 불쌍한 아이도 없다고 생각했다. 그녀는 그 우암이가 큰아버지 뜻을 받아 불평 한마디 없이 농사일을 도맡아온 것이 고맙기 만했다.

"목포에 가면 나헌테 멋 해줄랑그라우?"

우암이가 오랜만에 마음이 풀어진 얼굴로 밝게 웃으며 물었다.

"도련님이 원하시는 것이라면 뭐든지 다 들어드릴께요."

개동이 처가 찐덥진 웃음을 날리며 말했다.

"배가 터지도록 쇠갈비를 멕여주랴?"

"에이 성님도 원, 고작 푸딱지게 괴기?"

"그렇다면 장가를 보내주랴? 니 형수 말대로 뭣이든 원하는 대로 해주마."

개동이의 입에서 장가라는 말이 나오자 우암이는 부끄러운 듯 고개를 숙이며 밉지 않게 눈을 살짝 흘겼다.

"아금탕시럽게, 장개 보내준당께 웃고 자빠졌네?"

쌀분이가 밉지 않게 우암이를 흘겨보았다. 우암이 입 꼬리에 함빡 웃음이 고였다.

"댕겨오겠습니다."

개동이 내외가 쌀분이한테 큰절을 하였다.

"지가 배 타시는 것 보고 오께라우."

우암이가 큰 가죽가방과, 쌀분이가 밤을 새워가며 찐 인절미 몇 가래를 넣은 작은 버들고리를 양손에 들고 일어섰다. 우암이가 짐을 들고 토방으로 내려서자 개동이 내외도 밖으로 나왔다.

"들어가셔요."

"아니다. 새끼냇다리꺼정만 함꾸네 가자."

개동이의 만류에도 쌀분이는 한사코 배웅을 하겠다면서 먼저 마당을 질러 사립짝 밖으로 나가더니 돈들막을 내려갔다.

"저번에 니 아부지 초상 때 치상비를 대준 어무니헌테 고맙다는 말 꼭 전해사 쓴다잉. 그때 우리 집에 들리지 않고 그냥 가셔서 서운했단 말도 흐고."

쌀분이는 새끼냇다리까지 따라 나오며 개동이한테 말했다. 그녀는 남편이 죽었을 때 막음례가 영산포에 와서 치상비를 대준 것에 대해 고마움을 간직하고 있었던 것이다. 이제 그녀는 개동이 어머니 막음례와 서먹하게 지내고 싶지가 않았다.

"오동네도 한 번 찾어가봐. 개동이가 찾어가 주면 힘이 될 것잉께."

쌀분이는 새끼냇다리 건너 물목굽이에서 걸음을 멈추고 말했다. 그녀는 개동이 내외와 우암이가 물둑을 타고 걸어가는 모습을 한참 동안 바라보고 서 있었다. 개동이와 우암이는 어깨를 나란히 맞대고 걷고 네댓 걸음 뒤에 개동이 처가 따랐다. 그들은 물둑을 타고 걸으면서 영산강을 내려다보았다. 햇살이 바늘 끝처럼 따갑게 얼굴이며 목에 달라붙었으나, 넉넉한 강바람이 불어와 땀을 식혀주었다. 개동이는 요즈막 영산강을 바라보면 이상하게도 마음이 슬퍼졌었다. 아버지가 세상을 뜬 뒤 부터는 영산강 흐르는 것만 봐도 가슴 밑바닥이 촉촉해지곤 했다.

"우암아, 어머니 일로 너무 슬퍼해서는 안 된다. 그래도 어머니 시신을 네 손으로 수습해주었으니 얼마나 다행한 일이냐. 이제 어머님 산소에도 갈 수가 있고 제사도 모실 수가 있지 않겠느냐. 어머님이 어디서 돌아가신 줄도 모른다면 어쩌겠냐. 어머니께서 너를 불효자로 맨들지 않을랴고 새끼내로 오신 것이다. 그러니 어머니 일로 마음 아파해서는 안 된다."

개동이는 우암이가 마치 죽을병을 앓고 일어난 사람처럼 맥이 빠져 있는 것을 보고 늘 마음이 아팠다. 개동이는 우암이가 다시 옛날처럼 뼛골에 땀이 고이도록 일을 하면서도 웃음을 잃지 않고 살아가기를 바랐다.

"울어메는 새끼내에서 죽을라고 오셨던개비라우. 자진해서 돌아가실라고 움막에 불을 지르신 거랑께요. 얼매나 내가 보고자펐으면 그 몸으로 새끼내꺼정 오셨을끄라우."

우암이가 슬픔에 잠긴 목소리로 말했다.

"고향에 묻히고 싶어서 오신 것이다. 네 손에 묻혀서, 돌아가신 후에라도 네 옆에 있고 싶어서 돌아오신 거여."

개동이 말에 우암이는 말없이 버릇처럼 턱 끝을 쳐들고 어머니가 묻힌 개산을 올려다보았다.

"허갸, 개산에 울어메가 기시니께 마음이 든든허구만이라우."

"그렇고말고. 할아부지와 할아부지의 할아부지가 세상을 뜨셔서 영산강으로 돌아가신 것과 마찬가지로, 우리 아부지와 네 어머니도 개산으로 가셨으니께, 인제부텀은 개산이 바로 어머니다 생각허고 사는겨."

개동이 말에 우암이가 오랜만에 희미하게 미소를 머금어 날렸다.

"성님 말대로 영산강을 할아부지와 큰아부지로 알고, 개산을 울어메로 생각허고 살라요."

"잘 생각했다. 그래야 우리도 죽어서 영산강이나 개산이 될 수 있단다."

개동이는 우암이가 생각을 바꾼 것이 기특하여 팔에 힘을 모아 손을 잡고 거칠게 흔들어주었다. 개동이 생각에, 그 자신은 몰라도 우암이만은 앞으로 영산강과 개산을 자기의 몸처럼 믿고 살아가야 할 것이라고 여겼다. 그렇게 해야만 영산강변에 오래도록 뿌리를 내리고 살 수 있을 것이었다. 개동이 자신은 그렇게 될 자신이 없었다. 아버지가 세상을 뜬 후부터는 더욱 자신이 없어졌다. 그때문에 개동이는 우암이만이라도 영산강물이 메말라 붙을 때까지 새끼내에 오래도록 뿌리를 내리고 살아주기를 바랐다.

물둑을 타고 영산포에 당도한 그들은 곧장 선창으로 나갔다. 영포환이 발행하려면 아직 한 시간쯤 여유가 있었다.

"우암이는 그만 돌아가거라."

"성수씨 꼭 몸 조심허시고 빨리 오씨오잉."

"안 그래도 성님이 아기는 꼭 새끼내에서 낳아야 한다고 해싸니께 곧 돌아와야겠지요. 아기를 여기 와서 낳아야 새끼내 사람이 된다고 저래싸니께…….”

개동이 처가 개동이를 향해 밉지 않게 눈을 흘기며 말하였다.

“하먼, 그리야지라우잉. 그리야 내 조카도 영산강 사람이 되지라우잉. 그것은 성님 말이 백 번 맞는구만이라우.”

우암이가 큰 소리로 만족스럽게 웃었다. 개동이와 그의 처도 소리없이 희끔 햇살처럼 웃었다.

영산강에 햇살이 펴지자 영포환을 타기 위한 손님들이 하나둘 선창으로 모여들기 시작하였다. 영포환 뱃손님들은 양복쟁이들이 많았고 일본사람들도 여럿 눈에 띄었다. 가을부터 이른 봄까지는 곡물들이 가득가득 실려 나갔지만 여름에는 오가는 사람들만이 배를 이용하였다.

뙤약볕 아래 선창에서 배를 기다리던 개동은 탱크바지 차림에 도리우찌를 깊숙이 눌러쓰고 천천히 선창으로 내려오고 있는 양만석이와 마주쳤다. 만석이는 개동이를 발견하자 약간 당황해하는 표정을 지으며 걸음을 멈추었다.

“목포 가십네까?”

개동이를 대하는 만석이가 여느 때와는 달리 눈빛에 힘이 들어가 있지 않은 듯했다. 개동이는 만석이가 그에게 무슨 말인가 할 것처럼 주춤거리는 것을 눈치 채고 잠시 그에게 시선을 보냈다. 만석은 엉거주춤한 자세로 지나치려다가 얼핏 걸음을 멈추고는 “방학이라서 집에 가시는구만요” 하며 고개까지 가볍게 끄덕였다. 평소 그답지 않게 한결 부드러운 말투였다.

"양 주사도 목포에 가시오?"

개동이는 양 주사라는 말에 힘을 주었다.

"예, 우리 소장님 친척 되시는 분이 조선에 나오신다기에 모시러 가는 길입니다요. 헌데 장 선생은 유달정에 쭈욱 있겠지요?"

"그럴 거요."

"그렇다면 목포에서 다시 만날 수가 있겠구려."

양만석은 이내 개동이 앞을 지나쳤다. 개동이는 한동안 양만석의 뒷모습을 바라보고 서 있었다. 양만석이가 자신과 같은 핏줄을 받아 이 세상에 태어났다는 사실을 알게 된 후 양만석을 대하는 개동이의 마음은 참으로 야릇했다. 연민의 정을 느끼는가 하면 죽지 않을 정도로 후려패주고 싶기도 했다. 어쩔 때는 목에 큰 가시가 걸린 것처럼 답답하기도 했다. 기가 꺾인 양만석을 보자 기분이 묘했다.

"성님, 저 사람이 어찌 저런다유?"

양만석이가 전 같지 않게 한결 부드러운 태도로 대하자 우암이가 고개를 갸웃거렸다.

"왜? 이상하냐?"

"전에는 성님을 보면 새벽 호랭이 개 보듯 허든디, 오늘은 안 그렁만이라우."

"글쎄다. 나도 모르겠구나."

개동이는 우암이에게 양만석이가 그의 배다른 동생이라는 사실을 말해줄 수가 없었다.

개동이와 만석은 영포환 선실에 마주보고 앉았다. 이따금 두 사람의 눈길이 마주치곤 하였는데, 그때마다 그들은 서로 어색하게 웃었다. 영포환이 몽탄에서 잠시 멈추고 손님을 실을 때였다. 양만석이가 개동이 옆에 와서 앉으며 궐련을 권했다. 개동이가 사양하지 않고 궐련을 받자, 양만석이 성냥불을 그었다.

"이렇게 동행을 하게 되다니……."

양만석은 개동이의 궐련에 불을 붙여주고 나서 연기를 푸우 내뿜으며 말했다.

"언제 돌아오시려오?"

이번에는 개동이 쪽에서 물었다.

"모레쯤…… 목포에서 이틀 밤을 쉬게 되니깐 어쩌면 유달정에 찾아갈지도 모르겠소."

"오시면 나를 찾아주겠소?"

"그러지요. 장 선생 모친께서도 저를 홀대하시지야 않으실 겝니다요."

"우리 어머님을 아시오?"

"장 선생 춘부장 장례 때 영산포에서 뵈었답니다."

"아, 그랬어요?"

개동은 어머니로부터 양만석을 만났다는 말을 들었으면서도 모르는 척하였다. 그들이 이야기를 주고받는 동안 영포환은 어느덧 산자락 물굽이를 휘어 돌아 바다처럼 강폭이 넓은 명산 앞에 이르렀다. 비릿한 갯바람이 코끝을 간질이자, 개동이는 삼학도 쪽 바다를 바라보면서 큰 숨을 들이쉬었다. 그는 짭짤한 갯내음이 좋았다.

영포환에서 내린 장개동은 양만석이과 헤어진 후 가방을 들고 서서 선창거리를 휘둘러보았다. 선창거리는 전보다 훨씬 벅신거렸다. 바다에는 곡식을 실어내가는 철이 아닌데도 큰 화물선과 고깃배들이 여러 척 정박해 있었고, 부두에는 땡볕 속인데도 수많은 등짐꾼들이 떼를 지어 바쁘게 움직였다. 어물전도 더 생겼고 양철지붕의 일본집들도 여러 채 들어서, 선창거리가 한눈에 꽉 찼다. 목포 선창거리는 확실히 영산포 선창거리와 달랐다. 바다에 떠 있는 큰 화물선들도 그렇거니와 넓게 트인 길 양편에 줄지어 늘어선 양철지붕의 일본 집 점포마다 온갖 물건들이 가득가득 쌓여 있었다. 거리를 오가는 사람들도 양복쟁이들이 많았다.

개동이는 선창에서 인력거를 타고 유달정으로 향했다. 배에서 내려 집에까지 걷자면 담배 한 대참도 안 걸리는 지척 간이었으나, 개동이는 아내를 생각해서 함께 인력거를 탔다.

"저…… 유달정 막내서방님이시지유?"

개동이 내외가 인력거에 오르자 텁수염 많은 중년 인력거꾼이 개동이를 올려다보며 물었다.

"그렇소만…… 어찌 아시오?"

"예. 지가 유달정에 손님을 많이 뫼셨으니께요. 서방님께서는 시방 영산포에서 훈도질을 허시지유?"

인력거꾼은 개동이에 대해서 잘 알고 있는 것처럼 말했다. 인력거꾼은 유달정을 향해 건장한 두 발로 땅을 박차고 뛰면서도 영산포에서 살기가 어떠하며, 영산강에 홍수가 지면 온 들이 옴씰하게 물에 잠긴다는데 얼마나 무서우냐는 둥 이것저것 물었다.

"고향이 혹시 그쪽이 아니오?"

개동이는 인력거꾼이 영산포와 영산강에 대해서 많은 관심을 갖고 있다는 것을 알고 그렇게 물었다.

"내 고향이 바로 영산포라우. 목포가 개항하던 해에 부모님을 따라 무곡선을 타고 나왔지요."

"그렇다면 새끼내를 아시겠구만요?"

"아다마다요. 본디 새끼내에는 주막만 있었는디, 종들이 풀려나오면서 마을이 되었다우."

"새끼내 사람들도 아시겠네요?"

"그렇고말고요. 한때는 새끼내 사람들과 선창 등짐꾼 노릇을 했는데유."

인력거꾼의 말에 개동이는 그가 필시 아버지와도 친분이 있을 것으로 짐작하였다.

"새끼내 사람 누구를 아시는지요?"

개동이는 인력거꾼의 입에서 아버지의 이름이 나오기를 기다리며 조심스럽게 물었다. 인력거꾼은 한동안 말없이 인력거를 끌더니 얼핏 뒤를 돌아보았다.

"등짐꾼 일을 함께 했던 새끼내 사람들을 다 알지요. 그 중에서 얼금뱅이 장웅보를 한시도 잊은 적이 없다우."

개동이는 인력거꾼의 입에서 아버지 이름이 튀어나오자 마음이 걷잡을 수 없을 만큼 설레기 시작했다. 그는 인력거에서 내려서 아버지에 대한 이야기를 듣고 싶었다. 그는 아버지에 대해서 알고 싶은 것들이 많았다. 아버지의 어린 시절에서부터 양 진사 댁에서 도망쳤던 젊은 시절, 그리고 새끼내에 터를 잡고 땅을 일구던 때며 갑오난리로 목포에 나가서 등짐꾼 일을 했던 시절, 아버지가 어떻게 살았었는지 알고 싶었다. 아버지가 세상을 떠난 후로, 아버지의 삶에 대한 궁금증이 더했다. 그는 큰어머니에게 아버지 이야기를 물어볼 수가 없었다. 왜냐하면 큰어머니는 아버지의 이야기를 꺼내기만 하면 울음부터 쏟았기 때문이었다.

"얼금뱅이라는 분을 왜 못 잊으시지요?"

"내 목숨을 구해주었다우."

"목숨을요?"

"선창에 있는 미곡 창고에서 쌀을 훔치다가 붙잽혔을 적에 웅보라는 사람이 구해주었답니다. 그때 웅보가 나를 구해주지 않았더라면 나는 꼼짝없이 야쿠자들헌테 죽고 말았을 게요. 헌데, 얼금뱅이 장웅보 그 사람 고향 새끼내로 돌아간 지가 오래 되었는듸 어찌 사는가 모르겄쉐다. 내 형편이 바늘귀만큼만 뚫려도 새끼내에 한 번 찾아가서 말로라도 은혜 갚음을 해야 하는 건듸 내가 이렇게 사람 노릇을 못하고 삽네다."

인력거꾼의 이야기를 듣고도 개동이는 장웅보가 아버지라는 말이 입 밖으로 나오지 않았다. 아버지의 삶이 부끄럽게 느껴졌기 때문이 아니었다. 인력거꾼의 놀라는 얼굴을 보기가 싫었고, 더구나 그에게 아버지가 세상을 떴다는 말을 하고 싶지 않았기 때문이었다.

"방학 끝나고 돌아가시면 새끼내에 가서 웅보라는 사람 한 번 만나주씨오. 그 사람 만나서 내 말 좀 해주씨오. 오늘 인력거 삯은 안 받겠소."

인력거꾼이 얼핏 개동이를 돌아보면서 말했다.

"말을 꼭 전해주겠소."

인력거꾼은 땀을 흘리고 숨을 헉헉대면서 싸전 앞을 지나 유달정에 이르렀다. 개동이는 인력거 삯을 셈하기 위해 호주머니에서 잔돈을 꺼냈다.

"이러시면 안 되는구만요."

"자 어서 받으시오."

개동이는 인력거 삯을 억지로 인력거꾼의 손에 쥐어주었다. 인력거꾼은 마지못해 돈을 받아 주머니에 넣고는 인력거에서 가방을 내려들고 유달정 안으로 들어섰다.

개동이 내외가 유달정 안으로 들어서자 일하는 사람들이 서방님 오신다고 안방 쪽에 대고 큰 소리로 외쳐댔다. 개동이는 우선 중노미 달근이를 불러 인력거꾼에게 탁주 한잔 대접하라 이르고 나서 안방 쪽으로 몸을 돌렸다. 그는 어머니가 당장 버선발로 방에서 뛰어나올 것을 기대하면서 안방 쪽으로 다가갔다. 그가 토마루에 설 때까지도 안방 문은 열리지 않았다.

"어머님께서 안 계시느냐?"

개동이는 가방을 들고 따라온 중노미에게 물었다.

"마님 안에 기시는구만유."

중노미 달근이는 그러면서 안방 쪽으로 목을 빼고 "마님, 개동이 서방님 오셨구만유" 하고 소리쳤다.

"어서 들어오그라."

한참 후에야 안방에서 어머니의 담담하고도 무겁게 가라앉은 목소리가 흘러나왔다. 개동이는 어머니 목소리로 미루어 심기가 편치 않음을 짐작하였다. 개동이가 그의 처와 함께 안방으로 들어갔을 때, 어머니는 경대 앞에 편안하게 앉아서 머리를 빗고 있었다.

"어머니, 저희들 왔습니다."

개동이는 어머니 방에 들어가서 한참이나 서 있다가 입을 열었다. 그제야 어머니가 경대 앞에서 돌아앉았다. 개동이 내외는 어머니에게 인사를 올리고 나서 그들을 대하는 어머니의 태도가 전과 같지 않음을 알고 긴장했다.

"방학이 돼서 왔습니다요. 큰어머니께서 방학 동안 집에 가 있다오라고 하셨구만요."

개동이는 어머니의 안색을 조심스럽게 살피며 입을 열었다.

"큰어머니라니? 네 큰어머니가 누군디?"

개동이는 어머니의 물음에 한동안 멀뚱해졌다. 그는 어머니가 설마 새끼내 큰어머니에 대해서 역정을 내고 있으리라고는 생각하지 않았다.

"큰어머니가 누구냐니요?"

개동이가 조심스럽게 어머니의 눈치를 살피며 물었다.

"그분은 네 큰어머니가 아니고 네 어머니시다."

한참이나 있다가 개동이 어머니가 말했다. 그제야 개동이는 어머니의 속내를 이해할 수가 있었다. 어머니의 깊은 속내를 이해하게 된 개동이는 비로소 마음을 놓고 빙긋이 웃었다.

"네 집은 새끼내가 아니더냐? 네가 네 핏줄을 찾어서 한사코 영산강 따라 간 것은 새끼내 사람이 되기 위해서라고 니 입으로 말했지 않느냐? 그런 니 입에서 큰어머니란 말이 나오다니."

개동이 어머니는 큰 소리로 아들을 나무람 하였다.

"어머니 뜻을 알겠습니다요. 허나 지금까지 새끼내 어머니를 큰어머니라고 불러왔는데요."

"앞으로는 어머니라고 불러드려라. 그러고 여그 오래 있지 말고 그냥 새끼내로 돌아가그라. 니 아부지를 잃은 어머니가 을매나 허퉁해 허시겄냐. 너는 어채피 새끼내 장 씨 사람이 아니더냐. 그러니 여그가 니 집이려니 허는 생각은 버리그라. 그래사 니가 새끼내 장 씨 사람이 될 수가 있다. 내일 니 처가에 들러 인사나 올리고 그냥 새끼내로 돌아가도록 하그라."

개동이는 어머니의 말에 한동안 어리둥절해하였다. 그는 어머니 말대로 당장 새끼내로 돌아가고 싶지가 않았다.

"고단헐 텐디 어서 가서 쉬거라. 별채에 방을 치와놨응께."

개동이는 어머니가 어쩐지 그에게 일부러 냉랭하게 대하는 것 같아 마음이 편하지 않았다. 오랜만에 집에 돌아왔기 때문에 어머니와 더 많은 이야기를 나누고 싶었던 것이다. 새끼내에서 식구들이며 학교 생활, 그리고 그간 살아온 이야기도 해주고 싶었고, 목포를 떠나 있는 동안 집안 사정에 대해서도 알고 싶은 것들이 많았다. 그런데도 어머니는 개동이와 한사코 얼굴 맞대기를 회피하는 것만 같아 마음이 죄어들었다.

"어머니, 집사람이 아기를 가졌구만요."

개동이는 어머니를 기쁘게 해드리고 싶어 큰 소리로 말했다. 개동이가 기대했던 것처럼 어머니 표정은 그리 밝지가 않았다.

"느그 큰 성도 아들을 낳았다드라."

개동이 어머니는 개동이 처가 아기를 가졌다는 데도 별로 반가운 기색을 보이지 않고 시퉁하게 대했다.

"참, 형님들께서는 그동안 댕기러 왔던가요?"

개동은 성 씨가 다른 두 형제들이 그간이라도 목포에 다녀갔는가 싶어 물었다. 그가 새끼내에 가 있는 동안 그 형님들이라도 어머니를 자주 찾아주기를 바랐기 때문이다.

"그 놈들 말은 꺼내지도 말어. 즈그덜 배아지 따땃헌디 에미 생각헐 여유가 있을라디야."

어머니는 여전히 배배꼬인 말투였다. 경성에 가 있는 두 형님들이 오랫동안 목포에 내려오지 않고 있음을 짐작했다. 개동이 생각에 성이 다른 두 형들은 오래전부터 어머니와 별로 살갑게 지내는 처지가 아닌 것 같았다. 두 형은 개동이가 그들과 같은 핏줄이 아니라는 것을 알게 되면서부터 어머니를 대하는 태도가 달라졌다. 그들은 나이가 들수록 개동이와 어머니를 그들 울타리 밖 사람처럼 대하였다. 종당에 두 형들은 어머니로부터 멀리 떠나고 말았다. 개동이 생각에 결국 어머니는 그 자신 때문에 두 아들과 멀어진 것이라고 생각했다.

"형들이 다녀간 지도 꽤 오래 된 것 같은데 제가 연락을 한 번 해볼까요?"

"쓰잘때기 없는 소리. 그만 별채에 가서 쉬거라."

어머니가 벌컥 화난 목소리로 내질렀다.

"그럼 어머님, 우리는 별채에 가서 잠시 쉬겠습니다."

개동이는 아내에게 일어서라는 눈짓을 보내고 나서 측은한 눈빛으로 맥이 빠진 어머니를 보며 말했다.

"오늘은 쉬고 내일 일찍 처가에 가봐야재."

기실 막음례는 아들 며느리와 몇날 며칠이라도 얼굴 맞대고 이야기를 주고받고 싶었다. 그러면서도 그녀는 오랜만에 집에 온 개동이한테 일부러 쌀쌀맞게 대했다.

개동이는 별채로 건너갔다. 별채 조붓한 뜰에는 닭 볏처럼 빨간 맨드라미가 그늘 속에서 꽃 대궁을 가볍게 흔들어댔다. 오 년 이상을 살아온 집이었는데도 모든 것이 낯설어 보였다. 마치 꿈속에서 한 번 스쳐보았던 곳처럼 생소했다.

개동이가 목포를 떠나기 전, 아내를 맞아들였던 별채 그의 방은 동백꽃무늬 벽지로 산뜻하게 도배 되어 있었다. 방 아랫목에는 깨끗한 새 인조 비단 이부자리가 베개와 함께 개켜져 그들 부부를 맞아주었다. 개동이는 아들 며느리를 위해 도배를 하고 새 이부자리를 마련해놓은 어머니에게 고마움을 전하고 싶었다. 방학이 되면 아들 내외가 집에 올 줄 알고 도배를 해놓고 기다렸을 어머니 마음을 헤아릴 수 있었다. 당장 새끼내로 돌아가라고 냉갈령을 부리는 것은 결코 본심이 아니라는 것을 그는 알고 있었다.

이튿날은 파도와 바람이 아침을 열어주었다. 오랜만에 집에 돌아온 개동이는 여름 햇살이 파도 위에 부서질 무렵에야 눈을 떴다. 햇살이 혀를 널름거리며 방바닥을 핥아댔다. 개동이는 늦잠을 잔 것이다. 옆자리를 보았으나 아내가 보이지 않았다. 그가 누워 있는 방이 객방처럼 낯설게 느껴졌다. 유달정이 그의 집이라는 생각이 들지 않았다. 어머니의 말마따나 이제 유달정은 개동이의 집이 아닌지도 몰랐다. 개동이는 영산강변 새끼내가 그리워지기까지 하였다.

자리에서 일어난 개동이는 방문을 걷어차듯 하고 별당을 나갔다. 별당 앞 접시감나무 가지에 앉아서 재잘거리던 참새들이 후두두 날개를 치며 지붕 너머로 날아갔다. 하늘에는 구름조각 하나 없이 맑았으며, 유리창같이 해맑은 그 하늘에서 햇살이 눈부시게 꽂혀 내리고 있었다. 개동이는 한동안 우두커니 별당 토마루에 서서 햇살이 묶음으로 쏟아져 내리는 하늘을 올려다보았다. 어쩐지 하늘까지도 낯설어 보였다.

개동이가 별당 토마루에 서 있는 동안 그의 처가 놋대야에 소세물을 떠가지고 왔다.

"어머님께서 장 보러 가시면서 서둘러 조반을 먹고 친정부텀 댕겨오라고 당부하시드만요."

개동이 처는 소세물이 넘실거리는 놋대야를 맨드라미가 하늘거리는 화단 옆에 놓고 남편을 보았다.

"장인 장모께서는 또 우리더러 목포에서 살라고 하실텐데……?"

개동이는 아내의 속내를 헤아리고 싶어 넌지시 떠보았다. 처가에 가면 또 장인 장모께서 딸 하나 있는 것 멀리 보내고 싶지 않으니 목포에서 함께 살자고 욱대길 것이 뻔했기 때문이다.

"또 그러시면 아버님 어머님도 새끼내에서 우리와 함께 살자고 할걸요. 그래야 딴 말씀 안하실 거 아니어요."

"부모님 심정을 우리가 이해해야지. 자식이라고는 당신 하나뿐인데 멀리 떼어놓고 싶지 않으시겠지."

"그러니까 우리랑 같이 영산포에 오셔서 살면 되지 않아요."

"당신 새끼내가 그렇게도 좋아?"

개동이는 그렇게 묻고 나서 아내의 표정을 살폈다.

"이제 영산강이 좋은가?"

"사람들이 좋아요."

개동이는 아내의 말에 싱그시 웃음을 삼켰다. 영산강이 좋은 것이 아니라, 새끼내 사람들이 좋다는 말이 더 듣기에 좋았다.

개동이 내외는 서둘러 조반을 먹고 집을 나섰다. 개동이의 처가는 유달산 동쪽 기스락 아래에 있어 유달정에서 가까웠다. 개동이는 인력거를 부르겠다고 하였으나 그의 처가 한사코 걸어가고 싶다면서 양산을 펴들고 앞장서서 걸었다. 개동이는 아내와 함께 걸으면서 봉송하게 부른 아내의 배를 그윽한 눈으로 여러 차례 다독거려보았다. 생명을 잉태한 아내가 더 없이 소중하고 성스러워 보이기까지 하였다.

"당신 보기 참 좋소."

개동이가 함빡 웃는 얼굴로 아내의 배를 보며 말했다. 생명을 잉태한 아내가 꽃보다 아름답고 보름달보다 더 소담스러웠다.

개동이는 오달진 눈으로 아내의 아랫배를 계속 쓰다듬어 보며 걷다가 고깃간 앞에서 걸음을 멈추어 섰다.

"고기 떠가지고 가실려구요?"

"여기가 오동네네 고깃간이오. 언제 차분하게 한 번 찾아오려고 했지만서도 그냥 지나칠 수가 없구료. 잠시 들러서 오동네나 만나고 갑시다."

개동이는 아내에게 말하고 고깃간 문을 열었다. 오동네의 남편 황 서방은 보이지 않고 낯선 젊은이가 좌판에 앉아 졸고 있다가 삐그덕 판자문 열리는 소리에 벌떡 일어섰다.

"여기가 황씨네 고깃간이 맞소?"

"왜 그러슈?"

"나는 영산포에서 왔는듸, 고깃간 주인을 좀 만나고 싶어서 그러요."

"바깥주인은 안 기시는구만요."

"안주인은 계시겠지요."

개동은 황 서방이 고깃간에 붙어있지 않다는 것을 알고 있었다. 아버지 장례 때 새끼내에 왔던 오동네의 말로는 요즈막 황 서방은 첩을 얻어 살림까지 차려주고, 집에는 한 달에 한 번도 얼굴을 비치지 않는다고 했다. 한때는 의병이 되겠다고 새끼내에 와서 우암이 아버지를 따라다니다가 한 달도 안 되어 목포로 돌아가 버리더니 이번에는 또

첩질이라니…… 개동이는 황 서방의 사람됨을 짐작하고도 남음이 있었다.

고깃간 젊은이가 안채로 사라지더니 잠시 후 오동네와 함께 나타났다.

"오라버님."

오동네가 고깃간으로 들어서다가 개동이를 발견하고는 우르르 내달았다. 개동이가 보기에 오동네의 얼굴이 전보다 더 상한 것 같았다. 필시 황 서방 때문에 속을 끓이고 있음이 분명했다.

"성님도 오셨지라우?"

"응. 참, 시방 밖에 와 있다."

"들어오시지 않고……."

그러면서 오동네는 고깃간 문을 열고 밖으로 나가더니 개동이의 처와 함께 들어왔다.

"오늘은 그냥 얼굴만 보고, 새끼내로 가기 전에 다시 오마."

"지한테 오세갖고 그냥 가시다니 말이 되는그라우."

오동네는 두 팔로 개동이의 팔을 붙잡고 고깃간에서 안채로 나 있는 덧문 쪽으로 잡아끌었다. 그래도 개동이는 고개를 흔들고 손사래를 쳤다.

"어르신들도 계시는듸 나중에 다시 오마."

"아녀라우. 시아부님도 안 계시는구만이라우."

오동네가 그렇게 말하며 끌어당기는 바람에, 개동이는 하는 수 없이 덧문 안으로 들어섰다. 개동이 내외는 오동네한테 이끌려 안채로 들어갔다. 마침 마루에서 오동네의 두 아이들이 놀고 있는 것을 보자, 오동네는 다급하게 아이들을 불러 개동이 내외에게 인사를 시켰다.

"이놈들 아주 끌방망이 같구나."

그 사이 개동이와 그의 처는 오동네를 따라 방으로 들어섰다. 고깃간을 하여 돈을 잘 버는지 방안 등물이 그만하면 넉넉해 보였다. 개동이 내외는 한동안 방안 등물을 둘러보고 있었다.

"참, 어머님은 잘 계시다. 장례를 치른 뒤 한동안은 날마다 아버님 묘에서 사시다시피 하셨는데 요새는 괜찮으시다."

"성님 애기 가졌구만잉. 오메 잘했어라우."

오동네는 개동이 말에 관심을 갖지 않고 개동이 아내 옆에 앉아 싱긋싱긋 웃으며 말했다.

"누구보담도 새끼내 어머님이 좋아하신단다."

"성님 지발 떡두꺼비 같은 아들 하나 낳어주씨오. 그래사 울어메가 손주한테 푸접을 허고 살지라우."

오동네의 말에 개동이 아내는 미소만 날렸다.

"우암이도 잘 있지라우?"

"나 있을 때 목포에 한 번 온다고 하드라."

"우암이가 목포에 온다고라우?"

개동이는 좋아하는 오동네의 얼굴을 말끄러미 바라보았다. 그는 우암이의 어머니가 새끼내에 돌아와서 죽었다는 말을 하려다가 그만두었다. 개동이는 한참 동안이나 오동네의 까칠해진 얼굴을 바라보았다. 오동네의 얼굴이 너무 상한 것 같아 마음이 아팠다.

"황 서방 때문에 너무 속 끓이지 말거라. 새끼들 보고 살아야재. 그러고 이만헌 재산에 자식들 있겄다 뭣이 걱정이냐. 황 서방이 시방 외도를 헌다만 오래 가지 않을 것이다. 내가 볼 때 황 서방 심성이 착허드라. 마음 착헌 사내들이란 어떤 일이 있어도 가정을 버리지 않는 법이다. 황 서방이 저러는 것도 한 때니께, 너무 속 끓이지 말고 살어야 해."

개동이는 긴 말로 오동네를 다독거려주었다.

"나는 암시랑토 안해라우. 새끼내 어매가 걱정이구만이라우."

"새끼내 어머님 걱정은 안 해도 된다. 나와 우암이가 있지 않느냐? 앞으로 내가 어머님을 잘 모실 테니 걱정 말그라."

"오라버니흐고 성님만 믿겄어라우."

"걱정 마셔요. 우리가 잘 모실 것이로구만요."

개동이 아내는 진심으로 말했다.

개동이 내외는 오동네가 점심을 들고 가라고 한사코 붙잡는 것을 우암이가 오면 다시 들르겠다고 하고 고깃간을 나왔다. 오동네는 삼거리까지 따라 나오며 새끼내로 돌아가기 전에 꼭 다시 한 번 오라고 다짐을 받고서야 돌아섰다. 개동이는 오동네를 만난 것을 만족스럽게 생각하면서 서둘러 걸음을 옮겼다. 어느덧 태양은 상투머리 위에 덩그렇게 솟아 훅훅 뜨거운 김을 뿜어댔다.

개동이는 다시 삼거리 모퉁이 조금 지나서 선창으로 연결된 큰길 어귀에 있는 소금점 앞에서 걸음을 멈추고 아내를 보았다.

"나 잠깐 소금점에 좀 들어갔다 오겠으니 여기서 기다려주시오."

개동이는 아무래도 염주근 아저씨네 소금점을 그냥 지나칠 수가 없을 것 같았다.

"지 먼첨 집으로 갈께요."

"인사만 하고 나올 테니 쪼금만 기다려."

개동이는 명령하듯 거칠게 말하고 소금점 안으로 들어섰다. 소금점 마루에 걸터앉아서 곰방대를 빨고 있던 염주근이 개동이를 발견하고 벌떡 일어섰다.

"장개동 선상님이 아닌감?"

염주근은 곰방대를 마루에 놓고 일어서더니 개동이의 손을 잡고 거칠게 한바탕 흔들어댄 후에 그를 끌어 마루에 앉혔다.

"아저씨, 이제 다시 새끼내로 들어가실 생각이 없는가요?"

마루에 앉기가 바쁘게 개동이가 입을 열었다. 그는 아버지의 옛 친구들이라도 다시 고향에 돌아와서 아버지 대신 땅을 지키며 살아주었으면 싶었다.

"아버님께서 생전에 그러셨구만요. 옛 친구들 고향에 모두 불러와서 다시 땅을 일구겠다고 말입니다."

"웅보가 없는 새끼내에 뭐허로 다시 돌아가? 인자 늦었어. 판쇠랑 덕칠이도 웅보없는 새끼내에는 다시 돌아가기 싫다고 허드라. 그러고 우리야 인자 다 늙어서 고향에 돌아가 봤자 아무것도 헐 일이 없는 겨. 대신에 네가 갔응께, 너한테 새끼내를 맽기고 싶구나. 네 아부지도 네가 돌아와서 맘 편히 저세상으로 갔을 겨."

개동이가 예상했던 것처럼 염주근 아저씨는 이미 고향을 잊어버리고 있었다. 그는 아버지의 옛 친구들이 고향을 잃어버렸다는 사실이 그렇게 마음 아플 수가 없었다.

여름방학을 맞은 개동이는 다섯 달 만에 목포 집에 갔다가 닷새를 넘기지 못하고 새끼내로 돌아오고 말았다. 목포에 가 있는 동안 이상하게도 심신이 고달프고 정신까지도 황량해지는 듯하였다. 어머니마저 빨리 돌아가라고 성화여서 하루도 맘 편히 머무를 수가 없었다. 게다가 예상했던 대로 처가 식구들이 한사코 목포에 나와서 살라고 보채는 바람에 서둘러 새끼내로 돌아와 버렸다.

개동이는 목포에서 영포환을 타고 강을 거슬러 영산포로 돌아오면서, 아버지가 만든 고향 새끼내를 온몸으로 떠메고 있는 것 같은 버거움을 느꼈다. 아버지의 옛 친구들마저 버린 고향을 개동이 혼자 어떻게 지키라는 것인지 답답하기만 했다.

"후유, 인제 살 것 같네."

영포환에서 내려 영산포 땅을 디디며 개동이 처가 말했다.

"일찍 돌아오기를 잘했구만."

개동이는 아내에게서 큰 보퉁이를 받아들고 선창거리 쪽으로 걸음을 옮기며 말했다.

개동이 내외가 집안으로 들어서자, 움막의 처마 밑 그늘에서 낫을 갈고 있던 우암이가 벌떡 일어섰다.

"아니, 성님 왜 이르케 빨리 오시는그라우? 나 내일 목포에 갈라고 했는듸."

"목포에는 내가 언제고 데리고 가마. 헌듸 큰어머니는 집에 계시냐?"

"성님이 목포에 가신 뒤부텀 삐끔도 안허시고 누워만 기시는구만이라우. 워디가 아프신 모양인디……."

"또 개산에 올라가셨다냐?"

"아니구만이라우."

우암이 말대로 개동이 내외가 큰방으로 들어서자, 큰어머니는 얼굴을 개산 쪽으로 두르고 모로 누워 있다가, 방문 열리는 소리에 고개를 돌려 보더니 개동이 내외를 발견하고 천천히 일어나 앉았다. 다른 때 같았으면 그들을 보자마자 부리나케 일어나 앉았을 터인데, 어쩐지 심신의 기력이 빠진 채 반가워하는 기색조차 발견하기가 어려웠다.

"어머님, 저희들 돌아왔습니다."

개동이는 일부러 큰 소리로 어머니라 부르면서 무릎을 꿇고 큰절을 하였다. 쌀분이는 개동이가 어머니라고 부르자 잘못 들은 것이나 아닌가 싶은 얼굴로 한동안 개동이 내외를 번갈아 보았다.

"오랜만에 집에 갔으니께 모친 옆에 좀 오래 있다가 오재."

쌀분이는 여전히 맥 빠진 표정으로 말했다.

"여기가 저의 집이지요. 그리고 여기에 저의 어머니가 계시지 않습니까."

개동이는 무릎을 꿇고 앉아서 어머니의 얼굴을 바라보며 말했다.

"어머니 어디가 편찮으신가요?"

이번에는 개동이 아내가 물었다.

"펜찮기느은. 그냥 삭신이 좀……."

"어머님 더위 잡수신 것 아녀요?"

개동이 아내는 그렇게 묻고 나서 조심스럽게 쌀분이의 손목을 잡고 맥을 짚어보았다.

"맥이 잘 안 잽히는 것 보니께 어머니 너무 쇠약해지셨구만요. 어머님, 아침도 점심도 안 드셨지요? 진지를 안 드시니께 이렇게 쇠약해지시지요. 지가 냉큼 고깃국 끓여서 저녁 지어 올릴 테니 누워 계셔요."

그러면서 개동이 아내는 서둘러 건넌방으로 건너가서 옷을 갈아입고 부엌문을 열었다. 개동이 처 말대로 쌀분이는 요즈막 거의 식음을 폐하다시피 하고 있었다.

"아이 와, 너헌테 헐 말이 있는듸……."

개동이가 아내를 따라 큰방에서 나가려고 했을 때 쌀분이 쪽에서 조심스럽게 말을 했다.

"무슨 일인데요?"

개동이는 다시 자리에 앉으며 물었다.

"나…… 나 말이다."

"네. 어서 말씀하셔요."

"나…… 말인듸……."

쌀분이는 입을 열기는 하였으나 말을 못하고 개동이의 눈치만을 살폈다. 그 사이 부엌에서는 개동이 아내가 이른 저녁을 짓느라 덤벙대는 소리가 들렸다.

"어머님, 무슨 말씀이신데 그러시는지요?"

개동이는 아무래도 어머니한테 무슨 곡절이 있기에 이렇듯 말을 못하고 미적거리고만 있는 것이라고 짐작하고 조심스럽게 눈치를 살폈다.

"나…… 새끼내서 못 살긊다."

한참 동안 말을 못하고 미적거리고만 있던 쌀분이가 뚜벅 입을 열었다.

"예? 새끼내에서 못 사시겠다니 무슨 말씀인가요?"

개동이는 자신의 귀를 의심하면서 그렇게 되물었다. 그는 어머니가 온전한 정신으로 그런 말을 할 수 있을 것이라고는 생각하지 않았기 때문에, 놀라지 않을 수가 없었다.

"나…… 새끼내를 떠나서 목포에 가서 살고 싶은듸…… 목포에는 오동네도 있응께……."

쌀분이는 힘이 빠진 목소리로 푸념처럼 말하면서 무릎 위로 고개를 떨어뜨렸다. 그러고는 오랫동안 눈을 들지 않았다.

"어머님, 왜 이러십니까요? 어찌 새끼내에서 못 사시겠다고 하시는지요? 새끼내에 제가 있는데 왜 떠나시고 싶다고 하십니까?"

개동이가 어머니 곁으로 바투 다가앉으며 다급한 목소리로 거듭 물었다. 그제야 쌀분이는 천천히 고개를 들고 개동이를 마주보았다.

"개동이는 새끼내 사람이 아니여. 언제고 훌쩍 여그를 떠나버릴 건듸. 언제까지나 새끼내에 붙어살 개동이가 아닌겨."

"아닙니다요. 저는 새끼내 사람입니다요. 바로 제 고향이 새끼냅니다요. 그러고 새끼내 어머님이 저의 어머님이시구만요. 저희 내외는 새끼내를 떠나지 않고 어머님을 모실 것입니다요. 어머님 제 말을 믿으셔요."

쌀분이는 말없이 한참 동안 개동이의 얼굴만 짯짯이 들여다보았다.

"개동이 네 어메는 목포에 기시는듸?"

"아니로구만요. 제가 새끼내 사람이니께 지 어머님은 바로 새끼내에 계시는구만요. 제 말을 믿으시라니께요."

"참말로?"

그 사이 쌀분이의 눈이 크렁하게 젖었다. 그녀는 개동이의 손을 덥석 붙안고 크렁한 눈으로 개동이를 오랫동안 바라보면서 무슨 말인가 할 듯 말 듯하면서도 입을 열지 않았다.

"참말이지야잉? 참말로 새끼내에서 나랑 함꾸네 살겄지야잉. 나는 그런 것도 모르고 느그들이 목포에 나가 살 줄만 알았당께. 느그들이 목포에 간 뒤에 어짠지 집안이 휘엉험시로 내 맴이 얄궂게도 쓰렁허드란 말이다. 그럼시로 느그들이 목포에서 다시 돌아오지 않을 것만 같았당께. 설사 돌아온다 해도 곧 되짚어 목포로 돌아가베릴 것만 같은 생각이었구먼. 느그들이 없으면 나 혼자 어찌케 새끼내에서 살겄냐?"

쌀분이는 개동이 내외가 새끼내를 떠나지 않으리라는 것을 믿고 안도의 한숨을 몰아쉬었다. 그녀는 개동이 내외가 잠시 목포에 가 있는 사이에 끈 떨어진 망석중이 모양 하루하루 사는 것이 적막강산이었다. 남편 웅보만 살아 있었던들 그렇듯 삶이 적막하지는 않았을 것이었다. 그녀 생각에 정말로 개동이 내외가 목포에서 돌아오지 않을 것만 같았었다. 그리고 돌아온다 해도 쉬 다시 돌아갈 것으로만 생각하였다. 남편을 잃고 죽고 싶을 만큼 허전한 마음을 개동이 내외한테 의지하며 살아왔는데, 만일 그들마저 떠나버린다면 적막한 새끼내에서 어떻게 살 수 있을까 싶어 눈앞이 아뜩하였던 것이다. 더구나 요즈막엔 꿈마다 남편이 나타나서 그녀를 괴롭히는 악몽에 시달리는 터라, 개동이 내외마저 그녀 곁을 떠나고 만다면 그녀 또한 새끼내를 떠나리라 작심하였던 것이다.

"저희들이 목포에 가 있는 동안 어머님께서 매우 고단하셨던 모양이로군요. 허지만 우암이가 있지 않아요."

"우암이? 그놈은 안적까지도 지 어메 생각뿐이여. 그러고 밤낮 목포 타령이었당께. 요본에 보니께 우암이 그놈 장개만 가면 언제고 내 곁을 떠날 놈인 것 같어. 허갸, 내 지사 지내줄 놈이 아닝께, 상관없재. 내 지사 지내줄 사람이 나를 버리지 말아야재잉."

쌀분이가 개동이를 똑바로 보며 말했다.

"우암이도 저도 어머님 곁에서 떠나지 않을 겁니다요."

개동이는 그렇게 다짐을 주어 말하고 목포에서 만났던 오동네의 이야기로 어머니의 마음을 풀어주었다. 쌀분이는 오동네의 소식을 듣자 이내 얼굴이 밝아졌다. 개동이가 오동네의 이야기를 할 때마다 희끔희끔 웃음을 보이기까지 하였다.

개동이는 어머니의 마음이 완연히 누그러져서야 옷을 갈아입기 위해 건넌방으로 건너갔다. 그는 서둘러 돌아오기를 잘했다고 생각하였다. 며칠만 그들이 더 목포에 머물러 있었더라면 어머니는 필시 병을 얻어 자리보전을 하고 말았을 것이었다.

그날 저녁 쌀분이는 개동이 처가 끓여준 고깃국에 밥 한 그릇을 다 먹고 잠이 들었다. 그리고 다음날 아침 참새 떼보다 먼저 일어나서 싸리 빗자루를 들고 마당을 쓸었다. 물꼬를 보기 위해 일찍 자리에서 일어나 토마루에 내려선 우암이가 이 광경을 보고 눈을 크게 뜨며 건넌방 토마루로 달려가서 다급하게 개동이를 불렀다.

"성님, 큰어메가 시방 먼 일이당가요? 암만해도 정신을 놓쳐버린 것만 같어라우."

개동이가 눈을 비비며 방문을 열자 우암이는 여전히 놀란 얼굴로 마당을 쓸고 있는 큰어머니를 가리키며 말했다. 그러나 개동이는 어머니를 보고 싱긋이 웃을 따름이었다. 그의 생각에 어머니는 이제 완연히 기력을 되찾은 듯싶어 한껏 마음이 놓였다.

"어머님께서 옛날에도 기분이 좋을 때는 새벽에 일어나서 마당을 쓴 적이 있지야?"

개동이가 푸실푸실 웃으며 물었다.

"아니라우. 큰어메가 새벽에 마당을 쓰는 것은 처음이구만이라우."

"아니다. 전에도 이런 일이 있었을 것이다. 네가 미처 못 봐서 그렇지."

개동이는 한동안 장문을 열고 얼굴만 뾰곰히 내민 채 어머니가 마당을 쓸고 있는 양을 바라보고 있다가, 얼핏 우암이를 보며 "참, 네 색싯감 봐놓고 왔다" 하였다.

"예? 색싯감이라니라우?"

"나중에 이야기해주마."

개동이는 웃으면서 말하고 방문을 닫았다.

개동이는 목포에 가서 우암이 색싯감을 점찍어놓고 왔다. 염주근 아저씨의 막내딸이었다. 그가 염주근 아저씨의 소금점에 갔을 때, 냉수를 떠다준 몸집이 투실하고 얼굴이 곱상한 염주근 아저씨네 막내딸을 보는 순간 우암이 색싯감으로 점을 찍은 것이었다. 그리고 그는 다짜고짜로 염주근 아저씨에게 그의 딸을 우암이의 색싯감으로 달라고 말하였다. 염주근 아저씨는 깊이 생각해보지도 않고 대뜸 "엉? 그려? 언제 데려갈라는가? 내 대신 우리 옥님이를 새끼내로 시집보내는 것도 괜찮재. 웅보가 이것을 알았더라면 좋아헐 것인디……" 하고 그 자리에서 응낙을 하던 것이었다. 개동이는 염주근 아저씨한테 가을걷이가 끝나는 대로 날을 받아서 옥님이를 데려가겠다고 약조를 하였다. 염주근 아저씨는 개동이한테 언제라도 딸을 데려가라고 하면서, 딸을 데려가기 전에 우암이를 한 번 목포에 보내라고 하였다. 그러고 나서 그는 우암이 아버지의 소식을 조심스럽게 묻던 것이었다. 개동이가 작은아버지의 소식을 모른다고 하자 그는 "대불이 그 사람 쉽게 죽을 사람이 아닝께, 언제고 죽기 전에 새끼내로 돌아올 게다" 하고 자신 있게 말했다.

"어머님께 도련님 색싯감 이야기 하셨어요?"

개동이 아내가 아침밥을 짓기 위해 방문을 열고 나가며 물었다. 그때까지도 우암이는 건넌방 토마루에 서 있다가 개동이 아내의 말에 귀를 쫑긋거렸다. 개동이 아내는 방문을 닫고 부엌으로 몸을 돌려세우다가 말고, 토마루에 우암이가 서 있는 것을 발견하고 색싯감 이야기를 해주려다가 입을 다물고 종종걸음을 쳤다. 우암이는 형수가 부엌으로 들어간 후에 건넌방 문을 열고 상반신을 방안으로 꺾어 넣어,

누워 있는 개동이를 보았다.

"성님, 아까 무신 말잉게라우?"

우암이는 조심스럽게 방으로 들어가 개동이 옆에 앉았다.

"이번에 목포에 가서 네 색싯감을 정해놓고 왔다."

"놀리지 마시씨오잉."

"장가 안 갈래? 니 나이 열아홉 아니냐. 몸이 실하고 얼굴이 달덩이 같은 처자를 네 색시로 정해놓고 왔다."

"어치게 그런 처자를 찾았능그라우?"

"주근이 아저씨 알지야? 그 아저씨 딸이다. 아저씨도 너라면 사윗감으로 족하시다면서 언제라도 데려가라고 허시드라."

그제야 우암이는 농말이 아니라는 것을 알고 입이 헤벌어졌다. 그는 개동이 형님 내외 사는 것을 볼 때마다, 나도 언제 색시를 얻을 수가 있을까, 내 색시가 될 여자는 어디에 사는 누구일까 하는 생각을 하게 되었으나, 그에게는 꿈처럼 아득한 일이라고 치부해버리곤 했다.

"참, 성님, 그저께 웬 여자 분이 아부지를 찾아오셨어라우. 영산포 영산정 고스까이가 지를 찾어와서 누가 만나잔다고 혀서 따라갔등만, 처음보는 여자가 울 아부지를 찾드라니께요. 내 생전 고로코롬 비까번쩍헌 여자는 처음 봤구만이라. 뽀글뽀글 지지고 볶은 양 머리에 양장 채려 입고 삐딱구두 신은 신식여자드만요."

"여자가 숙부를?"

"제물포에 있을 적에 의남매를 맺었담시로, 아부지가 언제 어디로 가셨냐, 언제 소식이 왔느냐시로 꾸끔시럽게 물어보드랑께요."

"의남매를 맺었다고?"

"이름이 권 멋이냐 맞구만이라 권순영이라고 했구만이라. 영산정 고쓰가이 말로는 일본에서 막 귀국했다고 허든디……."

"숙부는 왜 찾는다고 허드냐?"

"그거는 물어보지 않었구만이라. 아부지는 의병이었는디 시방은 만주 어디선가 독립군이 되었다고 했구망요."

"독립군 이야기는 왜 했어."

"왜요? 독립군이 부끄러운 것도 아닌디."

"다른 말은 없더냐?"

"아 참, 짝귀라는 사람도 묻데요. 그래서 아부지와 함꾸네 의병이었는디 잽혀서 목이 잘려갖고 매달아 놓았다는 이야기를 해주었구만이라. 그 말을 듣자 눈물이 질컥해진 것 같데요. 그라고 아부지 만나면 제물포에 오면 만날 수 있다는 말 꼭 전해주라고 헙디다."

우암이 이야기를 들은 개동은 더 이상 묻지 않았다. 우암이는 일어서서 밖으로 나왔다. 집을 나와 한달음에 돈들막을 추어 올라 영산강 물둑 쪽으로 뛰었다. 너무 기분이 좋아 날아갈 것만 같았다. 마음속으로 나는 장가간다, 내 색시는 달덩이 모양으로 고운 목포 처자다 하고 몇 번이고 되뇌면서 이슬을 털며 물둑을 탔다. 어느덧 동편 하늘에 햇살이 퍼지기 시작했다. 우암이는 억새꽃 빛깔 하늘에 발그레하게 퍼지기 시작하는 아침 햇살이 그렇게 아름다울 수가 없었다. 그는 한동안 걸음을 멈추고 서서 황홀한 마음으로 아침 햇살이 구름장 아래로 퍼지는 모습을 바라보았다. 모든 것이 새롭고 아름답게 보였다. 하늘의 구름과 그 아래로 철쭉꽃이 피어나듯 서서히 퍼지기 시작하는 아침 햇살, 그리고 아침 바람에 물너울을 일으키는 영산강물과 이슬을 함빡 머금은 물둑의 풀들조차도 처음 본 것처럼 아름답고 신비롭기만 하였다.

우암이는 색시가 될 여자 모습을 상상해보았다. 개동이 형님이 말한 대로 달덩이처럼 예쁜 얼굴을 머릿속에 그려보았다. 순간 아침 햇살이 그의 뼛속으로 스며드는 듯 황홀한 기분을 느꼈다. 그는 물둑에 피어난 노란 딱지꽃 한 송이를 꺾어 들고 이슬에 젖은 대지 위로 퍼져 내려오는 아침 햇살 속에 비쳐보면서, 낯모르는 여자의 얼굴을 떠올렸다. 우암이는 해가 떠오를 때까지 물둑을 거닐다가, 아침을 짓는 연기가 퍼져 오르는 것을 보고서야 몸을 돌려세웠다.

높아진 하늘에서 꽂혀 내리는 햇살은 날로 가늘어지고, 영산강을 휩쓸고 내려온 바람은 하루가 다르게 차가워졌다. 영산강 가을은 바람과 햇살로부터 오게 마련이다. 처서로 접어들면서부터 구리철사처럼 날카롭기만 하던 햇살에 윤기를 더해가고, 바람이 깔깔하게 차가워지면서 강변은 온통 엷은 은회색 빛깔로 물들기 시작했다. 이 무렵이면 넓은 들판도 황금물결로 뒤덮인다. 이처럼 영산강의 가을은 햇살과 바람과 갈대꽃과 더불어 열린다. 영산강변에 은회색 빛 갈대꽃이 흐드러지면 강변 들판이 풍성해지게 마련이다. 다행히 그해에는 영산강물이 단 한 번도 물둑을 넘지 않아 삼 년 만에 풍년이 들었다.

새끼내 사람들은 들판이 누렇게 물든 것을 보기만 해도 절로 배가 불러오는 것 같았다. 그러면서도 한편으로는 호비칼에 찢김을 당하기라도 한 것처럼 속이 쓰려왔다. 그들은 미우라 일가가 새끼내에서 영암 쪽으로 빠지는 산 기스락에 자리를 잡을 때부터 머지않아서 미우라가 상전 노릇을 하게 될지도 모른다는 생각을 하였다.

영산포에 자리를 잡은 일본인 이민들이 팔십 가구나 되었다. 그들은 두 종류가 있었는데, 하나는 주로 자작경영이 목적이고 , 다른 하나는 조선 땅에서 소지주가 되어 소작경영을 해보자는 쪽이었다. 일본정부는 자작경영을 위한 이주민들에게는 전답 2정보를 할당해주고 토지를 매입할 자금에 대해서 5년 거치, 연리 6부, 25년 이내 연부상환 특혜를 주었다. 소작경영 이주민에게는 전답 5정보 정도를 할당하며, 그중 1정보 이내는 자작케 하고 나머지 땅은 조선인에게 소작을 주도록 하였다. 영산포에 온 일본 이즈민은 거의 소작경영을 원했다. 그들은 조선에 나와서 지주노릇을 하고 싶어 한 것이다. 그들은 조선에 와서 스스로 농사지을 생각은 하지 않고 여러 가지 특혜를 받으면서, 할당받은 5정보 땅을 모두 조선사람들에게 소작을 주어 흙에 손을 안 대고 편안하게 살고자 하였다. 조선 농민들을 대상으로 고리대금업을 하여 토지 확장을 하는 치들도 있었다. 이렇게 되니, 조선의 농업기술 향상을 위한 일본 이주민의 지도적 역할이라는 일본의 허울 좋은 구상은 성과를 보지 못했다. 결국 일본 이주민들은 조선 땅에서 조선사람들을 소처럼 부려, 편하게 놀고먹자는 속셈임을 드러내고 말았다.

일본인 시가(志賀重昻)라는 사람이 『대역소지(大役小志)』라고 하는 책에서 이 점을 지적하였다.

일본의 농민이 과연 한인 사이에 끼여 한인의 눈앞에서 내지에서와 같이 똥통을 메고 분뇨를 손으로 만질 수가 있느냐는 것은 연구할 문제다. 자기 나라에서는 상등기차를 타보지도 못한 사람들이 일본에 오면 꼭 1등차만을 타고 있는 서양 사람을 보고, 이와 같은 인심의 기미를 생각한다면 일본인은 빈농이나 소작인에 이르기까지 한인보다 우등인종이라고 자부하는 이상(자부함은 당연하다) 이는 실로 수월치 않은 문제이다. 그러나 같은 일본인 사이에서는 일본에서와 같이 똥통을 메고 분뇨를 주무를 수 있는 것이니, 요는 단체적 이주를 실시하여 가능한 한 조속히 일본인의 이주를 도모하여 일본 부락을 이루어야 한다. 이러한 점을 심사숙고하면 한국에 대한 영구적 성질의 문제에 관하여 우리 현대의 일본인의 깊은 사려를 요할 것이 많다고 하겠다. 월전의 해아밀사 문제는 오히려 말초지사(末梢之事)이다. 지엽(枝葉)에 불과하다.

이러한 지적처럼 일본 이주민은 조선에 와서 똥통을 메고 분뇨를 주무르기는커녕 흙에 손조차 대려고 하지 않았으며, 정부로부터 할당받은 농토를 조선인에게 소작을 주어 편하게 살려고만 하였던 것이다. 그들은 조선에 이주해오자마자 정부로부터 저리 연부의 대부금을 받아서 초가가 아닌 양철 지붕 집부터 짓기 시작하였으며, 할당받은 농토를 조선인들에게 소작을 주어 지주노릇을 하였다.

일본은 농업이주민정책에 대해서 그럴듯한 이론을 들고 나왔지만 성공을 거두지 못했다.

『조선신보(朝鮮新報)』에 가로되, 일본 농상성 농무국장 사까이(酒勻明)는 조선 사정에 밝은데 조선 이주민에 제하여 담화한 바를 본즉, 조선에 이주하는 것이 하와이나 호주에 이주하는 것과는 원래 그 취지가 다르다. 조선에는 자본가, 기업가, 기술자가 결핍할뿐더러 적당한 농업상 노동자가 결핍한즉 일본의 기업가가 조선의 농업을 경영하려면 농업상 노동자가 필요하고, 특히 조선에서 토지를 구입하여 농업을 영위하려면 각처에 일본의 농업가를 혼입(混入)하여 조선인을 지도케 함이 필요하니, 이 방법을 취하면 동일한 토지에도 조선인의 손으로 이룬 것에 비하면 3배 이상의 수확이 용이할뿐더러, 또한 일본 농민이 아니면 저수지를 축조하거나 혹 구거(溝渠)를 개착하여 관개의 방법을 행하지 못한다 하고, 조선에 이주하여 농경에 종사하면 일본에서는 농업상의 선소(尠少)한 영향을 피하되 조선에서는 농경의 이익으로써 이를 작작유여(綽綽有餘)할 것이요, 북조선의 땅은 상금 위난하니 일본 인사가 우선 착수할 지방은 조선의 남쪽지방에서도 매거(枚擧)키가 어려운 정도거늘, 황차 기후풍토 및 교통에도 남쪽 방면이 우승한 곳이 많으리라.

야마구찌(山口精)라는 사람이 『조선산업지(朝鮮産業誌)』라는 책에 쓴 글을 보면, 한 사람이라도 더 많이 일본인이 조선에 이주하여 농업을 경영하는 일본인이 증가할 때 조선의 농사는 기필코 발전할 뿐만 아니라, 조선을 부유케 할 것이고, 더 나아가서는 일본국을 이롭게 한다는 것이었다. 그러나 일본 농민 이주는 일본 세력의 부식이 주목적이고 농업 발전은 그 다음이었다.

영산포에 온 일본 이주민들은 가구당 5정보 이상의 농토를 동양척식회사로부터 할당받아서 사음(舍音)을 통해 소작을 주었다. 농민들은 자신들의 농토를 동척에 빼앗기고 만 것도 억울한 판에 일본인의 소작인이 되었다는 사실이 더욱 분했다.

햇살은 제법 눈이 부셨지만 강바람이 쌀랑하게 느껴지는 아침, 미우라가 낯선 통역을 데리고 새끼내에 나타났을 때, 새끼내 사람들은 학교에서 수업을 하고 있는 개동이한테 몰려와서 미처 말을 못하고 숨을 헐떡거렸다.

"모래내에 이사 온 쪽발이 미우라가 우리 동네에 와서 새끼냇들이 몽땅 지것이 되얐응께 소작료를 자기헌테 내라고 헌다니께."

너무 늙어서 허리를 제대로 펴지 못하는 칠복이 영감이 마을 사람들과 같이 개동이를 찾아와서 숨 가쁘게 하소연하였다. 그들은 개동이한테 당장 마을로 가서 일본사람 미우라를 만나 달라는 것이었다.

"지난여름까지만 해도 동척 소유라면서 푯말을 박았었는데 미우라가 자기 땅이라니요?"

수업을 하다 말고 마을사람들을 만난 개동이는 그들이 무엇인가 잘못 알고 온 것이라고 생각할 수밖에 없었다. 동척 소유라고 억지를 쓰던 새끼내 들 토지가 일개 일본 이주민의 것이라니 믿을 수가 없었던 것이다.

"그래도 즈그 땅이라고 억지를 부리니 으쩌겄능그라우. 성님이 가서 한 번 따져봐야 안 쓰겄소잉."

마을 사람들과 함께 온 우암이도 숨을 씩씩거렸다.

"미우란가 허는 그 일본사람 시방 어디 있냐?"

"새끼내에 와 있구만이라우."

개동이가 묻고 우암이가 대답하였다.

"그렇다면 아직 수업이 두 시간이 남았으니께, 수업을 끝내고 곧 가마."

개동이는 새끼내에 와 있다는 미우라를 만나서 그가 새끼내 들 토지 소유자라고 주장하는 연유를 따져 물을 생각이었다.

"아니구만이라우. 시방 우리허고 같이 가서 따져야 허는구만이라우."

우암이는 그러면서 개동이의 팔을 잡아끌었다. 그러나 개동이는 아이들을 가르치다 말고 미우라를 만나기 위해 새끼내로 달려갈 수는 없는 노릇이었다. 그러자 몸피가 엄장한 김덕만이와 우암이보다 나이가 적은 또식이가 한꺼번에 개동이의 다른 팔을 잡았다. 칠복이 영감과 최복실이는 우두커니 서서 간절한 눈빛으로 개동이의 얼굴만을 바라보았다.

"그렇다면 저기 운동장 오동나무 밑에서 내가 수업이 끝날 때까지 기다리든가……."

개동이가 마을 사람들을 보며 사정을 했다. 마을 사람들은 개동이의 그 같은 태도에 크게 실망한 눈빛으로 서로의 얼굴을 번갈아 보았다.

"새끼내에서 왜말 헐 줄 아는 사람이 누가 있다고 이러요?"

성질이 우악스러운 김덕만이가 짜증을 부리듯 큰 소리로 내질렀다. 김덕만의 목소리에 놀라 교실에 있던 학동들이 우르르 복도로 나왔다. 개동이는 서둘러 학동들을 다시 교실 안으로 몰아넣고 나서 난감한 얼굴로 사정하듯 마을 사람들을 둘러보았다.

마을 사람들은 하는 수 없이 수업을 끝낼 때까지 운동장 모퉁이에서 기다리고 있다가 정오가 훨씬 지나서야 개동이를 앞세우고 새끼내로 향했다. 마침 토요일이라 오전 수업만 마치고 파한 아이들까지 그들의 뒤를 따라 긴 행렬을 이루었다. 그러나 그들이 새끼내에 도착해보니 미우라는 보이지 않았다. 마을 사람들은 다시 개동이를 앞세우고 모래내 모퉁이에 있는 미우라 집으로 몰려갔다. 그들이 양철 지붕의 집으로 휘어드는 길목에 이르렀을 때, 대문 앞에 미우라가 서 있었다. 개동이는 처음으로 미우라를 가까이서 보게 되었다. 그는 근육질의 얼굴에 키가 작고 몸집도 왜소했으며, 잘 지어놓은 집에 비해 입성이 결코 돋보이지 않았다. 미우라와 마주선 개동이는 마디가 굵은 왜소한 일본인의 손을 한참 동안이나 보았다. 개동이가 보기에 미우라의 손은 새끼내 사람들의 손과 조금도 다를 바가 없었다. 개동이는 미우라가 농사꾼이라는 것을 알았다.

"저어…… 새끼내에서 왔습니다. 미우라상께서 우리 마을에 오셔서…… 새끼냇들의 농토가 미우라상 소유라고 하셨다는데……."

개동이가 미우라의 얼굴을 정면으로 마주보고 한껏 기분을 가라앉히며 말했다. 개동이가 말을 하는 동안 미우라는 이상하게도 입가에 미소를 담뿍 머금은 채 연신 벙싯거렸다. 개동이는 미우라의 그 같은 태도가 마음에 들지 않았다.

"아, 당신 우리말을 썩 잘하는군요."

미우라가 버릇처럼 벙싯거리며 말했다. 그는 개동이가 일본말을 유창하게 하는 것을 보고 반가움을 느낀 것 같았다. 개동이는 미우라의 그 같은 심중을 헤아릴 수가 있었다.

"어째서 새끼냇들 농토가 당신 소유라는 것이오?"

개동이가 이번에는 다소 언성을 높이며 따져 물었다. 그러나 미우라는 볼품없는 체구에 작은 눈을 껌벅거리며 여전히 벙싯거리고만 있었다. 개동이는 미우라가 그 자신을 얕잡아보는 것만 같아 기분이 언짢아졌다.

"아, 내가 새끼내 사람들의 지주가 되었다오. 내가 동척에서 새끼내 토지를 배당받았다 이 말이란 말이오. 그러니 앞으로 새끼내 사람들은 내 소작인이 된 것이라 이거요."

미우라가 웃음을 섞어가며 능글거리는 말투로 말했다.

"어째서 새끼내 토지가 당신 것이 되았냐 이 말이여? 누구 맘대로 새끼냇들을 당신이 차지해?"

성질 급한 김덕만이가 개동이를 밀치고 앞으로 나서며 미우라를 메어칠 듯 눈을 부라렸다. 미우라는 김덕만의 태도에 겁먹은 얼굴로 두어 걸음 뒤로 물러서며 개동이를 보았다. 그는 김덕만의 말을 알아들을 수는 없었으나, 그의 험악한 표정에서 위압감을 느꼈던 것이다.

"이런 쳐 죽일 놈, 새끼냇들은 우리 땅이여 이놈아. 이 날강도야, 어째서 늬 땅이란 말이여?"

이번에는 또식이가 미우라 앞에 삿대질을 해가며 큰 소리로 따졌다. 그러자 미우라는 몸을 조그맣게 웅크리더니 대문 안으로 도망치듯 하여 문을 걸어 잠그고 말았다. 새끼내 사람들이 소리를 지르고 대문을 흔들어보았으나 미우라는 다시 모습을 나타내지 않았다.

"도깨비 날강도 같은 쪽발이 놈아, 또 새끼내에 와서 헛소리를 했다가는 뒈질 줄 알그라 이노옴."

"새끼냇들은 동척 땅이 아니라, 새끼내 사람들 땅이니께 그리 알거라."

김덕만이와 또식이가 가을 햇살이 눈부시게 미끄러지는 함석 대문을 걷어차며 저마다 소리쳤다. 개동이는 난감한 얼굴로 미우라네 양철 지붕을 쳐다보고 있었다. 미우라의 말대로라면 그가 동척으로부터 새끼내 들 농토를 배당받아 새끼내 사람들을 소작인으로 부리겠다는 것이었다. 그는 미우라의 말이 사실이라는 것을 알았다. 동척이 일본 이주민들에게 가구당 5정보의 농토를 배당해주었다는 것을 알고 있었다. 이제 미우라는 새끼내 사람들에게 지주 행세를 하려 들 것이고 동척은 뒷전으로 물러앉고 만 것이었다.

"돌아가십시다. 미우라에게 따져봤자 소용이 없습니다."

개동이는 마을사람들과 함께 새끼내로 돌아가자고 했다. 만일 마을 사람들이 흥분을 참지 못하고 미우라 집안으로 쳐들어가서 행패라도 부리게 되는 날에는 더 큰 일을 자초하게 되리라는 것을 알고 있었기 때문이다. 기실 따지고 보면 잘못은 동척에 있었다.

"자, 집으로 돌아가십시다. 나중에 동척을 상대로 따집시다."

개동이가 마을 사람들을 향해 다시 소리쳤다.

"당장 동척으로 몰려가세."

김덕만이가 소리쳤다. 그러자 여기저기서 덕만이 말대로 하자고 하였다.

"좌우당간 돌아갑시다."

개동이는 큰 소리로 말하고 나서 우암이를 앞세워 몸을 돌려세웠다. 그러자 분이 머리끝까지 치밀어 올라와 있는 새끼내 사람들도 하나둘 개동이의 뒤를 따랐다. 그들은 모두 힘이 빠져 있어 두 어깨가 무거워 보였다. 어느 날 갑자기 동척이라는 것이 생겨 그들의 땅에 푯말을 박고 주인행세를 하려 들더니, 이제는 난데없이 난쟁이 같은 일본 이주민이 나타나서는 자기가 땅주인이라고 억지를 쓰니, 너무 분하고 억울하여 통곡이라도 하고 싶었다.

개동이는 모래 내 모퉁이 큰 소나무 그늘 밑에 잠시 걸음을 멈추고 서서 미우라네 양철집을 바라보았다. 새끼내 사람들도 개동이를 따라 눈꼬리를 빳빳하게 말아 올려 미우라의 집을 질러보았다. 그들 중 누구인가 가래침을 울거내어 퉤퉤거리며 뱉어댔다.

"이래도 되는그라우? 남의 나라에 몰려와서 맘대로 집을 짓고 땅을 차지해도 되는그라우? 가만히 보니께 왜놈덜이라는 기 숭악헌 날강도들이 아닌감. 원 저렇게 무지막지헌 종자들이 있으끄라우?"

미우라 집으로 몰려가서 아무 말도 하지 않았던 우암이가 개동이와 미우라 집을 번갈아 보며 비감에 젖은 목소리로 말하였다.

"죄 나라님 탓이로구먼. 저런 꼴 뵈기 싫어서 우암이 아부지가 총을 들고 창의병이 되얐던 거여. 그러고 보면 우암이 아부지가 나라님보다 낫당께."

"다 우리 탓이로구먼. 우암이 아부지가 총을 들고 창의병이 되얐을 때 우리는 뭣을 했는가? 그때 우리 모두 창의병이 되었더라면 이르케 되지는 않았을 것잉만. 다 우리 탓이여."

칠복이 영감과 덕만이가 푸념처럼 한숨을 섞어 말하였다.

새끼내 사람들은 무거운 마음으로 가을 햇빛 속을 걸어 마을로 돌아왔다. 미우라의 집 앞에서 발걸음을 돌려세웠을 때까지만 해도 당장 동척에 몰려가서 따지자고 큰소리치던 그들이었는데, 막상 마을로 돌아오자 누구 한 사람 동척으로 몰려가자는 말을 빼지 않은 채 슬금슬금 저마다의 집으로 흩어져버렸다. 그들은 너무 힘이 빠져 있었기 때문에 차라리 집에 돌아가고 싶었는지도 몰랐다. 그들은 큰 슬픔이나 견딜 수 없는 절망감에 빠져 있을 때는 풀잎보다 더 약해지게 마련이었다. 지금 그들은 감당할 수 없는 절망감에 빠져 큰소리를 지를 수도 없을 만큼 약해졌다.

"동척에 가서 따지기로 한 것은 포기했다냐?"

개동이도 맥이 빠져 우암이와 함께 돈대를 오르면서 얼핏 입을 열었다. 그는 마을사람들이 동척에 몰려가서 따진다 해도 어쩔 수가 없다는 것을 알고 있으면서도 그렇게 물어본 것이다.

"오늘은 틀렸구만이라우. 우리덜 농토가 다시 미우라 것이 되야뿐

지고, 우리가 미우라의 소작인이랑께 떡심이 풀려서라우."

우암이 목소리도 힘이 빠져 헛바람이 새어나오는 듯하였다. 우암이는 돈대를 오르면서 잠시 전 마을사람들이 이런 꼴 보지 않게 하려고 그의 아버지가 총을 들고 창의병이 되었다고 한 말을 떠올렸다. 그 말을 듣는 순간 우암이는 처음으로 어깨가 저절로 펴지면서 가슴이 뛰기까지 했다. 순간 우암이는 마음속으로 아버지는 아직도 새끼내 사람들 마음속에 살아 있구나 하고 생각하였다. 어쩌면 아버지는 다시 새끼내에 돌아올 수 없을지도 모르지만 마을사람들 마음속에 아버지가 살아 있다는 것을 생각하면, 아버지가 그의 옆에서 그를 지켜보고 있는 것만큼이나 마음이 든든했다.

"성님, 왜 시방은 옛날 울 아부지 모양으로 왜놈덜을 몰아내기 위해 총 들고 싸우는 창의병이 없당가요?"

돈대를 내려서서 바자울 안으로 들어서다가 우암이가 걸음을 멈추고 서며 뚜벅 입을 열었다.

"글쎄다. 이제는 일본사람들이 워낙 많고 또…… 조선사람들이 지치기도 했고…… 허지만 지금도 저자들을 이 땅에서 쫓아내기 위해서 싸우는 사람들이 있을 것이다."

개동이는 자신 없는 목소리로 말했다. 그는 새끼내 사람들이 미우라의 소작인이 되는 것을 막기 위해 아무 일도 할 수 없음이 안타까울 따름이었다. 기실 그는 이곳에 와서 새끼내 사람들을 위해서 한 일이 아무것도 없음을 절감하고 그런 자신이 더없이 무기력하게 생각되었다. 개동이는 우암이가 집안으로 들어선 후에도 한참 동안이나 그대로 바자울 옆에 서 있었다. 그리고 앞으로 닥쳐올 일들을 생각해보았다. 가을걷이가 끝나면 필시 미우라가 소작료를 내라고 족대길 것이고, 새끼내 사람들은 이를 받아들이지 않게 될 것이 뻔했다. 그는 몇 달 후의 일들이 눈앞에 떠오르자 덜컥 겁이 나기까지 하였다.

"성님, 뭣허시오."

집안에서 우암이의 목소리가 흘러나오자 개동이는 서둘러 마당 안으로 들어섰다. 태양은 아직 오동나무 위에 멈추어 있었고, 이따금씩 강바람이 오동나무 가지들을 흔들 때마다 나뭇잎들이 가을 햇살들을 어지럽게 털어내곤 하였다.

9

한동안 세상이 조용했다. 바람도 조용했고 하늘은 햇살과 별들을 키우며 죽은 듯 숨을 죽였다. 미우라도 새끼내에 모습을 나타내지 않았다. 세상과 하늘이 조용한 사이 대지의 곡식들은 열매를 다지고 겨울이 오기 전에 갈무리되기를 기다렸다. 곡식이 넉넉하게 익어 있는 새끼내 들은 풍요로움이 넘실거렸다. 그 풍요로움 속에서 곧 폭풍이 몰아쳐올 것만 같은 팽팽한 긴장감이 늦가을 햇살 속에 퍼져갔다. 누렇게 익은 곡식들을 바라보는 새끼내 사람들도 언제 다시 미우라가 나타나서 소작료를 내라고 윽박질러댈지 모를 일이어서, 잠시도 마음이 편하지 않았다.

조용한 긴장감 속에서 가을걷이가 시작되었다. 새끼내 사람들은 가을걷이를 하면서도 미우라가 헌병들을 몰고 와서 총을 들이대고 곡식을 가져가버릴 것만 같아 조바심에 떨었다. 그들이 봄부터 가을까지 마음 졸이고 피땀 흘려가며 가꾼 극식을 빼앗긴다는 것은 자신들의 목숨을 잃는 것만큼이나 원통한 일이기에, 생명을 지키듯 곡식을 지켜야만 했다. 그들은 곡식을 거두어들이면서도 겁먹은 얼굴로 영산포 쪽과 모래 내 쪽에 줄곧 시선을 꽂고 있었다. 그렇게 하루하루를 보내면서 가을걷이를 모두 끝냈다. 벼 낟가리를 마당에 쌓아 올려놓고 나서도 그들은 도둑을 옆구리에 끼고 사는 사람처럼 불안해하였다. 타작을 끝낸 농부들이 영산포에 동척이 들어서서 토지소유권을 행사하려 들기 이전에 했던 대로, 소출의 반을 소작료로 떼어놓고 나머지 반을 가지고 지세(地稅)와 종자 대를 빼고, 천수답이 아닌 논의 경우 수리조합비까지 셈하고 나면 홀태 밑에서 곡식이 바닥나고 말았다. 남은 곡식으로는 세안까지도 빠듯할 정도였다. 당초 지세와 수리조합비는 지주가 부담하게 되어 있으나 어느 사이엔가 소작인들한테 떠넘기고 만 것이었다. 이밖에도 소작을 빼앗기지 않으려면 마름에게 무릎돈을 주어야 했으니, 들판에 그득한 곡식 물결을 보고 풍요로움을 느낀 것도 잠시뿐, 가을걷이를 끝내고 보면 춥고 긴 겨울을 어찌 살아야 할지 눈앞이 아뜩하였다. 그들은 해마다 이맘때면 어김없이 똑같은 일에 고민을 하게 되면서도, 꿈꾸어 볼 만한 더 좋은 일도 없는지라, 그저 목줄 지탱하고 살자면 그나마 소작이라도 놓치지 않는 것만으로 한숨을 돌리곤 하였다.

"소작료를 누구헌티 갖다 줘야 헐지 모르겄는듸 으쩔그라우?"

타작을 끝내자 우암이가 개동이한테 물었다. 개동이는 선뜻 대답을 못하였다.

"지난해꺼정은 박 초시네헌티 갖다줬는듸…… 올해는 동척에 갖다 줘여 헐지…… 아니면……."

우암이는 그러면서 새끼내 마을사람들이 모두 소작료를 어디에 갖다 줘야 할지 몰라 걱정들을 하고 있다고 했다. 개동이도 우암이한테 뭐라고 말을 해줘야 좋을지 몰랐다. 그의 생각에 동척에 소작료를 갖다 주게 되면 새끼내 들이 바로 동척 소유임을 인정해주는 것이나 진배없는 일인지라, 그렇게 해서는 안 될 것 같았다. 그렇다고 해서 동척이 들어서기 전에 새끼내 땅이 궁토라 하여 이를 관리해온 박 초시네에게 소작료를 갖다 바칠 수도 없는 노릇이었다.

"당분간 두고 보는 것이 좋겠다. 두고 보면 좌우당간 어디에서고 무슨 말이 있지 않겄냐?"

"만약에 미우라 놈이 와서 소작료를 내라고 지랄해싸면 어쩌끄라우?"

"글쎄 말이다. 내 생각에도 미우라가 미구에 소작료를 내라는 통지를 해올 것 같구나."

"미우라헌테는 안 됩니다요."

우암이는 아주 완강하게 말했다. 그의 말은 왜놈한테는 소작료를 바칠 수가 없다는 것이었다. 박 초시네한테 소작료를 바친 것과 왜놈인 미우라에게 갖다 바치는 것은 천지 차이가 있다고 하였다.

개동이도 우암이와 같은 생각이었다. 아무리 나라가 망했다 해도 왜놈에게 소작료를 갖다 바칠 수는 없는 일인 것이었다.

"마을사람들도 미우라한테 소작료를 바칠 수 없다고 헙디다요."

"동척도 마찬가지고."

"아매 새끼내 사람들만 그런 생각을 허고 있는 것은 아닐 것이로구만이라우. 성님도 좀 생각을 해보씨오잉. 즈그들 나라도 아닌 땅을 떠억 차지허고 소작료를 갖다 바치라고 헌다면 말이나 되는그라우? 아무리 나라 망헌 백성이지만 우리헌테는 씰개도 없다요?"

우암이는 여전히 결연한 빛을 보이며 말했다. 개동이는 그런 생각을 하고 있는 우암이가 대견스럽기까지 하였다. 배운 것도 없고, 평소에 나라가 무엇인지도 잘 모르는 우암이가 그런 생각을 하게 된 것은 땅을 사랑하는 농사꾼의 고집이라기보다는 분명 자기 나라에 대한 뜨거운 연민과 애착에서 비롯된 것임을 개동이는 넉넉히 헤아릴 수 있었다. 그런 생각을 하면서, 개동이는 일본이 이 땅을 결코 쉽게 차지할 수 없으리라는 자신감을 느끼고 잠시나마 뿌듯한 기분이 되었다. 어쩌면 새끼내 농사꾼들이 문자깨나 아는 사람들보다 더 이 땅을 사랑하고 있는 것인지도 모른다고 생각하면서, 개동이는 깊은 자괴지심에 빠졌다.

가을걷이가 끝나고 영산강변 갈대꽃이 겨울을 알리듯 가을 찬바람에 몸을 흔들며 무겁게 고개를 숙이기 시작할 때까지도, 소작료를 어디에 바쳐야 좋을지 모르는 새끼내 사람들은 이제야 그들이 땅을 되찾게 된 것이 아닌가 싶기도 하였다. 동척도 미우라도 소작료를 받으러 나타나지 않았기 때문이다. 그리고 그들은 마땅히 자기네들 땅에 땀을 쏟아 농사를 지었으면서도, 소작료를 바치지 않는 것에 큰 죄를 짓기라도 한 듯 불안했다. 남의 것이라면 지푸라기 하나 탐내지 않고 살아온 그들로서는 조렷조렷 마음이 탔던 것이다.

"차라리 박 초시네 집에 소작료를 갖다줘뿔드라고. 마치 도둑질헌 것맹키로 마음이 편치 않구만. 굶어도 좋으니께, 소작료 갖다줘뿔고 맘이나 좀 편허게 살았으면 씨겄어."

"뭣 땜시 자진해서 소작료를 갖다 바쳐? 박 초시네헌티 소작료를 바치다니 말도 안 되는 소리 말어. 본디 우리 땅에 우리가 농사짓는디 워떤 놈이 소작료를 내랴? 나는 동척 아니라 동척 한압씨가 욱대겨도 소작료는 안 낼라네. 지금꺼정 무담시 우리네 땅을 궁토라고 덮어씌워 소작료를 바친 것도 억울헌디 요본에는 왜놈덜이 또 생욕심을 내고 지랄이여."

"옳거니. 인자부텀은 소작료라면 보리 한 알도 안 낼 거여. 내 땅에서 뼈 빠지게 농사지어 내 배도 못 채우고 물 건너 왜놈덜 배까지 채워주게 생겼어? 나는 내 배때기에 칼이 들어와도 인자부텀은 소작료를 안 낼 텐께 두고 보소."

소작료 때문에 마음이 편치 않은 마을사람들이 우암이네 집에 모여 의견들을 나누어보았으나, 소작료를 아무에게나 가져다 바치고 두 다리 쭉 펴고 살자는 사람들과 지금까지 소작료 바친 것도 억울한데 또 바칠 것 없다는 사람들로 의견이 쪼개졌다.

"그려, 안 바치겠다면 나도 안 바치겄구만. 내 배도 골골헌디 왜놈 배 채워주겄다고?"

처음엔 박 초시네에게라도 소작료를 바치고 마음 편하게 살자고 했던 몇 사람도 다수 의견에 고개를 숙였다. 새끼내 사람들은 어떤 경우에도 소작료를 내지 않기로 하였다. 소작료를 내지 않기로 결정이 나자 그들은 풍년이 들었을 때나 전란(戰亂)을 당했을 때 했던 것처럼 한쪽 벽을 이중으로 만들고 그 사이에 곡식을 담아 도배를 해서 숨겨 두었다.

전달출이가 새끼내에 나타난 것은 다음사람들이 소작료를 내지 않기로 굳게 결의한 다음날이었다. 전달출은 본디 포수 출신으로, 장흥에서 노루목 영감을 따라 새끼내까지 흘러 들어와서 살다가, 새끼내 사람들이 동척 말뚝을 뽑아버렸던 것을 다시 꽂았다가 마을사람들한테 곤욕을 당하고, 식솔을 이끌고 야반도주를 한 지가 일 년이 가까웠다. 풍문에 들려오는 소리로는 전 포수가 동척의 악소배가 되었다고도 하였고 선창거리 노름판의 개평꾼이 되었다고도 하였다. 그러나 이날 새끼내에 나타난 전달출은 목줄에 힘을 주고 큰 어깨를 으스대며 잔뜩 거드름을 피웠다. 그렇지 않아도 그가 동척의 악소배 노릇을 한다는 소문을 들은 마을 사람들은 은근히 기가 죽어 그의 눈치를 살폈다. 지난날 마을 사람들이 그를 영산강으로 끌고 가서 쪽배에 태운 후, 사지를 결박시켜 강물에 처박겠다고 을박질렀기 때문에, 그때의 일로 해코지를 하러 온 것이나 아닌가 하여 마음이 죄어들었다. 전달출이가 엄장한 몸집을 흔들어대며 새끼내에 나타나자, 그를 혼뜨게 닦달하였던 마을 젊은이들은 은근히 마음이 불안하여 집안으로 기어들고 말았다. 그들은 전달출이와 마주치고 싶지가 않았다.

전달출은 탱크바지에 도리우찌를 비뚜름히 눌러쓰고 새끼냇다리를 건너 으스대며 마을로 들어서더니 곧장 돈들막 쪽으로 올라왔다. 마을사람들은 바자울 안으로 얼굴을 숨긴 채, 전달출이가 마을로 올라가는 것을 지켜보았다. 이 무렵, 느지거니 아침을 먹고 논에 볏짚을 깔아주려고 들에 나가던 우암이가 돈대 아래서 전달출이와 자빡 마주치고 말았다. 우암이는 전 포수를 만나자 지난봄의 일이 생각나서 고개를 돌리고 그냥 지나치려고 하였다.

"이놈, 너 우암이 아니냐?"

전달출이가 좁은 고샅에서 우암이를 막아서며 먼저 아는 체를 하였다.

"새끼내는 워쩐 일인그라우?"

우암이는 하는 수 없이 어정쩡하게 대꾸를 하고 나서 그 앞을 지나치려고 하였다.

"응, 나 시방 느그 집에 가는 길이다."

"우리 집에라우? 우리 집에는 왜라우?"

"거 멋이냐, 그랑께 느그 큰아부지…… 아니여, 느그 큰아부지는 세상을 떴으니께, 훈도질허는 개동인가 개똥인가 하는 느그 성을 좀 만나야 씨겄는듸……."

전달출은 턱 끝에 힘을 주어 돈단 위를 삐딱하게 쳐다보며 말했다.

"우리 성님은 왜 그러시는그라우?"

우암이는 전달출이가 개동이 형님을 만날 일이 있을 것 같지가 않았기에 따지듯 물었다. 더구나 지난봄 전달출을 영산강에 끌고 가서 닦달하였을 때도 개동이 형님은 마을 청년들과 행동을 함께하지 않았지 않은가. 그런데 그가 개동이 형님을 만나러 왔다고 하니 언뜻 이해가 가지 않은 것이었다.

"소작료 땜시……."

"소작료라니라우?"

"느그 집에서 짓고 있는 농지의 소작료 말이여."

전달출이가 거칠게 내질렀다.

"전 포수가 뭣인디 소작료를 받으러 왔는그라우?"

우암이의 목소리도 결코 부드럽지가 못했다. 풍문에 그가 동척 사람들의 앞잡이 노릇을 하고 있다고는 하나, 소작료를 받으러 다닐 이유가 없는 것이었다.

"이것들이 캄캄무소식이로구먼."

"뭣이라고라우?"

"뭣이여? 야 이놈아, 돌절구도 밑 빠질 날이 있고, 음지가 양지된다는 말도 못 들었냐? 이놈이 키만 멀쩡허재 원, 세상 돌아가는 것을 통 모르고 있구먼. 그려, 말해주마. 그러니께 내가 누군고 허니, 동양척식회사로부터 새끼내 농토의 관리를 위임받은…… 거 멋이냐…… 그러니께 미우라 상의 마름이시다 이거이께, 앞으로 새끼내 사람덜은 이 전달출을 잘 모셔야 헌다 그런 말이여. 만약 내 비윗장이 홰까닥헌다 치면 미우라 상 마름의 자격으로다가 소작권을 빼앗아뿔겄다 이 말이여잉."

전달출은 한껏 거들먹거리며 말했다. 우암이는 그 말에 자신도 모르게 가슴이 덜컹거리면서 저절로 한숨이 가슴의 밑바닥으로부터 새어나왔다. 앞으로 전달출이한테 시달리게 될 일을 생각하니 들에 나가고 싶지도 않았다.

"그러신그라우? 헌디 우리허고는 아무 상관도 없는 일이로구먼유."

우암이는 덜컹거리는 가슴을 억제하면서 는질거렸다. 마음대로 한다면 당장 전달출의 사타구니를 걷어차고 싶었다.

"상관이 없는 일이라니? 내가 미우라상의 마름인디?"

"글씨라우. 암턴 우리는 보리쌀 한 알도 소작료로 바치지 않기로다가 결정을 해뿌렀구만이라우. 배에 칼이 들어와도 소작료는 안 낼 것이구만이라우."

그렇게 말하고 우암이는 애써 고개를 바짝 치켜들고 전달출 앞을 지나쳐버렸다. 그러자 전달출은 우암이의 뒤통수를 쏘아보며 "이놈아, 너 시방 무신 말을 허는 게냐? 누가 소작료를 내지 않겠다는 게냐?" 하고 다급하게 되물었다. 그는 한동안 빙충맞은 표정으로 우암이의 뒷모습을 쏘아보고만 서 있었다. 그가 새끼내에 들어와서 우암이네 집부터 찾아가기로 한 것은 먼저 개동이의 콧대부터 꺾어놓고야 말겠다는 속셈이었다. 아무래도 새끼내에서는 개동이가 행세를 하는 편이고, 또 그의 말이나 행동이 마을 사람들에게 큰 영향을 미치게 된다는 것을 알고 있는 터라, 어떻게 해서든지 개동이네부터 소작료를 받아내야만 한다고 생각했던 것이다. 그런데 우암이 말로는 새끼내 사람들이 소작료를 내지 않기로 작정을 했다 하니 빙충맞은 심사가 아닐 수 없었다. 전달출은 묘하게 쓴웃음을 말아 올리면서 이놈들 어디 두고 봐라 하는 표정으로 코웃음을 쳤다. 그는 우암이네 집을 향해 걸음을 옮기다 말고 칠복이 영감네 사립짝이 비끗하게 열려 있는 마당 안으로 들어섰다. 토마루에서 이엉을 엮고 있던 칠복이 영감은 얼핏 전달출의 모습을 발견하고도 못 본 척 옆으로 비껴 앉았다.

"안녕허셨습네까? 기력이 좋아 보이십니다 그려."

전달출은 체구에 비해 어울리지 않게 상반신을 건들거리면서 너스레를 떨었다. 그제야 칠복이 영감이 힐끔 시선을 돌려 전달출을 쳐다보았을 뿐 아무 대꾸도 하지 않았다.

"에또…… 허칠복이라…… 영감님이 쿠치는 소작이 너말가웃지기니께, 넉 섬 반이로구만요."

전달출이가 치부책을 들고 뒤적거리면서 말했다. 이엉을 엮고 있던 칠복이 영감은 필시 전달출이가 그의 소작료를 말하는 것이라고 짐작하고 고개를 버쩍 쳐들었다.

"넉 섬 반이라니?"

"소작료 말이오."

"소작료라니? 전 포수가 멋인디 소작료를 따져?"

"따질 만허니께 그러지요."

"따질 만허다니?"

"하먼요. 미우라 상 마름이 소작료를 따지지 않고 뭣을 따질끄시오."

"멋이? 미우라 마름이라고?"

칠복이 영감은 자기도 모르게 손이 떨렸다. 손만 떨리는 것이 아니라 심장과 사지까지도 떨렸다.

"이달 보름꺼정 넉 섬 반을 미우라 상 집으로 가져오씨오. 기한을 어기면 차압이 들어올 것이고 소작을 다른 사람헌테 넘기고 말겄응께. 그렇게 되면 영감님은 이 집에서 나가야 헐 것이오. 이 집꺼정도 동척 소유니께 말이오. 자, 그러면 보름날 다시 봅시다."

전달출은 서둘러 말하고 마당에서 나갔다.

"야, 이놈아. 소작료를 안 내면 이 집에서 쫓겨난다고? 이 집이 뉘 집이고 새끼내 땅이 뉘 땅인디 지랄들인겨."

칠복이 영감이 벌떡 일어서서 전달출의 뒤통수에 대고 쏘아붙였다. 전달출은 뒤도 돌아보지 않고 사립을 나갔다.

전달출이가 새끼내에 왔다간 후, 마을은 홍수가 몰아닥쳤을 때처럼 어수선하게 들썩거렸다. 남정네들은 우암이네 움막에 모여 밤이 늦도록 머리를 맞대고 전달출이가 와서 던지고 간 말들에 대해서 의견들을 나누고 앞으로 어찌 대처해야 할 것인지에 대해서 궁리를 짰다. 이날 새끼내 남정들은 전날에 결의했던 대로 동척에고 미우라에게고 절대 소작료를 내지 않기로 다시 다짐하였다. 남정네들이 우암이네 움집에 모여 머리를 맞대고 있는 동안 아낙네들은 또 그들대로 장차 새끼내에 불어 닥칠 거센 바람을 짐작하고 깊은 시름에 잠겼다. 새끼내 사람들이 끝까지 소작료를 바치지 않을 경우, 집까지도 빼앗기고 내쫓김을 당하고 말 것이라는 전달출의 말을 떠올리면서, 저마다 무거운 한숨을 내쉬었다. 아낙들은 남정들이 우암이네 움집을 나서는 기척을 알리는 개 짖는 소리가 들려서야 무거운 발걸음으로 어둠을 더듬으며 집으로 돌아갔다.

새끼내 사람들은 전달출이가 말한 소작료 납부기한인 보름날이 가까워올수록 죽을 날을 기다리는 것처럼 마음이 옥죄어들었다. 겉으로는 배에 칼이 들어와도 소작료를 바칠 수 없다고 큰소리 땅땅 치면서도 마음속으로는 알 수 없는 불안이 자꾸 고개를 쳐들었다. 몰래 밤을 이용하여 미우라의 집에 소작료를 갖다 바쳐 소작을 빼앗기지 않고 싶은 사람도 몇몇 있었지만 내색을 하지 않았다.

보름날을 하루 앞둔 열나흗날 밤, 새끼내 홍바우가 마을사람들 모르게 소작료를 지고 미우라 집으로 가는 것을 본 사람이 있었다. 홍바우 역시 전 포수나 노루목 영감처럼 새끼내 토박이가 아니라, 웅보네 등이 목포에서 다시 고향으로 돌아올 무렵 해남 어디에선가 흘러들어온 사람이다. 홍바우가 소작료를 지고 모래 내 미우라 집으로 가는 것을 본 사람은 판돌이였다. 판돌이는 그날 장인 회갑을 맞아 덕진에 갔다가 날이 어두워 돌아오는 길에 홍바우가 볏가마니를 지고 마을에서 나오는 것을 발견한 것이었다. 판돌이는 날이 어두웠기 때문에 처음에는 그가 홍바우인지 확실하게 알 수가 없었다. 판돌이는 누군가 볏가마니를 지고 마을에서 나와 모래내 쪽으로 가는 것을 발견하고 끝까지 미행하여, 홍바우가 미우라 집 함석대문 앞에 이르러 큰 소리로 "새끼내 사는 홍바우라는 사람이 소작료를 바치러 왔소이다" 하고 통기하는 것을 들었다.

판돌이는 마을로 돌아와 마을 사람들에게 이 사실을 알렸다. 처음에 마을 사람들은 판돌이의 말을 믿으려 하지 않았다. 그도 그럴 것이 마을 사람들은 어떤 경우에는 소작료를 바치지 않기로 굳게 다짐을 하였고, 만약 은밀히 소작료를 바치는 사람이 있을 경우에는 마을 사람들한테 맞아죽을 것을 각오해야만 했던 것이다.

"참말로 홍바우란 말이여? 홍바우가 밤중에 볏가마니를 지고 미우라 집으로 갔단 말이여?"

판돌이 말에 마을 사람들은 고개를 갸웃거렸다.

"이 두 눈으로 똑똑히 봤단 말이여. 볏섬을 지고 미우라 집 앞에서 새끼내 사는 홍바우라는 사람이 소작료를 바치러 왔소이다라고 큰 소리로 말하는 소리를 들었다니께."

"이런 쳐 죽일 놈. 당장에 그놈을 붙잡어옵시다."

마을 사람들은 그 길로 홍바우네 집으로 몰려갔다. 그러나 홍바우는 아직 돌아오지 않았다. 마을 사람들은 다시 새끼냇다리를 건너 어둠을 더듬으며 모래내 미우라 집으로 향했다.

마을 사람들은 동구 밖 모래내 모퉁이에 있다가 미우라의 집에 소작료를 바치고 돌아오는 홍바우를 붙잡아서 새끼내 들로 끌고 갔다.

"너 혼자만 살겄다고 철석같은 약조를 뭉개부러?"

"외지에서 흘러들어온 놈덜은 꼭 이런다니께. 다른 사람덜 생각보담은 지 살 궁리만 헌당께. 지난번에 전 포수가 우리를 배반허등만 요본에는 또……."

홍바우를 끌고 가던 마을 젊은이들이 쥐어박는 목소리로 한마디씩 윽박질렀다. 홍바우는 고개를 빳빳하게 쳐들고 변명 한마디 없이 마을 사람들이 이끄는 대로 따랐다. 마을 사람들은 그런 홍바우를 더욱 괘씸하게 여겼다. 살려 달라고 비대발괄 빌어도 시원찮은 터수에,

그가 한 일을 괘방 쳐서 당장 죽이고 말겠다고 위협을 하는데도, 내가 무슨 죽을 짓을 했느냐는 듯 변명 한마디 없이 빳빳한 얼굴이니, 더욱 미움을 사게 된 것이었다. 삼 년 전 해남 땅에서 흘러들어온 홍바우는 평소에도 말주변머리가 없어 마을 사람들하고 잘 어울리기를 싫어하고, 남의 일에 참견을 한다거나 훼방 치는 일도 없이 살아온, 변통성이라고는 털 뽑아 제자리에 꽂을 옹춘마니였다. 그런 용잔한 그는 노부모를 극진히 모셔 근동에서 효자로 알려졌다. 새끼내 안에서 누구보다 가장 먼저 일어나고 가장 늦게까지 들에 머물렀고, 체구에 비해 언제나 나뭇짐이나 풀짐이 컸다. 그는 숯은 달아서 피우고 쌀은 세어서 밥을 지을 만큼 인색하며 귀머거리 스님 마 캐듯 남 말에 귀 기울이지 않고 저 할 일만 하는 농사꾼이다. 소같이 일을 하고 쥐같이 먹을 정도로 검약하게 사는, 짜고 맵고 부지런한 사람이었다.

"미친 체하고 떡 목판에 엎어진다고 허등만 이놈이 효도헙네 흐고는 우리를 배반허고 살째기 소작료를 갖다 바쳤당께. 마을사람덜이야 죽거나 살거나 지놈 혼자서만 살아날 궁리를 헌 이 숭악헌 놈아, 벙어리 차첩(差帖)을 맡었기에 말이 없는 게냐? 허갸 입은 먹서리만 해도 무신 낯짝이 있어 쥐둥아리를 열겄냐."

홍바우 멱살을 거머잡고 끌고 가던 김덕만이가 우악스럽게 말했으나, 그는 여전히 입을 열지 않았다. 마을 사람들은 홍바우를 물목굽이 아래 그가 소작을 부치고 있는 논으로 끌고 갔다. 원래 그 논도 웅보 등이 맨 처음 새끼내에 터를 잡을 때 온갖 고초를 겪어가며 일군 땅이었는데, 궁토로 빼앗긴 후에 다시 동척이 차지한 것이다. 밤은 악머구리 울어대는 여름밤처럼 두꺼웠고 늦가을의 벼락바람이 무섭게 윙윙거렸다.

"이눔아, 이 논이 뉘 논인 줄이나 아느냐?"

또식이가 홍바우의 오른팔을 잡아끌고 볏가리 쪽으로 가며 퉁명스럽게 물었다.

"모르겄네."

홍바우가 힘이 빠진 목소리로 말했다. 그러나 그의 목소리는 두려움에 떨지는 않았다. 그는 자신이 큰 잘못을 했다고 생각하지 않았다. 늙은 부모를 봉양하고 철없는 세 아이들을 굶어죽지 않게 하려고 용기를 냈을 뿐이었다. 그리고 마을 사람들의 눈에 띄지 않게 하기 위하여 밤을 택한 것은 자신의 행위를 숨기자는 것이 아니라, 마을 사람들의 마음을 상하게 하고 싶지가 않았기 때문이었다.

"이 논이 당초에 뉘 땅인 줄을 모른단 말이여? 그러고 보니 이놈이 숭악헌 까치 뱃바닥 같은 놈이로구먼그려."

또식이가 홍바우 뒤통수를 힘껏 쥐어박으며 퉁겨댔다. 홍바우는 끌려가던 걸음을 멈추고 서서 고개를 돌리며 어둠속으로 또식이를 무섭게 질러보았다.

"이눔아, 이 새끼냇들 농토는 궁토도 동척 땅도 아니고 순전히 새끼내 사람들 소유랑께. 옛날 아자씨들이 새끼내에 처음 터를 잡을 때 목숨을 걸고 피땀 흘림시로 맹근 땅이라 이거여. 그런 땅을 날강도 같은 놈덜이 총을 들이대고 차지헌 것이라 이 말이여. 그랑께 네 눔은 소작료를 바칠랴면 우리헌테 바쳐야 헌다 이거랑께."

김덕만이가 우악스럽게 홍바우를 끌고 가서 짚북데기 위에 동댕이치며 쏘아붙였다. 홍바우는 그가 소작으로 부치고 있는 논 한가운데 쌓아놓은 짚북데기 위에 벌렁 나자빠진 채 한동안 꿈쩍도 하지 않았다. 이때 누구인가 그의 아랫도리를 걷어찼다. 홍바우는 비명 한마디 뱉어내지 않았다.

"이 자슥이 누구를 믿고 이렇게 두두한겨?"

"미우란가 뭔가 허는 왜놈을 믿는 거재."

그러면서 마을 청년들이 저마다 홍바우를 걷어찼다. 그러나 그는 역시 비명을 지르지 않고 죽이려면 죽여라는 듯 짚북데기 위에서 몸을 웅크렸다.

한바탕 대지 위를 갈퀴질해대던 벼르바람이 잠시 숨을 죽은 듯싶자, 밤하늘을 육중하게 뒤덮고 있던 구름이 걷히면서 희끄무레하게 달빛이 퍼져 내렸다. 그들은 짚북데기 위에 몸을 웅크린 홍바우 모습이 달빛 속에 드러나자 잠시 발길질을 멈추었다.

"그래도 니 눔 잘못을 몰르겄냐?"

또식이가 달빛 속에서 몸을 웅크린 홍바우의 뒷덜미를 거머잡아 힘껏 잡아당기며 물었다. 홍바우는 짚북데기 위에서 힘겹게 상반신을 일으켜 세우더니 고개를 들고 당장 발길질을 퍼부어댈 것 같은 마을청년들을 쳐다보았다.

"내가 뭣을 잘못했단 말이여?"

홍바우가 물 머금은 목소리로 물었다.

"뭣이여? 잘못헌 일이 뭣인지도 모른단 말이여? 니 눔은 니 눔 혼자만 살겄다고 우리를 배신했단 말이여. 우리가 저 앞순에 어뜨케 약조를 했디야. 미우라에게 소작료를 바치는 놈은 목숨이 붙어 있지 못헐 것이라고 약조를 했지 않았드냐."

"알겄구만……."

홍바우는 침잠한 목소리로 말하며 고개를 들어 청년들을 똑바로 쳐다보았다.

"허재만 나는 말이여…… 자네들헌티 맞어죽기로 작정을 헌 몸이구먼. 내 한 몸 맞아죽고…… 우리 노부모 처자식이 굶어죽지 않는담사…… 나는 열 번 백 번 맞어죽어도 좋구먼. 자…… 나를 패죽이건 끌고 가서 영산강 물에 퐁당 빠쳐죽이건 알아서들 허소. 나는 자네덜을 원망허지 않고 내 가난을 탓헐텡께…… 맘대로덜 허소."

홍바우는 그러면서 두 팔로 목을 감아 잡고 앉은 채 다시 몸을 웅크렸다. 하늘에 구름이 모두 걷히면서 달빛이 한껏 밝게 홍바우의 웅크린 몸뚱이를 감싸 안았다. 새끼내 청년들은 달빛에 홀리기라도 한 것처럼 갑자기 마음이 무거워진 채 한동안 말없이 홍바우를 내려다보고만 있었다.

"에끼 추접시런 새끼. 네 눔헌테만 노부모 있고 처자식 딸렸냐? 노부모 처자식 있기는 네 눔이나 우리나 매한가지여. 그러고 네 눔만 효자가 아닌겨. 우리도 노부모 잘 봉양허고 싶은 마음이사 매한가진겨. 그러고 횃대 밑에 더벅머리 셋이면 날고뛰는 놈도 벨수가 없기는 네 눔이나 우리나 매한가지재만…… 그래도 우리가 이러는 것은 사람답게 살고 사람답게 죽자는 것이랑께. 사람답게 사는 것이 뭣이간듸?

우리가 호의호식허자는 것도 아니고…… 큰기침 내질러감시로 누구를 부리고 살자는 것도 아니고…… 거 멋이냐, 그렇재, 맞어. 저저끔 우리 몫몫을 찾어묵음시로 사는 거재. 말허자면 우리 땅 우리가 파 묵고 살자는 것 아니겄어. 그런듸도 네 눔은 스스로 사람답게 살아보자고 헌 우리덜 약조를 깨부렀다 이거여. 그랑께 네 눔은 사람 되기를 마다헌 것이재. 그래 네 눔만 노부모 모시고 처자 딸린 것이 아니지 않어. 네 눔 부모가 네 눔헌틔 귀허면 으리 부모도 우리헌틔는 귀헌 거여. 그런듸도 거무줄에 목을 매재 원, 우리 약조를 깨뿌러? 에끼 추접시런 자석아."

김덕만이가 달빛에 희읍스름하게 묻힌 홍바우를 내려다보며 탄식을 섞어가며 나무람 하였다. 김덕만의 달에 새끼내 청년들은 휘주근해진 감정으로 고개를 끄덕거리면서 침을 뱉듯 뒤틀린 눈길로 홍바우를 쏘아보았다. 그러나 그들은 더 이상 홍바우에게 발길질을 하지 않았다. 달빛이 그의 모습을 애잔하게 감싸주고 있었기 때문인지도 몰랐다. 그때 홍바우의 입에서 심장이 터지는 듯 흐느낌 소리가 터져나왔다. 새끼내 청년들은 처음에 그 소리가 홍바우의 흐느낌 소리라는 것을 알지 못하였다. 다시 한 번 벼락바람이 몰아쳐 짚북데기를 헤집는 소리로만 알았다. 그러나 잠시 후 홍바우의 흐느낌은 벼랑의 밑동을 때리는 파도만큼이나 격렬하게 요동을 쳤다. 새끼내 청년들은 그의 갑작스런 흐느낌에 적이 놀라 달빛을 헤집고 서로를 쳐다보았다. 홍바우 흐느낌은 더욱 걷잡을 수 없을 만큼 격렬해졌으며, 종당에는 황소울음으로 변하고 말았다. 늦가을 찬바람이 을씨년스럽게 빈 들판을 갈퀴질하고, 바람이 불 때마다 으스름히 깔린 달빛이 오슬오슬 떨고 있는 듯한 어둠속에서, 홍바우의 울음은 더욱 처절하게 가슴을 저미는 듯하였다. 새끼내 청년들은 한동안 그가 울고 있는 양을 너붓이 내려다보고만 있었었다.

"에끼 바보 같은 자석. 추접시럽게 울기는……."

조금 전까지만 해도 도끼질해대듯 홍바우를 욱대겼던 김덕만이가 무릎을 세우고 앉아서 고개를 무겁게 처박은 홍바우의 턱을 손바닥으로 받쳐 올리고, 눈물과 달빛이 범벅된 그의 얼굴을 빤히 들여다보며 내질렀다.

"바보같이……."

또식이도 엉거주춤 허리를 구부리고 홍바우를 들여다보았다.

"이 멍텅구리 바보 배반자야, 언넝 내 등에 업히기나 혀."

덩저리가 크고 힘이 센 김덕만이가 홍바우 쪽에 등을 대며 여전히 퉁명스럽게 퉁겼다.

"그려 바보야. 뒈지더라도 네 눔 집에 가서 뒈져야재."

그러면서 또식이가 홍바우의 겨드랑이에 팔을 넣어 그를 김덕만의 등에 업혀주었다. 홍바우는 김덕만의 등에 업혀 마을로 돌아가면서도 황소울음을 멈추지 않았다.

"그만 좀 울랑께. 듣기 싫어 죽겄구먼. 네 눔 집에 가서 밤새도록 울어."

누구인가 내질렀다.

새벽 달빛이 차갑게 대지를 식히고 있었다. 그들은 달빛을 밟으며 바람에 떠밀리듯 물 둑길을 탔다. 홍바우를 업은 김덕만이가 맨 앞에, 그리고 다섯 명의 새끼내 청년들이 뒤를 따랐다. 홍바우는 새끼냇다리에 이르러서야 청년들이 울음을 그치라고 윽박지르는 바람에 가까스로 흐느낌을 멈추었다. 홍바우를 업은 김덕만은 홍바우에게 발길질을 하기 전보다 더 무거워진 마음을 가늠하면서, 다른 친구들이 한사코 바꿔 업자고 하는 것을 물리치고 두 팔이 뻐근하게 저려오는 것을 참았다. 그는 자신의 마음이 홍바우의 몸무게보다 더 무겁게 가라앉아 있음을 알고서, 홍바우의 입장을 이해해보려고 하였다.

홍바우를 업고 새끼냇다리를 건넌 김덕만은 느티나무 모퉁이에 있는 홍바우네 집으로 가지 않고 돈단 쪽으로 올라갔다.

"워디로 가는가? 이 바보 집은 저쪽이여."

"안당께."

"암시롱 왜 돈단으로 올라가?"

"얼굴이 상헌 사람을 이대로 식구들 앞에 뵈이기 싫어서 그려."

또식이가 묻고 김덕만이가 대답했다.

김덕만은 홍바우를 업고 돈들막을 내려가 개동이네 움막으로 들어갔다. 그는 홍바우를 내려놓고 우암이에게 등불을 가져오라 이르고 자신은 우물로 가서 큰 바가지에 물을 떠왔다. 또식이가 바가지 물을 받아 자신의 소맷부리를 촉촉하게 적신 다음 홍바우의 얼굴을 닦았다.

"냅두소. 나 집으로 갈란당께."

홍바우가 한사코 상반신을 일으키며 말했다.

"개소리 말고 뒈진드끼 자빠라졌어."

논에서부터 한 번도 쉬지 않고 끙끙대고 홍바우를 업고 온 김덕만이가 얼굴의 땀을 손바닥으로 훔쳐 뿌리며 내질러서야 홍바우는 다시 상반신을 뉘었다. 다른 청년들은 홍바우의 옷에 묻은 흙을 털어주고 다리를 주물러주기도 하였다. 이렇게 하여 새끼내 청년들은 홍바우가 그들한테 얻어맞은 흔적을 깨끗하게 없앤 다음에야 다시 그의 집 사립짝 안까지 업어다주고, 그들한테 얻어맞은 홍바우보다 더 아픈 마음을 달빛에 흥건히 적시면서 무거워진 발걸음으로 저마다 집으로 돌아갔다.

이런 일이 있은 후로 새끼내 사람들은 홍바우 외에는 더 이상 미우라에게 소작료를 갖다 바치지 않았다. 며칠 동안은 전 포수가 모습을 나타내지 않았다. 홍바우도 한동안 문밖출입을 하지 않았다. 방에 누워 있다고도 하였고, 전 포수와 함께 돌아다니는 것을 보았다는 사람도 있었으나 누구의 말을 믿어야 좋을지 몰랐다. 그러나 새끼내 마을 사람들은 홍바우가 어찌하고 있는지 알아보기 위하여 그의 사립 안짝을 기웃거리지 않았다.

소작료를 내지 않기로 마을사람들이 굳게 약조한 것은 새끼내에만 있었던 일이 아니다. 동척에 땅을 빼앗긴 근동의 여러 마을에서도 새끼내에서와 같이 소작료를 내지 않기로 결의하고, 만약 약조를 어기는 사람이 있을 때는 마을에서 멍석말이를 하여 내쫓기로 하거나, 심한 경우에는 목숨을 거두기로까지 한 경우도 있었다. 그리고 여러 마을에서 새끼내에서와 같이 마을 람들 몰래 동척으로부터 토지를 배당받은 일본인에게 소작료를 바친 것이 탄로나 뭇매를 맞거나 내쫓김을 당한 일이 많았다.

욱곡면 대촌에서는 목숨을 앗는 일까지 벌어지고 말았다. 대촌에 사는 김똘배라는 사람은 마을사람들 몰래 일본인에게 소작료를 갖다 바친 것이 들통 났다. 그는 이웃 사람들까지 선동하였고 다섯 사람이나 밤중에 소작료를 은밀하게 바친 일이 있었다.

김똘배는 이웃 사람들을 꼬드길 때, 소작료를 갖다 바치게 되면 이듬해에는 현재 부치고 있는 소작의 두 배나 되는 농토를 새로 소작으로 떼어주겠다는 마름의 말을 전하면서, 머지않아서 대촌 마을 농토는 소작료를 낸 사람들만이 부치게 될 것이라고까지 하였다. 결국 대촌에서는 김똘배 꼬드김에 넘어가는 사람이 날로 늘어나게 되었다. 똘배의 이 같은 소행을 알게 된 대촌 청년들은 밤중에 그를 붙들어 논바닥으로 끌고 가 매타작을 하였다. 그런데 똘배는 자신의 잘못을 뉘우치거나 용서를 빌기는커녕, 그에게 매질을 한 마을 청년들에게 머지않아서 네놈들은 소작은 물론이고 살고 있는 집까지 빼앗기고 대촌에서 쫓겨나게 될 것이라고 게거품을 부걱부걱 뿜어내면서 큰소리를 쳐댔다. 이에 흥분한 마을 청년들은 논에 말뚝을 박아 똘배를 묶은 다음 나뭇더미를 쌓고 불을 질렀다. 똘배는 불더미 속에서까지, 네놈들은 집도 농토도 모두 빼앗기고 쫓겨나고 말 것이라고 울부짖었다. 똘배는 마을 청년들에게 욕을 퍼부으면서 불타 죽고 말았다. 그의 죽음을 안 가족들이 논바닥에 퍼질러 앉아서 낭자하게 울음을 터뜨렸을 때, 똘배를 불태워 죽인 마을 청년들은 저마다 방속에 틀어박힌 채 두 귀를 쥐어 막았다. 그날 똘배 꼬드김으로 몰래 소작료를 바쳤던 다섯 사람은 한밤중에 뒷산으로 도망을 치고 말았다. 그리고 해가 상투머리 위에 떠올랐을 때, 헌병들이 대촌에 들이닥쳐 똘배를 불태워 죽인 마을 청년 일곱 명을 붙잡아갔다.

대촌에서 그런 사건이 일어난 후에도 동척에 농토를 빼앗긴 마을에서는 어김없이 마을사람들 몰래 소작료를 갖다 바치는 일이 계속되었다. 그때마다 마을사람들은 약조를 어긴 그들을 붙잡아 무릿매질을 하였다. 그리고 그런 일이 있을 때마다 어김없이 헌병들이 들이닥쳐서는 매질을 한 청년들을 붙잡아가곤 하였다. 그 일로 영산강변의 여러 마을에는 때 아닌 칼바람이 휘몰아쳐 살얼음판 같은 나날이 계속되었다.

새끼내에도 어김없이 헌병들이 나타나서 여섯 명의 청년들을 붙잡아 두름으로 엮어갔다. 미우라의 마름이 된 전 포수가 엄장한 체구에 모루쇠 같은 어깨를 으스대며 헌병들을 몰고 온 것이다. 전 포수가 직접 헌병들과 함께 여섯 명의 집에 들이닥쳐서는 그들을 끌고 가도록 하였다.

"앞으로 닷새 안으로 소작료를 바치지 않을 시는 이놈들은 다시 살아 돌아오지 못헐 것이니께, 목숨을 구하려거든 꾸물거리지 말고 소작료를 갖다 바치도록 허씨오."

전 포수는 마을사람들에게 엄포를 놓고 돌아갔다.

이날 우암이도 헌병들에게 끌려갔다. 개동이가 학교에서 돌아오는데, 해산을 며칠 앞둔 그의 처가 테메산 위에 둥실하게 떠오르는 보름달처럼 도두 부른 배를 내밀고 뒤뚱거리며 돈들막을 올라오다가,

남편을 보더니 숨넘어가는 목소리로 우인이가 끌려갔음을 알렸다.

"되련님이 끌려가시자 어머님께서……."

"어머님이 어찌 되셨단 말이오?"

"학교로 가시겠다는 것을 겨우……."

"어서 들어가시오. 내가 헌병대에 가보겠으니 어머님한테 걱정 마시라고 하시오."

개동이는 그러면서 몸을 돌려세워 다시 돈들막을 내려갔다. 그는 오래 전부터 이렇게 될 줄을 짐작하고 있었다. 그렇다고 마을사람들에게 소작료를 갖다 바쳐야 한다고 말할 수는 없었다. 그때 그는 비로소 새끼내 사람들이야말로 이 땅의 확실한 주인이라는 것을 알게 되었다.

"선상님, 우리 덕만이가…… 덕만이가 헌뱅들헌틔 잡혀갔다 말이라우. 우리 덕만이를 살려주씨오잉."

돈들막을 내려가 두껍다리를 건너려는데 김덕만의 노모가 숨이 차게 뒤쫓아 와서 매달리는 목소리로 하소연하였다. 저만큼 뒷전에서는 김덕만의 처가 내외를 하느라 차마 가까이 오지 못하고 두 손바닥으로 눈을 가리고 서 있었다. 개동이는 김덕만의 처가 눈물바람을 하고 있다는 것을 알 수가 있었다. 김덕만의 처 옆에는 또식이의 처가 두 아이들한테 말기끈을 잡힌 채, 개동이 쪽으로 가까이 달려올 듯 말 듯 미적거리고 서 있었다.

"걱정 마시고 댁에 들어가 계십시오. 지가 헌병대에 가서 알아보고 오겠습니다요."

개동이는 덕만이 어머니에게 덕만의 처와 또식이의 처가 들을 수 있도록 한껏 큰 소리로 말하였다. 그는 오래 지체할 수 없다 싶어 개산 꼭대기에 매달려 진홍빛 석훈을 뿌리는 하루의 마지막 해를 얼핏 쳐다본 후 걸음을 재촉하였다.

"선상님, 우리 아들을 꼭 살려주씨오잉."

그는 덕만이 어머니의 숨찬 목소리가 그의 심장에 화살처럼 박히는 것을 의식하며 두 다리에 힘을 주었다.

그는 등짝에 석훈을 느꼈다. 새끼내를 나선 개동이는 어슴어슴 날이 어두워서야 영산포에 당도하였다. 그는 영산포에 당도하자 헌병대로 직행하여 헌병대 건물 입구에 버티어 선 보초와 한바탕 실랑이질을 하였다. 그는 총을 메고 빼딱하게 서 있는 보초에게 다가가서 자신은 영산포소학교의 훈도임을 밝혔다. 그때까지만 해도 그를 대하는 헌병의 태도는 그런 대로 부드러웠다. 그러다가 그 보초로부터 무슨 일로 왔느냐는 물음에 해거름에 새끼내에서 붙잡혀온 사람들 때문이라고 했더니, 다짜고짜로 개동이의 가슴팍에 총부리를 들이대며 당장 물러서라고 윽대기던 것이었다.

헌병대 안으로 들어서보지도 못하고 보초에게 쫓겨난 개동이는 한동안 망연한 기분으로 삼거리 주막 앞에 서 있다가, 힘이 빠진 걸음으로 만석을 찾아 나섰다. 그는 동척으로 만석을 만나러 가면서도 몇 번이고 걸음을 멈추어 서곤 하였다. 그는 자신의 생사가 걸린 일이라 해도 만석이에게 신세를 지고 싶지가 않았던 것이다. 만석이에게 목숨을 구걸한다는 것은 아버지와 아버지의 조상을 욕되게 하는 것이라 생각하였기 때문이다. 그렇게까지 하여 자신이 새끼내에 뿌리를 내리고 싶지도 않았다. 그것은 자존심이 아니라 자신이 설 땅과 조상의 혼을 그의 힘으로 지키고 싶은 생명의 의지일지도 몰랐다.

몇 번이고 미적거리며 동척에 찾아갔으나 만석은 그곳에 없었다. 동료들과 함께 영산정으로 술을 마시러 갔다는 것이었다. 개동이는 동척을 나오면서 그냥 새끼내로 되돌아갈 생각을 하였다. 그러나 그의 발걸음은 어느 사이엔가 동척 모퉁이를 휘돌아 선창거리 초입에 있는 영산정 쪽으로 옮겨가고 있는 것이었다. 그는 영산정으로 굽어드는 고샅 초입에 이르러서야 잠시 걸음을 멈추고 한동안 주위를 두렷거렸다. 이마에 불도장이 찍혀서까지도 종이 되기를 거부하고 도망질을 그만두지 않았다는 증조부의 혼령이 끈끈한 어둠의 어느 구석에선가 개동이를 노려보면서 무섭게 꾸짖고 있는 것만 같아서 차마 영산정 안으로 들어서기가 망설여졌던 것이다. 그는 오랫동안 용기를 내지 못하고 그렇게 서성대고만 있었다. 그러다가 새끼냇다리께까지 따라나섰던 덕만이 모친과 또식이 처의 수심에 찬 얼굴이 떠오르면서 무거운 걸음으로 영산정 문 앞까지 이르렀다. 주등이 주황빛으로 야트막하게 매달린 외짝문 앞에 걸음을 멈춘 개동이는 다시 미적거렸다. 안에서는 일본말 섞인 목소리들이 왁자하게 문밖까지 흘러나왔으며 간간히 여인네의 간드러진 웃음소리도 들렸다.

개동이가 영산정 외짝문 안으로 들어선 것은 그곳에 당도하여 담배 서너 대 참이나 지나서였다. 그는 매품을 팔러 온 홍부의 심정이 되어 조심스럽게 요릿집 안으로 들어서서 중노미의 모습이 나타나기만을 기다렸다.

"어서 오시씨오. 혼자 오셌는그라우?"

개동이가 영산정의 널찍한 뜰 안으로 들어서서 한참이나 서성거려서야 손님방에 술병을 들고 가던 열대여섯 정도의 중노미가 대문 쪽을 두렷거리며 물었다.

"손님을 찾으러 왔느니라."

"손님으로 오신 것이 아니라, 손님을 찾으로 오셌다고라우?"

"동척 양 주사한테 손님이 찾는다고 통기를 하거라."

"뉘기라고 헐끄라우?"

"영산포소학교 훈도라고 하거라."

"그렇다면 나리께서 훈도이신그라우? 통기허겄구만이라우. 여기 쬐금만 기다리시씨오. 아니구만이라우, 저그 마루에 편히 앉어서 기다리시씨오."

몸피가 앙바틈한 중노미는 개동이가 영산포소학교의 훈도라는 것을 알고 순식간에 대하는 태도가 싹싹해졌다. 개동이는 중노미가 요릿집 안채로 다급하게 사라지는 뒤태를 어둠속으로 바라보며 잠시 마음을 가다듬었다. 비록 어려운 부탁을 하기 위해 예까지 찾아오기는 하였으되 어떤 경우에도 꿀림을 당하지 않고 당당하게 대하겠다고 마음을 다잡으며 만석이가 나타나기를 기다렸다. 그러나 잠시 후에 그의 앞에 모습을 나타낸 것은 양만석이가 아니라, 그에게 통기를 하러 갔던 중노미였다.

"저…… 저…… 저…… 영산포소핵교 훈도라면…… 어느……."

중노미가 한사코 상반신을 얄궂게 꼬아대며 어물거렸다.

"내가 바로 영산포소학교 훈도라고 하지 않았더냐?"

개동이는 자신도 모르게 큰 소리로 내질렀다.

"양 주사님께 말씀디렸덩만…… 영산포소핵교 훈도가 어디 한둘이냐 허심시로……."

중노미는 여전히 말끝을 얼버무렸다. 순간 개동이는 참을 수 없는 수모에 몸을 떨었다. 그의 생각에 필시 양만석은 개동이 자신이 찾아왔다는 것을 알고 있으면서도 부러 능갈을 치고 있다 싶었다. 그는 돌아서 버리려다가 다시 덕만이 모친의 안타깝게 매달리는 목소리가 귓전에 맴돌아, 마음을 느긋하게 다독거리면서 어둠속에서 알 수 없는 웃음을 삼켰다. 그러고 나서 잠시 중노미를 보았다.

"영산포소학교 장개동 훈도가 좀 뵙고자 한다고 다시 통기를 좀 해주겠느냐."

그는 중노미를 보면서 사정하듯 말하였다.

"그럽지요."

중노미는 개동이를 향해 고개를 주억거리고 나서 반달음을 쳤다. 그러고도 한참이나 기다렸으나 양만석은 모습을 나타내지 않았다.

"뫼시고 오시라는구만이라우."

뒤늦게 나타난 중노미가 전갈을 해왔다.

"어서 따라오시씨오."

개동이가 몸을 움직이지 않자 중노미가 조심스럽게 재촉하였다. 개동이는 하는 수 없이 중노미를 따라 처음 영산정 안으로 들어섰을 때보다 몇 배나 더 무거워진 발걸음을 천천히 옮겨, 밝은 남포등잔 불빛이 왁자하게 어우러진 웃음소리와 함께 버무려져 흘러나오고 있는 방문 앞에 섰다.

"양 주사어른, 여그 훈도나리 뫼셔왔구만이라우."

중노미가 한껏 목소리를 돋우어 불빛이 스민 죽창문 쪽으로 고개를 뽑아 통기를 하였다. 그리고 한참 있다가 벌컥 방문이 열렸다. 방문 밖으로 얼굴을 내어 민 것은 만석이가 아니라 젊은 술어미였다.

"훈도나리 뫼셔왔당께라우."

중노미가 술어미를 향해 짜증을 부리듯 퉁겨댔다. 그제야 양만석이가 천천히 아기뚱거리며 토마루로 내려섰다.

"아니, 장 선생께서 어쩐 일이십니까요?"

토마루로 내려서면서 양만석이 엉너리를 치는 바람에 개동이는 잠시 당황해하였다. 그는 굳어진 마음을 누그러뜨리기 위해 양만석에게로 다가가서 손을 내밀었다.

"마침 잘 오셨쉐다. 자, 들어가서 한잔 하십시다."

양만석이가 타성적으로 개동이의 손을 잡으며 말했다.

"아닙니다. 잠깐 만나 부탁할 것이 있어서……."

개동이는 만석이의 눈치를 살피며 말끝을 흐렸다.

"부탁이라니요?"

만석이가 물었다. 개동이의 짐작에 어쩌면 만석이는 개동이가 그를 찾아온 이유를 훤히 알고도 능청을 떨고 있는 것인지도 모른다 싶었다. 생각이 거기에 미치자 개동은 더욱 심사가 얄궂게 오그라들었다.

"저어…… 새끼내 사람들이……."

개동이는 어렵게 어두를 떼면서 그때까지도 방문이 휠쩍 열려 있어 석유등잔 불빛이 흘러나와 깔린 토마루로부터 대여섯 발짝 뒤로 물러섰다.

"새끼내 사람들이라니요?"

만석이가 개동이 가까이로 다가오면서 큰 소리로 되물었다.

"헌병대에 붙잡혀 갔다는듸…… 우리 우암이도……."

"홍바우 사건에 장 선생 사촌도 연루가 되었다는 말이오?"

"아마도……."

"그 사건은 살인미수요."

"사정이…… 사정이 그럴 수밖에……."

"사정이라고요? 근동에서는 사람을 불태워서 죽인 일도 있소. 그들은 사람을 죽인 살인범들이란 말이오. 살인범이 어떤 벌을 받게 된다는 것은 장 선생도 잘 알고 있지 않소? 설마 장 선생은 그런 살인범들을 동정하는 것은 아니겠지요?"

양만석이가 큰 소리로 다그치듯 소리치는 바람에 개동이는 그와 더 이상 마주하고 서 있고 싶지가 않았다. 그는 양만석을 찾아온 것을 후회하였다.

"사정이…… 사정이 달라서……."

개동이는 궁색하게 얼버무리고만 있었다.

"도대체 그 사정이라는 것이 뭬란 말이오?"

"홍바우가 배신을 해서……."

"배신이라니, 그것이 어찌 배신이란 말이오?"

양만석이 버럭 소리를 질렀다. 그러자 그와 함께 술을 마시던 동척 사람들이 우르르 밖으로 몰려나왔다.

"양 주사 왜 그래?"

"이놈이 뉘겨?"

양만석이가 개동이에게 소리소리쳐대자, 두 사람이 싸움이라도 하는 것으로 알고 몰려나온 동척 사람들이 개동이를 에워싸며 저마다 한마디씩 했다.

"아무것도 아닙니다. 어서 들어가서 술이나 마십시다."

양만석이가 목소리를 누그러뜨리며 손짓으로 동료들에게 안으로 들어가라는 시늉을 하였다. 그제야 동척 사람들은 어둠속으로 개동이를 질러보고 나서 다시 방으로 들어갔으며 잠시 후에는 노랫소리가 흘러나왔다.

"우리 우암이를 한 번 만나보기라도 했으면……."

개동이는 한참이나 있다가 가까스로 용기를 내어 입을 열었다.

"만나보는 일이라면 주선을 하리다. 내일 낮에 찾아오씨오."

"그러면……."

개동이는 몸을 돌려세웠다.

"장 선생은 그들이 홍바우를 죽일라고 했다는 것을 잊지 마씨오. 구할 방도가 없다는 것도 말이오."

영산정 대문을 나서는 개동이의 뒤통수에 대고 양만석이가 화살을 쏘아대듯 큰 소리로 내질렀다. 순간 개동이는 온몸이 화살에 맞아 피를 흘리는 기분이 되어 쫓기듯 고샷을 빠져나왔다.

개동이는 피를 흘리는 기분으로 어둠에 덮인 영산강 물둑을 타고 새끼내로 돌아갔다. 그는 깊은 강물 속에 빠져 허우적거리는 것처럼 답답했다. 아버지, 할아버지, 증조부님…… 우암이와 새끼내 사람들이 또 붙잡혀갔습니다. 어떻게 하면 제 힘으로 그들을 도울 수 있는지 가르쳐주십시오. 그들을 돕지 못하면 저는 새끼내 사람이 될 수가 없습니다요. 이럴 때 저는 어찌해야 합니까요. 차라리 제가 그들 대신 붙잡혀가서 벌을 받을 수만 있다면 그렇게라도 하고 싶습니다요. 개동이는 하늘의 별들을 쳐다보며 마음속으로 울부짖었다. 그러나 울부짖음에 대답해주는 것은 아무것도 없었다.

개동이가 마음에 상처를 입고 새끼내에 돌아오자, 새끼냇다리까지 마을사람들이 나와서 그를 기다리고 있었다. 덕만이 어머니와 또식이 처, 그리고 헌병들에 붙잡혀간 사람들 가족 모두가 나와서 개동이를 기다리고 있다가, 끈끈한 어둠처럼 그를 둘러쌌다.

"어찌크롬 되얐능그라우? 우리 덕만이 살아나올 수 있겄능그라우?"

덕만이 어머니가 개동이의 손을 잡고 흔들며 물었다.

"우리 배돌이 압씨는 어쩝디여?"

내외를 하느라 평소에는 얼굴 마주치기조차 두려워했던 또식이 아내도 애타는 마음으로 바투 다가서며 물었다.

"개동이 네가 간 뒤로 마을사람덜이 홍바우네 집으로 가서 잘못을 용서해주라고 빌었단다. 홍바우가 헌병대에 가서 그 사람덜을 용서해주라고 허면 안 되끄나?"

쌀분이가 우암이 소식을 묻는 대신 그렇게 말했다.

"걱정들 마십쇼. 다들 곧 무사히 집으로 돌아올 것이로구만요. 그러니 집에 돌아가셔서 기다리십쇼."

개동이는 자신을 둘러싼 마을사람들을 둘러보며 그렇게 말 할 수밖에 없었다. 어딘가 그의 목소리는 자신감 없게 들렸다

양만석을 만나 마음의 상처를 입은데다가 심신이 지칠대로 지친 마을사람들과 등을 돌리고 무거운 걸음으로 천천히 걷기 시작했다.

"우암이가 내일은 돌아오겄듸야?"

집으로 돌아가면서 쌀분이가 다시 물었다.

"아마도……."

개동이는 애매하게 말끝을 흐렸다.

"우암이 그놈 즈이 아부지를 탁해서 그렇게 나서기를 좋아헌당께. 홍바우가 소작료를 갖다 바치건 즈이 각시를 업어다 주건 냅둘것잉만 멋헌다고 홍바우를 족칠 것이냐? 우암이 그놈 요본에 영금을 봐사써야. 그래사 그 나대기 좋아허는 성미를 주저앉힐 수가 있을 거잉께. 저번 참에 전 포수를 혼내주고 암심을 샀을 적버틈 언제 한 번 되게 영금을 보재 했등만……."

쌀분이가 어둠을 더듬으며 말했으나 개동이는 대꾸하지 않았다. 그는 우암이가 한 일에 대해서 탓하고 싶지가 않았다.

"우암이 이본참에 영금 보고 돌아오거든 개동의 늬가 잘 타이르그라. 앞으로는 넘덜 허는 일에 나대지 말고 그저 굿이나 보고 떡이나 얻어묵으라고 말이다. 그래사 무사헌 법이라고."

"그렇게 하지요."

다음날도 그 다음날도, 헌병대에 붙들려간 우암이 등은 돌아오지 않았다. 사흘이 훌쩍 지나고 다시 닷새가 흘렀으나 그들이 돌아온다는 소식은 없었다. 그동안 홍바우가 자리를 털고 일어나 마을사람들의 성화에 못 이겨 스스로 헌병대에 찾아가서, 자기한테 뭇매를 가한 새끼내 사람들을 용서해 달라고 통사정을 해보았으나 아무런 효과가 없었다. 마을사람들은 다시 개동이를 찾아와서 매달렸다. 그러나 개동이로서는 더 이상 마을사람들에게 거짓말을 할 수가 없어 한사코 그들을 피하고만 싶었다.

들꽃이 시들고 강변 찬바람이 날을 세우고 서슬이 퍼래지기 시작할 무렵에 붙들려간 그들은 영산강변 갈대밭에 무서리가 하얗게 내릴 때까지도 돌아오지 않았다.

새끼내 젊은이들이 홍바우에게 뭇매질을 한 죄로 헌병대에 붙잡혀간 지 달포가 지나도록 소식이 없어, 가족들이 애를 끓이고 있는 중에 미우라의 마름 전 포수가 헌병들을 앞세우고 마을에 들이닥쳤다. 헌병대에 붙들려간 젊은이들이 오래도록 집에 돌아오지 못하는 것이 바로 미우라와 그의 마름 전 포수의 농간 때문이라는 것을 알고 있는 새끼내 사람들은 사립짝을 안으로 걸고 누구 한 사람 얼굴을 내밀지 않았다. 전 포수는 마을 초입에서부터 사립짝을 발로 차서 떼밀고 집 안으로 들이닥쳐서는 소작료를 내라고 큰 소리로 윽박질렀다.

"이것들이 용가리를 쌂아 묵었나, 무신 배짱으로다가 여태 소작료 바칠 생각을 않는겨."

헌병을 앞세우고 사립짝을 밀어붙이며 판돌이네 마당 안으로 들어선 전 포수는 아무도 얼굴을 내밀지 않자 화가 치밀어 목소리가 높아졌다. 판돌이는 끝내 얼굴을 내밀지 않았다. 전 포수는 낚시눈을 치뜨고 토마루에 널려진 미투리들을 쓸어보면서 카악 가래침을 우려내 뱉았다.

"판돌이 냉큼 나오지 못허고 뭣혀?"

전 포수가 판돌이네 안방을 노려보며 소리쳤다. 그로부터 한참 후에야 얼굴이 누르퉁퉁하게 뜬 판돌이 아내가 두려움으로 몸을 조그맣게 웅크리며 방문을 열고 나왔다.

"집에 없구만이라우."

판돌이 아내는 한사코 고개를 무겁게 떨어뜨리며 잦아들어가는 목소리로 입을 열었다.

"거짓말 마씨오. 판돌이가 집에 있다는 것을 다 알고 왔으니께…… 암턴 판돌이는 있거나 말거나 상관이 없응께, 소작료나 내씨오. 오늘 중에 소작료를 내지 않으면 우리 미우라 주인님께서 소작권을 빼앗고 이 집에서 내쫓으라는 분부를 허셨으니께……."

전 포수가 목을 빳빳하게 세우고 턱 끝에 힘을 주어 거만하고도 당당한 목소리로 말했다.

"거시기…… 거시기……."

소작료를 내지 않으면 당장 집에서 쫓아내고 말겠다는 전 포수의 욱대김에 판돌이의 처가 놀란 얼굴로 웅얼거렸다.

"나도 어쩔 수가 없소. 그랑께…… 오늘 해지기 전에 소작료를 미우라 주인님 댁으로 갖다 바치두룩 허씨오. 해름꺼정 기다렸다가 소작료를 갖다 바치지 않을 시는 저녁에 이 집에 와서 불을 질러뿔랑께."

전 포수는 다시 한 번 토마루에 널려 있는 미투리를 쏘아보고 나서 사립짝 밖으로 나갔다. 그는 판돌이 집을 나가면서 연신 헛기침을 쏟아내다가, 어깨 높이의 야틈한 돌담 모퉁이를 돌아, 또식이네 사립짝 앞에 걸음을 멈추어 섰다. 또식이네의 사립짝도 닫혀 있었다. 전 포수는 사람이 집안에 있으면서 사립짝을 거는 경우란 집안에 돌림병자가 있거나, 반갑지 않은 사람이 찾아오는 것을 막기 위해서라는 것을 잘 알고 있는 터였다. 전 포수는 사립짝을 닫아 건 새끼줄을 밀어 올렸다. 그리고 오른발로 사립짝을 걷어찼다.

"이 집 사람들도 다들 뒈졌남."

전 포수는 집안이 냉랭하게 얼어붙은 것을 감지하고 그렇게 쏘아댔다. 그때, 또식이 아버지 봉구 영감이 벌컥 방문을 열고 마당으로 나오더니 날카로운 눈초리로 전 포수를 노려보았다.

"소작료 받으로 왔소이다. 오늘꺼정 소작료를 바치지 않을 시는 소작권을 빼앗는 것은 말헐 것도 없고 이 집에서 쫓겨나게 될텡께 그리 아씨오."

전 포수는 봉구 영감이 무섭게 자기를 쏘아보는 앞에서 능글능글 상대를 훠어보며 말했다.

"소작료를 내라고? 나는 왜놈헌티 소작료를 바칠 수가 읎네. 여그가 워디 왜놈덜 땅인감? 여그가 분명 조선 땅인디 워째서 왜놈헌티 소작료를 낸당가? 자네도 조선사람 씰개를 달고 조선 땅에 삼시롱 그런 말이 나오는감? 그라고 말이여, 소작료를 받어갈 틔면 우리 자석

놈버틈 내놓소. 우리 자석놈을 갖다가 가둬놓고 소작료를 내라고 흐다니 무신 염치로다가 그런 소리를 허는겨."

봉구 영감이 거침없이 쏘아대자 전 포수의 표정이 험하게 일그러지면서 옆에 총을 메고 서 있는 헌병의 눈치를 살폈다. 전 포수를 따라온 일본 헌병은 봉구 영감이 필시 자기네들을 욕하고 있다는 것을 눈치 챈 듯 전 포수보다 험하게 눈을 부라리며 봉구 영감의 가슴팍에 총부리를 들이댔다. 방에서 가슴을 졸이며 문구멍으로 밖을 내다보고 있던 또식이 아내가 비명을 지르며 문을 박차고 뛰어나와서 헌병 앞에 엎드렸다.

"살려주씨오, 나리. 소작료를 낼텡께 우리 시아부지를 살려주씨오."

또식이 아내는 일본 헌병 발부리 아래 엎드린 채 울부짖듯 말하며 손을 싹싹 비벼댔다.

"나를 쥑일 틔면 워디 죽여봐라. 우리 자석이 고생을 허는듸 내가 살어서 뭣허긊냐. 자, 어서 나를 쥑이거라."

봉구 영감은 일본 헌병과 전 포수를 번갈아 질러보며 소리쳤다.

"아부님, 이르지 마시씨오. 워쩌자고 이르시는그라우."

또식이 아내는 다시 시아버지의 바짓가랑이를 붙안으며 매달렸다.

"나는 왜놈헌틔는 소작료를 바칠 수가 없응께. 소작료를 받어갈 틔면 나부텀 쥑이랑께."

봉구 영감은 며늘아기가 울먹이는 목소리로 매달리며 애원하는 것에는 들은 시늉도 하지 않은 채 더욱 기세를 올리며 소리쳤다. 그러자 전 포수 쪽에서 오히려 난감한 표정을 지었다. 그는 일본 헌병에게 그만 나가자는 눈치를 하고는 휘적휘적 사립 쪽으로 걸음을 옮겼다.

"암턴 오늘 중으로 소작료를 내지 않으면 소작권을 주지 않을텡께 그리 아씨오."

사립을 나가면서 전 포수가 마지막 으름장을 놓았다.

"내 몸에 구더기가 생기기 전에는 택도 없다."

봉구 영감이 전 포수의 뒤통수에 대고 맞대들었다. 전 포수는 사립을 나가며 퉤퉤 침을 거듭 뱉었다. 그는 연신 퉤퉤거리며 작은 두껍다리를 건너 덕만이네 집 모퉁이에 이르렀다. 덕만이네 집 사립짝은 열려 있었다. 덕만이 어머니는 사립짝을 휠쩍 열어놓고 지게를 받치는 실팍한 작대기를 들고 전 포수가 집안으로 들어서기만을 기다리고 있었다. 아들을 기다리다 지친 덕만이 어머니의 두 눈을 질컥하게 물켜졌으며 아들을 붙잡아간 사람들에 대한 증오심으로 살기마저 뻗쳐 있었다.

전 포수는 덕만이네 집 앞에 이르러 덕만이 어머니와 눈이 마주치자 섬뜩한 기분에 걸음을 멈추었다.

"네 이놈 잘 만났다. 네가 우리 덕만이를 붙잡어갔쟈? 네놈이 우리 덕만이헌틔 앙심을 품고 앙갚음헐라고 붙잡어갔쟈."

전 포수를 발견하자 덕만이 어머니가 작대기를 휘두르며 소리소리 질러댔다. 전 포수는 덕만이 어머니가 휘두르는 작대기에 맞지 않으려고 이리저리 몸을 피하다가, 헌병의 등 뒤로 몸을 숨겼다.

"네놈덜은 죄 한패거리여. 넘에 땅에 함부로 들어와서 권 행세허는 네놈덜이 더 나쁜 놈덜이여. 네 이놈덜, 오늘 나 죽는 꼴 볼래?"

덕만이 어머니는 총을 메고 있는 헌병에게 마구 욕을 퍼부어댔다. 그러자 일본 헌병이 조금 전 봉구 영감한테 했던 대로, 덕만이 어머니의 가슴팍에 총을 들이대고는 당장 방아쇠를 잡아당길 기세로 얼굴을 험하게 일그러뜨렸다. 그러나 덕만이 어머니는 조금도 놀라는 눈빛이 아니었다.

"워디 쾨여봐라. 워디 나헌티 골백번 총질을 해봐라. 나는 죽어서 귀신이 되야서라도 네놈덜을 몰아내고 말 거여."

덕만이 어머니는 살기 돋친 눈으로 일본 헌병을 꼬나보며 악에 받쳐 소리쳤다. 이때 덕만이 처가 밖으로 뛰어나와 시어머니를 끌어안으며 울부짖었다. 덕만이 어머니는 며느리한테 끌려 들어가면서도 계속 전 포수와 일본 헌병에게 욕을 퍼부어댔다.

전 포수는 이날 새끼내 가가호호를 돌아다니며 해거름 안으로 소작료를 바치지 않으면 소작권을 빼앗고 집에서 쫓아내고 말겠다는 엄포를 놓았다. 그는 무서리가 녹기도 전에 새끼내에 왔다가 종일 설치고 다니다가 해가 상투머리 위에 떠올랐을 때에야 돌아갔다. 그가 한바탕 마을을 휘젓고 돌아간 후에도 새끼내 사람들은 미우라에게 소작료를 갖다 바칠 생각을 하지 않았다. 일본 이주민에게 소작료를 바칠 수가 없다는 생각에는 변함이 없었다. 남의 나라에 와서 소작료를 내라고 윽박지르는 일본인들의 태도가 괘씸하여 참을 수가 없었다. 그들이 지은 집에서 쫓아내고야 말겠다는 엄포에는 울분이 머리끝까지 뻗질러 올라왔다.

"모두가 그놈에 동척 때문이여. 동척이 우리를 이 땅에서 살지 못흐게 허는겨. 동척이 이 땅에서 우리를 내쫓고 왜놈덜을 불러들일 속셈이여. 동척이 있는 한 우리는 끝내 땅과 집을 빼앗기고 말 것잉만. 그러니 동척을 없애야 혀. 우리가 죽든가 동척을 없애뿔든가 둘 중에 하나여. 동척이 살면 우리가 죽고, 동척이 죽으면 우리가 사는겨."

전 포수가 마을을 휘젓고 간 날 밤, 개동이네 아래채에 모인 새끼내 남정네들이 머리를 맞대고 앞일을 걱정하던 중에 칠복이 영감이 말했다. 칠복이 영감의 그 같은 말에 모두들 무겁게 고개를 끄덕였다.

"그렇다면 어찌코롬 해사 씨겄능가?"

또식이 아버지 봉구 영감이 물었다.

"내둥 말헝께 그래쌓네. 우리가 살라면 동척을 없애뿌러야 씬당께."

덕칠이 영감이 신경질적으로 툭 내질렀다.

"동척을 워치게 없앤당가? 동척 힘이 월매나 쎈디…… 동척은 우리덜이 종살이헐 때 상전보담 더 쎌 것인디……."

봉구 영감이 맥없이 말했다. 그는 나라님도 못 당하는 힘 센 동척을 무슨 수로 없앨 것인지 막막하기만 하여 저절로 힘이 빠져버렸다.

"항우장사도 댕댕이덩굴에 엎으러지고, 큰 방죽도 개미구멍으로 무너진단 말 못 들었어?"

"맞는 말이구만이라우."

"우리가 동척을 이길 수 있으까?"

"죽기 아니면 살기재."

"갑오년 때 일을 잊었는감."

"그때는 참말로 워디서 그런 힘이 생겨났으까 물러."

"그때는 우리가 진 것인가 이긴 것인가?"

"졌재. 졌으니께 새끼내 사람덜이 고향을 등졌재."

"꼭 졌다고만 헐 수는 없어."

"그때 졌으니께 왜놈덜이 몰려온 것 아닌감."

"그것은 우리가 진 탓이 아녀."

"암턴 그때도 죽기 아니면 살기였재. 느그덜은 그때 일을 잘 모를 것이다. 죽창을 들고 나주 관아로 쳐들어갔을 적에…… 죽어도 좋다는 생각이 듬시로…… 힘이 불끈 솟드랑께. 개동이 아부지 웅보 생각이 나는구만……."

새끼내 젊은이들은 봉구 영감과 덕칠이 영감의 주고받는 말을 듣고만 있었다. 그들은 갑오년에 그들 아버지들이 사람다운 대접을 받으며 살기 위하여 죽는 것도 두려워하지 않고 싸웠던 것처럼, 그들도 동척과 싸우고 싶었다. 그리하여 지금 그들 아버지들이 자식들에게 그때의 이야기를 들려주고 있는 것처럼, 그들 자신도 그들 자식들에게 동척과 싸웠던 이야기를 자랑스럽게 들려주고 싶었다.

"당장 동척을 없앱시다."

"고사리도 꺾을 때 꺾드끼 당장에 일판을 벌입시다."

"우리덜만으로는 안 된다. 갑오년 때도 여러 마을에서 한꺼번에 들고일어났으니께 그만치라도 힘을 썼던 것잉께."

칠복이 영감이 걱정스러운 얼굴로 젊은이들을 둘러보며 말했다.

"부르뫼, 개태 사람덜헌티도 기별을 헙시다요."

"우리 일에 힘을 보태줄라는가 모르겄다."

"워찌 이것이 우리 새끼내만 해당되는 일인그라우. 처지가 다 같은디……."

"허갸 그렇재. 땅 파 묵고 사는 사람덜은 죄다 처지가 같재."

"부르뫼 사람덜헌티는 지가 기별을 허겄구만이라우."

"허면 개태는 지가 가지라우."

"개동이 생각은 워떠?"

처음부터 말 없이 앉아 있기만 한 개동이에게 칠복이 영감이 뚜벅 물었다. 개동이는 선뜻 대답을 못하고 잠시 미적거리며 마을사람들의 눈치를 살피고만 있었다. 그는 마을사람들이 이웃 마을사람들과 떼를 지어 동척으로 몰려가서 일본사람들과 맞서 싸우게 되면 홍바우 일로 붙잡혀간 우암이 등이 집으로 돌아올 수 있는 길은 더욱 멀어진다는 것을 아는 터라, 마을사람들의 그 같은 뜻에는 선뜻 찬성하고 싶지가 않은 것이었다. 동척과 맞싸우게 되면 우암이 등이 풀려나오게 되기는커녕 더 많은 새끼내 사람들이 다시 붙들려가게 될 뿐만 아니라, 전 포수의 말마따나 소작권마저 빼앗기고 말지도 모를 일이었다. 그러나 한편 생각해보면, 남의 나라에 와서 남의 땅을 자기 땅이라고 억지를 쓰면서 소작료를 내라고 윽대기는 동척을 그대로 두었다가는 이 땅을 완전히 그들에게 빼앗기고 말 것이라는 새끼내 사람들의 말에는 긍정하지 않을 수 없었다. 그리고 지금 동척을 몰아내지 않으면 그들은 영원히 동척의 종이 되고 갈 것이기 때문에 죽기 아니면 살기로 동척과 맞서 싸우지 않을 수 없다는 마을사람들의 용기에 숙연해졌다. 개동이는 자신이 부끄러웠다. 그들의 얼굴을 바로 볼 수조차 없었다. 매천 선생의 '절명시'가 생각났다.

"개동이 생각은 워뗘?"

그가 오랫동안 대답을 못하고 있자 다시 물어왔다.

"글쎄요…… 동척을 이 땅에서 몰아내야 한다는 것은 전적으로다가 동감이지만…… 우리한테는 그럴 힘이…… 아직은 그럴 힘이 없기 때문에…… 자칫 잘못했다가는 되려 이쪽에서 큰 피해를 당헐까…… 해서 제 생각으로는 우리한테 힘이 생길 때까지 기다렸다가……."

개동이는 말을 얼버무리고 말았다.

"그랑께로 개동이 선생 말은 아적 우리헌티 힘이 없응께로 더 두고 보자 이 말 아니라고?"

"그렇습니다."

"우리헌티 언제 힘이 생기는듸? 이대로 냅뒀다가는 나날이 우리덜 힘이 무장 빠지기만 헐 것인듸 더 두고 보자니…… 그것은 안 될 일이여. 세월이 갈수록 동척은 더 강해지고 우리덜은 약해질 것이 뻔한 일이 아닌감. 시방이니께 우리가 동척을 맞상대해볼 생각을 갖게 되재, 이삼 년만 지나도 이런 생각은 당최 못허게 될 것이구만."

봉구 영감이 개동이의 의견에 반대하고 나섰다. 마을사람들은 봉구 영감의 말에 저마다 고개를 끄덕여 보였다. 봉구 영감의 말마따나 날이 갈수록 그들은 힘이 빠져서 종당에는 동척에 매여 종살이하듯 살아가지 않으면 안 될 것이 뻔했다. 그렇게 되지 않으려면 죽는 한이 있더라도 지금 그들과 맞싸우지 않으면 안 된다는 생각이었다.

"어르신네 말씀이 옳습니다요."

개동이는 봉구 영감을 향해 고개를 숙이며 말했다. 그는 너무 부끄러워 몸 둘 바를 모르고 고개를 숙인 채 할 말을 잃었다. 이 같은 부끄러운 마음으로 어떻게 교단에 서서 이들의 자식들을 가르쳐야 할 것인지 마음이 무거워졌다. 개동이 자신은 그들이 동척과 맞싸우고 나서 그들이 감당해야 할 보복을 걱정하는데, 마을사람들은 자신들의 피해를 생각하기 전에, 그들이 다시 동척의 종이 되지 않기 위해서 지금 싸우지 않으면 안 된다는 결의를 보여주고 있는 것이었다.

"장 선상은 모르는 척하고 굿이나 보소. 이런 일은 머릿속이 빈 우리덜이나 해야재, 장 선상같이로 아는 것이 많은 선비님은 못허는 벱이니께. 우리덜헌테 맽기소. 우리 새끼내의 자랑인 장 선상이 이런 일로 피해를 당해서는 안 될 일잉께."

"하먼이지라우잉. 장 선상은 절대로 피해를 입어서는 안 될 일이재라우. 그러다가 훈도 자리에서 쫓겨나기라도 허면 으쩔 것이오. 장 선상이야말로 우리 새끼내의 태양인듸……."

마을사람들이 개동이를 걱정해서 하는 말이었지만 개동이의 귀에는 그들이 자신의 비굴함을 비아냥거리는 것만 같아 심신이 죄어들었다.

"절대로 동척은…… 동척은 이 땅에서 물러나지 않을 것입니다요."

개동이는 그렇게 말하고 나서 곧 후회하였다. 자신의 그 말이 결국 마을사람들로부터 마지막 남은 힘과 용기를 빼앗게 되고 말 것이라는 생각을 하였기 때문이다.

"우리도…… 우리도 이 땅에서 물러설 수가 없재잉. 우리가 우리 땅에서 물러서면 갈 데가 없어. 죽는 일만 남았재잉."

"하먼 그렇재. 시방 우리는 벼랑 끄트머리에 있어. 죽는 일만 남었재. 우리가 우리 땅을 저버리면 워디 가서 발붙이고 살겄는가. 그렇게 되면 죽은 목숨이나 매한가지 아닌가."

"그렇고 말고. 죽은 목숨이고 말고."

마을사람들은 개동이를 보면서 비장하게 말했다. 순간 개동이는 자신의 몸뚱이가 마을사람들 앞에서 갈기갈기 찢기는 듯한 아픔을 느끼고, 자신도 모르게 자괴의 탄식을 삼켰다. 그 순간 그의 눈앞에, 이마에 불도장이 찍혀서도 끝내 죽음을 두려워하지 않고 종의 굴레에서 벗어나려고 몸부림쳐댔던 증조부의 모습이 당당하면서도 자랑스럽게 되살아난 듯했다.

10

아침부터 차가운 강바람이 쌩쌩거리더니 해넘이 무렵이 되자 두꺼운 구름장이 무겁게 짓누르면서 비바람이 휘몰아쳐올 듯 하늘이 음산하게 가라앉기 시작하였다. 새끼내 사람들은 바람이 차가워지자 겨우살이 걱정으로 한껏 마음이 무거워졌다. 해마다 겪는 겨울이었지만 그해의 겨울은 유난히 더 춥고 고통스러울 것만 같았다. 그들은 겨울이 오는 것이 두려워질 수밖에 없었다. 그것은 홍바우 일로 헌병대에 붙들려간 마을 청년들이 아직 집에 돌아오지 않고 있는데다가,

미우라의 마름 전 포수로부터 소작료를 내지 않으면 땅을 부치지 못하게 할 뿐만 아니라, 살고 있는 집에서 내쫓고 말겠다는 윽대김에 시달리고 있는 터라, 그해의 겨울은 여느 겨울보다 춥고 배가 고플 것으로 예감하였기 때문이다. 어쩌면 그들에게 다시는 봄이 돌아오지 않을지도 모른다는 절망감 속에서, 다가오는 겨울이 죽음만큼이나 두렵게 생각되었다.

어둑어둑 날이 어두워지자 새끼내 는정들이 새끼냇다리 건너 마을 초입에 있는 물목굽이에 모여들기 시작하였다. 그들은 저마다 낫이며 쇠스랑, 괭이 등 쇠 연장을 들었다. 그날 밤에 동척을 몰아내기로 하였다. 그들의 땅을 차지하고 상전 노릇을 하는 동척을 몰아내지 않고서는 다시 그들의 땅을 되찾을 수가 없다는 것을 알고, 죽음을 무릅쓰고 동척과 싸우기로 약조한 날이다. 그 길만이 그들과 그들의 후손들이 이 땅에 발을 딛고 살아갈 수 있는 길이라고 믿었기 때문에, 그들은 싸우다 죽는 것이 그렇게 두렵지 않았다.

"얼추 다들 나왔는가?"

봉구 영감이 마을 사람들을 둘러보며 물었다. 봉구 영감은 오른손에 낫을 들고 있었다. 마을 청년들이 한사코 나서지 말라고 하였는데도 봉구 영감은 헌병대에 붙들려간 아들 대신에, 살아생전 땅이라도 되찾고야 말겠다면서 되레 젊은이들보다 더 극성스럽게 앞장을 서겠다고 했다.

"홍바우만 빼고 얼추 다들 나왔는개비네요."

"홍바우헌티도 기별을 했간듸?"

"허지 말라고 허셔놓고 그러시는그라우."

"언제 또 우리헌테 등을 돌릴지 모를 놈이여."

"참, 개동이 선상이 안 뵈이는구만."

"그 사람은 요본 일에 끼워 넣지 않기로 했지 않은감. 어떤 일이 있어도 개동이 선상헌테만은 아무 탈이 없어야 허네. 그 사람이 새끼내를 지켜줄 것잉께 말이여."

칠복이 영감이 해수병 때문에 숨을 골골거리면서 젊은이들을 타일렀다.

"암만 그렇다고 얼굴도 삐끔 안해라우. 우리덜이 동척과 싸우로 간다는 것을 뻔히 암시롱……."

이때 개동이가 새끼냇다리를 건너오고 있었다. 그의 손에는 아무것도 들려 있지 않았다. 그는 희끄무레한 초저녁 달빛을 밟으며 느린 걸음으로 다리를 건너 마을 남정네들이 식구들 몰래 연장들을 챙겨들고 집에서 나와 웅게웅게 모여 있는 물목굽이 쪽으로 걸어갔다. 마을 사람들은 말없이 개동이가 그들 가까이로 다가오는 모습을 지켜보았다.

"가서 장개동 선상을 돌려보내소."

칠복이 영감이 가래 끓는 목소리로 또삼에게 말했다. 그러나 또삼이는 그 자리에서 한 발짝도 움직이지 않았다.

"냉큼 개동이 선상을 돌려보내라니께."

칠복이 영감이 다시 소리쳤다. 그러나 그때는 이미 장개동이가 새끼냇다리를 건너 그들 가까이 다가와 있었다. 장개동은 말없이 마을 사람들을 휘둘러보았다. 물목굽이에 모인 새끼내 남정들의 수가 잘해야 열다섯 명이 될 듯싶었다. 그 수로 동척을 몰아내겠다고 연장을 들고 나선 것을 본 개동은 답답함에 앞서 서글픔이 뻗질러 올랐다.

"불과 스물도 못되는 이 수로 어떻게 동척과 싸우겠다는 겁니까요. 더구나 이쪽은 겨우 낫과 쇠스랑이 고작이지만 저들에게는 총이 있지 않습니까요."

개동은 마을 사람들을 둘러보며 걱정스럽게 말하였다. 그의 생각에 새끼내 사람들이 동척과 싸우러 가는 것은 죽으러 가는 일이나 진배없게 여겨졌기 때문에, 어떻게 해서든지 그들을 말려야겠다고 결심하였다.

"왜 스물도 못된단 말이여. 오늘밤에 동척과 싸울 사람들은 우리뿐만이 아닌디."

봉구 영감이 말했다. 그는 근동의 다른 마을 사람들도 합세를 해줄 것으로 믿고 있었던 것이다.

"또삼이 자네 부르뫼 사람들헌티 기별을 했재?"

다시 봉구 영감이 자신 있는 목소리로 물었다.

"야. 기별은 했넌디……."

또삼이가 자신 없이 말끝을 흐렸다.

"기별은 했넌디 어쩐다는 겐가?"

"나올지 안 나올지는 모르겄구만이라우."

"이런…… 이런……."

봉구 영감은 불만스럽게 입맛을 쩝쩝 다셔대며 어둠속으로 부르뫼 쪽을 질러보았다. 그러나 부르뫼 모퉁이에 사람 그림자 하나 얼씬거리지 않았다.

"부르뫼 사람들도 올 것이구만이라우."

"여기서 이러고 있지만 말고 냉큼 영산포로 갑시다요."

새끼내 젊은이들이 말했다. 그들은 다른 마을 사람들이 오든 말든 상관없이 당장 동척으로 드밀고 가서 동척에 불을 지르고 그곳에 있는 왜놈들을 모두 붙잡아 요절을 내고 싶은 한 가지 생각뿐이었다.

"안 됩니다 여러분. 경거망동해서는 안 됩니다."

개동이가 마을 사람들 앞으로 나서며 큰 소리로 말하였다. 그의 목소리는 두려움에 떨고 있었다. 그는 자신을 비굴하다고는 생각하지 않았다. 하루 전까지만 해도 마을 사람들의 용기에 머리가 숙여지면서 자신이 더없이 부끄럽게만 여겨졌었는데, 지금은 그렇지가 않았다. 그들에게 비겁자라는 소리를 들으며 돌멩이를 맞는 한이 있어도 그들을 말리지 않을 수가 없었다. 오히려 그들을 말리지 않는 것이 더 비굴한 짓이라고 생각했다.

"누가 개동이 선상보고 같이 가자고 했는감. 자네는 굿이나 보라니께."

칠복이 영감이 개동이를 한쪽으로 밀치며 퉁명스럽게 내질렀다.

"이것은 어리석은 짓입니다요."

개동은 칠복이 영감의 팔을 잡았다.

"이런 겁쟁이. 머리통에 먹물 들어간 것들이란 죄 이렇게 겁쟁이가 된다니께."

누구인가 큰 소리로 비아냥거렸다.

"우리는 말이시, 비급흐게 살고 싶지도 비급흐게 죽고 싶지도 않다네. 내 땅을 찾기 위해서 죽는다는 것은 을매나 떳떳헌 일인가? 그러니 우리덜 걱정은 말소야. 개동이 선상 보기에는 우리가 무담시 개죽음허로 가는 것으로 다 뵈일 것이네만 이것은 으디까지나 개죽음이 아니라는 것을 우리덜은 잘 알고 있다네. 그러니 요본 우리덜 일에는 상관 말소. 그러고 개동이 선상 자네는 후담에 학동들에게 우리가 왜놈덜헌티서 땅을 되찾기 위해서 낫을 들고 싸우다가 죽었다고 사실대로 전해주면 되네. 자네가 헐 일은 그것뿐이여. 내 말 알겄는가."

칠복이 영감이 개동이를 붙들고 긴 이야기를 하였다. 칠복이 영감은 말을 마치고 나서 한바탕 골골거리며 기침을 토해냈다. 칠복이 영감의 이야기를 듣고 난 개동이는 자기도 모르게 가슴 밑바닥에서 무엇인가 뭉클하게 솟구쳐 오르는 것을 느꼈다. 그러나 그것이 슬픔의 덩어리인지 아니면 분노의 불길인지는 알 수가 없었다.

칠복이 영감은 어느덧 마을 사람들과 함께 어둠속으로 사라져버렸다. 개동이는 한동안 우두커니 혼자 서서 마을 사람들이 모습을 감추어버린 어둠속을 뚫어져라 바라보고만 있었다. 그는 이제 더 이상 마을 사람들을 붙잡을 수가 없었다. 머리통에 먹물 들어간 것들이란 모두 겁쟁이라고 비아냥거리던 누구인가의 목소리가 가슴에 화살처럼 박혀 뽑혀지지가 않았다. 그는 혼자 돌목굽이 모퉁이에 서서 죽은 사람의 혼령들처럼 흐느적거리며 어둠속으로 사라져간 마을 사람들을 바라보는 것조차도 부끄럽게 느껴졌다. 순간 개동이는 이마에 불도장 찍혔던 증조부를 떠올리면서 이럴 때 어떻게 처신해야 좋을지 간절하게 도움을 청했다. 그때 마을 사람들을 따라가라고 재촉하는 소리가 들려왔다. 순간 개동은 차가운 강바람을 온몸에 받으면서 물목굽이 물둑을 타고 걷기 시작하였다. 그는 마을 사람들을 뒤따라가면서도 자신이 어떻게 처신해야 좋을지 몰랐다. 그들을 붙들어 세우고 되돌아가자고 설득하고 싶지 않았다.

새끼내 사람들이 걸음을 멈추고 웅게웅게 서 있는 모습이 어둠 속에 희끄무레하게 보였다.

"왜 여기 이러고들 있는 겝니까요?"

개동이가 빠른 걸음으로 다가가서 칠복이 영감에게 물었다.

"다른 마을 사람들을 기다리고 있다네. 헌듸 개동이 선상은 돌아가지 않고 여그꺼정 워쩐 일인가?"

"다른 마을 사람들이라니…… 여기서 만나기로 했나요?"

"암만해도 우리덜만으로는……."

"근동에 다 기별을 했담서요."

"기별이야 했재잉."

"그러면 오겠지요. 헌듸 근동에서 아무도 안 오면 어쩝니까요?"

"올 테재잉. 좌우당간 여그서 기다려봐야재."

새끼내 남정들은 물둑에 아무렇게나 앉아서 부르뫼와 개태 쪽에서 사람의 그림자가 나타나기만을 기다렸다. 밤바람이 더욱 차가워지면서 칠복이 영감의 기침 소리가 거칠어졌다. 한참을 기다렸으나 부르뫼와 개태 쪽에선 사람 그림자 하나 나타나지 않았다. 밤은 점점 차갑게 깊어갔으며, 새끼내 남정들의 실망과 불안감은 더욱 커졌다.

"안 올란갑구만."

어둠속에서 누구인가 잦아들어가는 목소리로 말했다.

"안 오면 워쩔 것인감."

"우리덜이라도 쳐들어가야재."

"더 기다려보드라고. 기별을 했는디 소식도 없이 삐끔도 안헐라등가."

"부르뫼, 개태 사람덜이 오기는 이무 틀렸는갑소."

"그래쌓지 말어. 이것이 우리 새끼내 사람덜만의 일이 아닝께로."

"담배 한 대참만 더 기다렸다가 그때꺼정도 암도 안 오면 우리덜만이라도 운신을 해봐야재."

칠복이 영감이 가래 끓는 목소리로 말하였다. 새끼내 사람들은 다시 입을 다물었다. 바람 소리만이 거칠게 요동을 쳤다. 멀리서 컹컹개 짖는 소리가 어둠을 찢었다.

"자, 일어덜 나소."

개 짖는 소리가 멎고도 한참이나 지나서야 칠복이 영감이 먼저 일어서면서 말했다.

"부르뫼, 개태 사람들이 오기는 다 틀렸구만."

손 또삼이가 일어서면서 풀이 죽은 목소리로 말했다. 또삼이뿐만 아니라 다른 새끼내 남정들도 근동의 다른 마을 사람들이 아무도 모습을 나타내지 않자 배신감을 느꼈다. 배신감 때문에 모든 용기가 꺾여버린 듯한 기분이었다.

"자, 냉큼 일어나라니께 뭣덜 허는겨."

몇 명이 용기를 잃고 맥없이 퍼질러 앉아 있는 것을 본 봉구 영감이 큰 소리로 닦달하였다. 그는 마을 남정들이 모두 발걸음을 돌린다 해도 그 혼자서라도 동척으로 쳐들어갈 각오를 하고 집을 나선지라, 부르뫼와 개태 사람들이 오거나 오지 않거나 조금도 의지가 꺾이지가 않았다. 그는 자식을 헌병대에서 꺼내오지 않을 바에야 차라리 자신의 목숨을 버려, 자식을 기다리는 아픔을 잊어버리고 싶었는지도 몰랐다.

"노친네들은 여기서 근동 사람들을 기다리고 기시씨오. 우리 젊은 사람들이 영산포에 가서 동정을 살피고 올라요."

또삼이가 칠복이 영감에게 말했다.

"안될 말이네. 워찌서 우리를 떼놓을라고 그러는가. 짐이 되지는 않을텡께 걱정 말소."

"우리를…… 떼놓다니, 택도…… 읎는 소리."

봉구 영감과 칠복이 영감이 동시에 발끈하였다.

"두 어르신을 떼어놓을라고 그러는 것이 아니라, 누구인가 여그서 근동 사람덜을 기다려봐야 안허겄소. 그래서……."

"그렇담사…… 거시기…… 저…… 개동이 선상이 기다리면 될 것이 아닌감."

또삼이 말에 칠복이 영감이 가래가 달달 끓는 목소리로 숨 가쁘게 말했다. 칠복이 영감이 어찌나 힘겹게 숨을 헐떡거리며 말을 하는지 듣는 사람들은 너무 안타깝고 답답하여 차라리 귀를 막고 싶은 심정들이었다.

"아닙니다. 다들 여기 기십시오. 내가 동척 주위를 한 번 둘러보고 오겠습니다."

장개동이었다. 그는 기왕에 마을 사람들과 함께 그곳까지 온 이상 무슨 일인가 자신의 몫을 하고 싶었다.

"개동이 선상이 이 일에 끼어들면 안된다니께."

"제 걱정은 마십시오. 제가 동척 주위를 살핀다고 해서 저를 의심헐 사람은 아무도 없을 것이로구만요. 얼핏 살펴보고 올 테니 걱정 마시고 여기덜 기시씨오."

장개동은 다시 말하고 몸을 돌려세웠다. 마을 사람들은 그를 붙들지 않았다. 누구인가는 동척 주변을 살펴보아야 했고, 개동이라면 의심을 받지 않으리라 생각했기 때문이었다.

"그렇다면 나허고 같이 가세."

또삼이가 다급하게 말을 하며 개동이이게로 뛰어왔다.

"나도…… 나도 같이 감세."

"내가 따라갈라네."

칠복이 영감과 봉구 영감도 서로 다투어 따라나섰다. 개동이는 걸음을 멈추어 섰다.

"또삼이는 여그 있으라니께. 우리 두 늙은이가 개동이 선상을 따라서 동정을 살펴보고 올라네. 누가 우리 늙은이를 의심헐라등가."

봉구 영감이 한사코 또삼이를 떠밀고 나서 개동이 옆에 바짝 다가와 섰다.

"허면 지체허지 말고 금방 돌아오씨오잉."

또삼이가 몸을 돌려세우며 말했다. 개동이는 다시 걷기 시작했고 봉구 영감과 칠복이 영감도 뒤를 따랐다. 칠복이 영감은 기침을 참아내려고 끌끌거리다가는 끝내 허리를 꺾고 한참 동안이나 쿨룩거렸다. 봉구 영감과 개동이는 칠복이 영감의 기침이 멎을 때까지 그대로 서서 기다렸다.

칠복이 영감은 물둑을 타고 걸으면서도 여러 차례 허리를 꺾고 서서 한바탕씩 상반신을 추석거리면서 기침을 토해내곤 하였는데 그때마다 봉구 영감과 개동이는 걸음을 멈추고 기다려주었다.

"이 빌어묵을 놈에 기침 땜시 내 체면이 말이 아니구먼. 곧 괜찮을 거여."

칠복이 영감이 한바탕 기침을 토해내고 나서 말했다.

"그래갖고 뭣을 허겄다고 따라나서."

봉구 영감이 밉지 않게 칠복이 영감에게 내질러 말했다.

"그래도 아적 왜놈 한 놈은 당해낼 수가 있당께."

"그려. 그 기침소리를 들으면 무스와서 왜놈덜이 기절초풍흐고 달아날 것이여."

"자네 나흐고 씨름 한판 붙어볼텨? 내 비록 해수병으로다가 골골거리기는 해도 옛적에는 새끼내 안에서 내 나뭇짐이 젤 컸다는 것을 잊어뿌렀는감?"

"내가 알기로는 장웅보 나뭇짐이 기중 컸재 뭣이 그려."

"나뭇짐은 그렇다 허드라도…… 씨름으로는…… 이 조칠복이 당해낼 사람이…… 읎었당께."

칠복이 영감은 다시 허리를 꺾고 기침을 토해내고 나서 말했다. 개동은 두 노인이 주고받는 말을 들으며 마음속으로 빙긋이 웃었다. 그들이 물둑을 타고 영산포 선창거리 가까이 당도하여 사방을 둘러보니 모든 것이 어둠속에 깊이 잠들어 있었다. 깨어 있는 것이라고는 더욱 거칠어진 바람과 그 바람에 시달리고 있는 나무들뿐이었다. 주위가 너무 조용하자 개동의 불안감은 더욱 커졌다.

"동척은 저쪽이 아닌감."

봉구 영감이 선창거리 서쪽 모퉁이를 턱짓으로 가리키며 다급하면서도 나지막하게 말했다.

"알고 있습니다요."

"어서 그쪽으로 가세."

봉구 영감이 먼저 동척 쪽으로 걸음을 옮겼다. 칠복이 영감과 개동이도 뒤를 따랐다. 그들은 선창 모퉁이를 돌아 동척 건물을 휘둘러 막은 야트막한 판자 울타리에 이르러 걸음을 멈추었다. 그들은 잠시 판자 울타리 옆에 서서 어둠속에 육중하게 파묻힌 동척 건물을 바라보고 있었다. 건물의 입구는 선창거리 반대쪽에 있었는데, 언제나 총을 멘 헌병보초가 지켰다. 개동은 울타리를 천천히 돌아 건물의 입구 쪽으로 갔다. 초소에서 램프불빛이 흘러나왔다.

"초소로는 안 되겄구만."

칠복이 영감이었다. 개동이는 칠복이 영감이 오래도록 기침을 토해내지 않고 있는 것이 신기하여 한동안 어둠속으로 그를 바라보았다.

"판자 울타리를 넘어갈 수밖에 없겄어."

봉구 영감이었다. 그러면서 봉구 영감은 초소가 보이는 울타리 모퉁이를 되돌아 건물 뒤쪽으로 향했다.

"그만 돌아가시죠."

개동이가 다급하게 말했다. 그는 칠복이 영감이 기침을 토해낼까봐 초조했다.

"먼첨 가소. 우리가 여그 있을텡께, 여그로 데리꼬 오소."

봉구 영감이 말하며 개동이한테 빨리 물둑으로 돌아가라고 손짓을 하였다. 그때 초소 쪽에서 건물 뒤쪽으로 다가오고 있는 발걸음 소리에 놀라, 세 사람은 작은 둔덕 아래로 몸을 숨겼다. 바람이 더욱 드세어진 듯싶었다.

개동은 숨을 죽이고 어둠속으로 시선을 팽팽하게 던지며 마음을 졸였다. 발자국 소리가 가까워지고 있었다. 개동은 칠복이 영감이 기침을 토해낼까봐 걱정이었다. 다행하게도 칠복이 영감은 기침을 잘 참아냈다. 발자국 소리가 멎었다. 어둠속은 죽음처럼 조용해졌다. 선창거리 쪽에서 왁자하게 개 짖는 소리가 어둠을 쥐흔들었다. 그때 개동의 등 뒤에서 인기척이 있어 얼핏 고개를 돌렸더니 봉구 영감과 칠복이 영감이 둔덕 아래쪽에 서서 개동이를 올려다보고 있었다.

"왜 그러는가?"

칠복이 영감이 물었다. 개동이는 칠복이 영감의 목소리가 너무 컸기 때문에 보초가 들을까 싶어 목소리를 낮추라는 시늉으로 손을 휘저었다. 그러나 칠복이 영감은 개동이의 손짓을 보지 못한 듯싶었다.

"무신 일이냐니께? 워찌 그러고 있는겨?"

칠복이 영감이 거듭 물었다. 개동이는 둔덕 아래로 미끄러져 내려갔다.

"조용히 하세요. 저쪽 모퉁이에서 발자국소리가 들렸구만요."

개동이가 숨죽인 목소리로 다급하게 말하면서 조심스럽게 두 영감을 둔덕 아래로 떼밀었다.

"시방 우리덜이 그쪽에서 왔는듸 누가 또 온다고그려."

"초소에 총 든 문지기 한 사람이 서 있는 것을 보고 오는 길이었잖여."

개동이는 그제야 후유 한숨을 내쉬고 할 말을 잃어버렸다.

"우리덜 걱정은 마시게."

"자, 그만 돌아갑시다요."

"여그꺼정 왔다가 그냥 돌아가자 이 말이여?"

봉구 영감이었다. 그는 개동이를 밀치고 당장 동척으로 뛰어 들어가기라도 할 기세로 따져 묻고 있었다.

"우리 둘이 여그 있을텡께로 자네가 먼첨 돌아가서 여그 사정을 말해주소."

칠복이 영감은 이미 자신이 할 일을 결심한 듯 결연한 목소리로 말했다. 개동이는 두 노인만 그곳에 남겨두고 마을 사람들에게로 돌아가고 싶지가 않았다. 그는 둔덕 아래에 서서 어둠속에 희끄무레하게 모습을 감추고 있는 동척 건물을 바라보았다. 철옹성 같은 건물이 그의 눈에는 힘이 세고 거대한 짐승처럼 보였다. 비정하고도 난폭해 보이는 그 거대한 짐승이 당장이라도 괴성을 지르며 그에게로 달려들 것만 같았다. 동척은 짐승이다. 이 땅의 사람들은 아무도 이 무서운 짐승을 당해낼 수가 없다. 우리는 결국 짐승의 노예가 될 수밖에 없구나. 개동은 마음속으로 탄식하였다. 순간 온몸에서 힘이 빠져나갔다.

"어르신네들 그만 돌아갑시다요."

개동은 겁에 질린 눈으로 동척 건물을 바라보면서 말했다.

"우리덜은 여그 있을텡께, 자네가 가보라고 했지 않은감."

칠복이 영감이 곧 기침을 토해낼 것처럼 골골거리며 신경질적으로 퉁겨댔다. 그러나 개동은 몸을 움직이지 않고 한참 동안이나 그대로 서 있기만 하였다.

"뭣을 꾸물거리는가. 냉큼 가서 데리꼬 오랑께."

칠복이 영감이 개동이를 향해 벌컥 소리를 내질렀다. 그제야 개동이는 휘적휘적 선창거리 쪽으로 걸음을 옮기기 시작하였다. 그는 다시 그곳으로 돌아오고 싶지가 않았다.

갑자기 선창거리 쪽에서 개 짖는 소리가 와글거렸다. 죽음처럼 깊이 가라앉아 있던 밤이 술렁거렸다. 그는 삼거리 모퉁이를 돌다 말고 동척 쪽으로 떼를 지어오고 있는 그림자를 발견하고 주춤 물러섰다. 그는 잠시 후에야 떼를 지어오고 있는 그들이 새끼내 사람들이라는 것을 알았다. 개동이는 떼를 지어 오고 있는 사람들이 백 명도 더 되는 것을 보고 적이 놀랐다.

"개태, 부르뫼 사람덜이 왔구먼. 인자는 무서울 것이 없어."

앞장서서 무리를 이끌고 삼거리 모퉁이를 돌아오던 또삼이가 개동이를 알아보고 자신에 넘치는 목소리로 말하였다. 개태나 부르뫼 사람들의 손에도 낫이며, 쇠스랑, 작대기가 들려 있었다. 그들은 개동이의 앞을 지나쳐 빠른 걸음으로 동척 쪽을 향해 걸어갔다.

"개동이 선상, 왜 그러고 서 있는가."

"개동이 선상, 돌아가야재잉."

개동이의 옆을 지나치면서 새끼내 사람들이 말했다. 그는 그들의 말에는 대꾸를 하지 않고 한참 동안 그곳에 말뚝처럼 빳빳하게 서 있었다. 그는 혼자 새끼내로 돌아가야 할 것인지 아니면 마을 사람들과 같이 동척으로 몰려가야 할 것인지 갈피를 못 잡고 있었다. 갑자기 전신에 힘이 쫙 빠지는 것 같으면서 땅바닥에 주저앉아버리고 싶었다. 이상하게도 아무런 소리도 들려오지 않았다. 선창거리에서 개 짖는 소리조차 멎어, 어둠속은 다시 정적에 짓눌림을 당하고 있었다. 너무 조용하자 불길한 생각마저 들었다. 동척의 거대한 짐승이 마을 사람들을 모두 삼켜버리기라도 한 듯 조용했다. 차라리 아우성이라도 들렸으면 불안함이 덜할 것만 같았다. 그러나 잠시 후에 그는 분명 동척 쪽에서 어둠을 찢고 솟구쳐 퍼지는 불길을 보았다. 처음에는 번갯불처럼 불빛이 순간에 어둠을 가르는 것 같더니, 점점 넓게 퍼지면서 커다란 불기둥이 하늘을 향해 치솟아 오르기 시작하였다. 불길과 함께 함성과 비명이 터지면서 총소리가 들려오기도 하였다. 불길과 함성과 총소리는 더욱 거칠어졌다. 개동이는 동척 건물에 불이 붙은 것을 분명히 보았다. 그 불길은 차가운 초겨울의 강바람을 타고 무섭게 어둠을 찢으며 하늘로 하늘로 치솟았다. 그러나 불길이 커지면서부터 함성이 수그러들고 총소리도 간헐적으로 들려왔다. 이따금 유탄이

불똥처럼 강변 쪽으로 날아오기도 하였다. 개동이는 유탄에 놀라 정신없이 뛰었다. 온몸이 땀에 흠씬 젖도록 뛰다가 잠시 숨을 돌리고 걸음을 멈추어 서서 불길에 휩싸인 동척을 바라보았다. 마을 사람들이 걱정되어 선창거리 쪽으로 휘적휘적 걷다가 다시 우두커니 서 있곤 하였다. 불길은 무섭게 하늘로 치솟고 있었으나 함성과 비명은 다시 들려오지 않았다. 그는 선창거리 쪽에서 물둑을 향해 달려오고 있는 그림자를 발견하였다.

개동은 마을 사람들이 동척으로부터 도망쳐 나오고 있다는 것을 알았다.

"어찌된 게요?"

선창거리 쪽에서 물둑으로 뛰어오고 있는 사람을 붙들고 개동이가 다급하게 물었다.

"다들 죽었소. 그런듸 댁은 여그서 멋허고 있었소?"

"나는 새끼내 사람이오. 불길을 보고……."

개동이는 심하게 더듬거렸다.

"새끼내 사람덜 다 죽었소."

목소리로 보아 스물 안팎의 젊은이로 짐작되는 그는 겁에 질려 떨리는 목소리로 말하고 다시 헐근거리며 뛰기 시작하였다. 개동은 선창 쪽으로 달려갔다. 그때 다시 너덧 사람이 물둑으로 뛰어오고 있는 것을 발견하고 걸음을 멈추었다.

"새끼내 사람들이오?"

개동이가 물었다.

"새끼내 사람덜 다 죽었소."

한 사람이 개동이 옆에 퍽 쓰러지며 탄식하듯 말했다.

"새끼내 사람들이 다 죽다니요?"

"총에 맞어서 죽었소. 새끼내 사람덜이 먼첨 동척 안으로 들어갔기 땜시…… 헌디 댁은 뉘기유?"

개동이는 그의 발부리 앞에 쓰러져 숨을 헐떡거리면서 말하고 있는 낯선 사람의 물음에 할 말을 잃고 우두커니 서 있기만 하였다.

"새끼내 사람들이 어찌 되었는지 말 좀 해주시오."

개동이가 쭈그리고 앉아 낯선 남자의 얼굴을 들여다보며 매달리는 목소리로 부탁하였다.

"새끼내 사람덜이 먼첨 동척 안으로 들어가서 창고에 불을 질렀구만요. 새끼내 노인…… 노인덜이…… 우리 부르뫼 사람덜이 울타리를 부시고 안으로 들어섰을 때는 이무 등척 창고에 불이 붙었습디다. 그때 봉께…… 거 멋이냐……."

부르뫼 사람은 말을 더 잇지 못하고 숨을 헐떡거렸다. 개동이는 그가 다시 말을 할 수 있게 될 때까지 조용히 기다렸다. 그는 큰 숨을 몰아쉬고 나더니 다시 입을 열기 시작하였다.

"우리덜이 들어갔을 때는 이무 창고에 불이 붙었고…… 새끼내 두 노인덜이 짚뭇에 불을 붙여갖고 창고에서 동척 본 건물 쪽으로 뛰어가고 있드랑께라우. 그때 부르뫼 개태 사람덜이 울타리를 뜯고 우허니 동척 마당 안으로 몰려들어갔는듸 총소리가 들립듸다. 그러고는 동척 마당을 가로질러서 본 건물로 뛰어가던 두 노인덜 중에서 하나가 앞으로 푹 꼬꾸라집디다. 나는 첨에 그 노인이 총에 맞은 줄을 몰랐었구만이라우. 누구인가 그때 노인이 총에 맞었다고 소리쳤구만이라우. 그러자 새끼내 사람덜이 다시 우허고 본 건물 쪽으로 몰려갔고…… 두 번째 노인이 다시 푹 꼬꾸라졌어라우. 그러고 총소리가 더 났구만이라우. 순식간에 여러 사람들이 삼대 넘어지드끼 푹푹 씨러집디다. 한 번 씨러진 사람덜은 다시는 일어나지 못했구만유. 그때서야 우리덜은 도망을 치기 시작했는듸 그놈덜은 도망치는 우리덜한테 총질을 해댔당께라우."

부르뫼 사내는 말을 마치고 다시 쿠르르 한숨을 몰아쉬고 나더니 천천히 일어서서 물목굽이 쪽으로 바삐 뛰었다.

"몇 사람이나…… 몇 사람이나 총에 맞었소?"

개동이가 부르뫼 사람을 보며 물었다.

"새끼내 사람덜은 거진 다 죽었을 거랑께라우."

"아니, 열다섯 사람이나 되는데……."

"내 눈으로 봤당께라우. 총에 맞어서 삼대 모양으로 푹푹 씨러지는 것을 내 눈으로 봐뿌렀당께. 못 믿겄으면 가보씨오."

그러면서 부르뫼 남자는 물둑을 타고 어둠속으로 사라져버렸다. 그때 선창거리 쪽에서 다시 간헐적으로 총소리가 들려오기 시작했다. 개동은 새끼내 쪽으로 도망치려다 말고 자신도 모르는 순간 몸을 돌려세워 총소리가 들려오는 선창거리를 향해 뛰기 시작하였다. 그때 선창거리 쪽에서 여남은 명이나 되는 사람들이 무리를 지어 물둑으로 뛰어오고 있었다. 개동은 잠시 걸음을 멈추고 그 무리들이 가까이 올 때까지 기다렸다. 선창거리 쪽에서는 계속 총소리가 들려왔다.

"새끼내 사람들이오?"

개동이는 죽을힘을 다해 숨을 헐떡거리며 그의 옆을 지나치고 있는 쫓기는 무리들을 향해 물었다.

"새끼내 사람덜은 다 죽었소."

누구인가 개동이의 옆을 스치면서 숨넘어가는 목소리로 말해주었다.

"새끼내 사람들은 어찌 되었소? 누구 새끼내 사람들 본 사람 없소?"

"헌병들이 좇아오고 있응께 언넝 도망치씨오. 총소리 안 들리오?"

개동이의 물음에 누구인가 다급한 목소리로 대답했다. 개동이는 그들과 함께 도망칠 생각을 하지 않고 사람들이 그의 옆을 지나칠 때마다 버릇처럼 "새끼내 사람들 못 봤소?" 하고 묻고 서 있었다. 그때 개동이의 오른쪽 어깨를 덥석 찍어 잡는 사람이 있었다. 새끼내 또삼이었다. 개동이는 처음에 그를 알아보지 못하였다.

"나 또삼이여. 새끼내 사람덜을 어쩔 것이여."

또삼이가 개동이의 어깨를 찍어 누르면서 울먹이는 목소리로 말했다.

"어찌된 일이오? 새끼내 사람들이 어찌 되었는지 이야기해주시오."

"큰일이여. 이 일을 어찌했으면 좋겄당가잉."

"어서 말해보시오."

"봉구 영감님, 칠복이 영감님이 총맞어 죽었고…… 그리고 또…… 모르겄어. 암도 도망쳐 오지 못헌 것 봉께로 죄다 죽었는개비여."

또삼이는 개동이의 발부리 아래 몸을 허물어뜨리고 말았다. 그때 물둑 초입에서 갑자기 총소리가 어둠을 훼흔들었다. 총소리에 놀라 또삼이가 벌떡 일어서서 물목굽이 쪽으로 도망치기 시작했다. 개동이는 총소리가 들려오고 있는 선창거리 쪽을 더듬어보았다. 그는 선창거리 쪽으로 걸음을 옮겼다. 총소리는 여전히 어둠을 흔들어댔고, 차가운 강바람은 무섭도록 으르렁거렸다. 개동이는 정신없이 선창거리 쪽을 향해 뛰었다. 그때 선창 쪽 물둑 끄트머리에서 다시 대여섯 사람의 그림자가 도망쳐 오는 것을 발견했다. 그리고 그 사람들과 마주쳤다. 모두 새끼내 사람들이었다.

"다른 사람들은 어디 있소? 다른 사람들은 어찌 되었습니까?"

개동이가 물었다.

"어서 도망치게, 헌병들이 우리 뒤를 쫓아오고 있어."

누구인가 말하며 개동이의 팔을 잡아끌었다.

"봉구 영감님 어찌 되었어요? 칠복이 영감님이 총에 맞았다는 것이 참말입니까?"

개동이가 다시 물었다.

"여그 이러고 있을 경황이 아니라니께, 시방 헌병놈덜이 우리 뒤를 쫓아오고 있단마시."

그러면서 새끼내 사람들이 한꺼번에 개동이에게 달려들어 팔과 목덜미를 잡아끌었다. 개동이는 어쩔 수 없이 마을 사람들에게 끌려 물둑을 타고 뛰었다.

"살아온 사람은 몇이나 되는가요. 나머지 사람들은 어찌 되었습니까?"

개동이는 마을사람들과 같이 물둑 위를 뛰면서 숨 가쁘게 물었다. 그러나 아무도 개동이의 물음에 대해 자상하게 말해주는 사람이 없었다.

"봉구 영감님흐고 칠복이 영감님이 총에 맞아 씨러지는 것은 내 눈으로 봤는듸……."

누구인가 슬픔에 젖은 목소리로 맥없이 말했다.

"또삼이도 총에 맞었어."

"아니여, 또삼이는 맨 먼첨 도망을 치더구만 그려."

"봉구 영감님이 총에 맞고 씨러진 것을 보고는 도망을 치데."

"아니여. 또삼이가 봉구 영감님을 도와줄라고 뛰어 들어가다가 총에 맞고 씨러지는 것을 봤당께."

"그것은 또삼이가 아니고 석돌이여."

"그러면 또삼이가 죽은 것이 아니고 석돌이가 죽었당가?"

마을사람들은 총을 쏘아대며 가까이 다가오고 있는 헌병들한테 쫓기면서 말을 주고받았다. 불티가 날듯 총알이 그들의 머리 위를 뚫고 지나갔다. 그때마다 마을사람들은 몸을 땅바닥에 엎드렸다가 다시 뛰곤 하였다. 물목굽이 가까이에 이르렀을 때 새끼내에서 와글와글 개들이 짖어대기 시작하면서 한 집 두 집 불이 켜지고 있었다.

"집으로 가면 안 되네. 우선 산으로 피허세."

물목굽이에 당도했을 때 누구인가 숨 가쁘게 말했다. 그들은 마을로 들어가지 않고 산모퉁이를 안고 돌아 소나무가 듬성듬성한 야트막한 등성이로 올라갔다. 그리고 총소리가 멎어서야 산등성이에 몸을 부리며 긴 숨을 토해내고 있었다. 차가운 초겨울 바람이 으르렁거렸으나 그들의 몸은 흠씬 땀에 젖어 섬뜩거렸다. 잠시 후, 총소리는 멎었으나 개 짖는 소리가 온통 마을을 뒤엎은 듯하였다. 그들은 헌병들이 새끼내 마을에 들이닥쳤을지도 모른다는 생각을 하면서 가족들 걱정에 사로잡혔다.

"살아서 도망쳐 나온 사람은 우리덜뿐이랑가?"

"물둑 쪽으로 도망쳐온 사람은 우리덜뿐인 모양이여."

"남창 쪽으로도 도망을 쳤어."

"다급허니께 선창거리 고샅으로 도망치는 사람덜도 있더구만."

"동척은 불에 탔는감?"

"게우 창고만 탔어. 소작료 받아서 처넣어둔 창고만 옴씰허게 탔어."

"아까운 곡식 다 타뿌렀구만잉."

"아깝기는 멋이 아까와?"

"하먼 아깝재. 모다 우리 땅에서 나온 곡식인디."

"곡식 타는 냄새가 진동허드구만."

새끼내 사람들은 잠시라도 가족들에 대한 걱정을 털어버리기 위해 소곤거리듯 말을 주고받았다. 그리고 그들은 동척 창고가 불길에 휩싸였던 모습이며, 봉구 영감과 칠복이 영감이 동척의 본채에 불을 지르려고 가다가 총에 맞고 쓰러지는 광경을 동시에 머릿속에 떠올리면서, 큰 슬픔과 분노를 감당하지 못하고 몸을 떨었다.

새끼내 남정들은 강바람이 윙윙거리는 바람모퉁이 등성이 참나무 골짜기에서 마음 졸이며 꼬박 밤을 새웠다. 그들은 온몸의 피돌기가 멎어버릴 정도로 사지가 오그라들었지만, 추운 줄을 몰랐다.

밤이 깊어갈수록 바람은 더욱 날카롭게 으르렁거렸으며 집에 돌아가지 못하고 차갑게 얼어붙은 어둠속에 갇혀 숨을 죽이고 있는 그들의 마음도 차가운 바람처럼 갈기갈기 찢어졌다.

"이러고 있을 것이 아니라, 멀리 도망을 쳐야 허는기 아녀."

누구인가 탄식하듯 말하였다. 그러나 아무도 그 말에 대꾸해주지 않았다. 목을 죄는 듯한 불안 때문이었다. 그들은 아무데나 멀리 도망쳐야 한다는 것을 막연하게 느끼고 있었으나 막상 몸을 일으킬 기력도 남아 있지 않았다.

"인자 우리덜은 영영 집에 못 들어갈 거여. 새끼내를 떠나야 혀. 다시는 처자식을 만나볼 수가 없게 되야부렀어. 이노무 노릇을 워쩌."

다시 어둠속에서 탄식하는 소리가 바람에 섞여 멀리 갔다.

그들은 새벽닭이 홰치는 소리를 꿈속에서처럼 아련하게 들었다. 홰치는 소리가 멎자 새벽의 무거운 정적이 목을 죄어왔다.

"도망을 칠라면 날이 밝기 전에 서둘러야재."

또삼이는 턱 끝을 떨며 구부정하게 허리를 펴고 일어서서 영산포 쪽을 질러보았다. 그리고는 탄식하듯 혼잣말로 "날이 밝기 전에 도망쳐야 헐 거인듸……" 하고 중얼거렸다. 그는 이미 집에 들어갈 생각을 포기하고 있었다.

미명이 밝아오면서 우줄우줄 어둠의 그림자가 개산 쪽으로 밀려가기 시작하였다. 참나무 숲속에 몸을 떨면서 숨어 있던 새끼내 사람들은 새벽이 열려오자 비로소 몸을 일으켰다. 그들은 여전히 겁에 질린 눈으로 마을을 굽어보면서도 숲에서 나갈 생각들은 하지 못하고 참나무처럼 빳빳하게 몸이 굳어지고 말았다.

"도망을 칠라거든 더 지체 말고 서둘러여 헐 텐디……."

또삼이가 마을을 내려다보며 다시 중얼거렸다.

"내가 마을에 내려갔다 올 테니 여기들 이대로 있으세요. 내가 돌아올 때까지는 절대로 움직여서는 안 됩니다."

개동이가 마을 사람들에게 말하고 천천히 참나무 숲길을 더듬어 내려갔다. 아무도 개동이를 붙잡으려고 하지 않았다. 마을 사람들은 말없이 개동이의 뒷모습만을 바라보았다. 개동이는 참나무 숲을 내려와 바람모퉁이를 휘돌았다. 마을 가까이 다가갈수록 두려움이 커졌다. 죽은 사람들 가족은 어찌 대할 것이며 장차 불어 닥칠 보복은 어찌 감당해야할지 가슴이 먹먹해왔다. 개동이는 새끼냇다리께에 이르러 잠시 걸음을 멈추고 마을 동정을 살펴보았다. 헌병들이 마을에 진을 치고 있거나, 아니면 마을이 온통 총 맞아 죽은 시신을 붙들고 통곡하는 소리로 넘쳐날 것으로 짐작했다. 그런데 마을이 조용했다. 영산강을 훑고 온 바람소리만이 미명의 마지막 어둠을 흔들어댈 뿐 마을은 고즈넉하게 가라앉아 있었다.

개동이는 서둘러 새끼냇다리를 건너 마을 안 고샷으로 접어들었다. 그는 넋이 빠져 꿈속을 헤매는 사람처럼 휘청거리며, 생전에 그의 아버지와 우암이가 새끼내 물목굽이에서 날라다 쌓았다는 돌담을 안고 돌아, 반쯤 열린 그의 집 사립문 앞에 섰다. 사립문 밖에 서서 집 안 동정을 살폈다. 그때였다. 한동안 을씨년스럽도록 고즈넉이 가라앉아 있던 그의 집안에서 갑작스럽게 갓난아기의 울음소리가 자지러지듯 터져 나왔다. 개동이는 깜짝 놀라서 다급하게 마당 안으로 뛰어 들어갔다. 그때 건넌방에서 그의 어머니가 옷소매를 걷어 올리고 방문을 열고 나오다가 개동이를 발견하고는 얼굴이 햇살처럼 빛났다.

"아야, 네가 아부지가 되얐다. 오지게드 아들이여."

어머니 말에 개동은 잠시 하늘을 쳐다보았다. 갑자기 매서운 바람이 휘익 불어와 그의 얼굴을 때렸다. 그러나 개동은 그 바람이 조금도 차갑게 느껴지지가 않았다. 영산강을 훑고 온 바람을 타고 아기의 울음이 멀리 실려 갔다.

타오르는 강… 제7부 끝